Rosaria Munda a grandi à la campagne, en Caroline du Nord. Pendant son enfance, elle s'amusait à grimper aux arbres et a décidé un jour d'apprendre par elle-même le latin. Elle a étudié la philosophie politique à l'université de Princeton et vit avec sa famille en Floride.

Rosaria Munda

FIREBORNE

Le Cycle Aurélien – tome 1

Traduit de l'anglais (États-Unis) par Audray Sorio

BIGBANG

Big Bang est une collection des éditions Castelmore

Titre original : *Fireborne*

Directeur : Antoine Béon
Directrice de la publication : Claire Renault Deslandes
Directrice éditoriale : Hélène Boudinot
Éditrice : Sonia Mennour
Directeur artistique : Fabrice Borio
Fabricante : Audrey Manzano

Loi n° 49-956 du 16 juillet 1949 sur les publications destinées à la jeunesse

Dépôt légal : juin 2025

ISBN : 978-2-36231-669-2

Bragelonne – Castelmore
58, Rue Jean Bleuzen – Vanves 92170

E-mail : info@castelmore.fr
Site Internet : www.castelmore.fr

Pour ma mère et ma grand-mère, écrivaines, elles aussi

PROLOGUE

Plus tard, on le surnommerait Premier Protecteur et il transformerait la cité selon sa vision. Les serfs seraient libres, on bâtirait des écoles et, pour la première fois, les roturiers pourraient monter à dos de dragon.

Pour l'heure, il était l'instigateur de la révolution la plus sanglante que son peuple ait connue.

Il créerait une nation plus juste, il n'en doutait pas. Il ne doutait pas non plus que les grandes familles de l'ancien régime avaient mérité de mourir. Toutefois, il regrettait parfois la manière dont cela s'était passé le jour où le palais avait enfin été envahi.

L'une de ces familles, en particulier, l'avait marqué. Leurs persécuteurs étaient encore à l'œuvre lorsqu'il était arrivé. Ils avaient jusque-là épargné le seigneur dragon afin qu'il assiste au massacre ; il ne restait désormais que son fils cadet. Un garçon de sept ou huit ans, le visage éteint sous un masque de sang. Les cadavres de leurs proches gisaient autour d'eux.

— Cessez ces sottises sur-le-champ ! s'écria le Premier Protecteur en découvrant la scène, accompagné de ses gardes.

Les révolutionnaires lâchèrent le garçon qu'ils étaient en train de martyriser et désignèrent le père : « Cet homme est Léon Fléaurage. Avez-vous oublié tout ce qu'il a fait… », mais ils se turent quand la voix du seigneur dragon s'éleva depuis le tapis taché de sang sur lequel il était maintenu à genoux.

— Mon fils, implora-t-il dans la langue que le Premier Protecteur et lui partageaient. S'il te plaît, Atreus.

Le Premier Protecteur accorda à peine un regard à l'enfant et déclara :

— On prendra soin de Léo.

Puis il murmura un ordre à l'un de ses gardes. Le soldat s'avança, hésita et prit le fils du seigneur dragon dans ses bras. Lorsque le garçon, muet et amorphe, fut sorti de la pièce, le chef de la Révolution s'agenouilla devant le seigneur dragon.

— Des… barbares…, déclara ce dernier d'une voix éraillée.

Le Premier Protecteur ne le contredit pas. Il porta simplement sa main à la dague qu'il avait à la ceinture, croisa le regard du seigneur dragon comme pour l'interroger. L'homme ferma les yeux et hocha la tête.

Puis, à la grande surprise du Premier Protecteur, il prit la parole :

— Ta vision, Atreus. Tu crois vraiment qu'elle vaut tout cela ?

Le Premier Protecteur dégaina sa lame.

— Oui.

Au cours de l'année qui suivit, la question du seigneur dragon lui revint souvent à l'esprit. Même quand les détails de la Révolution s'estompèrent de sa mémoire, il se souvint de Léon Fléaurage.

Le fils de Léon, en revanche, était un détail qui fut vite oublié.

1

MESSAGES DU MINISTÈRE

Neuf ans plus tard

LEE

Le matin est notre moment préféré pour voler. Aujourd'hui, l'arène encore vide et l'imminence du tournoi nous rappellent que, pour la première fois, nous serons observés par des milliers de personnes, mais ça ne m'empêche pas de profiter de la vue sur la ville qui s'étend en contrebas sous les ailes de mon dragon. Pendant un virage un peu serré, je croise les yeux noirs insondables que Pallor braque sur moi. Le lien entre nous, partage d'émotions et de pensées habituellement latent lorsque nous sommes dans les airs, est de plus en plus ténu. Oui. Le tournoi commence aujourd'hui. Et nous serons à la hauteur.

Mais pour ça, j'ai besoin de garder les idées claires. Alors je m'extirpe en douceur de l'anticipation frémissante qui émane de Pallor pour me reconcentrer sur l'arène. Deux autres dragonniers planent avec nous, chacun perché sur un dragon des deux autres races existantes : Crissa est au-dessus, sur son aquacéleste, et Cor en dessous, sur son fléaurage qui crache des traînées de cendres vers les gradins. C'est la dernière répétition, réservée aux chefs d'escadron.

J'élève la voix pour être entendu malgré le vent :

— Tu la fais voler trop bas, Cor !

Avec un grognement de frustration, il pousse son fléaurage à prendre de la hauteur. Nous avons répété la chorégraphie de la cérémonie d'ouverture du tournoi un nombre incalculable de fois, y compris en présence de responsables ministériels, et, à chaque fois, démontrer la puissance des fléaurages sans nuire à leur image s'est révélé compliqué. Avant la Révolution, les dragons de la Maison Fléaurage – de ma famille – avaient la réputation de semer la terreur dans les campagnes, mais, à une époque plus ancienne encore, ils constituaient le meilleur moyen de défense de notre île contre les attaques aériennes.

— On nous a dit de faire feu assez bas, se justifie Cor.

— Oui, mais pas si bas. C'est risqué pour le public.

Nos dragons sont encore immatures, ils ont à peine la taille d'un cheval et ne sont pas encore capables de cracher des flammes, mais la fumée qu'ils produisent peut suffire à blesser quelqu'un.

Crissa exécute des cercles au-dessus de nous sur son aquacéleste long et effilé dont les écailles bleu pâle se fondent presque dans le ciel.

— On veut impressionner les gens, pas les rôtir, rappelle-t-elle.

Cor agite la main en signe de capitulation.

— D'accord, d'accord…

Notre flotte aérienne, dragons comme dragonniers, n'a pas encore terminé son apprentissage. Les dragonniers du nouveau régime, qu'on appelle les Gardiens, sont désormais issus de toutes les franges de la population, y compris du petit peuple, ce sont des roturiers, des anciens serfs même. L'époque où ce rôle était réservé aux fils des seigneurs dragons est révolue.

Enfin, sauf pour moi, mais je suis le seul à le savoir.

Car depuis la Révolution, un bon dragodescendant est un dragodescendant mort. Or, je suis né Léo, fils de Léon, seigneur dragon de la Maison Fléaurage et drakarque des Hautes Terres, mais depuis mon arrivée à l'orphelinat, Lee est mon nom. Même le Premier Protecteur ignore la vérité sur moi, lui qui, pourtant, m'a sauvé la vie et accueilli, deux ans plus tard, au sein de son programme de formation des Gardiens, sans me reconnaître.

Un héritier de la Maison Fléaurage a réussi à intégrer le programme méritocratique créé dans le but de remplacer le système que sa famille incarnait, et il l'ignore.

Même si j'ai conscience d'avoir beaucoup de chance d'être ici – d'être en vie, d'avoir pu m'échapper de l'orphelinat – les souvenirs de mon ancienne existence parviennent toujours à s'insinuer dans mes pensées pour me tourmenter. Et en cet instant plus que jamais, tandis que Pallor et moi virevoltons au-dessus de l'arène du Palais dont les gradins accueilleront du public pour la première fois depuis la Révolution. Des tournois étaient déjà organisés sous l'ancien régime ; mon père y participait et j'allais l'admirer en rêvant du jour où mon tour viendrait.

Je me penche en avant et pose une main gantée sur les écailles argentées qui recouvrent le cou de Pallor. Aussitôt, celui-ci replie ses ailes, translucides dans la lumière du matin, et plonge. Pallor est un aurélien, une race dont les spécimens sont plus petits, mais aussi prudents et dociles. La démonstration que présenteront les auréliens pour la cérémonie du jour sera la plus complexe de toutes, tellement qu'elle nécessite la présence de coéquipiers.

Bien sûr, je pourrais répéter seul, mais pour travailler correctement, j'ai besoin de…

Ah ! La voilà : Annie.

Un autre aurélien, une femelle à la teinte ambrée, vient d'émerger de la grotte au pied de l'arène avec, sur le dos, ma partenaire Annie. Elle et moi nous entraînons ensemble depuis notre arrivée dans le programme des Gardiens, mais nous nous connaissions déjà à l'orphelinat.

Une ancienne vie et de nombreux souvenirs que nous prenons soin tous les deux de ne jamais évoquer.

— Annie ! s'écrie Crissa en agitant la main joyeusement. Tu es là !

— Lee fait n'importe quoi sans toi, renchérit Cor.

Sous mon impulsion, Pallor crache dans sa direction un jet de cendre qu'il esquive en s'esclaffant.

La réflexion de Cor a fait naître un léger sourire sur les lèvres d'Annie, mais au lieu de répondre, elle s'élance dans les airs avec fluidité et rejoint sa place, face à moi, sa dragonne Aela imitant les mouvements de Pallor. La chevelure brun-roux d'Annie est coiffée en une longue tresse qui lui descend jusque dans le bas du dos et son visage à la peau claire constellé de taches de rousseur arbore une mine concentrée. Aussi loin que je me souvienne, j'ai toujours trouvé Annie très belle – d'une beauté remarquable, même – mais je ne le lui ai jamais avoué.

— On reprend tout depuis le début ?

Mes trois camarades accueillent cette suggestion avec des cris approbateurs.

Nous ne nous arrêtons qu'au moment où les cloches se mettent à sonner l'heure. L'arène en dessous de moi, le Palais d'un côté, le pilier karstique de la Tour de Pytho de l'autre, et puis le relief dentelé des toits de la ville et les plaines qui s'étirent jusqu'à la mer… Je suis tout à coup envahi par un profond élan protecteur, presque possessif, envers cette cité et cette île qui s'offrent à ma vue. Le serment que nous avons prononcé au moment où nous sommes devenus Gardiens résonne dans ma tête : « Tout ce que je suis appartient à Callipolis. Par les ailes de mon dragon, je jure de veiller sur la Cité… »

Aujourd'hui, huit Gardiens disputeront les quarts de finale du tournoi dont le grand vainqueur sera nommé Premier Dragonnier et, donc, commandant de la flotte aérienne. Je fais partie des huit concurrents en lice, comme Annie, Cor et Crissa. Pendant des semaines, nous avons participé aux épreuves qualificatives qui opposaient au départ trente-deux dragonniers.

Ce sera la première fois depuis la Révolution que Callipolis désigne un Premier Dragonnier, l'un des rares titres de l'ancien régime à avoir été conservés. Les dragons de la nouvelle flotte ont enfin atteint la maturité nécessaire et leurs dragonniers sont désormais suffisamment entraînés pour se disputer ce poste resté vacant depuis la Révolution. Pour mes sept camarades, ce tournoi sera l'occasion de faire leurs preuves ; pour moi, c'est bien plus que ça.

Non seulement je rêvais déjà de devenir Premier Dragonnier bien avant la Révolution, mais la victoire me permettrait de retrouver la reconnaissance, le pouvoir et le respect que ma famille a perdus au cours d'un seul mois sanglant, alors que j'avais huit ans.

Premier Dragonnier.

En bas, les cloches de la tour d'horloge du Palais retentissent. Je me ressaisis.

— On ferait mieux de rentrer. Goran a promis que le tableau du tournoi serait prêt pour l'heure du petit déjeuner.

Nous nous posons sur l'Eyrie, la plateforme en pierre qui s'élève en saillie au centre de l'arène. Là, nous descendons, ôtons leur selle à nos dragons et les renvoyons vers leurs nids respectifs, dans les souterrains. De retour au Palais, nous rejoignons le réfectoire du Cloître où le reste du corps des Gardiens, une trentaine d'étudiants en tout, arrive des dortoirs par petits groupes. Les murs du réfectoire sont en pierre brute, les fenêtres hautes et étroites et, comme d'habitude, le petit déjeuner est composé de porridge un peu trop cuit. Bien que nous soyons en théorie des résidents du Palais, nous vivons dans la partie qui, avant la Révolution, abritait les quartiers des domestiques.

— Vous êtes tombés du lit ? lance Duck, le frère cadet de Cor, depuis la table à laquelle il est installé avec quelques amis.

Il s'écarte pour nous laisser de la place sur le banc.

Duck et Cor ont le même teint mat et les mêmes cheveux ondulés, mais la ressemblance s'arrête là. Ils ont des caractères très différents ; Cor a plutôt la mine boudeuse alors que Duck affiche en permanence un sourire franc. Annie se glisse sur le banc à côté de ce dernier. Ils ont tous les deux seize ans, soit un an de moins que la plupart d'entre nous. Si ce point commun les a rapprochés, leur amitié perdure parce que Duck aime relever les défis. En effet, il est très difficile d'arracher un sourire à Annie et lui y arrive plutôt bien.

Il sort sa cuillère de son porridge et la pointe vers Annie.

— Alors, prête pour ton grand jour ?

Annie laisse échapper un petit rire amusé, mais ses joues se colorent malgré tout. Un rare indice de son ambition, sentiment qu'elle garde habituellement pour elle. D'ailleurs, elle a retrouvé sa posture voûtée. Annie est toujours comme ça au sol : elle rentre les épaules, l'air de vouloir prendre le moins de place possible.

Un contraste saisissant avec l'assurance dont elle fait preuve dans les airs.

—C'est ton grand jour aussi, je te signale, rappelle Crissa avec la voix de cheffe d'escadron qu'elle utilise pour stimuler ses troupes.

Duck hausse les épaules et son sourire vacille.

—Ne nous emballons pas.

Comme nous quatre, Duck s'est qualifié pour les quarts de finale. Et il s'en sortira très bien… pour peu qu'il parvienne à maîtriser ses nerfs. Tout dépendra aussi de l'adversaire sur lequel il tombera.

—Anxieux, Dorian ?

Tiens, quand on parle du loup. Vigor, un dragonnier fléaurage, lui aussi qualifié pour le tournoi, s'arrête à notre hauteur en revenant du buffet. Il enroule un bras autour des épaules de Duck pour faire mine de l'encourager, puis il passe son autre main sur son crâne aux cheveux noirs rasés et plante son regard dans le mien. Vigor et moi faisons à peu près la même taille et le même poids ; c'est le genre de détail auquel j'accorde toujours de l'importance et je devine, tandis que nous nous jaugeons, qu'il en accorde tout autant.

—Ne me touche pas, siffle Duck, tout raide, en serrant les dents.

Cor repose vivement son verre en le faisant claquer sur la table en bois. Je lâche ma cuillère dans mon bol de porridge.

Je suis presque déçu de voir Vigor retirer son bras. Il est devenu plus sage avec les années.

—Ne serait-on pas un peu à cran, ici ? raille-t-il avant de retourner s'asseoir entre Darius et Alexa qui ont suivi notre échange avec appréhension.

Les épaules de Duck, qui émet un son guttural de dégoût, se détendent.

— Parfois, soupire Cor, je regrette l'époque où les gosses de patriciens comme Vigor faisaient leurs sales coups en toute impunité et où c'était à nous de les recadrer.

— Pas moi, grommèle Duck.

Sous l'ancien régime, ma famille faisait partie des dynasties dragodescendantes régnantes et les familles patriciennes comme celle de Vigor appartenaient à la classe suivante, riche, certes, mais dépourvue de dragon. Vigor perpétue la vieille tradition patricienne qui consistait à mépriser les roturiers tels que Cor et Crissa, ou Annie qui, pire encore, est une ancienne serve.

— Je suis certaine que Goran regrette le bon vieux temps, lui aussi, murmure Crissa.

Elle plisse les yeux en direction de l'entrée du réfectoire où un homme seul est apparu. Goran, notre instructeur patricien, un officier rougeaud qui devait être en forme autrefois, mais qui s'est amoindri avec l'âge, et à l'accent légèrement draconique qu'il force lorsqu'il veut intimider les dragonniers de basse extraction. Il m'a toujours semblé familier, ce qui me met mal à l'aise. Nos chemins ont dû se croiser dans notre ancienne vie. Cependant, il ne m'a jamais reconnu et, au fond, c'est tout ce qui compte. La loyauté de Goran envers Atreus et les idéaux de la Révolution est indubitable, mais avant qu'Atreus s'en mêle, Goran fermait les yeux sur le comportement de Vigor et des autres Gardiens patriciens.

— Bonjour, chers Gardiens, lance Goran. Prêts à découvrir le tableau des duels du jour ?

Tout le monde se tait. Et Goran commence à lire sa liste.

— Alors, Annie affrontera Darius…

Darius de l'escadron des fléaurages, l'un des amis patriciens de Vigor, se tourne pour jeter un coup d'œil à Annie et je suis ravi de constater que son air décontracté a cédé la place à une mine renfrognée. Annie croise les bras et lui rend son regard noir.

— Cor affrontera Rock…

Cor a hérité d'un adversaire correct, pourtant il se rembrunit, sans nul doute parce qu'il réfléchit aux dernières combinaisons possibles, en particulier pour deviner quel sera l'adversaire de son frère Duck.

— Ensuite, Lee et Crissa…

Dans un geste théâtral de désarroi, Crissa se plaque les mains sur le front en poussant un geignement avant de river son regard sur le mien. Elle a ce genre de visage – perpétuellement hâlé par le soleil, encadré de boucles d'or sombre striées de nuances plus claires – sur lequel on ne peut s'empêcher de s'attarder un peu trop. Elle hausse un sourcil taquin.

— Essaie un peu pour voir, Lee.

Je me sens rougir pour des raisons qui n'ont aucun rapport avec le combat à venir. Crissa esquisse un sourire. Cor lève les yeux au ciel.

Enfin arrive la composition du dernier duel, à laquelle nous sommes tous parvenus par déduction lorsque Goran a annoncé le mien contre Crissa.

— Et pour terminer, Vigor affrontera Duck.

Vigor imite un roulement de tambour, mais il est bien le seul à avoir l'air enchanté. Duck s'affaisse sur le banc ; les traits de Cor se crispent. Annie déplace discrètement son bras, comme si elle serrait la main de Duck sous la table. Duck est l'une des rares personnes qu'Annie touche volontairement, et elle le fait souvent. Quant à lui, vu sa manière de déglutir, il est troublé, c'est évident.

D'après Cor, ils ne sont pas ensemble. Mais, même si ce n'est pas le cas, Duck est fou d'elle. Et ce, depuis des années. Pourtant, Annie continue à se comporter ainsi avec lui, et avec le plus grand naturel, comme s'ils étaient gosses… sans se douter de rien, du moins pour autant que je sache. Autrefois, Annie se comportait aussi comme ça avec moi, à l'orphelinat. Elle a arrêté quand nous sommes arrivés ici.

Soudain, je m'aperçois que Duck m'observe alors que je l'observe. Nous détournons la tête tous les deux en même temps.

— Il vous reste un peu plus d'une heure avant la cérémonie d'ouverture, nous annonce Goran, alors je ne saurais trop vous conseiller de vous activer. Qui parmi vous aura des proches dans les gradins, aujourd'hui ?

Plusieurs mains se dressent. À peu près toutes, en fait, Annie et moi étant les exceptions attendues. C'est alors qu'Annie lâche la table et lève les doigts en les examinant comme si elle-même était surprise.

Ça n'a aucun sens. Comment la famille d'Annie pourrait-elle être présente ?

— Eh bien, à votre place, j'attendrais la fin du tournoi pour aller les saluer, conseille Goran. En revanche, n'hésitez pas à prendre votre journée ensuite. Mme Mortmane signera les permissions à l'entrée du Cloître. Des questions ?

Comme personne ne se manifeste, il accroche mon regard.

— Lee, Annie, j'aimerais vous toucher un mot.

Je ne me rappelle pas la dernière fois que Goran s'est adressé à Annie. Nous restons assis pendant que les autres sortent, puis Goran s'installe sur une chaise libre en bout de table. Je sens la tension qui émane du corps d'Annie. Même si des années se sont écoulées depuis l'époque où il lui menait ouvertement la vie dure – surplus de corvées, mauvaises notes arbitraires, humiliation sur l'Eyrie –, Goran n'a jamais cessé de se comporter comme si la présence d'Annie dans le corps des Gardiens était une insulte, comme si son statut d'ancienne serve, aggravé par le fait qu'elle soit une fille, était trop pour une seule personne, la goutte d'eau qui faisait déborder le vase des innovations d'Atreus.

— J'ai des messages du ministère, un pour chacun d'entre vous.

Il me tend une lettre, puis l'autre à Annie. Comme d'habitude, il évite de la regarder, comme si elle était une perversion de la nature qui ne devait surtout pas entrer dans son champ de vision.

Ma missive porte le sceau d'Atreus Athanatos, le Premier Protecteur.

— Vous la lirez plus tard, ajoute Goran. Vous pouvez disposer.

Une fois sortis du réfectoire, nous nous arrêtons tous les deux pour nous jeter sur nos messages. Le mien ne contient qu'une seule phrase rédigée de la main d'Atreus. Je la lis et, pour la première fois de la journée, un spasme nerveux me tord l'estomac.

Bonne chance, Lee.

Je lève la tête. Annie est toujours penchée sur sa lettre, immobile. Puis elle hausse les épaules et détourne vivement le regard.

— On ferait mieux de filer à l'armurerie, dit-elle.

Quand nous arrivons, le reste de notre unité est déjà presque prête à descendre dans la grotte pour rejoindre les nids de dragon. Annie et moi nous frayons un chemin jusqu'aux casiers de l'escadron des auréliens tandis que les autres achèvent d'enfiler leur combinaison coupe-feu, fixent les derniers éléments de leur armure ou chargent leur selle sur leur épaule. La salle sent le cuir, la sueur et la cendre : l'odeur de la dragonnerie.

Tout à coup, on glisse quelque chose dans ma main : Annie vient de me confier le message qu'elle a reçu, mais s'affaire déjà à autre chose. Elle m'invite à le lire, mais n'a pas envie de me voir le faire.

Nos casiers sont côte à côte ; ces dernières années, je me suis beaucoup entraîné à regarder ailleurs, partout ailleurs, pour ne pas voir Annie se déshabiller. Aujourd'hui, il me suffit de me concentrer sur sa lettre. Celle-ci porte le sceau du ministère de la Propagande, pas du Premier Protecteur. Il est écrit :

> *Le ministère aimerait rappeler à Antigone sur Aela la nature particulièrement publique des obligations qui incombent aux dragonniers du Quatrième Ordre, et l'encourage à se demander si elle pense pouvoir honorer son serment et continuer à servir l'État en assumant une fonction aussi publique.*

Ils veulent qu'elle perde son combat.

À côté de moi, Annie a achevé d'enfiler sa combinaison coupe-feu. Le cuir noir traité contre la chaleur et le feu moule son corps élancé des chevilles jusqu'au cou, silhouette sombre contrastée par l'explosion roux cuivré de ses cheveux tressés. Elle n'a pas l'air disposée à discuter de la lettre, pas tant que les autres s'attardent autour de nous en tout cas, alors nous achevons de nous préparer en silence. Notre armure est composée de pièces fabriquées à partir d'écailles de dragon retravaillées que nous attachons à notre combinaison au moyen de sangles. Nous achevons de serrer celles-ci lorsque le dernier Gardien sort enfin de l'armurerie. Aussitôt, Annie reprend sa lettre.

— Que disait la tienne ? s'enquiert-elle.

J'hésite. Le mot d'Atreus est bien la dernière chose que j'ai envie de lui montrer maintenant.

— S'il te plaît, insiste-t-elle à voix basse.

Sans attendre ma réponse, elle s'empare de la lettre que j'avais déjà rangée dans mon casier. Après l'avoir lue, elle s'effondre sur le banc à côté de moi.

— Félicitations.

Pas d'amertume ni même de jalousie dans sa voix, rien que de la lassitude.

— C'est toi, le gueux qu'ils veulent, ajoute-t-elle.

« Gueux » fait partie des mots qui ont été bannis du vocabulaire de la nation après la Révolution, sauf contexte historique. Je crois que je n'avais jamais entendu Annie le prononcer. Pas en référence à elle-même, en tout cas.

Ni à moi, même si c'est ce que je suis officiellement depuis qu'elle me connaît. C'est d'ailleurs une omission de sa part dont j'ai conscience depuis l'orphelinat, à l'époque où j'étais moins doué pour camoufler mes origines, origines qu'elle n'a jamais admis avoir devinées si ce n'est à travers certains silences.

De plus en plus mal à l'aise, je tente de me justifier.

— Ça n'a rien à voir… Jamais Atreus ne réfléchirait comme ça…

Annie renverse la tête en arrière et se met à étudier le plafond.

— Oh si, Atreus réfléchit tout à fait comme ça. Pour le Quatrième Ordre, il a besoin de dragonniers que les élites acceptent.

Le Quatrième Ordre est le rang qui sera attribué aux quatre dragonniers victorieux aujourd'hui ; ils seront ainsi reconnus comme étant les quatre éléments les plus doués parmi les trente-deux dragonniers du corps des Gardiens. C'est aussi le grade le plus élevé de la flotte aérienne, juste sous le Premier Dragonnier.

— Tu parles de…

— Je parle de sa succession.

Je me fige en entendant ce mot ; Annie semble avoir utilisé tout son souffle pour parvenir à le prononcer.

Avant la fin de son mandat à la tête du nouveau régime, Atreus devra passer le flambeau à un successeur qui sera sélectionné parmi la fine fleur des Gardiens. Le futur Protecteur. Même si ce n'est pas officiel, tout le monde sait qu'il sera choisi parmi le Quatrième Ordre.

— Il songe déjà à sa succession, répète Annie, et pour ça, il a besoin de gueux qui ne se comportent plus… comme tels.

— Tu ne te comportes pas « comme telle », je marmonne entre mes dents tout en resserrant une sangle de mon protège-bras.

Annie émet un petit rire. Nous savons tous les deux que c'est faux. Comme elle, je devine ce que contient son dossier au ministère : Annie a la réputation d'être trop discrète, trop réservée, et d'avoir des difficultés dès qu'il s'agit de prendre la parole en public. D'aussi loin que je me souvienne, elle a toujours été parmi les meilleurs de sa classe, mais elle ne lève jamais la main.

Avec un peu d'entraînement, elle pourrait très bien surmonter ça et gagner en assurance. Encore faut-il qu'elle essaie et qu'elle ait les ressources nécessaires. Mais comment est-elle censée atteindre cet objectif, ou ne fût-ce que songer à l'atteindre, si le gouvernement lui envoie ce genre de courrier ?

Changeons de sujet. Parlons de quelque chose qui n'a rien à voir avec le ministère.

— Tu as dit que tu avais de la famille qui venait aujourd'hui… ?

J'ai posé la question avec beaucoup de prudence, sans savoir si j'aurais mieux fait de m'abstenir. Annie cligne des yeux, puis secoue la tête.

— Ce n'est pas de la famille. Plutôt des amis… de mon village.

« Mon village », deux autres mots qu'Annie évite d'employer en général. Elle les a articulés avec précaution, comme s'ils lui étaient inconnus.

— Ils m'ont écrit une lettre, explique-t-elle. Pas les parents – eux, ils ne savent pas lire.

J'ai risqué un petit coup d'œil dans sa direction ; elle s'est mise à rougir à « lire ».

— Mais depuis la Révolution, leur fils va à l'école. C'est lui qui m'a contactée, pour me prévenir qu'ils allaient venir. C'est la famille qui m'a recueillie pendant quelque temps avant Albans.

Albans, c'était notre orphelinat. Elle n'a pas fait allusion aux circonstances qui l'y ont amenée depuis des années, du moins, devant moi.

Elle se triture les cheveux, repousse quelques mèches de ses yeux, les coince derrière son oreille.

— Je ne les ai pas revus depuis…

Elle lève la tête et je m'aperçois que je suis en train de la dévisager ; je me détourne et elle fait pareil. Elle attrape ses bottes et les enfile l'une après l'autre.

— Je parie que si tu décrochais ta place dans le Quatrième Ordre, ce serait un événement pour eux, dis-je. En fait, ce serait un événement pour tous ceux qui viennent de la province pour assister au tournoi. Tu…

— Je quoi ? m'encourage Annie avec douceur, toujours penchée sur ses bottes.

Et là, je prononce ces mots que mon père aurait été gêné d'entendre de la bouche de n'importe qui, et encore plus de la mienne.

— Tu entrerais dans l'Histoire.

Prête à se lever, Annie attrape son casque, son autre main gantée posée sur ses genoux. Son sourire a quelque chose d'étrange, mais lorsqu'elle prend la parole, ce n'est pas pour me faire remarquer que moi aussi, si l'on en croit mes origines modestes, j'entrerais dans l'Histoire.

Comme si elle savait que ce n'est pas le cas pour moi. Comme si elle avait compris que mon souhait le plus cher n'était pas d'y entrer, mais de la perpétuer.

— Allons-y, Lee.

2

LE QUATRIÈME ORDRE

Avant de rencontrer cette fille, le garçon de l'orphelinat avait un comportement de somnambule. Repas insipides, lit trop dur et nuits glaciales, brimades et bagarres… il subissait tout cela avec indifférence. Qu'on le harcèle. Qu'on le frappe. Les autres n'étaient rien pour lui. Ils parlaient cette langue qu'il avait entendue pendant que sa famille se faisait massacrer sous ses yeux.

Au lieu d'écouter, il se rappelait. Il se rappelait ses proches autour de lui, le rire de sa sœur, les taquineries de son frère, la voix de sa mère. Tout un monde de lumière et de chaleur, de grandes cheminées flamboyantes alimentées par des domestiques, de baies vitrées ouvragées surplombant la Gueule de Feu, de tables couvertes de nourriture, éclairées par des lustres bas. Il se rappelait son père, dans toute sa splendeur, lorsqu'il recevait ses sujets à la cour. Cette sensation lorsqu'ils s'envolaient, la ville qui rétrécissait sous eux, les bras de son père qui le maintenaient tandis que son fléaurage battait des ailes. Aletheia était son nom, et le garçon avait parfois l'autorisation de lui apporter des restes après le repas.

— Un jour, lui dit son père en le serrant contre lui tandis que les montagnes de Callipolis défilaient sous les ailes d'Aletheia, tout ceci t'appartiendra, si tu es choisi par un dragon. Tu apprendras à régner comme moi.

—Est-ce votre père qui vous a appris cela ?

—Il m'a enseigné tout ce qu'il pouvait, mais c'est surtout venu naturellement, Léo, comme ce sera le cas pour toi. Nous sommes nés pour régner comme les gueux sont nés pour servir.

Le garçon ne tarda pas à découvrir qu'il pouvait s'immerger dans ses souvenirs pendant des heures. Et lorsque ceux-ci finirent par se tarir, il s'inventa toutes sortes d'avenirs : un dragon le choisirait, il contrôlerait le feu, et les gens qui lui avaient tout pris se retrouveraient impuissants, dans l'attente de leur sentence. Il s'imaginait les faire payer.

Ainsi, il se préservait de ses autres souvenirs et du monde réel. Rien n'était plus douloureux que lorsqu'il était obligé de revenir dans le présent.

Ce fut ce qui se produisit le jour où il rencontra cette fille.

Dans l'embrasure de la porte, il vit une enfant contre deux autres beaucoup plus grands. La fille se débattait. Tout ça lui était si familier.

Pourtant, pour la première fois depuis son arrivée à l'orphelinat, il se surprit à aller au-devant de la violence plutôt que de s'en détourner.

Il s'approcha et sortit un couteau de cuisine de sa poche. Les mots qui appartenaient à cette autre langue sortirent lentement de sa bouche, mais sortirent quand même :

—Allez-vous-en.

À la vue de son couteau, les brutes s'enfuirent.

Lorsqu'il s'agenouilla à côté de la fille, il se rendit compte qu'il la connaissait déjà : elle était dans la même classe que lui à l'école, alors qu'elle avait un an de moins que les autres. Toute maigre, les cheveux brun-roux hirsutes, elle portait des vêtements beaucoup trop usés, même pour une orpheline. Il fut frappé en la découvrant de plus près, elle était si petite.

C'était bien la première fois qu'il pensait ça de quelqu'un. Dans sa famille, il avait toujours été le plus petit.

— Tu n'aurais pas dû te défendre, lui conseilla-t-il. Quand on essaie de se battre, ils frappent encore plus fort. Et ça fait encore plus mal…

Il s'interrompit.

La fille haussa les épaules et leva les yeux sur lui, le visage baigné de larmes. Toutefois, ses traits exprimaient une férocité amère et une détermination qu'il connaissait bien.

— Parfois, je n'arrive pas à ne pas me battre, répondit-elle.

ANNIE

Peu importe le nombre d'entraînements et de répétitions, rien ne peut vous préparer à la vue des gradins remplis, bannières au vent, trompettes sonnant l'hymne de la Révolution en chœur avec les tambours. Aela et moi savourons ensemble le ciel bleu éclatant, la brise vivifiante de cette fin de printemps, les clameurs de la ville alors que nous procédons à la cérémonie d'ouverture. Dans ces moments-là, je reprends brutalement conscience, comme au début, que cette vie presque devenue routinière est, en réalité, extraordinaire. Aujourd'hui, dans les gradins en contrebas, les gens voient des roturiers comme eux à dos de dragons. Cela me rend fière de mon pays.

Même s'il s'avère que cette fierté n'est pas réciproque.

Alors que cette pensée menace d'occulter tout le reste, je sens Aela, son corps, sa chaleur à travers la selle, sa douce présence au fond de mon esprit. *Tiens bon. Garde ton sang-froid. Ce n'est pas le moment.* D'aussi loin que je me souvienne, Aela a toujours été capable d'apaiser les émotions qui me submergeaient. Dès le début, à l'époque où je n'étais encore qu'une enfant aux cauchemars emplis de dragons crachant leur feu. Grâce à Aela, ils ont disparu. Le réconfort d'un dragon contre les crimes d'un dragon. Que diraient les habitants de mon village ? Qu'auraient pensé mes parents, mes frères et mes sœurs ? Je n'aurai jamais de réponse, mais lorsque je suis avec Aela, ces questions plus aucune importance.

Lee, qui est sur Pallor, entraîne avec moi l'escadron aurélien au niveau du public, tandis que les aquacélestes irisés fusent dans tous les sens au-dessus de nous. Comme nous l'avons répété ce matin, Cor reste en hauteur avec l'escadron fléaurage afin que leurs projections de cendre n'atteignent pas les citoyens.

Atreus entame son discours une fois le spectacle terminé et les dragons dans la grotte. Malgré la distance qui nous sépare de la tribune du Palais, il est impossible de ne pas remarquer la prestance de Premier Protecteur, dont les cheveux gris sont coupés court et dont le maintien assuré compense largement sa tenue simple et discrète. La seule chose que je ne distingue pas d'ici, c'est son regard qui a le don de donner à son interlocuteur le sentiment d'être puissant. Important. Nécessaire. Quand nous l'avons rencontré pour la première fois, nous n'étions encore que des enfants fraîchement choisis par les dragonneaux du nouveau régime. Un frisson m'avait parcouru l'échine lorsqu'il avait prononcé mon nom. Ce jour-là, mon destin avait été lié à celui d'Aela et j'avais reçu mon drakonyme, comme les seigneurs dragons d'autrefois. *« Antigone sur Aela, veuillez prêter serment. »*

Malgré moi, je me demande : quel effet cela m'aurait-il fait de recevoir ce matin un message d'encouragement de sa part plutôt qu'une mise en garde du ministère de la Propagande ? Qu'a ressenti

Lee en lisant ces mots ? Est-ce la raison pour laquelle il dégage une telle assurance décomplexée tandis qu'il observe la foule à côté de moi ?

Message d'Atreus ou pas, Lee n'a cependant jamais manqué de confiance en lui. C'est évident depuis le début.

Beaucoup de choses sont évidentes depuis le début avec Lee.

— Citoyennes et citoyens de Callipolis, clame Atreus, bienvenue aux quarts de finale du tournoi du Premier Dragonnier. Il y a dix ans, vous avez pris une décision historique. Vous avez décidé d'être jugés sur un pied d'égalité, de sélectionner les meilleurs parmi vous afin qu'ils deviennent dragonniers et qu'ils apprennent à devenir les dirigeants de demain. Vous avez décidé de faire entrer Callipolis dans une nouvelle ère de grandeur, où la force aérienne est au service de la justice. Dans une nouvelle ère de dirigeants justes et vertueux. Pendant les années de transition qui ont suivi la chute des anciens dragonniers jusqu'à l'avènement de notre nouveau régime, vous m'avez permis d'être votre intendant. Aujourd'hui, je vous demande de vous tourner vers l'avenir. Vers vos Gardiens. Aujourd'hui, quatre d'entre eux se qualifieront pour les demi-finales de ce tournoi et deviendront membres du Quatrième Ordre.

» Dans quelques années, je pourrai dire : « Que le plus vertueux des Gardiens règne » ; aujourd'hui, je conclurai par ces mots : « Que les meilleurs dragonniers gagnent. »

Un tonnerre d'applaudissements retentit dans l'arène. Mon sang se met à bouillir dans mes veines.

Je m'assieds à côté de Duck dans les gradins en pierre de l'Eyrie pour assister au premier combat : son frère Cor contre Rock qui vient d'une famille de serfs des Hautes Terres, comme moi. Tous deux montent un fléaurage. Rock a la peau claire, des cheveux blond cendré hirsutes, et surtout une très imposante carrure qui lui a valu son surnom il y a de cela des années. Aussi, lorsque le présentateur l'annonce par son véritable prénom, certains dragonniers font mine d'être surpris.

— Bonne chance, « Richard » ! lancent-ils en s'esclaffant.

Rock semble prendre les boutades avec bonne humeur et, après avoir échangé quelques tapes sur l'épaule avec Lotus et Darius, il descend avec Cor la rampe en pierre qui mène à l'entrée de la grotte.

Pour la première fois depuis notre conversation, la voix calme et assurée de Lee me répétant une énième fois ce que je savais déjà vacille dans ma tête. Il a raison : si je parviens à intégrer le Quatrième Ordre, j'entrerai dans l'Histoire. Mais c'est aussi valable pour Rock. Or, qui n'apprécie pas Rock ? L'impétueux, inébranlable, sûr de lui Rock. Le genre de « gueux » que tout le monde aime, y compris les jeunes patriciens…

Et puis, ce n'est pas comme si le message que j'ai reçu était mensonger. On ne peut pas dire que l'idée d'assumer une fonction publique me plaise ni que je veuille attirer une telle attention sur moi. J'aime gagner, certes, et je suis plutôt douée pour ça, mais cette fois, gagner implique quelque chose de plus grand. Faire partie du Quatrième Ordre m'exposerait. Ce que je déteste. En plus, je serais vraiment nulle à ce jeu-là. N'est-ce pas ?

Pourtant…

À côté de moi, Duck a la jambe qui tressaute nerveusement, une manière pour lui d'évacuer la tension que le duel de son frère lui inspire. À l'entrée de la grotte, Cor et Rock appellent leur dragon à l'aide du sifflet intégré à leur bracelet, emplissant les souterrains d'ultrasons indétectables pour l'oreille humaine, mais que les dragons ont été entraînés à reconnaître. La légende raconte qu'au commencement de la dragonnerie, les dragonniers étaient capables d'invoquer leur dragon par l'esprit, mais cette pratique s'est perdue au fil des siècles.

Les dragons arrivent, Cor et Rock les enfourchent et décollent. Ils se placent en vol stationnaire au-dessus de l'arène, à dix mètres de distance l'un de l'autre, à peu près à hauteur du sommet du mur d'enceinte du Palais Extérieur, le Palais Intérieur s'élevant plus haut encore, lui-même dépassé par la Tour de Pytho, gigantesque colonne karstique qui domine l'ensemble de la cité. La cloche retentit. Cor s'avance, Rock s'écarte, et là, l'évidence me frappe.

Rock n'est pas assez bon pour battre Cor.

Ce n'est peut-être pas évident pour le public, mais moi je n'ai aucun mal à deviner pourquoi : Rock sur Bast se déplace trop lentement, il est incapable de distancer Cor sur Maurana. Même si Cor a manqué ses coups jusque-là, dès qu'il réussira à viser correctement, Rock ne pourra pas l'esquiver. Lors d'un tournoi, on remporte un duel en touchant son adversaire avec une sorte de fumée épaisse, car nos dragons ne sont pas ignitiés. Cette substance appelée cendre peut infliger des brûlures et noircir une armure. Atteindre l'adversaire au niveau du buste avec la cendre constitue un coup fatal, l'atteindre aux membres constitue une pénalité ; trois pénalités constituent un coup fatal.

— Vas-y, Cor !

À côté de moi, Duck s'est levé et s'appuie au garde-corps de l'Eyrie en plissant les yeux à cause du soleil.

Lorsque, par chance, Rock parvient à infliger une première pénalité à Cor, Duck inspire bruyamment, comme s'il sentait la brûlure qui noircit le bras de son frère.

— Il paraît qu'il n'y a rien de plus douloureux que le feu d'un fléaurage, déclare Vigor en nous rejoignant et en se glissant à la gauche de Duck, son casque coincé sous le bras.

Il se déplace au sol comme dans les airs : ses mouvements sont souples et furtifs, dignes d'un félin, d'un prédateur. Le soleil fait luire sa peau dorée et les pointes de ses cheveux rasés. Duck se raidit, mais ne le regarde pas.

— Un avis sur le sujet, Annie ? m'interroge Vigor.

Solliciter mon opinion sur les fléaurages est l'une de ses manières préférées de me narguer. Il adore étudier ma réaction. Je me contente donc de le dévisager d'un air blasé. Après tant d'années, c'est devenu une sorte de tradition.

Duck serre les poings. Quand nous étions enfants, les allusions de Vigor à ce qui est arrivé à ma famille l'énervaient tant qu'il s'en prenait à lui. Ça finissait en bagarres qu'il perdait toujours. Les muscles de Vigor sont puissants, ses techniques de combat plus proches de celles d'un vaurien des rues que d'un fils de patricien.

— Qu'est-ce que tu veux ? gronde Duck.

Vigor se penche vers lui, trop près. Sa voix est à peine plus qu'un murmure lorsqu'il rétorque :

— Une longue et lente cuisson.

Duck se raidit, et je pose une main sur son bras pour le retenir.

— Laisse-nous tranquilles, dis-je à Vigor.

Même si nous parlons tout bas, notre conversation capte l'attention des dragonniers sur les bancs voisins. Lee et Crissa sont les plus proches. J'adresse à Lee un regard dissuasif, et il reste à sa place, mais il continue à nous observer, prêt à intervenir.

Vigor délaisse Duck pour s'intéresser à moi, tel un dragon qui aurait repéré une nouvelle proie. Il darde ses yeux brun foncé sur les miens et me décoche un sourire éclatant. Puis il incline la tête dans une parodie de révérence de l'ancien régime, comme si j'étais une dragodescendante.

Je sens mon visage s'embraser. Vigor s'éclipse et Duck lève le bras pour se libérer de ma main. Il est de nouveau concentré sur le combat de son frère au-dessus de nous, mais il respire mieux.

—Au fait, Annie…

—Oui ?

—Ça te dit de venir saluer ma famille à la mi-temps ? demande-t-il.

—Je croyais qu'on devait attendre la fin du…

—Et moi je suis sûr qu'il vaut mieux y aller avant.

Je songe à la fureur qui luisait dans les yeux de Vigor et à ce désarroi douloureux que je ressens quand Duck est blessé. Vigor sur Vorace, futur adversaire de Duck, a déjà conduit d'autres dragonniers à l'hôpital.

—D'accord.

Duck arrache son regard du combat le temps de m'adresser un sourire en coin. Le vent joue dans ses cheveux ondulés. L'air à la fois penaud et obstiné, il hausse les épaules, comme si faire bonne figure était un acte de résistance en soi. Le jour où je l'ai rencontré, il m'a prise par la main et emmenée sur le toit du Cloître, juste pour admirer les étoiles. À l'époque, je n'avais pas compris. Les étoiles ? On pouvait très bien les contempler n'importe quand. « Oui, mais pas comme ça, avait affirmé Duck. Tu verras. Elles sont magnifiques. »

Et en effet, je ne m'attendais pas à tant de beauté. Sur ce toit crénelé, les étoiles étaient si paisibles et semblaient si proches qu'on avait l'impression de pouvoir les toucher. Nous nous étions bien sûr fait attraper, mais ça en valait la peine. Et pour la première fois, j'avais effectué les heures de retenue de Goran avec le sourire.

La foule explose de joie. Cor vient de descendre en piqué, de frôler les gradins et de décocher une troisième pénalité contre Rock. Duck lève le poing en poussant un cri de triomphe.

Cor sur Maurana vient de donner le coup fatal à son adversaire. Le combat est terminé.

Je suis la dernière représentante des Hautes Terres en lice.

De retour sur l'Eyrie, Cor et Rock descendent de leur dragon avec une raideur typique de brûlures fraîches. Le présentateur proclame Cor sur Maurana vainqueur et premier membre du Quatrième Ordre. Cor lève le bras. L'adrénaline donne à son sourire un caractère un peu fou. Rock est accueilli par son ami Lotus qui l'aide à rejoindre le garde-corps en boitant tandis que son fléaurage s'envole pour regagner les souterrains.

— Tu t'es bien battu, lui assure Lotus, fils d'un poète patricien renommé.

Ses cheveux frisés, sa peau brune et sa silhouette dégingandée offrent un contraste saisissant avec l'apparence montagnarde de Rock.

— Qu'en est-il de notre pari à propos de Lee et Crissa ? s'enquiert Rock en s'époussetant les mains l'une contre l'autre.

En tant que Gardiens, nous avons fait le serment de renoncer aux plaisirs matériels comme l'argent, le mariage ou la descendance… Toutefois il semble que les jeux de hasard réussissent toujours à se frayer un chemin, du moins, jusqu'à Rock et Lotus.

— Ah oui, c'est vrai, répond Lotus. Je te parie une traduction en langue draconique que…

— Vous savez qu'on vous entend ? les interrompt Crissa. De toute façon, je suppose que tu vas parier sur moi, Lotus, puisque je suis ta cheffe d'escadron ?

Lotus déglutit. Crissa esquisse un sourire, puis se tourne vers Lee en se tapant la paume du poing.

— Prêt, Lee ?

Avec son armure plaquée d'écailles, son air grave, ses cheveux noirs, ses yeux gris et ses pommettes hautes, Lee ressemble plus à un grand guerrier tout droit sorti d'une tapisserie sur les Guerres bassiléennes qu'à un adversaire dont on peut se moquer. Crissa ne se laisse pas démonter pour autant. Puis, à ma grande surprise, Lee hausse un sourcil espiègle. Une riposte discrète qui suffit à faire rougir Crissa.

Un autre pari, dans le dortoir des filles cette fois : pendant combien de temps Crissa devra-t-elle encore user de ses charmes avant que Lee « succombe » – pour reprendre l'expression de Deirdre ? C'est Deirdre et Alexa qui l'ont lancé, mais même Orla a fini par jouer. Crissa est au courant et ça l'amuse. Pour ma part, j'évite toutes les conversations sur le sujet. Jusqu'à présent, personne n'a raflé la mise.

Tandis que Lee et Crissa descendent la rampe en direction de l'entrée de la grotte pour appeler leur dragon, les gloussements de Deirdre et Alexa m'écorchent les oreilles. Un grand silence s'abat sur l'Eyrie. Mes préoccupations au sujet de Crissa, de ses tentatives de séduction et des réactions énigmatiques de Lee s'envolent en même temps qu'eux dans l'arène.

Aux entraînements, je suis si souvent la partenaire de Lee que j'ai rarement l'occasion de l'observer. Lee et Pallor se déplacent avec une fluidité et une précision parfaites, sans jamais en faire trop, ni trop peu, mais sans jamais se refréner non plus. C'est si beau que je me surprends à retenir mon souffle, prise d'un désir d'être là-haut. Je voudrais être celle qui répond à leurs attaques, qui passe à l'offensive lorsqu'ils reculent ; je voudrais ressentir cette ivresse qui nous envahit quand on se bat avec quelqu'un qui nous pousse à redoubler d'audace et d'efforts, à nous surpasser.

Crissa est sans nul doute notre meilleure dragonnière aqua-céleste. Elle sait tirer parti de la vitesse et de la flexibilité naturelles de son dragon. Cependant, ces qualités indéniables ne suffisent pas face à la maîtrise et à la précision de Lee.

— Il rate toutes ses ouvertures. Pourquoi ? s'étonne Rock dans un murmure.

Il ne connaît pas le style de Lee aussi bien que moi. Lee ne rate pas d'ouvertures, il a sûrement décrété qu'il porterait un coup fatal, rien de moins.

Crissa finit par s'impatienter et vire brusquement pour charger. Lee saisit l'occasion, dévie sur la gauche au dernier moment et Pallor crache son premier jet de cendre, qui leur permet de remporter le combat : l'armure de Crissa est noircie au niveau du torse. Lee a gagné, sans la moindre pénalité.

Il atterrit et ôte son casque, dévoilant un visage impassible – aux antipodes de l'euphorie médusée de Cor un peu plus tôt. Il rejoint Crissa qui sourit avec une déception contenue et lui serre la main. Le présentateur le déclare vainqueur et annonce qu'il est le deuxième Gardien à rejoindre le Quatrième Ordre. Les acclamations du public redoublent. Pendant tout ce temps, Lee conserve le même air serein, comme s'il s'y attendait depuis le début.

J'ai un pincement au cœur, à mi-chemin entre l'amertume et l'admiration : ça lui vient si naturellement. De gagner, mais surtout de penser que sa victoire est dans la logique des choses.

Réflexion qui en amène une autre, indésirable, mais indéniable : *Bien sûr. Bien sûr que c'est naturel chez lui.*

Ça le serait chez toi aussi si tu étais dragodescendante.

Le mot a quelque chose d'insultant. Un peu comme « gueux », mais au lieu d'être banni de notre vocabulaire, il est banni de mon esprit en association à Lee. S'il s'est immiscé dans mes pensées maintenant, c'est parce que Lee a l'air tellement à l'aise.

Bien sûr, ses origines n'ont jamais été prouvées...

Cela dit, elles n'ont jamais vraiment eu besoin de l'être.

Et elles n'ont jamais eu d'importance. Tout ce qui compte, c'est que Lee vole bien. C'est un meneur, et c'est mon ami. Il mérite de gagner. À quoi bon lui reprocher d'être sûr de lui ?

À quoi bon lui reprocher la préférence du Premier Protecteur, à lui, le supposé orphelin des quartiers pauvres qui ébahit tout le monde avec son assurance et sa grâce...

Une pause de vingt minutes est annoncée, avant les deux derniers combats qui opposeront Duck et Vigor, puis Darius et moi. Les dragonniers qui ont terminé leur duel quittent l'Eyrie par l'escalier menant au Palais où des médecins les attendent pour soigner leurs brûlures. Duck m'effleure le bras.

— Tu viens ?

La famille de Duck est installée dans la section réservée à la classe de bronze, soit les ouvriers qualifiés, située juste au-dessus de la section réservée à la classe de fer, soit les ouvriers non qualifiés. Bien au-dessus de ces deux sections se trouvent, de chaque côté de la tribune du Palais, les sections réservées aux classes d'argent et d'or, respectivement les valeureux – c'est-à-dire les militaires – et les philosophes. Avant la Révolution, votre famille déterminait à quelle classe vous apparteniez – roturiers, patriciens, dragodescendants – mais sous le nouveau régime, il faut se soumettre à un examen.

— Tu cherches quelqu'un ? me demande Duck.

Je suis en train de scruter la foule en m'efforçant de faire abstraction des regards qu'attire notre armure, à la recherche des gens de mon village censés assister au tournoi. Où sont-ils ? Ont-ils renoncé à venir ? Ils devraient pourtant se trouver dans la section de bronze ; les agriculteurs font partie des ouvriers qualifiés.

— Dorian ! C'est bien toi ! Et Annie !

Nous ne tardons pas à être encerclés par les Sutter et je me retrouve dans les bras de la mère de Duck, puis de ses deux sœurs pendant que son plus jeune frère s'élance d'un banc pour se jeter à son cou. Les Sutter, à l'instar de Duck, ont toujours été accueillants.

— C'est prometteur pour Cor, hein ? Tu crois qu'il pourrait devenir Premier Dragonnier ?

Duck plisse les yeux. Je me demande si, comme moi, il s'interroge sur les chances de Cor alors que Lee fait lui aussi partie des demi-finalistes.

— C'est possible. Mais tu sais, en temps de paix, Premier Dragonnier, c'est plus un titre honorifique qu'autre chose.

— Une guerre, ça peut toujours arriver, lui fait remarquer Merina, la plus jeune sœur de Duck.

Elle sautille sur place, faisant danser ses couettes. Comme tous les enfants de la famille Sutter, Merina a hérité des yeux noisette et des cheveux ondulés de son père, et du teint hâlé de sa mère.

— C'est peu probable, rétorque Duck en riant et en secouant la tête.

Puis il se met à énumérer les raisons d'un ton assuré :

— Nous avons de bonnes relations avec Damos, l'archipel d'Isca a juré de rester neutre, l'Empire bassiléen est sur le déclin depuis des siècles…

Duck ne fait que réciter ce que nous avons appris en classe sur la géopolitique de la région, pourtant sa famille le dévisage d'un air perturbé. Les Sutter possèdent une boulangerie dans le quartier des Halles. Ils ont toujours été fiers du parcours de Cor et de Duck, non sans manifester une certaine incompréhension circonspecte.

M. Sutter intervient avec une curieuse tension dans la voix :

— Tu oublies le Nouveau-Pythos. Et eux, ils ont une dent contre nous, pas vrai ?

Il essaie visiblement de ne pas perdre la face devant l'étalage de connaissances de son fils, mais cette tentative est si maladroite que j'en éprouve une certaine gêne pour lui. Duck fait grimper son petit frère Greg sur ses épaules, mais son front se creuse de plis soucieux tandis qu'il cherche comment répondre. Sans s'en apercevoir, M. Sutter vient de trahir son faible niveau d'instruction. Depuis des années, on raconte que plusieurs membres des grandes familles de la triarchie auraient échappé aux massacres du Jour du Palais et se seraient réfugiés au Nouveau-Pythos. Quand bien même ce serait le cas, la puissance militaire de cette nation est négligeable. Ils ne possèdent pas de dragons, pas de forces aériennes ni même de forces navales puisque l'île est encerclée de piliers karstiques qui rendent ses eaux presque infranchissables. Toutefois, le ministère de la Propagande entretient auprès des classes métalliques inférieures la rumeur que le Nouveau-Pythos représenterait une menace. Elle serait très utile, car elle renforcerait le sentiment patriotique du peuple – c'est ce que nous ont expliqué les fonctionnaires responsables de la propagande lors d'un cours réservé aux Gardiens.

Un argument plutôt facile à accepter sans sourciller jusqu'au jour où votre propre père citoyen de bronze vous sort cette théorie avec le plus grand sérieux.

Duck acquiesce lentement.

— C'est vrai. Il y a le Nouveau-Pythos.

Comme pour chasser cette tension qu'elle sent monter entre son mari et son fils, Mme Sutter s'interpose, ses mains perpétuellement couvertes de farine sur les hanches :

— Guerre ou pas, faire partie du Quatrième Ordre, c'est déjà un grand honneur.

— Oui, on en a parlé à l'école cette semaine, intervient Merina. Quand tu fais partie du Quatrième Ordre, ça veut dire que tu pourrais devenir le prochain Protecteur. Cor va devoir faire encore plus de rondes et de discours, aller à des soirées chics pleines de citoyens d'or, passer des sortes d'entretiens…

On leur donne des leçons sur le Quatrième Ordre à l'école ? L'idée que les enfants parlent de nous sur toute l'île me rend anxieuse tout à coup. Évidemment qu'ils parlent de nous. C'est important pour eux. Nous sommes importants pour eux.

« Le ministère aimerait rappeler à Antigone sur Aela la nature particulièrement publique des obligations qui incombent aux dragonniers du Quatrième Ordre… »

Ana, l'aînée des filles Sutter, frémit.

— Dit comme ça, ça a l'air terrifiant. Mieux vaut Cor que moi.

La grande, maigre et quelconque Ana vient de résumer le fond de ma pensée. J'éprouve tout à coup une bouffée de tendresse pour elle. Je l'interroge :

— Tu as déjà passé l'épreuve des métaux ?

Âgée d'un an de moins que nous, Ana est en dernière année, celle où les jeunes élèves sont en général soumis à l'épreuve qui déterminera à quelle classe métallique ils appartiendront. Elle hoche la tête et lève son poignet nu.

— On n'a pas encore les résultats. Mais je sais déjà que je n'ai pas aussi bien réussi que Duck et Cor.

Lorsque ces résultats seront annoncés, Ana recevra le bracelet correspondant à la classe sociale qui lui aura été attribuée. Ceux de ses parents, qui scintillent au soleil, sont en bronze, l'insigne des ouvriers qualifiés. Celui de Duck et le mien font partie des plus rares de la Cité : ils sont en or entrelacé d'argent, ce qui signifie que nous nous sommes soumis à l'épreuve des métaux alors que nous étions enfants, au cours de la campagne de recherche de talents qui a été menée pour constituer le corps des Gardiens, et que les résultats nous ont classés à la fois dans la catégorie des philosophes et dans celle des valeureux.

Les cloches retentissent. Duck crispe les épaules. Ce son doit lui rappeler ce qui l'attend. Vigor.

— Il faut qu'on y retourne.

Mme Sutter me serre dans ses bras pour me dire au revoir, un geste maternel qu'elle fait sans y penser, mais qui me trouble.

— Bonne chance pour ton combat, ma chérie. Tu viendras fêter le solstice d'été avec nous cette année ? Pas d'excuse, cette fois.

— On traînera Annie et Lee hors du Cloître s'il le faut, lui garantit Duck.

En regagnant l'Eyrie, je me dévisse le cou pour étudier la foule qui occupe les gradins de bronze. Toujours aucune trace des habitants de mon village natal.

Peut-être ont-ils changé d'avis.

« Si tu décrochais ta place dans le Quatrième Ordre, ce serait un événement pour eux », m'a dit Lee ce matin.

C'est drôle comme le fait que ce moment soit important pour eux a tant d'importance pour moi.

Je suis tellement occupée à scruter le public que je percute presque Darius, mon adversaire du jour, qui redescend de la section réservée aux citoyens d'or. Il est blond, grand et bien bâti, il n'a rien à envier à une statue de marbre blanc. Il est accompagné d'autres jeunes patriciens qui ont décroché l'or à leur examen. Je connais la plupart de ces garçons de vue ; les Gardiens ont beaucoup de cours en commun avec les étudiants d'or – ce sont nos futurs pairs, collègues… ou subalternes. Bon nombre d'entre eux sont des fils de fonctionnaires d'État que je croise lors de mes rondes au Palais Intérieur ou dans d'autres lieux officiels.

Et ils seraient tous ravis si Darius sur Myra rejoignait le Quatrième Ordre.

Darius me voit à temps, s'arrête net, puis il désigne avec la plus grande galanterie l'arche en pierre que nous nous apprêtons à franchir tous les deux.

— Après toi, Annie.

Dragons tout-puissants. Je dois renoncer. Il le faut. Je dois respecter la volonté de l'État, sinon à quoi bon avoir prêté serment ? Et l'État veut ce type. Ça fait mal, mais je ne peux pas en vouloir au ministère. Pas plus tard qu'il y a quelques minutes, j'étais glacée d'effroi à l'idée que des petits écoliers parlent de moi… Je n'adore pas Darius, mais c'est quelqu'un de sérieux, il fera du bon boulot…

Le prochain duel est celui de Duck et Vigor ; Darius et moi clôturerons cette première journée de tournoi.

Sur l'Eyrie, Duck, plus tendu que jamais, se plie aux dernières vérifications de son frère qui resserre son armure et lui chuchote ses ultimes recommandations. Le fléaurage de Vigor est énorme, il n'aura pas à se soucier d'économiser sa cendre ni de viser avec précision. C'est simple, Vorace ne tombe jamais à court. La meilleure stratégie que Duck puisse adopter, c'est bouger, bouger et encore bouger dans l'espoir de les épuiser.

— Et, par pitié, pas de débordement, lui siffle Cor.

La plupart du temps, le lien émotionnel entre notre dragon et nous est ténu, subliminal. Néanmoins, il peut arriver, lors d'un choc ou d'un trouble particulièrement violent, que nos remparts se brisent. Ce phénomène appelé débordement peut constituer le plus grand avantage d'un dragonnier comme sa plus grande faiblesse. Certains, comme Vigor, laissent déborder leurs émotions de manière délibérée ; Lee et moi n'avons jamais recours à cette pratique, même si je suis plus à l'aise que Lee avec la notion de partage émotionnel. De son côté, Duck est le genre de dragonnier qui se laisse trop vite déborder, mais qui ferait mieux de s'abstenir. Avec sa dragonne Certa, ça ne se termine jamais bien. Ils perdent trop facilement le contrôle.

Duck et Vigor descendent la rampe d'accès. Lee va se placer à côté de Cor et Crissa, et bien que je ne recherche pas spécialement sa compagnie d'ordinaire, surtout lorsqu'il est avec les deux autres chefs d'escadron, je me surprends à avancer vers lui, attirée comme un aimant. Réaction nerveuse, vieux réflexe de l'orphelinat : j'en ai conscience, mais cela ne m'empêche pas de continuer pour autant. Lee me remarque et s'écarte des autres pour me rejoindre à l'extrémité de l'Eyrie. Côte à côte, nous nous appuyons sur le garde-corps pour suivre le combat.

Duck et Vigor prennent place au-dessus de nos têtes. Le silence retombe sur l'Eyrie, comme pour le combat de Lee, sauf que cette fois, c'est différent. Même Rock et Lotus ont oublié de lancer les paris.

Puis, le duel commence. Vigor sur Vorace attaque ; Duck sur Certa bat en retraite. Puis, Duck prend de la hauteur, talonné par Vigor, mais ce dernier doit avoir deviné la stratégie de son adversaire, car on l'entend crier :

— La fuite, voilà ce que tu as choisi ? Comme au bon vieux temps, Dorian !

— Ne l'écoute pas, murmure Lee dont les yeux gris sont rivés sur l'aquacéleste nacré de Duck, les doigts cramponnés à la rambarde de l'Eyrie.

Hélas, Duck n'a jamais été capable d'ignorer Vigor. Sans surprise, son aquacéleste frémit d'une manière révélatrice. Le public ne s'en rend pas compte, mais nous, nous sommes capables de repérer un débordement dès les premiers signes.

Sans crier gare, Duck opère un demi-tour très serré et tire. Vigor esquive la cendre de Certa qui passe au-dessus de son épaule sans lui infliger le moindre dommage, et profite de la proximité de Duck pour tirer à son tour. Il l'atteint à la jambe, à pleine puissance.

Le public pousse un petit cri admiratif et la cloche signale une pénalité. Sur l'Eyrie, la réaction est tout autre, plus proche du grommellement indigné. L'ouverture laissée par Duck était large ; Vigor aurait pu porter un coup fatal, mais il a opté pour une pénalité à pleine puissance.

« Une longue et lente cuisson. » Vigor a l'intention de faire durer le supplice.

Les deux compétiteurs prennent leurs distances le temps que Duck ouvre le tube de fluide réfrigérant intégré à la jambe de sa combinaison coupe-feu. Ensuite ils se remettent en position et le combat reprend. Il est désormais évident que Duck est en plein débordement : Certa est prise de soubresauts maladroits, ses mouvements sont confus. Peu importe ce qu'éprouve Duck à cet instant, son émotion est en train de se répercuter, à l'échelle d'un dragon, entre eux. Une minute plus tard à peine, Vigor parvient à placer une deuxième pénalité, touchant cette fois Duck au bras et au flanc. Là encore, il s'abstient de donner un coup fatal alors qu'il en avait l'occasion et, là encore, il frappe à pleine puissance.

J'en ai la nausée.

« Il n'y a rien de plus douloureux que le feu d'un fléaurage. »

Je sens les souvenirs commencer à affluer en moi, telle une tempête. Il fallait s'y attendre. C'est vrai, j'aurais dû m'en douter, il ne manquait plus que ça pour rendre cette matinée encore plus dure. Non, pas ça, pas maintenant, au pire moment…

Mais une fois que les éléments se déchaînent en moi, impossible de les arrêter. Alors je m'accroche au garde-corps et je supplie l'univers de ne pas perdre le contrôle.

Je sens le regard de Lee, qui devrait être concentré sur le combat, se poser sur moi.

— Maître Goran, il faut siffler la faute, lance Cor.

— Ce n'est pas commettre une faute que de tenter un coup fatal et de le rater, Cor.

Ce dernier se tourne vivement vers notre instructeur.

— Vigor est en train de jouer au chat et à la souris avec sa proie avant de la dévorer, s'insurge-t-il d'une voix tremblante.

Les dissensions entre Goran et les trois chefs d'escadron n'ont jamais été un secret pour personne, même si aucun d'entre eux ne l'a jamais reconnu officiellement. C'est Atreus, et non Goran, qui a nommé trois dragonniers d'origines modestes, dont une femme, à ces postes à responsabilités au sein du corps des Gardiens, il y a deux ans.

— Vigor n'a rien fait d'illégal, s'obstine Goran.

Cor émet un cri étouffé, puis se détourne de l'instructeur. Crissa pose une main sur son bras.

— Je vais chercher un médecin. Tu viens avec moi ?

— Non la rabroue-t-il.

Je suis quasiment sûre que mon visage ne laisse rien transparaître, ne trahit rien, mais Lee s'est quand même rapproché de moi, nos flancs se touchent, puis il pose la main à côté de la mienne sur la rambarde. Une invitation silencieuse que personne ne peut remarquer à part moi. Je commence par lutter, mais le monde ne cesse de vaciller. Les souvenirs se referment sur moi. Et puis il y a Duck, là-haut, blessé, sans échappatoire. Je suis en train de me laisser submerger. Alors, je cède. Je saisis la main de Lee et je m'y accroche en m'efforçant de me focaliser dessus. Je crois que j'enfonce les ongles dans sa peau, pourtant il ne s'écarte pas, au contraire, il serre ma main, lui aussi. J'évite de le regarder.

Au-dessus de nous, Duck semble avoir renoncé – ou peut-être oublié – sa stratégie initiale qui consistait à maintenir une certaine distance entre Vigor et lui. Ils se tournent autour, mais l'aquacéleste de Duck ne cesse de trembler à cause des émotions qu'il déverse en elle. Quelques secondes plus tard, il reçoit un troisième et dernier coup. Une simple pénalité aurait suffi à faire gagner Vigor, mais non, c'est un coup fatal qu'il inflige à sa victime. Duck se retrouve englouti dans une épaisse fumée noire. Lorsque celle-ci se dissipe, il est très raide sur son dragon. Tous deux redescendent lentement sur l'Eyrie derrière Vigor et Vorace. Vigor sourit en mettant pied à terre.

— J'espère qu'il va bien. Les coups sont sortis un peu plus forts que je le voulais…

Cor se jette sur lui en poussant un cri inarticulé. Lee lâche brusquement ma main pour aider les autres à le contenir.

Goran et le médecin coupent les sangles qui retiennent les bottes de Duck aux étriers et l'aident à descendre du dos de Certa. Cette dernière a le regard vide. C'est l'expression d'un dragon dont le maître a perdu connaissance. J'avise la silhouette inanimée de Duck et l'odeur de fumée. Des vagues glacées de panique enflent en moi.

« Il n'y a rien de plus douloureux que le feu d'un fléaurage. »

Lee s'avance vers Duck, mais lorsqu'il s'aperçoit que je lui ai emboité le pas, il fait demi-tour, me saisit par la taille pour me ramener en arrière et me fait pivoter vers lui pour sonder mon regard.

—Annie.

—Je dois…

Je me débats pour passer, incapable de parler, à peine capable de voir Duck au milieu de souvenirs que je ne parviens plus à réprimer. Les souvenirs du feu impitoyable d'un fléaurage en train de détruire mon univers sous mes yeux démunis.

Le regard ardent de Lee trouve le mien. Tout s'arrête. Le reste du monde disparaît.

—Je vais m'occuper de lui. Toi, il faut que tu y ailles.

Au début, je ne comprends pas. Puis ça me revient d'un coup : mon combat. Je n'ai pas encore livré mon combat.

Un affrontement que je suis censée perdre, auquel aucun habitant de mon village n'est venu assister. Un affrontement qui, en cas de victoire, me mettrait en avant alors que je suis malade rien que d'y penser.

« Le ministère aimerait rappeler à Antigone sur Aela la nature particulièrement publique… »

« … honorer son serment et continuer à servir l'État… »

Je regarde Cor que Crissa peine toujours à maîtriser ; Duck, inconscient tandis que le médecin lui ôte son armure ; Vigor et son petit sourire suffisant. Puis, j'observe l'entrée de la grotte où Darius m'attend déjà. Il porte son bracelet à sa bouche pour appeler son fléaurage sous les yeux de sa famille et de ses amis installés dans les gradins réservés aux citoyens d'or.

Soudain, tout s'évanouit pour laisser place à une seule pensée.

Hors de question que je perde ce maudit combat !

Je lève les yeux vers Lee et hoche la tête. J'ignore ce qu'il cherchait dans mon regard, mais il semble l'avoir trouvé. Il lâche mes épaules et je commence à descendre la rampe.

— Annie, lance quelqu'un d'autre.

Je m'arrête de nouveau. Cette fois, c'est Goran qui pose une main sur mon épaule. Je me tourne vers lui.

— N'oubliez pas le message du ministère, dit-il.

Il me domine, large d'épaules dans son uniforme. Pendant des années, j'ai associé cette silhouette au goût amer de mon infériorité. L'espace d'un instant, tout devient très clair pour moi, limpide. C'est le genre de lucidité qui m'habite en général lorsque je suis avec Aela, sauf que cette fois, elle m'est venue seule. Cristallisée en son sein couve une colère que j'ignorais encore posséder.

Sans un mot, je tourne le dos à Goran.

LEE

Il y a toujours un moment où ça se produit, en général quelque part entre l'appel et l'envol, un moment charnière où Annie se métamorphose pour devenir la personne qu'elle est dans les airs, si différente de celle qu'elle est au sol. Tous ses doutes s'évanouissent, sa maladresse disparaît et, tout à coup, elle est libre. Déchaînée.

J'ai beau y avoir assisté à de nombreuses reprises, aujourd'hui, je suis frappé par cette transformation comme si c'était la première fois. Tandis que Darius et elle rejoignent leur position de départ, je sens presque l'énergie qui monte en elle.

Duck bouge enfin, il gémit ; le fluide réfrigérant que Maître Welse a appliqué sur lui commence à faire effet. Je me lève et m'éloigne d'eux sans quitter des yeux l'aurélien à la teinte cuivrée d'Annie.

— On dirait que ça a été efficace, dis-je à Goran en me plaçant à côté de lui.

— Pardon ? fait-il d'une voix irritée sans détacher non plus le regard des dragons qui s'apprêtent à livrer bataille dans le ciel.

— Ce que vous venez de lui dire.

La cloche retentit. Darius et son fléaurage gris acier chargent d'emblée ; Annie et Aela se redressent et s'élancent vers le haut en défiant les lois de la gravité, fusant à une vitesse vertigineuse dans le ciel dégagé. Elles sont si rapides, si sûres d'elles, si belles que j'en ai des frissons.

Les autres ne remarquent peut-être pas la différence, mais moi, oui. Annie vole comme si elle sortait tout droit de l'ancien régime. Elle l'a toujours fait. Les réflexes qui m'ont été inculqués par une enfance passée à observer des dragonniers à l'œuvre sont innés chez elle. Les dragonniers du nouveau régime, après tout, n'ont aucun modèle. Nous n'avons pas le luxe d'être formés par un père dragonnier qui aurait lui-même tout appris de son propre père.

Toutes les leçons que mon père aurait pu m'inculquer sont mortes avec lui. Mais Annie, elle, n'a jamais eu besoin du moindre conseil.

Une fraction de seconde plus tard, Darius comprend ce qui se passe et lance son fléaurage à leur poursuite à la verticale, pour tenter de combler la distance, mais Annie est déjà loin et, de toute façon, Aela est plus rapide et plus légère que Myra.

Des sifflements ravis et impressionnés s'élèvent de l'Eyrie lorsque les autres dragonniers comprennent ce qu'Annie est en train de faire. La hauteur est toujours un avantage ; la gravité, une arme. Mais la manière la plus évidente de s'en servir – à savoir descendre en piqué deux fois plus vite que votre adversaire depuis un point très élevé – est une manœuvre qui requiert des compétences que très peu de dragonniers possèdent. Je sens un sourire étirer mon visage. Silencieux, les traits plissés face à l'éclat du soleil, Goran observe la scène qui se joue dans le ciel.

Les deux adversaires continuent leur ascension, l'écart se creuse. Puis, alors qu'ils ne sont plus que deux points noirs, ils ralentissent tous les deux, jusqu'à ce qu'Annie, désormais guère plus qu'une tête d'épingle, s'arrête net.

Pendant un instant, plus rien ne bouge.

Soudain, elle plonge.

En vol stationnaire en dessous d'elle, Darius oscille puis se fige, paré à recevoir une attaque. Autour de nous, des cris jaillissent de la bouche des autres dragonniers et des spectateurs. Aela bat des ailes de toutes ses forces, augmentant encore leur vitesse ; elle fonce droit sur Darius. Une fois arrivée à sa hauteur, tout se passe en un éclair confus : Darius tire, Annie esquive, il rate et elle tire à son tour, profitant d'une ouverture qu'elle est la seule à avoir repérée. Ensuite, elle poursuit sa descente en coup de vent en direction de l'Eyrie, Darius dans son sillage. L'armure de ce dernier est noircie au niveau du torse. Il a reçu un coup fatal.

Annie a gagné son combat en un peu moins de deux minutes.

La cloche sonne tandis qu'Aela se pose en bordure de l'Eyrie. Annie tranche les sangles qui maintenaient ses bottes dans les étriers et bondit. Elle arrache son casque : ses cheveux flamboyants, de la même couleur que les écailles d'Aela, brillent au soleil, assombris et aplatis par la sueur à certains endroits. Elle affiche un air de défi, presque de colère. Puis, les acclamations et les applaudissements explosent et le changement s'opère : peu à peu, avec hésitation, elle prend conscience de ce qui se passe et commence à sourire.

Darius descend de son dragon avec peine. Annie le rejoint, lui tend la main et semble surprise lorsqu'il la serre.

— Et c'est ainsi qu'Antigone sur Aela vient compléter le Quatrième Ordre, annonce le présentateur à la foule.

Je suis déjà en chemin pour la rejoindre, attiré par son sourire radieux. Tandis que je la félicite, nos regards se croisent et son sourire s'adoucit pendant un bref instant. Sans doute le moment fugace où elle prend conscience, comme moi, que le tournoi est loin d'être terminé et que l'étau se resserre. Car avec ce qui vient de passer, les trajectoires sur lesquelles nous sommes, elle et moi, sont de plus en plus susceptibles d'entrer en collision.

Cela dit, nous n'en sommes pas encore là. Il est même probable que nous n'y arrivions jamais. D'après le total des points obtenus en fonction des coups que nous avons portés, c'est Cor que j'affronterai lors des demi-finales qui se tiendront dans un mois, tandis qu'Annie se retrouvera face à Vigor. Ensuite aura lieu la grande finale qui permettra de désigner le Premier Dragonnier.

Pour l'heure, nous montons tous les quatre les marches pour la cérémonie de clôture. Duck a été emmené à l'infirmerie du Palais et Cor a retrouvé un semblant de sang-froid, même si je veille à me placer entre Vigor et lui. Annie n'a pas encore tout à fait repris son souffle et son visage est couvert de sueur.

En entrant dans la tribune du Palais, je me fais happer par une impression de déjà-vu à laquelle je ne suis pas du tout préparé.

J'ai des souvenirs de cet endroit.

Atreus est assis sur l'estrade où était installé le fauteuil des triarques qui gouvernaient ensemble avant la Révolution. Arcturus

Aurélien, Kit Aquacéleste et mon oncle, Crethon Fléaurage. Désormais, le Premier Protecteur s'y tient seul. Autour de lui, les sièges autrefois réservés aux membres les plus puissants des familles dragodescendantes sont occupés par ses conseillers et d'autres hauts fonctionnaires du nouveau régime. Les bijoux et les robes somptueuses de mes souvenirs ont cédé la place aux uniformes simples des agents de l'État. Sur les bannières qui flottent au-dessus de nous ne figure plus le symbole de l'infini formé par les trois dragons des familles de la triarchie, mais le dragon aux ailes déployées de la Révolution qui crache quatre anneaux enflammés représentant les quatre classes sociales du nouveau régime.

Au sommet de l'escalier, une allée traverse toute la tribune jusqu'à l'estrade où Atreus nous attend. La dernière fois que je me suis retrouvé ici, c'est mon père qui l'a empruntée.

À côté de moi, Annie inspire doucement. Nous échangeons un regard, puis elle avise tous ces adultes qui nous observent, les mêmes qui, ce matin, lui ont fait part de leurs doutes concernant sa capacité à assumer ce moment. La lettre d'Annie n'était pas signée, mais la ministre de la Propagande, Miranda Hane, est présente dans cette tribune, à quelques pas d'Atreus, et elle a les yeux rivés sur Annie.

Nous avons à peine le temps d'échanger un coup d'œil. Tout ce que je peux faire, c'est adresser à Annie un sourire encourageant et un petit signe du menton pour l'inviter à avancer. Nous remontons l'allée. Annie cale son pas sur le mien et, comme moi, garde les yeux braqués droit devant. Je l'entends presque retenir son souffle.

« C'est comme ça qu'on fait. C'est comme ça qu'on remporte une victoire. »

Le sourire vaillant de mon père, son allure éreintée, mais triomphante, son haussement d'épaules discret et son œil pétillant lorsqu'il capte le regard de son frère aîné avant de s'agenouiller pour recevoir ses lauriers. Tout me revient en mémoire au fur et à mesure de ma progression. J'avais sept ans quand j'ai vu mon père participer à un tournoi pour la dernière fois. Un face-à-face contre les Aurélien, un peu de divertissement printanier et, pour eux, le calme avant la tempête dans un climat d'instabilité croissante. Une instabilité qui se muerait bientôt en révolution.

À présent, dix ans plus tard, je mets le genou à terre devant l'homme qui a trahi mon père et tous les miens. Il place la couronne de laurier du Quatrième Ordre sur ma tête. À côté de moi, Annie s'agenouille à son tour pour recevoir ses propres lauriers.

Dans son discours de clôture, Atreus fait allusion à la prochaine étape du tournoi qui nous rapprochera un peu plus du titre de Premier Dragonnier de Callipolis, puis de la nomination du successeur du Premier Protecteur. Elle nous rapprochera aussi de la consolidation des institutions de ce régime révolutionnaire qui remplace désormais celui que ma famille a dominé pendant des siècles.

Ce régime révolutionnaire qui se bat pour réparer tout le mal que ma famille a fait pendant des siècles.

Debout à côté de moi, Annie a les traits figés et le souffle court tandis que nous absorbons les paroles d'Atreus. Je n'en reviens pas ; enfin, la partie de mon esprit qui n'est pas perdue dans les souvenirs d'une ancienne vie n'en revient pas de voir cette fille capable de défier un dragon deux fois plus gros que le sien être aussi impressionnée à la vue de quelques dizaines de fonctionnaires scrutateurs.

La voix de mon père me parvient de nouveau depuis cette autre vie : *« Ça te viendra naturellement, Léo. Nous sommes nés pour régner. »*

Non. Ce monde-là a disparu, et j'en ai fini avec lui.

Tout à coup accablé par un chagrin que je pensais avoir surmonté, je songe : *Pardonnez-moi, Père.*

ANNIE

Rock m'attend au pied de l'escalier, bloquant le passage avec sa carrure imposante. Il est rayonnant. Pas tout à fait le genre d'attitude à laquelle on s'attend de la part de quelqu'un qui a perdu son combat.

— Ils sont là, m'annonce-t-il.

Bizarrement, son accent des Hautes Terres est plus prononcé qu'à l'habitude.

Mon estomac se noue.

— Qui ça ?

— La famille qui vient de ton village. Ils sont arrivés juste avant que ton combat commence. Ils sont assis à côté de mes parents. Tu ne m'avais pas dit que tu avais invité des gens de chez nous !

Il s'empare de mon bras et m'entraîne vers les gradins de la classe de bronze. Nous nous frayons un chemin dans la foule qui se scinde pour nous laisser passer en nous félicitant joyeusement. Ce n'est qu'après coup que je comprends que ces félicitations me sont destinées, à moi.

Puis, je les vois. Un homme costaud, grisonnant, une femme corpulente aux cheveux enveloppés dans un foulard délavé et une ribambelle d'enfants ; ils ont tous les mêmes cheveux blonds et le visage bruni par le soleil. Ils ont vieilli, grandi… et aussi grossi. Fini les os saillants et les traits tirés, ils sont désormais bien portants.

— Annie, dit M. Macky d'une voix rauque avec cet accent qui me réchauffe toujours le cœur, même s'il y a longtemps que je l'ai moi-même perdu.

— Annie, ma chérie, tu as été merveilleuse, lance Mme Macky. Nous sommes si fiers de toi.

— Merci…, je réponds, d'une voix étranglée.

La suite reste coincée dans ma gorge.

M. Macky, que je n'ai pas vu depuis mes six ans, qui m'a connue fraîchement orpheline et le sommeil ravagé par des cauchemars peuplés de dragons crachant du feu, me serre dans ses bras comme il y a dix ans et déclare :

— À croire que je n'ai vécu que pour voir la fille de Silas monter à dos de dragon. Nous n'avons jamais été plus fiers, Annie.

Ces retrouvailles ne sont pas longues, mais elles me font l'effet d'un filet d'eau fraîche sur une terre desséchée et j'en savoure chaque minute. Les Macky me racontent à quel point Holbin a changé depuis la dernière fois que je l'ai vu : les maisons ont été reconstruites, de nouveaux troupeaux constitués ; ils vendent désormais leur laine aux manufactures textiles de la capitale. C'est une volonté d'Atreus de développer le commerce et de réduire l'agriculture de subsistance à Callipolis. Au début, toutes ces innovations ont rendu les Holbinois nerveux, mais à présent qu'ils sont bien nourris été comme hiver, que la famine n'est plus qu'un mauvais souvenir et que leurs enfants fréquentent de temps en temps l'école d'Épinois, ils sont plus confiants en l'avenir et n'ont plus peur.

— Enfin, sauf des dragons, plaisante Macky qui s'empresse d'ajouter : mais c'est juste les vieilles mentalités qui ont la dent dure. Ils finiront par comprendre que si notre Annie est devenue dragonnière, ils n'ont plus rien à craindre. Un jour.

Le fils aîné des Macky, celui dont la lettre m'est parvenue il y a une semaine, me tend un bouquet de fleurs sauvages. Leur parfum me rappelle aussitôt ma terre natale. Il rougit lorsque je le complimente sur son écriture, maladroite, ainsi que sur son message truffé de fautes d'orthographe et dépourvu de ponctuation, certes, mais il constitue un petit miracle en soi. Dans mes souvenirs ce n'était qu'un bambin ; à présent, il a treize ans.

Bien trop tôt, il est temps de leur dire au revoir. Ils ont prévu de repartir dès cet après-midi avec la famille de Rock qui leur a proposé de les héberger pour la nuit. Ils feront donc une halte chez eux, dans la petite ville d'Épinois, avant de rentrer à Holbin.

Pour regagner le Palais, je suis obligée de me faufiler parmi les nombreux badauds qui se sont attardés et je me retrouve arrosée de félicitations et d'éloges que j'accueille avec une gratitude hébétée. Je reçois des tapes sur l'épaule et de grands sourires de ces artisans, de ces ouvriers aux poignets desquels brille un bracelet de bronze ou de fer. Ils m'acclament avec leurs divers accents citadins aux voyelles marquées. Je mesure une tête de moins que la plupart d'entre eux.

— C'est la dragonnière des Hautes Terres ! Antigone sur Aela !

— Pas mal, comme victoire !

— J'te l'avais bien dit, Geoff, j'te l'avais dit que les dragonnières savaient aussi y faire…

— Tu as vraiment très bien volé.

Je m'arrête en entendant ce dernier compliment. Il a été prononcé d'une voix posée, grave, à l'inflexion vaguement étrangère, mais qui n'a aucun mal à s'imposer au milieu du brouhaha de la foule. Je me tourne et découvre une jeune fille à peine plus âgée que moi. Elle a sans doute le même âge que Crissa, un visage allongé encadré par de longs cheveux noirs et des yeux gris perçants qui brillent au-dessus de sa longue cape noire.

— Merci, dis-je.

— C'est toi, Antigone ?

— Oui.

— Un nom distingué. Peu banal. Tu as des origines patriciennes ?

Je secoue la tête, surprise qu'elle ne soit pas au courant.

— Je viens d'Holbin. Dans les Hautes Terres.

Prononcer ces mots avec les lauriers de la victoire sur ma tête et un bouquet de fleurs sauvages des montagnes dans mes bras m'emplit tout à coup d'une grande fierté.

La jeune fille semble surprise.

— Extraordinaire. Et cet autre dragonnier très talentueux. Comment s'appelle-t-il ?

« Cet autre dragonnier très talentueux. » Pas besoin de lui demander de préciser, même s'il est plus avisé de le faire.

— Sur l'aurélien blanc ?

C'est ainsi que l'on décrit en général la mutation de Pallor qui a des reflets argentés alors que la plupart des auréliens ont des nuances ambrées ou dorées.

— Oui.

— C'est Lee. Lee sur Pallor.

— « Lee », répète-t-elle d'un air songeur. D'où vient-il ?

Elle m'étudie avec la plus grande attention. Mon cœur s'emballe et je peine à répondre.

— Du Bas-Quartier. C'est un orphelin pauvre.

Le lieu d'origine des Gardiens est une information accessible au public. Je ne peux me défaire de l'impression que je n'apprends rien à cette fille et que c'est surtout ma façon de répondre qui l'intéresse. Pourtant, c'est absurde.

Elle doit venir de Damos. C'est pour ça qu'elle me demande des renseignements que tous les Callipolitains connaissent. Même si elle à la peau pâle, presque aussi pâle qu'un Callipolitain des Hautes Terres…

— Vraiment ? fait-elle en scrutant mon visage. Eh bien. Encore toutes mes félicitations, Antigone.

À ces mots, elle rabat sa capuche sur sa tête et s'éloigne. Sous l'ourlet inférieur de sa cape, j'aperçois des bottes de cavalière.

Quoique, à y regarder de plus près… Je remarque le cuir renforcé pour résister à la chaleur, les tubes prévus pour contenir du fluide réfrigérant, les ouvertures conçues pour qu'on y range des couteaux, et les encoches pour les sangles d'étriers…

Ce ne sont pas de simples bottes de cavalière qu'elle porte, mais des bottes de dragonnière.

Je m'interroge toujours sur ses chaussures lorsque je franchis les portes du Palais et regagne le Cloître. Situés dans une aile du Palais Extérieur, les anciens quartiers des domestiques et bureaux des seigneurs dragons qui le forment s'articulent autour d'un petit jardin intérieur. Les lieux sont déserts cet après-midi. Les Gardiens sont sortis faire la fête en ville avec leurs amis et leurs proches.

Tous, sauf Lee, bien sûr.

— Ah te voilà, dit-il.

Il s'est lavé et a remis son uniforme de tous les jours. Il a aussi ôté ses lauriers, mais il resplendit toujours de bonheur après sa victoire. Le sourire qui illumine ses traits lui donne l'air plus jeune, moins réservé, moins fatigué. Il a la tête de quelqu'un qui vient d'entrevoir l'avenir et l'a trouvé radieux.

— J'allais prendre des nouvelles de Duck à l'infirmerie, m'annonce-t-il. Tu m'accompagnes ?

Duck. Comment ai-je pu l'oublier ?

— Oui. Laisse-moi juste le temps de me changer.

Dans le dortoir des filles, qui est désert, je m'arrête quelques instants avant d'entrer dans la salle de bains. Hormis l'étendard des Gardiens accroché au-dessus de la porte, avec son anneau torsadé d'or et d'argent, la salle est austère. Avoir des biens personnels est interdit, mais ça ne nous empêche pas d'apporter des petites touches décoratives à notre espace. Ainsi, Crissa couvre les murs de son bureau de dessins, de petits coquillages et de petits morceaux de verre polis qui proviennent de son village natal, sur la côte. D'autres filles y épinglent des devoirs à mémoriser ou des extraits de leurs poèmes draconiques préférés.

Je me dirige vers mon propre bureau dépouillé et place mon bouquet de fleurs sauvages dans un verre, puis j'ôte ma couronne de laurier et l'accroche au mur.

Ensuite, je sors la lettre du ministère de ma poche et la relis une fois de plus.

« Le ministère aimerait rappeler à Antigone sur Aela la nature particulièrement publique des obligations qui incombent aux dragonniers du Quatrième Ordre… »

Peut-être l'ai-je mal interprétée.

Peut-être est-ce un défi qu'on me lance.

Même si ce n'est pas le cas, je vais faire comme si c'était ça.

Je vais considérer tout ce qui m'intimide dans la mission du Quatrième ordre comme un simple examen, comme une épreuve de plus dans le cadre d'un entraînement, comme une nouvelle série de compétences à acquérir. Et même si ce n'est pas moi qui deviens la Première Dragonnière, même si je ne suis jamais nommée Protectrice… m'améliorer ne peut que m'aider à mieux servir l'État. Un pas à la fois.

Je peux entrer dans l'Histoire un pas à la fois.

J'épingle le message du ministère à mon mur.

3

PREMIER CONTACT VISUEL

La fille et lui avaient conclu une alliance officieuse. Ce n'était pas de l'amitié selon lui, il s'asseyait simplement à côté d'elle aux repas, dans la cour, en classe, et – dans un premier temps – sans rien dire. Depuis l'épisode du couteau, il avait acquis la réputation d'être dérangé et dangereux, ce qui s'avérait utile. On lui fichait la paix et quand il était avec la fille, on la laissait tranquille aussi.

Il ne cherchait pas vraiment à comprendre ce qui le poussait à faire ça, pas plus qu'il n'avait conscience que ça l'aidait, lui aussi. Après des mois de somnambulisme, cette fille était devenue son point d'ancrage. Bientôt, leur silence se mua en conversations. Parfois, elle ne faisait que répéter ce qu'il venait de dire un peu différemment, comme si sa façon de prononcer les mots l'agaçait. Au début, il fut terrifié à l'idée qu'elle identifie l'origine de son accent, qu'elle découvre que tout le monde voulait sa mort.

Cependant, elle ne semblait jamais méfiante. Pas même lorsqu'il s'était mis à assimiler ses corrections, répétant les mots à voix basse jusqu'à ce qu'il parvienne à les prononcer correctement. Peu à peu, il se risqua à répondre quand les professeurs l'interrogeaient en classe. La fille gardait le silence.

— Tu sais lire le callois, hein ? finit-il par lui demander un jour, alors qu'ils étaient dans la cour de l'école.

Il lui tendit ce qui, avait-il appris récemment, s'appelait un journal. Une invention du nouveau régime.

— Lis-moi ça.

À ce stade, il avait découvert quelques petites choses sur elle : elle avait appris à lire toute seule, sans l'aide d'un maître, parce que tout le monde était illettré dans son village. Elle était originaire des Hautes Terres, un territoire qu'avait possédé son père, ce qu'il voyait plutôt d'un bon œil. En effet, cela signifiait qu'elle lui appartenait et justifiait en quelque sorte le fait qu'il veille sur elle.

Elle s'empara du journal.

— Quel passage ?

Il ne savait pas comment réclamer les informations qui concernaient les trois grandes familles sans attirer les soupçons, alors il répondit :

— Tous.

Ainsi, la fille se mit à lire. Ce journal, puis d'autres, lorsqu'il parvenait à mettre la main dessus. Leur île vivait de grands bouleversements et ils étaient captivés par ce qu'ils découvraient. Le garçon écoutait avec passion tous les articles concernant le Premier Protecteur, l'homme qui lui avait sauvé la vie. Et l'enthousiasme que tout cela suscitait chez la fille, même les choses qui les dépassaient tous les deux, était contagieux.

L'événement le plus difficile à comprendre pour eux fut le référendum organisé au sein d'une Assemblée populaire postrévolutionnaire par Atreus concernant les trente-deux œufs de dragon qui avaient survécu au Mois sanglant. Fallait-il les détruire ? Callipolis devait-elle suivre la voie qu'avait prise sa voisine Damos plusieurs siècles plus tôt et devenir une nation démocratique exempte de dragons ?

Et si Callipolis décidait de laisser ces œufs éclore et de se doter d'une flotte aérienne, comment feraient-ils pour déterminer quels enfants soumettre au choix des dragonneaux ?

Le Premier Protecteur proposa de mettre en place un programme de sélection des dragonniers basé sur le mérite. Les représentants des territoires côtiers soutinrent cette idée, arguant qu'une puissance aérienne était primordiale pour la défense militaire de l'île. Certains représentants de l'intérieur du pays et des quartiers les plus pauvres de la capitale s'y opposèrent, objectant que les dragons avaient toujours été employés à des fins d'oppression et de contrôle du peuple. D'autres enfin affirmèrent qu'il existait une troisième possibilité, une nouvelle façon de procéder, totalement inédite depuis la naissance de la dragonnerie dans le bassin médéen : la création d'une unité de Gardiens qui marqueraient l'avènement d'une nouvelle ère où les dragons seraient mis au service de la justice.

Ballottés entre les différents arguments, les deux enfants se mirent à débattre entre eux en écho à ce qu'ils lisaient. La fille était plutôt opposée à la conservation des dragons ; lui y était plutôt favorable. Mais tous deux connurent de nombreux moments d'hésitation.

—J'imagine que ça changerait tout si les maîtres des dragons étaient des gentils, admit la fille.

Lui en revanche ne pouvait pas se permettre d'exprimer ses appréhensions. Bien sûr qu'il fallait garder les dragons, mais que se passerait-il si n'importe qui pouvait devenir dragonnier ? L'idée le perturbait beaucoup.

La proposition d'Atreus fut adoptée de justesse. En classe, les maîtres commencèrent à leur parler du programme de sélection des Gardiens et de nombreux articles y furent consacrés dans les journaux.

Sa mission accomplie, Atreus décida de dissoudre l'Assemblée populaire et ne la sollicita plus par la suite.

Les journaux se mirent à évoquer une épreuve à laquelle tout le monde se soumettrait. Elle donnerait aux populations du bas de l'échelle une chance de s'élever dans la société et à ceux qui se situaient en haut, la possibilité de prouver leur valeur. Enfin, cette épreuve offrirait aux enfants de tous milieux l'occasion inédite d'accéder à la cérémonie du Choix des dragons, cérémonie jusqu'alors réservée aux fils des familles de la triarchie.

Et puis un jour, un article que le jeune garçon guettait depuis longtemps fut publié. Il affirmait que les corps de certains drago-descendants n'avaient pas été retrouvés au terme du Mois sanglant. Certains membres des familles triarcales manquaient à l'appel. Le journal suggérait qu'ils avaient survécu, qu'ils avaient réussi à s'échapper à l'aide de fausses identités et qu'ils avaient trouvé refuge au Nouveau-Pythos. Bien que son propre nom ne figure pas dans la liste des fugitifs, le jeune garçon en reconnut certains.

— Je dois partir, annonça-t-il à la fille.

— De la cave ?

— De l'orphelinat.

Elle releva brusquement la tête. Ils étaient en train de faire la vaisselle dans une bassine d'eau presque gelée, les doigts glacés et tremblants. Depuis peu, elle s'acquittait de ses corvées avec lui. Elle lui apprenait à être plus efficace afin qu'il soit moins souvent puni.

— Ne perds pas de temps à nettoyer le dos de ces assiettes, cette partie-là n'est pas la plus sale. Mais pourquoi veux-tu quitter l'orphelinat ? Au moins, on a de quoi manger.

— Oui, mais il n'y a que des gueux ici.

Elle fronça les sourcils. Le garçon retourna l'assiette dont il s'occupait et se mit à frotter l'autre côté. Après un instant d'hésitation, enhardi par les récents articles du journal, il lui confia enfin ce qu'il n'avait jamais osé partager avec elle.

— En fait, il y a peut-être des gens qui m'attendent quelque part.

— En ville ?

— Non. Ailleurs. Sur une autre île.

—Je peux venir avec toi ?

—Bien sûr. Tu pourras peut-être devenir ma servante ou quelque chose comme ça.

—Je ne sais pas du tout ce que font les servantes.

Le garçon réfléchit. Il ne savait pas trop non plus en quoi ça consistait.

—Je crois qu'elles nettoient des trucs, répondit-il. Et tu es très douée pour ça. Tu veux qu'on prépare le voyage ensemble ?

L'hiver était à son apogée, et ils convinrent tous les deux qu'ils ne pouvaient pas partir tout de suite. Plutôt au printemps ou en été. Et puis, il y avait la question des provisions. Il fallait qu'ils préparent un sac et établissent ce qu'ils devaient mettre dedans. Parfois, ils rédigeaient la liste des choses dont ils auraient besoin et c'était excitant ; parfois ils parvenaient à se procurer certains éléments de cette liste, ce qui l'était encore plus. Peu à peu ils accumulèrent quelques réserves dans un grand placard inutilisé du troisième étage et prirent l'habitude de s'y rendre pour faire l'inventaire ou juste pour s'asseoir près de leur trésor et lire le journal ensemble.

LEE

C'est un soulagement de retrouver notre routine après le tournoi de la semaine dernière. La journée commence par un petit déjeuner matinal au Cloître, puis, après avoir fourré un peu de pain et de fromage dans notre sac pour plus tard, Cor et moi quittons le Palais afin d'effectuer une ronde dans le Faubourg des Manufactures. Cor désigne du menton la quatrième paire d'ailes de dragon en argent qui orne l'épaule de notre uniforme, symbolisant notre appartenance au Quatrième Ordre.

— La grande classe, hein ?

— Oui, je propose qu'on ne les rende plus jamais.

Cor s'esclaffe. Je me demande si, comme moi, il s'efforce d'oublier que, dans un mois, nous serons de retour dans l'arène pour combattre l'un contre l'autre.

Le printemps est bien avancé et, malgré l'heure matinale, la ville est déjà très animée. Nous sortons du Palais en traversant les jardins ouverts au public depuis la Révolution. Ils sont dominés par la Tour de Pytho et le Janiculum, le quartier patricien qui occupe une colline sur la même rive que le Palais. Après que nous avons emprunté le pont sur le fleuve Pher, Cor me fait suivre son itinéraire préféré à travers le quartier des Halles, celui dont il est originaire, plus calme que les artères principales où des marchands agités apostrophent les riches clients de l'autre rive. Cependant, même dans ces rues paisibles, notre uniforme de Gardien attire l'attention. Si tôt après le tournoi, plusieurs personnes nous pointent même du doigt. Un marchand de fruits nous arrête pour fourrer un melon découpé dans les mains de Cor en nous adressant une sorte de révérence. Un vestige de la courtoisie citadine qui remonte au règne Aurélien sur la ville et qu'on nous a appris à ignorer.

— Pour les deux Gardiens, en témoignage de ma gratitude pour leur dévouement…

Cor le remercie avec un demi-sourire. Hors du Palais, dans le quartier de son enfance, il retrouve vite son accent aux voyelles marquées, typique du quartier des Halles. Nous reprenons notre chemin et il se met à manger son morceau.

— On n'est pas censés accepter ce genre de cadeaux, lui dis-je.

— Tu n'en veux pas ? Je me ferai un plaisir de tout manger si tu es trop digne pour ça.

Je lui arrache ma tranche de melon.

Grâce aux rondes que j'effectue régulièrement pour le ministère de la Propagande, je remarque facilement l'évolution des affiches placardées aux murs tandis que nous progressons dans la ville. Dans le quartier des Halles, qui présente une forte concentration d'ouvriers qualifiés, les affiches vantent les mérites des citoyens que l'épreuve des métaux a placés dans la classe de bronze : « Le bronze, gage de force et de savoir-faire ». Dès qu'on s'enfonce dans les quartiers les plus pauvres, le Quartier-Sud et le Faubourg des Manufactures, où vivent et travaillent les ouvriers non qualifiés, les affiches changent de ton. « Le fer, véritable force de la ville », peut-on lire, mais en plus de louer les qualités de la classe de fer, elles font ici l'apologie de l'épreuve des métaux et de la sagesse de son instigateur Atreus. « Tout le monde peut devenir citoyen d'or », affirment les slogans. « École pour tous, égalité des chances pour tous ».

— Ils en font un peu trop, tu ne trouves pas ? grommelle Cor.

— Ce qu'ils disent n'est pas faux.

J'en ai assez vu au cours de mes années à l'orphelinat d'Albans pour mesurer l'ampleur des changements qui se sont opérés au fil des ans dans les quartiers les plus pauvres depuis la Révolution. De nouvelles habitations ont poussé un peu partout, les routes sont désormais pavées, des écoles ont vu le jour dans ces quartiers qui n'avaient jamais connu l'alphabétisation. La plupart des gens que nous croisons semblent bien nourris – même s'ils sont vêtus pauvrement – et marchent du pas déterminé de ceux qui ont un emploi. Alors, oui, ces affiches exagèrent peut-être un peu, mais les améliorations qu'elles évoquent sont bien réelles.

— Tss-tss, fait Cor. Tout de même, tu remarqueras qu'ils ne s'embarrassent pas de ce genre de baratin dans l'Avenue des Érudits ou dans le Janiculum.

Voisine du Janiculum, l'Avenue des Érudits est la seconde partie de la ville essentiellement occupée par la classe d'or. C'est là que se trouvent le Lyceum – école fondée par Atreus pour les jeunes citoyens d'or – et l'École militaire destinée aux citoyens d'argent. Lorsque les Gardiens ne remplissent pas les missions de sécurité prévues dans leur programme d'apprentissage gouvernemental, ils partagent leur temps entre ces deux établissements de l'Avenue des Érudits pour y suivre des cours. À chaque ronde, Cor n'a de cesse de relever les différences entre les quartiers les plus modestes, y compris celui d'où il vient, et les plus riches. La réponse que je lui fournis invariablement, à savoir que son quartier natal est bien mieux loti maintenant qu'il ne l'était autrefois, ne le satisfait jamais.

Dans une rue crasseuse et sans fenêtres, je m'arrête devant l'imposante porte d'un gigantesque entrepôt ; surplombée d'un panneau au lettrage décoloré.

— Nous y sommes.

Dufoulon est l'une des nouvelles manufactures textiles de grande renommée de la ville et, d'après notre plan de ronde du jour, c'est l'entreprise que nous devons inspecter avant les cours. Au quotidien, ces rondes accaparent pas mal d'heures que Cor et moi ferions mieux de consacrer à nos devoirs et, par conséquent, nous devons tout le temps nous démener pour garder la tête hors de l'eau, mais nous ne sommes pas du genre à nous plaindre. Et puis, se voir confier beaucoup de rondes est plutôt bon signe, d'autant que c'est là que se joue le véritable apprentissage. C'est là que nous sommes confrontés aux réalités de la Cité, plutôt que d'en entendre parler.

Le contremaître de Dufoulon, bien habillé, rasé de près, sue abondamment pendant la visite d'inspection si bien que des auréoles assombrissent son pardessus. Nous le suivons tandis qu'il effectue son contrôle de routine auprès des travailleurs occupés sur les métiers à tisser, penchés sur les cuves à teinture ou en train de préparer les cargaisons destinées à Damos et à l'Empire bassiléen. Au terme de la visite, Cor accompagne l'homme dans son bureau afin de continuer à lui poser des questions pour l'occuper pendant que je m'entretiens discrètement avec quelques ouvriers de la classe de fer. À voix basse, je confronte les chiffres que le contremaître nous a fournis aux leurs : salaire, horaires de travail, pauses, jours de congé. C'est une stratégie que Cor et moi avons mise en place il y a plusieurs années après avoir relevé des incohérences. Techniquement, ça ne fait pas partie de nos attributions, mais c'est devenu une habitude.

La jeune femme que je suis en train d'interroger triture son bracelet de fer pendant toute la conversation. Elle bafouille, ne lève jamais les yeux plus haut que l'emblème des Gardiens brodé sur la poitrine de mon uniforme, jusqu'à ce que je lui demande d'où elle vient. Elle me fournit la réponse que j'ai déjà devinée à son accent : du Bas-Quartier. Je lui explique alors que c'est là que j'ai grandi et, enfin, elle daigne croiser mon regard.

—Je sais.

Après ça, je parviens à lui tirer un peu plus de détails, sur ses conditions de travail, d'éventuels motifs de plainte. Elle a presque le même âge que moi, mais j'écarte avec un certain malaise les considérations physiques qu'amène cette observation – elle est bien en chair, jolie, quelques mèches brunes s'échappent de son foulard. Vigor et Darius aiment peut-être profiter de leur statut pour impressionner les filles de la classe de fer, mais en ce qui me concerne, leur vulnérabilité me dissuade. Je fais donc mine de ne pas avoir remarqué la rougeur de son cou tandis que nous parlons.

— De manière générale, que pensez-vous de votre emploi ?

La question semble la surprendre.

— C'est un travail honnête, je suis contente de l'avoir, répond-elle.

Parfois, on sent chez certains citoyens de fer une vive rancœur à l'égard du résultat qu'ils ont obtenu à l'examen des métaux, mais la plupart des gens du Bas-Quartier sont reconnaissants envers Atreus de l'avoir instauré. Le Faubourg des Manufactures, le service des travaux publics, les carrières et les mines, tous ces secteurs fournissent des salaires – aussi maigres soient-ils – à ces populations qui auparavant avaient bien du mal à trouver du travail.

Une fois notre mission accomplie, Cor et moi retraversons les rues poussiéreuses pour rejoindre l'Avenue des Érudits où nous avons cours. En chemin, nous comparons le témoignage de l'ouvrière à celui du contremaître.

— Tout concorde.

— Elle n'a rien signalé ? s'enquiert Cor.

— Rien d'inhabituel. Elle a mal aux pieds et au dos, mais dans l'ensemble, elle se porte bien.

Arrivés dans l'Avenue des Érudits, nous pénétrons dans l'enceinte du Lyceum par la loge du concierge. Après le dénuement, les proportions démesurées et les rues sales grouillant d'ouvriers maussades du Faubourg des Manufactures, la beauté sereine du Lyceum, avec ses petites cours pavées délicates et ses espaces verts soigneusement entretenus où résonnent les éclats de rire insouciants de la jeunesse, est déroutant. Les étudiants de la classe d'or sont encouragés à travailler pour le gouvernement après leurs études, mais ce n'est pas une obligation. Bon nombre d'entre eux optent pour un parcours académique, artistique ou se tournent vers le commerce. Cor repère d'autres Gardiens qui se prélassent sous un chêne et décide de les rejoindre tandis que j'entre dans le bâtiment. Il me reste une demi-heure avant le début du cours de diplomatie et je compte la mettre à profit pour achever le chapitre que nous devions lire.

Je suis déjà dans l'amphithéâtre quand je me rends compte que quelqu'un est en train de parler à l'intérieur. Je m'arrête net. Trop tard. Une personne se trouve dans la salle : Annie. Assise dans une rangée du milieu, elle s'est figée et me dévisage. Il n'y a plus un bruit.

Soudain, je comprends. Annie était en train de faire une mise en situation, elle s'entraînait à répondre aux questions devant la salle vide. Je ne l'ai jamais entendue s'exprimer avec une voix aussi forte et assurée qu'à l'instant. Elle s'exerce.

Très bien.

Elle est rouge pivoine. Je bats en retraite.

—À tout à l'heure, dis-je.

—Non… tu peux…

—Je vais aller terminer ma lecture à la bibliothèque.

Lorsque je regagne l'amphithéâtre une demi-heure plus tard, je m'installe comme d'habitude à côté de Cor et de Crissa, plutôt à l'avant. Duck, très raide à cause de ses bandages, n'a reçu l'autorisation de sortir que pour assister au cours. Lui aussi a retrouvé sa place habituelle, à côté d'Annie, dans un coin au fond. Le reste de la pièce se remplit, un mélange d'étudiants du Lyceum, de Gardiens, et parfois d'un adulte de la classe d'or de passage pour l'exercice intellectuel. Plusieurs étudiantes d'or de la rangée qui précède la nôtre se retournent et nous félicitent, Cor et moi, pour notre performance lors du tournoi, sous l'œil goguenard de Crissa. Recevoir des louanges devant l'adversaire que l'on vient de battre devrait être gênant, mais la capacité qu'a Crissa de dédramatiser est légendaire. Quand nous en avons terminé avec les compliments, elle se penche vers nous.

— Ça va, vous passez un bon moment ?

— Nous ne faisons que notre devoir de citoyen, réplique Cor.

Le professeur Perkins entre et nous nous levons tous. Après nous avoir invités à nous rasseoir, il réclame un volontaire pour résumer la lecture que nous avions en guise de devoir. Je viens de l'achever à la bibliothèque du Lyceum, mais je m'abstiens de lever la main. Le texte porte sur le Nouveau-Pythos et fait donc partie des débats auxquels je préfère éviter de participer.

Pour la première fois, Annie lève la main. Perkins, diminué par l'âge et peu habitué à voir des volontaires se manifester dans cette partie de l'amphithéâtre, ne la remarque pas.

— Lee ?

J'ai l'estomac noué. La main d'Annie retombe.

— Belle prestation au tournoi, au fait, déclare Perkins dont le visage ridé, au hâle brun clair, se pare d'un sourire.

Quelques acclamations s'élèvent dans la salle et Cor me donne une claque sur l'épaule, parvenant à m'arracher un petit sourire d'une demi-seconde.

— Merci.

Je baisse les yeux sur le texte, prends une courte inspiration et me jette à l'eau.

— L'article explique qu'il n'existe aucun moyen de démentir les rumeurs selon lesquelles le Nouveau-Pythos posséderait des dragons et suggère que cette menace potentielle soit réévaluée pour être prise au sérieux.

Perkins hoche la tête avant de nous proposer un contrargument.

— Pourtant, le Nouveau-Pythos n'a jamais été autorisé à se doter de dragons et l'île ne dispose pas de sources d'eau chaude, autrement dit de sites de reproduction nécessaires. Alors comment les Dem'Aurélien auraient-ils pu développer une puissance aérienne, Lee ?

Les Dem'Aurélien – demi-Aurélien – sont une branche de la Maison Aurélien qui a décidé de partir coloniser le Nouveau-Pythos il y a de cela plusieurs générations. Les mains moites, je poursuis la discussion.

— Grâce à une réserve d'œufs délocalisée. D'après l'auteur, les familles de la triarchie auraient caché des œufs. Les dragodescendants qui ont fui au Nouveau-Pythos ont peut-être emporté ce savoir.

« Les dragodescendants qui ont fui. »

Je pourrais réciter le nom de ceux qui ont disparu les yeux fermés. Ceux auxquels je pense le plus souvent sont mes cousins, Ixion et Julia. Ixion était un peu plus âgé que moi, Julia avait presque mon âge. Au lendemain du Jour du Palais, les cadavres qui étaient censés être les leurs étaient trop défigurés pour être formellement identifiés.

— Très bien. Merci, Lee, dit Perkins avant de s'adresser à toute la classe. Que peut-on penser de cette théorie ?

— Plutôt bancale, lance une fille dont le doux accent chantant évoque les îles vassales du Sud.

— Une ineptie pour attiser les esprits belliqueux, renchérit un autre étudiant.

Un patricien, à en juger par sa belle tunique et les inflexions sèches de son accent typique du Palais.

— Et pour alimenter le *Journal du Peuple*, ajoute-t-il.

Des gloussements moqueurs résonnent dans la salle. Le *Journal du Peuple* est un quotidien diffusé au sein des classes de métal inférieures, largement influencé par le ministère de la Propagande et méprisé par la plupart des citoyens d'or.

Perkins hoche la tête.

— C'est possible, concède-t-il, mais le vrai problème, avec ce genre de théories, c'est qu'étant donné la nature de nos relations diplomatiques avec le Nouveau-Pythos, nous n'avons aucun moyen de prouver leur véracité ou de les démentir. Callipolis et le Nouveau-Pythos n'ont jamais reconnu officiellement leurs souverainetés respectives. Nos seuls échanges ont lieu par le biais d'États tiers neutres. Avec un tel manque de transparence, comment pourrions-nous deviner leurs intentions ? Qui sait ce qu'ils mijotent là-bas, bien à l'abri derrière l'épaisse brume de la mer du Nord ?

Je quitte l'amphithéâtre plongé dans mes souvenirs. Il est devenu très rare que je laisse mes pensées vagabonder du côté du Nouveau-Pythos. Je me rappelle l'évasion que je planifiais autrefois avec Annie pendant notre temps libre, une distraction tellement bienvenue parmi tout le reste…

Un projet qui n'a jamais abouti.

— Salut.

L'Annie d'aujourd'hui apparaît devant moi au milieu de la cour du Lyceum, flanquée de Duck comme je le suis de Cor et Crissa. Vu son air décidé, je m'attends presque à ce qu'elle évoque notre petite rencontre dans l'amphithéâtre, au lieu de quoi elle désigne le Cercle du Lyceum du menton.

— J'ai envie d'aller déjeuner là-bas.

Des rires nous parviennent depuis les fenêtres à croisillons ouvertes de l'établissement. Aucun d'entre nous n'y a jamais mis les pieds même si, en théorie, rien ne nous l'interdit. La seule condition pour y être admis, c'est de porter un bracelet d'or.

Duck tourne brusquement la tête vers elle, l'air stupéfait, mais elle est focalisée sur moi.

— Ça ne te plaira pas, dis-je.

Annie croise les bras.

— On a le droit d'y aller. D'autres Gardiens le font.

Certains Gardiens. Le Cercle du Lyceum a la réputation d'être plus accueillant avec certains étudiants – c'est-à-dire, ceux qui appartiennent à des familles patriciennes. Lotus, Vigor, Darius, Alexa et Max, qui ont grandi sur le Janiculum, aiment s'y retrouver avec leurs amis d'enfance et dînent régulièrement là-bas. Pour ma part, regarder s'amuser la nouvelle aristocratie callipolitaine ne m'a jamais intéressé. Les patriciens du Janiculum sont étroitement impliqués dans la Révolution fomentée par Atreus ; leur trahison envers les seigneurs dragons a été la clé de son succès… et aujourd'hui, l'épreuve des métaux leur est largement favorable. En effet, il s'avère qu'ils obtiennent l'or de façon presque systématique.

J'apprécie les perspectives qu'Atreus offre aux pauvres issus de secteurs tels que le Bas-Quartier, beaucoup moins les faveurs qu'il fait aux patriciens du Janiculum.

— J'ai envie d'essayer, insiste Annie.

Tu n'as qu'à essayer sans moi.

Mais apparemment, ce n'est pas envisageable pour elle. Elle semble habitée par une détermination féroce et frileuse à la fois, comme si, au-delà du Cercle en lui-même, c'était sa propre volonté qui l'effrayait. Contre toute attente, ça m'intrigue beaucoup et je cède en balayant le mauvais pressentiment qui me titille.

— D'accord.

Duck, Cor et Crissa nous dévisagent à tour de rôle, perplexes. Pourquoi, après tout, devrais-je être le seul, moi, le rat d'égout, à escorter Annie lors de cette espèce de rite de passage qu'elle s'est fixée toute seule ?

Je me tourne vers Crissa et Cor.

— Vous venez ?

— Ça fait bien longtemps que l'idée ne me fait plus vibrer, déclare Crissa en remontant la bandoulière de son sac sur son épaule. Ce sera le Cloître pour moi. Cor ?

Cor s'agite en scrutant le Cercle avec appréhension.

— Ouais, pour moi aussi. Peut-être une autre fois…

— Moi, je viens, dit Duck à Annie.

C'est donc à trois que nous gravissons les marches du Cercle du Lyceum. Dans le vestibule, mon regard tombe sur le préposé à la vérification des bracelets. Bien que nous ne nous soyons jamais rencontrés, il semble me reconnaître et nous laisse entrer sans le moindre coup d'œil à mon poignet.

Nous pénétrons dans une salle sombre aux murs lambrissés bondée de clients de tous âges, des étudiants en pleine discussion jusqu'aux vieux professeurs en train d'enfumer les lieux avec leur pipe. Les citoyens d'or toutes générations confondues sont les bienvenus au Cercle, qu'ils soient inscrits au Lyceum ou pas. L'édition du jour de la *Gazette d'Or*, le journal préféré des citoyens d'or en raison de sa grande liberté éditoriale, est sur la plupart des tables en bois ciré. On ne peut se le procurer qu'entre les murs du Palais et du Lyceum.

— Lee ! Comment ça va ?

Un étudiant d'or qui est dans mon cours de philosophie damotienne me hèle depuis une table à laquelle il est installé avec quelques amis, au centre de la salle. Ils ont presque terminé leur repas, leurs verres à pied contenant du vin d'été sont presque vides. Tout le groupe se tourne vers moi et me fait signe en souriant.

— Tu veux te joindre à nous ? On peut ajouter des chaises...

Je sens presque Annie se recroqueviller à côté de moi : elle ne s'attendait pas à devoir s'asseoir avec des gens qu'elle connaît à peine.

— Non merci, c'est gentil, Ian. Ne vous embêtez pas. Ravi de t'avoir vu...

Je leur rends leurs sourires, donne une tape amicale au bras de Ian puis emmène Annie et Duck plus loin. En traversant la salle, je remarque la présence d'autres Gardiens, facilement reconnaissables à leur uniforme : Vigor et Darius, sans surprise, en compagnie de filles du cours de rhétorique ; plus étonnant, Rock et Lotus à une table privée, dans un coin, à l'écart. Je choisis une alcôve libre avec des banquettes. Annie se place dos au mur et se met à scruter la pièce comme si nous étions en train de patrouiller sur nos dragons en territoire hostile. Duck s'installe à côté d'elle avec la plus grande précaution, celle de quelqu'un qui essaie de ne pas aggraver ses brûlures sous son uniforme.

— Où est le buffet ? marmonne Annie.

— Il n'y en a pas.

— Alors comment...

Elle se tait. Une jeune femme s'approche de notre table, vêtue d'un uniforme qui ressemble aux tenues de service que je n'ai pas aperçues depuis la Révolution. Son bracelet doit être le seul bracelet de fer de la salle.

— Puis-je prendre votre commande, mademoiselle, messieurs ?

Duck observe la serveuse avec fascination ; Annie devient toute rouge, comme chaque fois qu'elle interagit avec des domestiques.

— Qu'y a-t-il au menu aujourd'hui ? dis-je.

La serveuse m'énumère toute une série de plats qui ont l'air bien meilleurs que tout ce que j'ai pu manger ces dernières années. Je fais mon choix, puis Duck, qui paraît encore plus impressionné par tout ce qu'on lui propose, finit par demander un plat « avec du lard dedans ». Enfin, Annie, qui semble n'avoir rien suivi de la conversation, marmonne qu'elle voudrait la même chose que moi, « s'il vous plaît ».

— Je reviens tout de suite avec vos boissons.

Nous regardons la serveuse s'éloigner.

— Vous croyez qu'elle gagne combien ? demande Annie.

Comme il m'arrive de faire des rondes avec le Conseil ouvrier, je sais exactement à combien s'élève le salaire de cette serveuse.

— Une somme décente. Elle gagne plus que la plupart des ouvriers de fer des manufactures textiles, et beaucoup plus qu'à la mine.

Je commence à m'acclimater aux lieux, assez pour tendre l'oreille autour de nous. Le nombre de conversations en langue draconique est stupéfiant : dans une bonne partie des quartiers de la ville, cette langue est tellement associée à la triarchie que la majorité des gens préfèrent parler le callois. Mais ici, il y a tellement de patriciens dont c'est la langue maternelle qu'ils l'emploient sans scrupule. L'entendre parlée avec une telle décomplexion… on se croirait devant une parodie de scène de vie de l'ancien régime.

« Ce n'est pas que je sois contre la censure en soi, mais tu ne trouves pas qu'il va trop loin… »

« À choisir, je préfère mille fois un rouge damotien plutôt qu'un rouge callois… »

Nos plats arrivent. Au Cloître, nous sommes toujours bien nourris et, ayant vécu à l'orphelinat d'Albans, jamais je ne remettrais la qualité de sa cuisine en doute, mais ce plat n'a vraiment rien à voir. Les légumes sont parfaitement assaisonnés, le steak grillé à la perfection à l'extérieur et rose à l'intérieur, un délice, sans parler des pommes de terre qui dégoulinent de beurre. Après avoir jeté un coup d'œil à son assiette, Annie s'empare de son couteau et de sa fourchette et se jette dessus comme s'il fallait tout dévorer avant que ça disparaisse.

Je ne fais plus attention au rapport qu'entretient Annie avec la nourriture depuis longtemps. Les premières années, elle engloutissait ses plats et c'était moi qui l'imitais, mais dans le contexte actuel, dans cette salle étincelante dédiée aux plaisirs de la table, c'est un spectacle difficile à regarder. Tandis que Duck s'extasie devant « le meilleur repas de sa vie », je glisse une main sur la table, effleure le poignet d'Annie et lui souffle :

— Pas si vite.

Elle relève la tête, écarquille les yeux, les cligne plusieurs fois, puis acquiesce.

C'est l'un des repas les plus étranges que j'aie jamais vécu. J'ai conscience que c'est savoureux ce qui était la norme pour moi avant que j'apprenne à m'estimer heureux quand j'avais quelque chose à me mettre sous la dent –, mais j'ai aussi conscience qu'Annie ne me quitte pas des yeux, bien décidée à apprendre, même si elle n'a jamais été aussi rouge. Je me rappelle toutes les bonnes manières à table, que je m'efforce de lui montrer avec des gestes lents, clairs, sans émettre le moindre commentaire afin que Duck ne se doute pas qu'une leçon est en train de se dérouler. Annie se cale sur mon rythme, imite ma façon de piquer le steak avec ma fourchette, d'amener les petits pois sur celle-ci avec mon couteau et, enfin, de poser mes couverts parallèlement dans l'assiette à la fin. Toutes ces choses qui n'ont d'importance que lorsqu'on n'a pas peur de mourir de faim.

À la fin, je suis malade de honte.

— Alors, ça vous a plu ? s'enquiert la serveuse revenue pour nous proposer un café ou un dessert.

— Je n'ai jamais rien mangé d'aussi bon de toute ma vie, répond Duck d'un ton si solennel qu'il fait rire la serveuse.

Tandis que nous la regardons disparaître dans la cuisine avec nos assiettes vides, il se penche et baisse la voix.

— Tu crois qu'elle trouve ça bizarre, d'être entourée de gens qui…

Annie achève sa phrase, comme si elle se posait justement la même question.

— … qui ont mieux réussi l'épreuve des métaux qu'elle ?

— … qui sont nés dans un milieu privilégié leur ayant permis de mieux réussir, je marmonne.

Parce que je viens de passer tout le repas à faire une démonstration de cette vie privilégiée, ce constat est particulièrement douloureux.

Annie étudie le fond de son verre de cidre qu'elle incline de tous les côtés. Sa réponse est posée, mais intransigeante :

— J'aime penser que tous ceux qui sont ici y sont arrivés parce qu'ils le méritent. Quelles que soient leurs origines.

J'essaie d'accrocher son regard, mais elle est à nouveau concentrée sur la salle.

— En tout cas, la plupart des gens parlent callois ici, ajoute-t-elle. La version standardisée du Palais pour la plupart, mais j'ai aussi repéré quelques accents du Quartier-Sud, à cette table, là-bas. Et, derrière nous, c'est plutôt l'accent de Villeport que j'entends.

Trop absorbé par la sonorité de ma langue maternelle, je n'avais pas fait attention.

— Même si la langue draconique est un peu… surreprésentée par rapport à la population callipolitaine, reconnaît-elle d'un ton grave.

— J'espère que l'épreuve des métaux s'est bien passée pour ma sœur, marmonne Duck.

Annie serre gentiment sa main. Elle n'a pas l'air de remarquer que Duck s'est figé à son contact.

Soudain, son regard s'arrête sur quelque chose, à l'autre bout de la salle, et elle repose la paume sur la table. Je me retourne sur ma banquette. Vigor s'est aperçu de notre présence et fait signe à Annie de les rejoindre, Darius et lui. Quelques filles du cours de rhétorique gloussent dans leur main et échangent des regards complices.

— N'y va pas, Annie, lui conseille Duck.

Sans détacher les yeux de Vigor, elle porte son verre de cidre à ses lèvres, le vide d'un trait et le repose. Puis, elle se lève et se faufile entre les tables.

Duck la regarde, le front barré d'un pli soucieux.

— Et c'est elle qui me dit toujours de faire comme s'il n'existait pas.

ANNIE

Dans un mois, Vigor et moi nous affronterons, mais tandis que je m'approche de sa table, c'est comme si nous étions déjà en plein combat. Je me campe devant lui, il se penche en arrière et écarte les bras, englobant dans son geste toute la salle lambrissée envahie de fumée.

— Bienvenue sur mes terres, déclare-t-il pompeusement en langue draconique.

Les filles assises autour de lui échangent des regards extatiques, comme si elles avaient droit à un avant-goût exclusif de notre demi-finale. Je ne réponds pas, alors il poursuit en callois :

— Je viens de dire...

— J'ai très bien compris.

— Bravo !

Il se tourne vers ses compagnons.

— Antigone, qui a battu mon cher ami Darius ici présent...

L'intéressé me lance un regard noir.

— ... sera mon adversaire pour le prochain combat.

Il repasse en langue draconique et ajoute, d'un ton conspirateur :

— C'est une serve très ambitieuse.

Cette remarque suscite des rires nerveux. L'une des étudiantes, scandalisée, laisse même échapper un petit cri choqué. Vigor reporte son attention sur moi, les yeux étincelants.

— Pas vrai, Annie ? demande-t-il en callois.

Je peux presque entendre notre public retenir son souffle. Je sais ce qu'il est censé se passer ensuite : j'ai déjà vu Crissa remettre Vigor à sa place, calmant son ego avec une repartie bien placée. J'ai entendu les éclats de rire ravis qui suivaient. Je sais très bien ce que tout le monde attend.

Seulement, dans ma tête, c'est le néant.

Pauvre idiote, tu t'attendais à quoi en venant ici ? Parce que tu as gagné un combat, tu croyais que tu allais devenir plus forte à ce petit jeu ?

— C'est vrai, dis-je, la bouche pleine d'amertume à cause de la faiblesse de ma réplique et du fait que je réponde en callois.

Je tourne les talons et m'en vais.

Ce goût amer ne me quitte pas de la journée. On ne m'a jamais assigné autant de rondes qu'à Lee ou même qu'à Duck, si bien que, cet après-midi, je n'ai qu'une mission qui consiste à suivre le vieil

Ornby. Ce documentaliste au grand âge est chargé d'examiner l'ensemble des ouvrages de littérature draconique ancienne pour le compte du Comité de Censure. Dans son bureau poussiéreux, nous tâchons de déterminer ensemble quels textes interdire, faire traduire pour le grand public ou strictement réserver à l'usage des citoyens d'or.

— Serait-on un peu laxiste, aujourd'hui ? demande Ornby en passant en revue mes décisions. J'aurais purement et simplement fait proscrire ce torchon qui brosse le portrait sympathique d'un seigneur dragon. Et vous, vous seriez prête à le rendre accessible au grand public ?

Irritable après mon déjeuner au Cercle du Lyceum, je hausse les épaules et lui cite l'un de ses préceptes favoris.

— Cela pourrait aider les gens à gagner en empathie.

Le vieil Ornby plisse ses yeux bleus et secoue la tête.

— Les citoyens d'or, peut-être. Mais nous ne pouvons pas nous permettre de rendre le discours trop complexe pour les classes de métal inférieures, qui risqueraient de s'y perdre, ou pire, de souhaiter le retour des seigneurs dragons. Vous êtes plus intelligente que la plupart des gens, Annie, ne l'oubliez pas ! Vous êtes capable de saisir toutes les nuances de cette œuvre, mais ce n'est pas le cas de tout le monde…

D'ordinaire, il suffit qu'Ornby mentionne mon intelligence – argument flatteur qu'il brandit toujours d'un air complice – pour que j'arrête de remettre en question les motifs de censure, mais en cet instant, je repense au père de Duck et à sa façon de nous restituer la propagande sur le Nouveau-Pythos, et j'éprouve un certain malaise.

En fin de journée, le peu de bonne humeur qui me restait après le tournoi s'est tout à fait volatilisé. Goran a commencé l'entraînement de l'après-midi sur l'Eyrie en vantant, pendant une demi-heure, les exploits de Lee, de Cor et de Vigor sans mentionner une seule fois les miens. Force est de constater que, malgré mon entrée dans le Quatrième Ordre, ma vie ne va pas changer et sera marquée par les mêmes frustrations qu'avant.

Après le dîner, je continue à me refamiliariser avec ma routine en aidant Rock à faire son devoir de tactiques aériennes dans le solarium du Cloître, où les Gardiens prennent de l'avance sur leur travail, installés aux tables communes et dans les fauteuils, avant l'heure de l'étude. Ce soir, j'ai moins de patience que d'habitude, ce qui nous rend tous les deux à cran.

— Tu dois absolument penser à la troisième dimension, Rock. On n'est pas dans un champ.

Le problème que Rock doit résoudre est étalé devant nous, tout un tas de diagrammes que je suis en train de corriger en lui prodiguant des conseils. À l'autre bout de la table, Crissa griffonne dans son livre d'histoire tandis que Duck, manches retroussées, applique un gel d'aloès sur ses brûlures. Le soleil se couche, ses rayons filtrent à travers les plantes en pot alignées le long des parois vitrées. Certaines grimpent en s'entortillant jusqu'au plafond dont quelques fenêtres ont été soulevées pour laisser entrer l'air. Le solarium est le seul espace du Cloître dédié aux loisirs.

Rock a les cheveux en bataille et les yeux rougis à force de se concentrer sur mes gribouillis.

— En théorie, j'ai pigé, d'accord ? Parfois, tu es pire que Goran.

— Si tu n'aimes pas ma façon d'expliquer, tu n'as qu'à demander à Lee.

— Déjà essayé. Il était occupé.

L'emploi du temps chargé de Lee est bien la dernière chose dont j'ai envie d'entendre parler. Je jette un regard noir à Rock qui croise les bras et me rend la pareille. Soudain, quelqu'un nous interrompt.

— Annie ! Vous voilà !

Je me tourne. La redoutable directrice du Cloître Mme Mortmane, qui était en chemin vers nos boîtes aux lettres, me tend un courrier. Il porte le sceau officiel du gouvernement, les quatre anneaux concentriques en fer, bronze, argent et or, symbolisant les quatre classes sociales de la Cité.

— Puisque vous êtes là, autant que je vous le remette en main propre !

L'un de ses yeux est pris d'un spasme que l'on pourrait qualifier de clin d'œil, puis elle s'en va.

La missive est « à l'attention des dragonniers du Quatrième ordre » et nous informe, Lee, Vigor, Cor et moi, de changements immédiats apportés à notre emploi du temps. La vue de mon nom à côté des mots « Quatrième Ordre » me donne un frisson.

Votre présence sera désormais requise :
Au cours de poésie draconique niveau avancé.
Aux réunions hebdomadaires du Conseil supérieur (si vous n'y assistiez pas encore).
Au cours de danse et de bienséance niveau avancé (débutera deux semaines avant le bal du Lyceum).
Au cours privé que vous dispensera chaque semaine le Premier Protecteur en personne.

Je sens un sourire s'épanouir sur mon visage.

Voilà, c'est parti ! Quoi qu'en disent Goran et Vigor, et peu importe que mon programme de rondes soit léger, le navire a quitté le port et je suis à bord.

Le lendemain, j'arrive au cours de poésie draconique avec quelques minutes d'avance ; la salle de classe est encore fermée. Parmi tout ce qui a été listé dans la note officielle, ce changement est celui que je suis le plus sûre d'aimer – je pense bien me débrouiller, aussi. Jusqu'à présent, nous avons seulement étudié le langage courant des dialectes médéens, mais la poésie draconique, réputée pour sa beauté, m'a toujours intéressée. Les dragodescendants – et les Aurélien en particulier puisqu'ils s'exprimaient déjà en langue draconique avant d'arriver à Callipolis – ne juraient, paraît-il, que par la poésie et ne rataient jamais une occasion de citer ces œuvres qu'ils apprenaient par cœur dès leur plus tendre enfance.

En outre, la poésie draconique est une forme littéraire toujours très prisée des familles patriciennes de Callipolis, par conséquent le Palais Intérieur estime qu'il est important que les dirigeants de la Cité en maîtrisent toutes les subtilités.

Lee est déjà devant la salle de classe, lui aussi. Et il est loin de partager mon enthousiasme.

— Je n'arrive pas à y croire, fulmine-t-il. Quelle perte de temps…

Il a des cernes sous les yeux ; depuis qu'il est devenu chef d'escadron, il a souvent l'air fatigué pendant la semaine. Cor apparaît au bout du couloir, l'air tout aussi épuisé et révolté.

— C'est une blague ? C'est ça notre récompense pour avoir réussi à entrer dans le Quatrième Ordre ?

Les étudiants d'or qui commencent à arriver nous considèrent avec curiosité avant d'entrer dans la salle. Les Gardiens sont en infériorité numérique au Lyceum, alors dès que nous rejoignons de nouveaux cours, notre présence ne passe pas inaperçue. Ni Cor ni Lee ne bougent ; ils semblent décidés à s'attarder le plus possible dans le couloir.

— C'est pour notre culture générale, dis-je à Cor.

Il baisse la voix en suivant du regard les étudiants qui défilent.

— Parle pour toi. Je n'ai pas ton talent pour la langue draconique. Tout ce que je vais réussir à faire, moi, c'est me ridiculiser devant une bande d'enfants de patriciens... Ah.

Vigor remonte le couloir avec un air amusé.

— Vous en faites une tête, lance-t-il.

Cor lui jette un regard meurtrier.

— Dégage.

Vigor laisse tomber son sac qui atterrit avec un bruit sourd entre Lee et Cor. Deux filles jettent un coup d'œil dans notre direction en passant et, aussitôt, Vigor promène une main sur ses cheveux coupés ras et accroche leur regard avec un haussement de sourcil aguicheur. Elles disparaissent dans la classe en pouffant.

— Il paraît que ce cours est facile, lâche-t-il. Enfin, si on connaît déjà le *Cycle Aurélien* par cœur...

Appuyé contre le mur, bras croisés, Lee fait la moue.

— J'ignorais que tu étais un spécialiste de la langue draconique, Vigor.

— J'ai eu des précepteurs.

Lee rejette la tête en arrière et éclate de rire.

— Grand bien t'en fasse.

Le mépris évident de Lee fait tressaillir Vigor, mais il se ressaisit et le considère d'un air étrange avant de retrouver un peu de son arrogance pour partager avec nous un potin du Lyceum.

— J'ai entendu dire que c'est un ancien précepteur du Palais qui donne ce cours. Il a commencé sa carrière en enseignant aux gamins Fléaurage avant la Révolution. Il faut croire qu'il n'était pas si loyal que ça...

Cor laisse échapper un rire moqueur. Le sourire de Lee vacille. Il se fige complètement pendant un court instant. Je crois que je suis la seule à l'avoir remarqué.

— On va être en retard, dis-je.

Nous nous installons à des pupitres libres au fond de la classe. Un seul autre Gardien se trouve parmi les étudiants qui étaient déjà inscrits à ce cours : Lotus. Je l'ai reconnu à sa masse de cheveux frisés avant même qu'il se retourne pour nous faire signe. Il a un lien particulier avec la poésie draconique à travers son père, ce qui explique sans doute qu'il ait choisi d'être ici.

Ma voisine de pupitre se penche vers moi.

— Tu ne serais pas Antigone, par hasard ? Antigone sur Aela ?

L'intonation de sa voix me donne l'impression qu'elle parle de quelqu'un que nous n'avons jamais rencontré ni l'une ni l'autre. J'acquiesce et un grand sourire illumine son visage.

— Tu as été incroyable.

Stupéfaite, je lui rends son sourire et elle me tend la main. Sa robe marron, qui paraît presque fade en comparaison à sa peau au teint cuivré et à ses longs cheveux frisés noirs, dénote une existence patricienne aisée : le tissu est repassé avec soin et sa coupe impeccable, qui descend jusqu'à ses genoux, ne peut être que l'œuvre d'un tailleur du Janiculum.

— Hanna, dit-elle. Hanna Lund. Même si mon nom ne doit pas t'intéresser !

Je lui serre la main, trop abasourdie pour trouver une façon polie de réfuter cette réflexion inattendue.

— Souhaitons la bienvenue à nos nouvelles recrues.

Notre professeur, un trentenaire pâle au front dégarni et qui porte des lunettes, vient d'entrer dans la pièce et annonce notre présence avec un sourire affable.

— Je m'appelle Richard Tyndale, poursuit-il en prenant place devant le groupe, et je suis ravi de vous accueillir dans ma classe. Voyons voir…

Il consulte sa liste, puis me regarde.

— Vous devez être Antigone sur Aela ?

— Oui, mais je préfère Annie.

— Dans ce cours, nous n'emploierons que la langue draconique, Antigone. Un nom peu commun pour une fille des Hautes Terres. Qu'avons-nous ensuite… Vigor sur Vorace ?

Vigor lève la main. Tyndale sourit.

— Bienvenue. Je suis enchanté de pouvoir dire à votre père que je vous compte enfin parmi mes étudiants. Cor sur Maurana… ?

Cor lui adresse un signe de tête.

Tyndale regarde ensuite le dernier nouveau venu et… il s'immobilise.

— Léo ?

Nom d'un dragon ignitié !

Pendant une fraction de seconde, Lee écarquille les yeux, puis il s'empresse de rectifier.

— Lee. Lee sur Pallor.

Tyndale tressaille et se corrige aussitôt.

— Lee, bien sûr… Toutes mes excuses…

« Léo ». Ce nom qui ne m'est pas familier m'a pourtant écorché les oreilles comme s'il s'agissait d'une insulte.

J'ai envie de l'enfouir profondément pour ne plus jamais l'entendre.

Tyndale nous tourne le dos un court instant et plusieurs étudiants en profitent pour échanger des regards à la fois amusés et interloqués. Ils semblent se demander comment leur professeur a pu oublier le nom d'un Gardien du Quatrième Ordre. À côté de moi, Lee s'est tassé sur sa chaise.

— J'espère que vous avez reçu tous les quatre le devoir et les livres que je vous ai envoyés ? Bien. Alors mettons-nous au travail. Un volontaire pour lire en langue draconique ?

La classe est en plein milieu d'une traduction du *Cycle Aurélien*, une épopée considérée comme le récit fondateur de la littérature draconique. Hanna se dévoue et commence à lire. Elle s'exprime sans le moindre accent, signe qu'il s'agit de sa langue maternelle. Jamais je n'aurais pu croire qu'une telle personne me trouverait incroyable.

Quand elle entame un passage qui retrace les épreuves d'Uriel sur Aron menant son peuple à l'exil pour échapper à la destruction de leur île gorgée de soleil, l'antique Aureos, Lee ferme les yeux et agrippe les bords de son pupitre. Je ne sais si c'est à cause de la vue de son visage affligé ou du récit que je suis en train d'écouter, mais je sens monter en moi une vague de tristesse. Même si le sens de certains mots m'échappe, la tragédie qui transparaît dans ces vers n'en est pas moins claire et douloureuse.

— Et si vous commenciez à traduire, Antigone ?

Je sursaute presque sur ma chaise. J'ai du mal à savoir si j'imagine la note de défi dans le sourire de Tyndale. J'ouvre mon cahier de notes, consciente d'être observée par toute une classe d'inconnus, et baisse les yeux sur mon devoir. La vue de ma traduction m'apaise aussitôt : j'ai tout revérifié trois fois. Je commence à lire, puis le toussotement peu discret de Lee me rappelle qu'il faut que je parle plus fort. Comme je m'y exerce dans les salles de classe vides dès que j'ai un moment de libre depuis que je suis dans le Quatrième Ordre. Lorsque j'ai terminé, je relève la tête. Tyndale est en train de m'étudier.

— Bien, dit-il, même s'il paraît plus surpris que satisfait. Avez-vous relevé quelque chose d'intéressant dans le dernier vers ? Une figure de style qui aurait retenu votre attention, peut-être ?

Autour de moi, les étudiants lèvent la main. Tyndale le note, mais il revient à moi. Il me donne une chance.

Les figures de style, ce n'est pas le genre de choses qu'on apprend dans les cours sur le langage courant. Toutefois, bon nombre d'entre elles figurent à la fin du livre qu'il nous a fourni, dans le glossaire, et il se trouve que je l'ai lu hier soir. Je baisse de nouveau les yeux sur mon cahier en me triturant les mains sous mon pupitre.

— Rythme ternaire avec gradation, chiasme au niveau des noms et des adjectifs. Et un enjambement avec le vers suivant.

Toutes les mains se baissent. Tyndale hoche la tête.

— Bien, dit-il encore. Un mode verbal à souligner ?

— Un infinitif historique.

— Bien vu. Vous pouvez le conjuguer ?

Je le fais.

Tyndale épingle Lotus du regard.

— On dirait que notre fils de poète va avoir de la concurrence.

Par la suite, Tyndale me sollicite plusieurs fois, ainsi que Vigor et Cor, assez pour comprendre que Vigor traduit de mémoire et que Cor a une compréhension au mieux rudimentaire de la grammaire. Pas une seule fois il n'interroge Lee.

Ce n'est qu'à la fin du cours, après nous avoir libérés, qu'il semble se souvenir de son existence.

— Auriez-vous une minute, Lee ?

Lee reste prostré, tête baissée, tandis que la classe se vide.

Dans le couloir, assaillie par un mauvais pressentiment, j'hésite. Devrais-je attendre Lee ? Pour m'assurer qu'il va bien après cette conversation avec Tyndale ?

Aurait-il envie que je l'attende ?

En aurais-je envie à sa place ?

Non. Je suis presque sûre – en fait, je suis certaine – que je ne voudrais pas.

— Euh… Antigone ?

Hanna Lund se tient devant moi, penchée d'un côté pour contrebalancer le poids de son sac plein de livres ; elle coince une mèche rebelle derrière son oreille. Quelques filles du cours l'attendent un peu à l'écart et nous observent.

— On est plusieurs à se retrouver à la bibliothèque pour faire nos devoirs après les cours. Est-ce que ça te dirait de te joindre à nous ?

Il me faut quelques secondes pour comprendre ce qu'elle est en train de me demander.

Une étudiante d'or – et presque assurément une étudiante patricienne d'or – m'invite à passer du temps avec ses amies et elle ? Et, qui plus est, elle semble nerveuse, comme si elle craignait que je la rejette, elle ? Je remonte la bandoulière de mon propre sac sur mon épaule. Hanna est plus grande que moi – elles sont toutes plus grandes que moi – les jeunes patriciens le sont toujours. Je suis obligée de lever la tête pour croiser son regard anxieux.

— Oui… avec grand plaisir.

Hanna sourit.

Lee devra se débrouiller seul avec Tyndale.

Je ne commence à me faire du souci pour lui que quand il se met à sauter les repas. Il est absent au dîner ce soir-là, et le lendemain matin, au petit déjeuner. Je ne le revois qu'en cours, un peu plus tard dans la matinée. Ses cernes sont encore plus sombres, il est épuisé.

Qu'a bien pu lui dire Tyndale ?

Cet après-midi-là, les dragonniers du Quatrième Ordre participent pour la première fois à une réunion du Conseil supérieur – du moins est-ce la première fois pour certains d'entre nous. Je suis certaine que Lee y assiste déjà depuis plus d'un an. Nous écoutons, nous prenons des notes, mais on nous demande de garder nos questions pour plus tard, pour le cours que nous aurons avec le Premier Protecteur.

Celui-ci a lieu après, dans une salle de conférences qui jouxte son bureau. À l'instar de nombreuses pièces du Palais Intérieur, cette pièce donne sur la Gueule de Feu, immense ouverture centrale par laquelle on accède aux souterrains des dragons et qui, sous l'ancien régime, permettait aux trois familles régnantes de joindre facilement leurs montures d'un simple coup de sifflet. De l'autre côté de l'immense baie vitrée en verre ondulé, un balcon en pierre qui servait autrefois de perchoir à dragon s'ouvre sur les rangées circulaires de fenêtres du Palais Intérieur. Dans d'autres ailes du Palais, en particulier les grands halls reconvertis et ouverts au public, les différents blasons des dragodescendants ont été effacés, mais ici, les roses rouges en vitraux qui bordent les fenêtres, symboles de la Maison Aurélien, sont intactes. Atreus a fait quelques ajouts austères à cette salle : des meubles simples en bois, sans fioritures mais de bonne facture, et des chaises solides.

Nous nous levons lorsqu'il entre.

—Asseyez-vous, je vous prie, lance-t-il. Ici, nous ne perdrons pas de temps avec les formalités.

Nous nous rasseyons donc et Atreus prend place. Il relève le col de sa tunique simple qui souligne ses traits sévères de rapace et son teint gris patiné par l'expérience. Le mode de vie monastique d'Atreus est presque aussi légendaire que sa carrière : patricien orphelin devenu érudit à Damos, puis conseiller de la triarchie, et enfin, chef de la Révolution. Il paraît qu'il aime dire que Callipolis est sa femme et la Révolution son enfant. Et que les Gardiens seront son héritage.

— Je n'ai entendu que des éloges à votre propos, nous apprend Atreus. J'estime que c'est un privilège de prendre part aux dernières étapes de votre apprentissage. Dans ce cours, j'entends aborder des sujets divers allant de la philosophie à la poésie. Deux matières qui vous seront très utiles pour atteindre vos objectifs en tant que futurs hommes d'État : la théorie pour l'esprit, la beauté pour l'âme.

Il pose deux livres sur la table devant lui : le *Manifeste révolutionnaire*, qu'il a lui-même écrit un an avant la Révolution, et le *Cycle Aurélien*, dans sa version draconique originale.

— Mais commençons par les aspects pratiques. Avez-vous des questions sur la réunion du Conseil supérieur ?

Je lève la main, bien haut.

Contrairement à Perkins, Atreus ne fait pas mine de ne pas me voir.

— Oui, Antigone ?

LEE

Après tant d'années de clandestinité, se faire démasquer par un ancien précepteur de sa famille a quelque chose d'ironique.

Une fois tous les étudiants sortis, Tyndale se penche sur le seuil, jette un coup d'œil dans le couloir, des deux côtés, puis ferme la porte. Ses pas résonnent dans la vaste salle de classe vide aux murs de pierre.

Je fouille ma mémoire pour essayer de deviner ce qu'il pourrait bien faire de moi maintenant, en vain. Je n'avais que six ou sept ans la dernière fois que je l'ai vu. C'est surtout à mes sœurs aînées qu'il enseignait.

— Vous êtes vivant.

Il vient de prononcer ces mots avec un soulagement évident. Debout devant moi, les mains plaquées sur un pupitre de la rangée précédant celle où je suis toujours assis, il me contemple comme si j'étais une sorte d'apparition.

Il n'a donc pas l'intention de me dénoncer. Je m'aperçois que je retiens mon souffle depuis une minute et j'expire.

— Comment avez-vous survécu ?

Il a parlé en langue draconique. Ma respiration retrouve peu à peu son rythme normal, mais j'éprouve une pointe d'agacement. S'il est si heureux de me voir, de découvrir que j'ai survécu, pourquoi est-il en train de mettre ma sécurité en péril avec ce choix linguistique ? N'importe qui pourrait être en train de nous épier de l'autre côté de la porte. Et les gens seraient bien surpris d'entendre un orphelin du Bas-Quartier s'exprimer en langue draconique avec une telle aisance.

Je décide de répondre en callois.

— Atreus est intervenu.

Tyndale ouvre de grands yeux.

— Il vous a sauvé la vie ?

Je hoche la tête.

— Et votre famille… En a-t-il épargné d'autres membres ?

Il a poursuivi en langue draconique, cette fois avec une urgence dans la voix qui me surprend.

— Non.

Il continue à me dévisager, à attendre, mais je ne vois vraiment pas ce que je pourrais ajouter. Rien sur lequel je puisse mettre des mots en tout cas.

— Pour les autres, il était trop tard, finis-je par dire.

J'ai essayé de parler sans penser, mais les images jaillissent dans mon esprit qui se vide complètement. Pendant un instant, la classe disparaît autour de moi.

Tyndale me tourne le dos, en proie à une tempête d'émotions similaire peut-être.

— Pardonnez-moi, dit-il. Normalement, je ne l'aurais jamais avoué… mais j'imagine que plus rien ne m'en empêche. J'étais…

Il émet un petit rire hagard avant d'achever sa phrase.

— … j'étais épris de votre sœur.

De ma sœur. Quelle sœur ? Je réfléchis quelques secondes.

Comme s'il lisait dans mes pensées, il précise, au moment où je devine enfin :

— Pénélope.

Son nom, son visage, tout me revient violemment. C'est étrange d'entendre ce nom de la bouche de quelqu'un d'autre – comme si, après toutes ces années à m'interdire de parler de mes proches à quiconque, une partie de mon être avait cessé de croire qu'il existait encore des gens qui les aient connus.

Tyndale continue à parler, mais on dirait que c'est involontaire, qu'il ne peut s'en empêcher.

— Bien entendu, ce n'était pas… nous n'avions aucun avenir. J'étais de basse extraction, bien qu'érudit, et elle était promise à un Aurélien dont le prénom m'échappe… Mais je l'aimais. Par tous les dragons, je l'aimais. Même si je savais que ce ne serait jamais réciproque et que ça ne mènerait à rien. Je n'ai jamais aimé quelqu'un comme je l'ai aimée.

Pénélope avait seize ans quand elle est morte. Je n'étais pas au courant de ses fiançailles ; à l'âge que j'avais à l'époque, je ne la voyais pas comme un être dont les hommes tombaient amoureux ou qu'ils voulaient épouser. Elle était juste ma sœur aînée. Ma sœur, si belle et si gaie, qui n'hésitait jamais à abandonner les conversations de « grands » pour venir jouer avec moi. Elle avait les cheveux noirs, comme moi, sauf que les siens étaient longs et ondulés. Ils glissaient souvent de ses épaules, comme deux rideaux, quand elle se penchait pour se placer à ma hauteur.

Je prends conscience que je suis un an plus âgé qu'elle ne le sera jamais.

— Quand j'ai appris… ce qui s'est passé le Jour du Palais… j'ai…

Il n'achève pas sa phrase, il s'arrête et, pour moi aussi, tout s'arrête.

Je reste assis, paralysé, et j'ai l'impression que le sol se dérobe sous moi. Je me penche en avant, coudes posés sur le pupitre, et la tête entre les mains en attendant que ça passe. Le pire, c'est le son qui accompagne les images se bousculant dans mon esprit.

Tyndale est tellement perdu dans ses pensées qu'il ne remarque pas mon état. Lorsqu'il reprend la parole, son récit a fait un bond dans le temps. Je laisse ses mots glisser sur moi et peu à peu, les sons qui résonnent dans ma tête s'atténuent, les images s'estompent.

— Je crois que je suis devenu fou pendant quelque temps, après ça, raconte Tyndale dont la voix enrouée se brise par moments. Le Jour du Palais est l'un des massacres les plus atroces que la ville ait jamais connu. Oui, les coupables ont été punis – mais un nombre incalculable d'innocents aussi, tout ça parce qu'ils n'étaient pas nés dans la bonne famille.

— Atreus les a fait condamner, dis-je d'une voix qui paraît distante, même à mes propres oreilles. Peines de mort, emprisonnements à vie. Pour les gens qui…

Je m'interromps.

— Oui, il les a fait enfermer, confirme Tyndale d'un ton presque impatient. Mais il nous oblige quand même à célébrer ce jour funeste. Le Jour du Palais, la commémoration des « prémices remplies de bravoure d'un nouveau régime ». C'est… une plaie béante qui entache ce nouveau régime. Jamais Atreus n'aurait dû autoriser un tel massacre. C'est quand il a fait ça que j'ai compris.

— Compris quoi ?

— Qu'il ne valait pas mieux que les autres. Qu'en fin de compte, il risquait même d'être pire. Les seigneurs dragons… au moins eux avaient une certaine noblesse d'âme. Rien à voir avec la lâcheté et l'hypocrisie bureaucratique actuelle.

Si j'en juge son ton, je doute que Tyndale soit intéressé par une opinion plus nuancée. Une bouffée d'animosité inattendue m'envahit. Je me rappelle très bien avoir éprouvé les mêmes rancœurs, ou quelque chose de semblable. Je me rappelle mon ancien rêve et son échec. Mais j'étais enfant à l'époque ; Tyndale, lui, était déjà adulte et, s'il était si sûr de lui, il aurait dû réagir.

— Il fallait vous enfuir au Nouveau-Pythos. Puisque vous êtes convaincu que l'ancien régime était préférable.

— J'ai essayé, affirme Tyndale.

Sa remarque me surprend. Je l'encourage :

— Mais… ?

— Mais on m'a demandé de ne pas partir tout de suite.

Ce n'est pas la réponse que j'imaginais.

— Qui ça « on » ?

— Des gens que vous aimeriez beaucoup rencontrer, j'en suis persuadé. Une petite communauté qui attend son heure, ajoute Tyndale en insistant subtilement.

Le soleil est désormais assez bas dans le ciel pour traverser les vitraux et répandre ses rayons dans la pièce, déposant des joyaux de couleurs sur les murs et les pupitres et nimbant la silhouette de Tyndale d'une lueur orangée.

— Vous parlez du Nouveau-Pythos ? Des Dem'Aurélien ?

Même si mon cœur s'est mis à battre un peu plus fort, ma voix est chargée de scepticisme. J'ai lu trop d'articles de prétendus experts truffés de ce genre de théories conspirationnistes dans le *Journal du Peuple*. Ils sont destinés à exacerber le sentiment nationaliste des citoyens, une ficelle efficace et prévisible que le ministère de la Propagande n'hésite pas à tirer quand bon lui semble.

— C'est une menace infondée. Ils n'ont aucune puissance, dis-je.

— C'est ce qu'ils font croire à Callipolis.

Nous nous regardons, mais je suis à court d'argument. Pourtant, à ce stade, mon cœur bat à tout rompre. Les paroles de Perkins, pendant le cours de diplomatie, me reviennent en mémoire : *« Qui sait ce qu'ils mijotent là-bas, bien à l'abri derrière l'épaisse brume de la mer du Nord ? »*

— Atreus connaît-il votre véritable identité ? s'enquiert Tyndale.

Je secoue la tête.

À ma grande surprise, Tyndale sourit.

— Parfait. Vous serez bien placé.

Bien placé pour quoi ?

Mais il ne peut s'agir que d'une seule chose.

— Avez-vous envie de les rencontrer ? Je ne doute pas qu'ils seraient ravis de vous revoir. Je suis sûr que vous leur avez beaucoup manqué.

Ma gorge se serre.

Qui ? Qui d'entre eux ont survécu ? Me connaissent-ils, au moins… ?

— Je suis persuadé que votre aide leur serait précieuse, ajoute encore Tyndale.

* * *

Une pluie battante se déchaîne sur la mer du Nord et un épais brouillard l'enveloppe. Nous sommes en plein exercice, tous les escadrons sont de sortie : Crissa dirige les aquacélestes ; Cor, les fléaurages et moi, les auréliens. Mon unité traverse le déluge en rang serré se démenant pour rester en formation malgré la mauvaise visibilité. Au bout d'un moment, je donne l'ordre de percer la couverture nuageuse et j'émerge en premier au-dessus de celle-ci, aveuglé par le soleil éclatant et le ciel bleu qui nous y attendent. Dans un renâclement satisfait, Pallor s'ébroue pour sécher ses ailes ; je perçois le mouvement de sa respiration haletante à travers la selle tandis que j'ôte mon casque pour frotter mes yeux gênés par l'eau. L'un après l'autre, les dragonniers auréliens jaillissent des nuages, trempés et grelottants, mais nos effectifs sont au complet lorsque nous faisons le compte au terme de la manœuvre. Pallor et moi nous accordons quelques instants pour reprendre notre souffle.

C'est là que je les remarque : d'autres dragons, à l'horizon.

Au début, je ne m'en inquiète pas. Les escadrons s'entraînent chacun de leur côté et certains ont peut-être poussé plus au nord que prévu.

Puis un scintillement doré retient mon attention.

Des auréliens.

Or, je viens de compter et aucun de mes auréliens ne manque à l'appel.

Ceux que j'aperçois au loin ne peuvent donc pas appartenir à la flotte callipolitaine.

Et d'autres éclats colorés se manifestent parmi eux, du bleu, du noir. Ce que je viens de repérer, là-bas, c'est une flotte entière dotée des trois races de dragons.

Ils sont en approche. Les silhouettes se précisent et s'agrandissent.

Une nuée de petits frissons se répand sur ma nuque.

Oui, c'est une flotte aérienne entière qui se révèle.

« Une petite communauté qui attend son heure. »

Avec la puissance d'une explosion, mes émotions – un mélange de surprise, de joie et de nostalgie – débordent et se déversent sur Pallor, lui arrachant un cri perçant. C'est tout mon émoi qui jaillit de sa gueule.

Puis, alors que l'écho de son cri s'estompe, d'autres éclats de voix s'élèvent au-dessus du vent. Annie.

— Redescendez ! s'époumone-t-elle.

Elle forme avec le poing le signal correspondant pour ceux qui sont trop loin et qui ne l'ont pas entendue. Aussitôt, mon escadron plonge afin de se mettre à couvert dans les énormes nuages bas. Au milieu de la torpeur nébuleuse du débordement, je parviens à me faire la réflexion que c'est la première fois que j'entends Annie donner des ordres, ce qui est normal, puisque, en tant que chef d'escadron des auréliens, c'est à moi de le faire. Cependant, je reste pétrifié, incapable d'arracher mon regard de cette flotte qui se précipite vers nous. Les rares pensées que je parviens à démêler de celles de Pallor se focalisent toutes sur la même chose.

Ce sont les miens, là-bas. Ma famille. Si proche…

— Max, Deirdre, allez trouver Cor et Crissa, dites-leur de rassembler leurs effectifs. L'entraînement est terminé ! Prévenez-les qu'on a une flotte aérienne inconnue en visuel. Des dragons, potentiellement déjà ignitiés, à deux miles au nord !

Ensuite, Annie place Aela face à Pallor, cachant la flotte pythéenne, et ôte son casque à son tour. Elle est blême, ses cheveux assombris par la pluie sont plaqués sur son front et de l'eau lui coule encore le long des tempes. Pour la première fois, elle me regarde avec des yeux arrondis par la terreur.

— Lee, il faut y aller !

4

ALETHEIA

Une année s'était écoulée depuis l'arrivée du garçon à l'orphelinat. La fille et lui continuaient à planifier leur départ pour le Nouveau-Pythos, mais peu à peu, l'idée avait perdu son caractère urgent. Il avait désormais de bonnes notes à l'école, il s'acquittait mieux de ses tâches et ses cauchemars étaient de moins en moins fréquents. Le Nouveau-Pythos s'estompait de son imagination, et sa famille de sa mémoire.

Puis arriva le premier anniversaire du massacre et on organisa une grande parade dans la ville. Le « Jour du Palais », comme on l'appelait désormais, était devenu jour de fête nationale. On y commémorait ce qui était considéré comme le tournant décisif du Mois sanglant, le jour où le peuple avait fini par franchir les remparts du Palais après avoir empoisonné les dragons.

D'où il se tenait sur la place principale, le garçon avait une vue imprenable sur le seul dragon survivant que des hommes amenaient pour clôturer les festivités. Il le reconnut sans difficulté.

Aletheia, la dragonne de son père, était l'un des éléments les plus redoutables de l'ancienne flotte aérienne. Elle avait la crête et le bout des ailes rouges, ce qui la rendait unique parmi les fléaurages. Il se souvenait avoir caressé ses écailles dures et posé la main entre ses grands yeux noirs.

Ce jour-là, l'imposante bête était presque méconnaissable. On avait depuis longtemps sectionné la glande d'ignition de sa gorge, ainsi que ses ailes, et elle n'impressionnait plus désormais que par sa taille exceptionnelle, digne d'un char, et ses puissantes mâchoires, même si elles étaient enchaînées. Le garçon assista à toute la scène. On amena Aletheia sur la grande estrade en serrant les chaînes de façon à l'obliger à garder la tête baissée. Puis, l'homme qui avait sauvé la vie du garçon et qui se faisait désormais appeler le Premier Protecteur prit la parole et énuméra les atrocités que ce dragon avait commises. Les villages incendiés, le sang d'innocents qui avait été répandu, toute cette violence insensée et injustifiée dont avaient souffert des centaines de personnes à cause de ce monstre, sans oublier les milliers de victimes des autres dragons de la triarchie, et ce pendant des siècles. Il affirma que cette époque-là était révolue à jamais.

Toutefois, le jeune garçon n'écoutait pas. Il était trop occupé à regarder la dragonne de son père lutter pour respirer.

Puis un bruit sur sa droite détourna son attention. Il baissa les yeux. Debout à côté de lui, la fille était en train de pleurer. Les yeux braqués sur Aletheia, elle avait les joues ruisselantes de larmes.

Il passa un bras autour de ses épaules et la serra contre lui. Le triste spectacle de l'humiliation publique de cet animal autrefois si majestueux devait l'affecter autant que lui.

Debout sur cette place, avec la fille blottie contre lui, il regarda la hache décapiter le dragon de son père.

* * *

Plus tard, ce jour-là, le garçon retrouva la fille assise sous l'un des rares arbres du jardin, paupières closes. Il crut d'abord qu'elle s'était assoupie jusqu'à ce qu'elle ouvre les yeux.

— Tu pleurais aujourd'hui, sur la place, fit-il remarquer.

Il se sentait obligé d'en parler, comme s'il avait besoin de confirmer le chagrin qu'ils avaient partagé là-bas.

Il était à deux doigts de tout lui raconter. Le moment était venu, avait-il décidé. Assister à l'exécution d'Aletheia l'avait galvanisé. Il était temps de partir. Et il allait emmener la fille.

Elle leva la tête vers lui, comme si elle était sur le point de parler, mais hésitait encore à le faire. Puis, lentement, elle rassembla tout son courage. Bientôt, ses traits crispés se parèrent de détermination et, d'une voix grave et maîtrisée, elle déclara :

— C'est ce dragon qui a tué ma famille.

LEE

Annie et Aela talonnent Pallor pendant tout le trajet de retour jusqu'à Callipolis, suivies de près par le reste de l'escadron. J'essaie de mettre à profit le silence que m'accorde Annie pour m'extirper de l'esprit de Pallor. Je lutte. Penché sur la selle, accroché à son cou, je me débats contre ce besoin irrépressible d'être avec lui, tout contre lui. Et Pallor ne me facilite pas la tâche. Il ressent ma détresse, il essaie de rester au plus près de moi, se démenant de son côté pour m'apporter son réconfort. Mon esprit est en pleine effervescence.

Tyndale n'a pas menti. Quand je pense que pendant tout ce temps, je me répétais que ces menaces n'étaient qu'une forme de manipulation, des rumeurs mesquines que le ministère de la Propagande donnait en pâture aux citoyens naïfs de la classe de fer…

Qui étaient-ils, ces dragonniers qui se sont presque approchés à portée de voix ?

Des survivants du Jour du Palais ?

Des proches ?

Annie se remet à parler lorsque le Palais arrive en vue. Son visage est caché par sa visière et ses paroles sont étouffées, mais elle pousse la voix pour se faire entendre par-dessus la pluie battante.

— Lee. Ça y est, tu es revenu à toi ?

Qu'a-t-elle compris ? Que sait-elle ? Dans quelle mesure risque-t-elle de me poser « problème » ? Mon esprit est encore trop englué dans celui de Pallor pour que j'évalue la situation. Je n'ai jamais été du genre à me faire surprendre par un débordement et encore moins à laisser le phénomène s'éterniser quand ça se produit. Ce qui m'arrive est complètement inédit et Annie le sait. En outre, elle a été témoin de ce qui m'a mis dans cet état.

Je serre les dents.

— Presque.

— Il faut qu'on aille rapporter ce qu'on a vu au Palais Intérieur, et vite.

Je prends conscience de ce que ça implique et je rechigne. Une réunion de crise, me retrouver assis devant Atreus Athanatos maintenant…

— Est-ce que tu vas…

Est-ce que tu vas me dénoncer ?

En temps normal, j'aurais réussi à ravaler cette question à temps. Je me suis mordu la langue pour ne pas aller au bout, mais à cause du débordement, une note de panique sans équivoque a réussi à percer dans ma voix. Annie se tourne vivement vers moi, mais elle n'insiste pas pour que j'achève ma question.

— Ton absence serait anormale. Alors ressaisis-toi.

À ces mots, elle tire sur les rênes d'Aela et se détache du reste de la flotte. Encore hébété, je la suis. Le Palais Intérieur apparaît en dessous de nous, avec sa tour creuse couverte de fenêtres intérieures, qui encercle la Gueule de Feu floutée par la pluie. Une fois entrée dans la cour du vaste édifice tubulaire, Annie s'arrête en vol et se met à étudier les différents balcons auréliens. Elle semble avoir oublié lequel appartient au bureau du Premier Protecteur. Je m'exprime pour la première fois.

— C'est celui-là, dis-je en pointant un balcon du doigt.

Atreus travaille dans les appartements qui appartenaient autrefois au triarque Aurélien ; enfant, j'ai appris à reconnaître les balcons qui servaient aussi de perchoir à dragon.

Les épaules d'Annie se raidissent, mais elle n'émet pas le moindre commentaire sur ma connaissance des lieux.

Nous nous posons et renvoyons nos dragons. Pendant un moment, Pallor résiste ; les effets secondaires du débordement. J'ôte mon casque, attire sa tête vers moi et appuie le front contre sa crête argentée ruisselante avant d'arracher mon esprit au sien. Le gémissement qu'il pousse me fait serrer les poings.

Ensuite, Pallor emboite le pas à Aela et ils disparaissent dans les abysses de la Gueule de Feu. Les deux dragons sont avalés par l'entrée noire des souterrains sous la pluie battante, et j'ai de plus en plus mal au crâne plus la distance se creuse.

Les pensées ne tardent pas à ressurgir.

Des survivants. Il y a réellement des survivants. Et, comme l'a laissé entendre Tyndale, ils ont des dragons.

Ils ont les moyens de reprendre Callipolis.

Le pronom résonne dans mon esprit et je cède à la tentation qui bourdonne dans mes veines, juste pour voir : et si au lieu de « ils », c'était « nous » avons les moyens… ?

Lorsque je relève la tête, Annie est en train de m'observer, son casque sous le bras, ses cheveux mouillés plaqués sur son front, le visage déformé par une expression indéchiffrable.

Est-ce de la déception ? Du dégoût ? De la colère ?

Elle tourne les talons et frappe à la porte incrustée dans la baie vitrée. Une seconde plus tard, un assistant vient nous ouvrir, stupéfait de découvrir, sur ce balcon qui ne possède aucun autre accès, deux adolescents trempés en combinaison coupe-feu.

— Nous devons nous entretenir de toute urgence avec le Premier Protecteur et le général Holmes, lance Annie.

Je suis sonné pendant toute la réunion : Annie jette un coup d'œil vers moi, puis décide de raconter les faits elle-même. Nous sommes avec Atreus et le général Holmes, ministre de la Défense, dans la salle du Conseil, installés à la grande table en chêne d'ordinaire réservée aux membres du Conseil supérieur. Si je connais déjà Holmes via les rondes que j'effectue, je suis presque certain que ce n'est pas le cas d'Annie. À côté d'Atreus en permanence rasé de près et vêtu modestement, Holmes détonne avec sa barbe brune fournie et son uniforme chargé de nombreuses décorations rutilantes. Le général s'est fait un nom pendant la Révolution et jouit d'une réputation de chef militaire impitoyable. Un condensé de virulence impulsive aux origines modestes qui contraste avec les principes nobles d'Atreus.

J'ai toujours jugé préférable de ne pas en savoir plus, ça ne m'a jamais semblé indispensable. Holmes m'apprécie, je travaille avec lui depuis des années et, jusqu'à présent, c'est tout ce qui comptait.

Mais aujourd'hui, alors que je me tiens devant lui et que je pense aux dragons du Nouveau-Pythos, j'éprouve tout à coup le besoin de savoir.

Loin de se montrer intimidée en si prestigieuse compagnie, assise bien droite, Annie commence à décrire la flotte pythéenne avec précision. Elle a réussi à les compter tout en prenant la direction de l'escadron au pied levé. Au total, elle a recensé cinq aquacélestes, neuf auréliens et sept fléaurages. Ils étaient en revanche trop éloignés pour qu'elle puisse estimer leur âge.

— Et après les avoir repérés, qu'avez-vous fait ? s'enquiert Holmes.

C'est à moi qu'il s'adresse. Il veut entendre ma réaction en tant que chef d'escadron. Toujours sonné, je sens une bouffée de panique me monter à la gorge : nous y voilà. C'est la fin. Il aura suffi d'un débordement pour anéantir presque dix ans de mensonge et révéler le traître potentiel que je suis.

Toutefois, quand Annie prend la parole, ce n'est pas pour me dénoncer.

— Lee a demandé à tout le monde de regagner les nuages pour se mettre en sécurité et a donné l'ordre de rentrer immédiatement à Callipolis.

Je lui jette un regard en coin, abasourdi.

Elle me couvre. Annie est en train de me couvrir.

Seules deux petites taches roses sur ses joues pâles trahissent ce que cet effort lui coûte. Depuis des années, elle est sous-estimée, dévalorisée, écartée par le gouvernement et, de fait, par les hommes qui sont assis en face de nous, et, alors qu'elle vient de prouver ses compétences en situation de crise, de prouver qu'elle est plus que capable d'assumer un poste à responsabilités et qu'elle mérite amplement la fonction qu'on lui avait déconseillé de briguer, voilà qu'elle cache tout. Tout ça pour quoi ? Pour me sauver.

Tu devrais plutôt me dénoncer, non ?

Parce qu'une chose est sûre, si j'en crois les visions et les doutes qui s'insinuent dans mon esprit depuis que j'ai aperçu ces dragons, je mérite vraiment d'être dénoncé plutôt que protégé. Tous ces fantasmes de vengeance et de triomphe qui m'avaient abandonné depuis l'enfance et qui sont en train de refaire surface suffiraient à me condamner.

Annie croise mon regard et hausse un sourcil. Je m'éclaircis la voix, puis, pour une raison que je ne m'explique pas, je m'entends accepter ce cadeau qu'elle me fait et fournir l'explication qu'Holmes et elle attendent.

— Il nous était impossible de déterminer si ces dragons étaient déjà ignitiés et nous n'étions pas armés.

« Ignitiés », c'est-à-dire qui ont atteint la maturité nécessaire pour cracher du feu, et pas simplement de la cendre comme nos dragons.

— C'était la bonne décision, Lee, m'assure Holmes d'un ton bienveillant et approbateur.

Annie déglutit avec peine. Cette situation me rend malade.

Atreus pianote sur la table, puis s'exprime pour la première fois.

— Il me paraît évident que nous avons commis une grave erreur en sous-estimant le Nouveau-Pythos. Ces témoignages qui affirmaient que des dragons avaient été aperçus au nord, au large de nos côtes… Nous les avons balayés comme de vulgaires rumeurs tout juste bonnes à alimenter notre propagande. Apparemment, nous avons eu tort.

— Nous aurions dû intervenir il y a des années, grommelle Holmes, les attaquer tant que leurs dragons étaient encore vulnérables. Il fallait envahir ce misérable caillou avec toute notre force navale et éradiquer ce qui restait de ces sales petits bâtards consanguins… Maintenant, il est trop tard.

« Ces sales petits bâtards consanguins. » En général, ce genre d'insultes me laisse presque indifférent, mais en cet instant, elles

embrasent un peu plus mon esprit déjà enflammé par des visions de dragons vengeurs au feu déchaîné.

Et si on m'offrait la possibilité de ne plus jamais devoir encaisser ces calomnies sans broncher ?

— Hum, fait Atreus d'un ton qui marque son désaccord. Pas de conclusions hâtives. Nous allons solliciter nos ambassadeurs en poste sur l'île d'Isca pour qu'ils obtiennent une audience à l'ambassade néo-pythéenne. Peut-être pouvons-nous encore raisonner Rhadamanthus.

Rhadamanthus Dem'Aurélien, héritier du Nouveau-Pythos. Atreus se tourne vers l'un de ses assistants assis en bout de table.

— Il nous faut des messagers. Convoquez nos deux dragonniers aquacélestes les plus rapides, c'est-à-dire...

Il me consulte du regard.

— Crissa et Dorian, dis-je en employant le véritable prénom de Duck, ce que je fais rarement.

L'assistant s'incline et prend congé. Après son départ, Holmes se penche sur la table.

— Vous pensez que la diplomatie réglera la situation ?

— Si ça nous permet d'éviter une guerre, je dois envisager cette solution, répond Atreus.

Un voile de scepticisme assombrit le visage du général. Et, en repensant à cette flotte aérienne qui fonçait droit sur nous, déployée en nombre dans le ciel, je ne peux m'empêcher de partager ses doutes. La démonstration à laquelle j'ai assisté n'était pas celle d'une nation disposée à trouver une solution diplomatique.

Nous sommes congédiés. Dehors, le couloir est désert. La lumière diffusée par les quelques fenêtres est étouffée par la pluie. Annie et moi restons immobiles pendant un certain temps, côte à côte.

Le silence est pesant et la distance qui nous sépare, pourtant infime, paraît abyssale.

L'heure qui vient de s'écouler se rejoue dans mon esprit : la découverte de cette flotte de dragons inconnue ; ma nostalgie, mon désespoir ; Annie qui me sort de ma torpeur en criant mon nom ; sa voix tandis qu'elle décrit la réaction que j'aurais dû avoir comme si c'était moi qui l'avais eue. Et pendant tout ce temps, mes pensées s'égaraient dans des rêves de vengeance, une vengeance qui signerait une trahison de ma part, non seulement envers elle, mais envers tous les siens.

Elle me tourne le dos et s'éloigne.

— Annie ?

Mais je n'ai aucune idée de ce que je veux lui dire et elle ne se retourne pas.

* * *

— C'est ce dragon qui a tué ma famille.

Pendant un instant, il la dévisagea sans comprendre. Puis, il pensa qu'il devait avoir mal entendu et lui demanda de répéter ce qu'elle venait de dire. Elle le fit.

— Tu mens, rétorqua-t-il.

Elle écarquilla les yeux. Elle ne s'était pas attendue à cette réaction.

— Ma famille a été assassinée par un dragon, insista-t-elle. Des soldats les ont enfermés dans notre maison et notre seigneur dragon y a mis le feu.

— Ah oui ? Et comment se fait-il que tu sois en vie, dans ce cas ?

Elle blêmit.

— Parce qu'il m'a obligée à regarder.

Le garçon se rappela ce que ça faisait d'avoir les épaules coincées dans les mains d'un adulte l'obligeant à observer une scène insupportable.

— C'est absurde, cracha-t-il.

Elle sembla chercher ses mots pour s'expliquer. Il était clair qu'elle n'avait pas pensé devoir le faire.

— Il a dit qu'un de nous devait regarder pour pouvoir tout raconter au reste du village…

Sa voix commençait à trembler. Il l'interrompit, parce qu'il ne voulait surtout pas qu'elle se mette à pleurer.

— Comment sais-tu que c'était le dragon de tout à l'heure ?

— Parce que c'était un fléaurage avec du rouge sur les ailes…

— Eh bien, c'est qu'ils l'avaient mérité !

Il venait pratiquement de lui hurler dessus.

Elle rejeta la tête en arrière comme s'il venait de la frapper. Ils restèrent comme ça, à se dévisager, pendant un moment. Elle, la tête appuyée contre le tronc d'arbre derrière elle, le scrutait avec un air incrédule et triste à la fois. Lui, la poitrine secouée par son souffle haletant, la toisait tandis qu'une émotion semblable à de la haine déferlait en lui.

Ce fut elle qui reprit la parole en premier, d'une voix très calme.

— Ils sont morts parce qu'on n'a pas respecté un quota de nourriture pendant la Grande Famine.

— Il n'y a jamais eu de famine, rétorqua-t-il sèchement.

Elle cligna des yeux.

— Pardon ?

— Ce n'était que des mensonges. Tout le monde sait ça. Les gens exagéraient pour ne pas payer leur dû…

— Ma mère est morte pendant cette famine, argua-t-elle. Et mon frère, qui n'était encore qu'un bébé, aussi. Parce qu'on n'avait pas assez à manger. Alors qu'on vivait dans une ferme.

Elle avait les yeux brillants, mais paraissait à présent tellement en colère qu'elle avait dépassé le stade des larmes. Elle pointa le pouce par-dessus son épaule pour désigner les enfants qui jouaient plus loin dans le jardin.

—Et, au cas où tu ne l'aurais pas remarqué, c'est à cause de la Grande Famine que la plupart d'entre eux se retrouvent ici aussi.

Ensuite elle se leva en s'appuyant contre le tronc. Même debout, elle faisait toujours plus d'une tête de moins que lui. Elle le considéra comme si elle le voyait pour la première fois. Toute la fureur et le dégoût que lui inspiraient en général ceux qui la brimaient étaient, pour la première fois, dirigés contre lui.

—Ne t'approche plus de moi, déclara-t-elle.

ANNIE

Mes pieds me séparent de Lee, presque mus par une répulsion physique. Si je dois rester une seconde de plus en sa présence, la marmite d'émotions que j'ai réussi à contenir jusque-là risque d'exploser. J'ai besoin d'espace pour réfléchir, et j'ai besoin de le faire loin de ces yeux gris et de ces pommettes un peu trop hautes et bien dessinées.

« *Ne t'approche plus de moi.* »

Aurais-je dû le dénoncer ?

Cette question s'impose dans mon esprit tandis que je m'éloigne de lui.

Il faudrait être fou pour lui faire confiance.

Malgré tout, je n'ai pas pu me résoudre à le trahir.

Ce n'est pas à cause du débordement que je lui en veux, ni à cause de cet air nostalgique qui s'est emparé de ses traits devant ces dragons. Pas besoin de faire preuve de beaucoup d'imagination pour comprendre ce qu'il a dû ressentir. Je connais la douleur et la solitude de l'orphelin ; je sais ce que c'est que de chercher désespérément le réconfort de ses proches. Tout ça, c'était… naturel.

Non, c'est ce qui s'est passé ensuite que je lui reproche. Je lui en veux de m'avoir écoutée quand je lui ai dit qu'il fallait rentrer, alors qu'il semblait anéanti. Je lui en veux d'être resté assis à côté de moi pendant que j'expliquais aux dirigeants de Callipolis l'apparition d'une menace militaire liée aux seigneurs dragons, puis d'avoir contribué à la conversation d'une voix enrouée. Je lui en veux de m'avoir donné l'infime espoir que je ne l'ai pas perdu.

Je lui en veux parce que j'ai encore envie de lui faire confiance.

J'en ai tellement envie que ça fait mal.

Quand je pense que pour sauver ce crétin, je viens de renoncer à m'attribuer le mérite qui me revient de droit devant Atreus Athanatos et Amon Holmes, j'en ai la nausée.

De retour au Cloître, je me mets à la recherche de Duck et le trouve dans le dortoir des garçons. Il est en train de préparer ses affaires. On leur a confié, à Crissa et lui, une lettre scellée à remettre en main propre à l'ambassadeur du Nouveau-Pythos basé à Isca, un archipel neutre situé au nord-ouest de la mer Médée. Ils ont pour consigne d'attendre la réponse de Rhadamanthus sur place.

— S'il te plaît, sois prudent. Vole le plus vite po…

— Tout ira bien, Annie, m'assure Duck. De toute façon, on descend vers le sud…

Un bien piètre réconfort quand on sait que les cieux sont peuplés d'autres dragons que les nôtres. Deux jeunes aquacélestes non ignitiés paraissent bien vulnérables dans un ciel hostile. À un moment donné dans notre conversation, il m'a pris les mains et je n'ai plus aucune envie de le lâcher, même si je dois le faire.

— Il est temps, Duck, l'avertit Crissa depuis le seuil du dortoir, son casque sous le bras.

Sa tresse est encore mouillée ; nous ne sommes pas restés assez longtemps au sol depuis notre entraînement pluvieux pour que ses cheveux aient pu sécher. Crissa avise nos mains enlacées, mais ne fait aucun commentaire.

— Oui, répond Duck en s'écartant.

Il toussote.

— Je ne sais pas quand on rentrera, mais je voulais te dire… pour la fête du solstice, après notre retour. Tu viendras ?

Ce qu'il me propose là, c'est bien plus qu'une invitation : il est en train de m'offrir un point fixe sur un horizon fuyant, un élément sur lequel me focaliser. J'en ai presque la gorge nouée.

— Oui. Je viendrai.

— Super. Et n'oublie pas d'inviter Lee.

Lee.

Je me revois à côté de lui dans ce couloir silencieux assombri par la pluie battante. Le moment où il a prononcé mon nom et où je me suis retrouvée incapable de le regarder et encore moins de lui adresser la parole. Le mensonge s'échappe presque tout seul de ma bouche.

— Je lui ai déjà demandé. Il a dit non.

Je ne lui ai jamais demandé. Je n'ai même pas évoqué l'idée devant lui. Pour l'instant, il s'imagine toujours que nous allons passer le solstice ensemble au Cloître, comme d'habitude.

Cependant, c'est devenu inconcevable pour moi.

Duck me considère d'un air perplexe. Même Crissa semble surprise.

— Bon, d'accord, dit Duck. Il n'y aura que nous deux alors ?

Il a l'air hésitant, mais pas mécontent.

— Oui, il n'y aura que nous deux.

* * *

Après leur dispute, les autres enfants recommencèrent à martyriser la fille. Le garçon les regardait alors qu'ils lui volaient ses repas, la faisaient tomber, déchiraient ses devoirs avant les cours pour qu'elle soit punie. Il n'intervenait plus.

Ça ne l'empêchait pas d'être rongé par les paroles de la fille. Au début, il essaya de les oublier, de les considérer comme une vilaine blague, une sorte de mensonge qui serait allé trop loin. Il se persuada qu'elle était trop petite à l'époque, qu'elle n'avait pas compris ce qui était arrivé à sa famille. Mais ça ne suffisait pas. Elle n'était pas beaucoup plus jeune que lui et, surtout, elle était plus intelligente. Elle comprenait tout.

Il se fit donc violence pour saisir l'histoire qu'elle lui avait racontée. Même là, son esprit le contestait : elle devait forcément se tromper quelque part. En admettant que cette famine ait existé, son père n'aurait jamais puni ses serfs sans une bonne raison…

Mais là encore, c'était une voie sans issue, parce qu'il ne voyait aucun motif justifiant qu'on force une petite fille à regarder sa famille périr dans les flammes.

Il n'arrêtait pas d'essayer de concilier son père et son dragon avec cette maison en feu, la mort de cette famille et la fille obligée de regarder. Rien à faire, il ne trouvait aucun crime qui aurait mérité un tel sort.

Comment son père avait-il pu commettre de telles atrocités ? Son père si courageux, si noble. Son dragon faisait de lui un seigneur – ce n'était pas juste un homme bon, c'était un homme formidable.

Ces croyances qu'il tenait pour acquises déjà bien avant la mort de son père faisaient partie des rares sources de réconfort qui lui restaient.

Et voilà qu'elles étaient entachées. Il avait beau essayer, il ne parvenait plus à penser à son père sans être assaillis d'affreux doutes. Tous ses souvenirs étaient contaminés. Même les plus doux, comme les dîners en famille ou l'histoire du soir, ne lui paraissaient plus fiables.

Il perdit l'appétit, le sommeil, et sa concentration en classe. Ces pensées l'obsédaient tandis qu'il s'évertuait à préserver ce père qu'il croyait connaître jusqu'à ce qu'il entende le récit de la fille.

À force de ruminer le problème, il parvint à une conclusion simple.

Il pouvait partir.

Il avait des provisions, un plan. Il était prêt – plus qu'il ne le serait jamais. Le Nouveau-Pythos l'attendait. Rien ne l'obligeait à succomber à cette fille. Rien ne l'obligeait à choisir. Il lui suffisait de partir.

ANNIE

Je commence à avoir l'impression que le monde entier se disloque et que je suis en train de perdre Lee.

Au lieu de simplement dîner et faire mes devoirs, j'enchaîne les réunions au Palais Intérieur, comme Lee, Cor et Vigor. Lors d'un compte rendu où Holmes s'adresse au corps des Gardiens entier, il nous confie un plan de patrouilles renforcé pour la côte nord de Callipolis et nous avertit que nos entraînements seront dorénavant plus ciblés pour se concentrer exclusivement sur le combat aérien. Bien sûr, ces combats seront différents de ceux du tournoi. Un tournoi dont les enjeux ont pris un caractère bien plus sinistre.

— En temps de paix, les titres de Premier Dragonnier et Alternus ne sont guère plus que des titres honorifiques, nous explique Holmes, mais à la lueur des récents événements, nous devons être prêts dès à présent. Nous aurons besoin d'un véritable commandant pour mener notre flotte au combat. Et d'un Alternus capable de couvrir ses arrières et assurer la défense de la Cité.

La grande finale du tournoi désignera les détenteurs de ces deux titres. Cor et Vigor se redressent, exaltés par le discours d'Holmes, tandis que Lee s'affaisse sur sa chaise, écrasé par le poids de ces paroles. Depuis que nous avons aperçu ces dragons, c'est comme si nous étions reliés par un fil : j'entends chacun des mots qu'il prononce, mais aussi ceux qu'il ne prononce pas.

Chaque mot, chaque silence s'ajoutent à une liste que je suis obligée de dresser, la mort dans l'âme, mais je n'ai pas le choix.

Car le recul et la distance me permettent de puiser le sang-froid et la détermination dont le choc m'avait privée. Si je me retrouve confrontée à un dilemme, je devrai faire un choix en accord avec ma conscience et avec le serment que j'ai prêté. L'amitié ne peut justifier la trahison.

Si Lee est corrompu, mon devoir est de le dénoncer.

Ce soir-là, je peine à trouver le sommeil. Allongée dans mon lit, j'imagine Duck en train de traverser la mer Médée, exposé, sans défense, puis je pense à Lee, ce garçon que je connais mieux que personne, mais que j'ai l'impression de ne plus reconnaître du tout depuis qu'il a vu ces dragons. Comme ils me manquent tous les deux.

Le lendemain matin, notre nouvelle vie commence : dispensés de cours, nous retournons sur l'Eyrie pour un entraînement intensif. L'objectif du jour est de revoir les techniques de corps à corps et le combat armé, y compris différentes stratégies expéditives et peu orthodoxes qui permettent de remporter la victoire lorsque celle-ci implique la mort de l'adversaire, et donc, un coup réellement fatal, et qu'on ne dispose pas d'un dragon ignitié pour faire le boulot à sa place. Même si nous n'avons observé aucune flamme lors de ce premier contact visuel avec la flotte ennemie et que leurs dragons ne sont peut-être pas ignitiés non plus, nous devons nous préparer comme si c'était le cas.

Un grand silence règne sur l'Eyrie tandis que Goran nous dit : « Et voici comment trancher une gorge. »

Pas parce que nous n'avons jamais assisté à une telle leçon auparavant, mais parce que, pour la première fois, nous avons conscience que nous serons peut-être bientôt amenés à nous servir de ces techniques. Voilà ce qui nous rend si attentifs. Mutique, Lee est assis, tête baissée, coudes appuyés sur les genoux. Comme nous tous, il écoute Goran nous expliquer comment mutiler et tuer un dragonnier ennemi.

Un ennemi, insiste Goran. Pas un adversaire. Même le vocabulaire a changé.

Lee serre tellement les poings que ses articulations blanchissent.

Ensuite, les trois escadrons se séparent comme d'habitude et les exercices pratiques commencent. Je détourne Aela de Lee sur Pallor et choisis Max pour partenaire, un dragonnier de mon groupe d'auréliens. Comprenant ce que je viens de faire, Lee se tourne vers Deirdre.

C'est la première fois que je décide délibérément de ne pas m'entraîner avec Lee. D'ordinaire, Goran doit nous rappeler de changer de partenaire.

La séance débute. Aela et moi parvenons à percer la garde de Max une première fois, puis une deuxième, et une troisième. Et ça continue comme ça. Max fait partie du Seizième Ordre – dans le classement du corps des Gardiens, il appartient donc à la moitié supérieure – mais ce n'est pas suffisant.

—Nom d'un dragon, Annie ! Attends au moins qu'on ait repris nos places, bougonne-t-il en se massant le bras à l'endroit où je viens de le frapper.

—Lee, tu dors ? crie Goran depuis l'Eyrie.

Je me suis placée très haut au-dessus de l'arène, aussi loin d'eux que possible, pourtant je vois quand même Lee et Deirdre combattre. Adressée à n'importe quel autre dragonnier, la critique de Goran aurait été totalement absurde. Après tout, Lee ne cesse de déjouer la garde de Deirdre et donne des coups. Pourtant, moi aussi, je remarque la différence. Lee n'essaie pas. Il se contente du minimum – ce qui lui suffit pour gagner, dans la mesure où, même sans entrain, il reste doué.

En l'observant, je sens mon désespoir se muer en colère.

Goran semble partager mon exaspération.

—Escadron des auréliens, faites une pause ! Annie, Lee, échangez de partenaire. Antigone, réveillez-le.

C'est toujours quand je suis en vol que Goran oublie de me rabaisser.

Pallor et Aela se placent face à face à dix mètres de distance au-dessus de l'arène, ailes déployées pour planer. Lee et moi nous scrutons l'un l'autre par la fente de notre visière, serrant notre lance émoussée et notre bouclier traité contre le feu. Nous avons déjà eu l'occasion de nous entraîner en étant armés, mais comme il s'agit d'outils additionnels au feu de nos dragons, ils n'ont jamais constitué une priorité au cours de notre apprentissage.

À présent que la menace d'une flotte de dragons pèse sur nous, ils représentent notre meilleure chance.

Ma fureur commence à atteindre Aela qui frémit et renâcle d'impatience. Pallor, à l'instar de Lee, est un petit peu trop calme. Comme s'il n'était pas vraiment là.

Goran nous donne le signal et nous chargeons.

Notre élan est plus puissant que le leur ; la force de l'impact se répercute à travers Lee et Pallor. Ils s'écartent, et je me penche sur une aile d'Aela en projetant ma lance vers eux. Lee contre le coup avec son bouclier, mais pas assez vite ; la lance dévie sur la gauche et le touche, pas au niveau de la poitrine, mais de l'épaule.

Avec un grognement de douleur, Lee tire Pallor en arrière. En le voyant battre en retraite, je sens le dernier rempart qui contient ma colère céder. Parce que je sais très bien ce qui vient de se passer. Je ne me fais aucune illusion sur mes capacités. Dans une joute classique, cendre contre cendre, Lee et moi avons à peu près le même niveau, mais dans le cadre d'un corps à corps, c'est différent. Je suis deux fois plus petite et moins musclée que lui. Jamais je n'aurais dû réussir cette pénalité.

L'affrontement reprend, nous chargeons et, cette fois, malgré une ouverture que je n'aurais pas dû laisser, la lance de Lee ne m'atteint pas, au contraire, c'est la mienne qui fait mouche de nouveau.

Mais, défends-toi, pauvre idiot ! Contre-attaque, espèce de lâche, ne me laisse pas faire ça…

Cette fois, ma colère explose pour de bon et se propage en Aela, ce qui me soulage, mais aussi décuple ma fureur. Nous avons débordé. Quelque part dans le brouillard qui s'est abattu sur mon esprit, j'entends Lee crier.

— Tu dépasses les bornes !

Tout à coup, le monde redevient net, ma vision s'éclaircit, se focalise, même si ma colère conjuguée à celle d'Aela rend les bords un peu flous. L'écho de ces mots durs que je viens de penser très fort vibre jusque dans mes oreilles ; je m'aperçois alors qu'ils ont franchi la frontière de mon esprit. Lee a arraché son casque et me regarde les yeux écarquillés. Autour de nous, les autres binômes se sont interrompus. J'imagine sans mal ce qu'ils doivent se dire, s'ils m'ont entendue.

— Un problème ? crie Goran.

— Je m'en occupe, répond Lee. Antigone, à terre !

L'entendre prononcer mon véritable nom me ramène instantanément à la raison. Même ma rage n'a plus la même saveur. À l'aide de mes rênes, je guide Aela afin qu'elle se pose sur les remparts déserts qui entourent l'arène. Ses griffes retentissent sur les dalles en pierre. Je coupe les sangles qui retiennent mes pieds aux étriers et bondis. Un instant plus tard, Lee et Pallor atterrissent à côté de nous et Lee descend à son tour. Ses mouvements sont crispés par la colère. D'un geste, il renvoie Pallor dans les airs.

Nous nous défions d'un regard noir. Derrière moi, Aela gronde, toujours submergée par mes émotions. Au-dessus de nous, le reste de l'escadron aurélien a repris l'entraînement.

— Bon sang, mais qu'est-ce que tu nous as fait ?

— Je devrais te dénoncer. J'aurais dû te dénoncer dès le début…

Lee se fige. L'espace d'un instant, je n'entends plus que le vent et le souffle haletant d'Aela dans mon dos.

— Pourquoi tu ne l'as pas fait ?

Mes yeux me picotent.

— Parce que j'ai voulu te faire confiance, mais on dirait que j'ai été trop bête.

Mes yeux doivent paraître un peu trop brillants. Lee les observe, puis lève la tête pour examiner les nuages. Le silence se prolonge et je suis sur le point de le briser lorsque Lee prend une longue inspiration, repousse ses cheveux noirs et plante son regard dans le mien.

— Non, tu n'as pas été bête.

— Ah non ?

Lee secoue la tête. Puis, son visage s'emplit de douleur, et je comprends enfin.

Les articulations blanchies, le silence, la tête baissée : Lee ne se prépare pas à déserter.

Il s'efforce au contraire de rester. J'aurais dû le savoir.

* * *

Quand il se rendit au placard du troisième étage afin de préparer son sac pour le Nouveau-Pythos, il s'aperçut qu'au lieu d'éviter la fille, il venait de tomber sur elle. Elle s'était enfermée à l'intérieur. Et elle sanglotait. Il l'avait déjà entendue pleurer, mais pas comme ça. Ce n'étaient pas des pleurs de terreur ou de souffrance, mais de désespoir.

Il songea : Je n'ai qu'à revenir plus tard, une fois qu'elle sera partie.

Car il savait que s'il la rejoignait maintenant, il ne partirait jamais. Il ne prendrait pas son sac ni les provisions. Il ne s'enfuirait pas. Il se laisserait tomber à côté d'elle et ferait la seule chose qui lui resterait à faire. Il la consolerait.

Il se rappela les enseignements de son père et essaya de se convaincre : ce n'était qu'une gueuse, après tout. Elle était insignifiante.

Mais alors qu'il tentait de s'en persuader, il se surprit à ouvrir la porte.

Le visage enfoui dans ses genoux, les mains agrippées à ses cheveux, elle était assise contre le fond, là où il s'asseyait en général. Comme si son corps agissait de son propre chef, il s'accroupit, posa les mains à plat sur le sol et baissa la tête.

Il attendit qu'elle parle, qu'elle réclame des excuses, et songea aux mots qu'elle allait exiger de lui : « Ils ne méritaient pas ça. » Il les dirait. Il se détesterait, il la détesterait et il détesterait son père, mais il les dirait. Elle avait gagné.

Cependant, elle ne lui demanda rien du tout.

Le bois craqua lorsqu'elle se pencha en avant, puis il sentit ses petites mains : elle se cramponnait à lui et l'attirait vers elle. Elle enfonça le visage dans sa chemise et s'accrocha comme si elle craignait qu'il disparaisse.

Ensuite, elle laissa échapper un sanglot sourd et il comprit qu'il n'était pas le seul à se sentir vaincu.

Il l'enveloppa de ses bras et se mit à débiter des phrases qu'il n'avait jamais dites, mais qu'on lui avait déjà adressées, à lui : « Ne pleure pas, c'est fini, je suis là. » Elle était si frêle. Il remarqua les bleus que les autres enfants avaient laissés sur son corps et se sentit coupable. Les provisions qu'il était venu empaqueter restèrent oubliées dans un coin. Il garda la fille dans ses bras jusqu'à ce qu'elle s'endorme et, quand elle s'éveilla, il l'emmena chercher de quoi manger.

Il ne reparla plus jamais du voyage au Nouveau-Pythos.

Elle ne lui demanda jamais pourquoi il n'en parlait plus.

Sans s'en apercevoir, pour la première fois, il essaya de ne pas penser à sa famille quand elle fit irruption dans son esprit. Il la repoussa dans les tréfonds de sa mémoire. Des mois plus tard, il se rendit compte qu'il avait commencé à l'oublier.

LEE

Une journée s'est écoulée depuis notre conversation sur les remparts de l'arène. Annie s'assied en face de moi pour notre cours avec Atreus, si bien que lorsque le Premier Protecteur nous demande de proposer des sujets de débat et que je lève la main, je suis extrêmement conscient de son regard posé sur moi depuis l'autre côté de la table. Je me surprends à proposer un sujet que je n'ai jamais osé aborder en classe auparavant : l'ancien régime.

— En quoi le nouveau régime est-il meilleur que l'ancien ?

Je me tais depuis si longtemps que j'avais la gorge serrée et, avant de parler, j'ai d'abord dû la décoincer.

Atreus s'adosse à sa chaise avec un léger sourire en réaction à mon défi.

— L'est-il ?

— Évidemment, lance Cor, comme si le simple fait d'envisager le contraire était insultant.

— Pourquoi ?

— Sous le nouveau régime, les procès sont équitables, répond Cor. Notre économie repose sur le commerce et soutient la croissance de la classe moyenne. L'éducation est accessible à tous. Les perspectives de vie ne dépendent plus de notre naissance. Il suffit de comparer tout ça au fonctionnement de l'ancien régime… On a déjà tous entendu ces horribles histoires.

Atreus hoche lentement la tête.

— Je n'en doute pas. Certains d'entre vous en ont même été les victimes.

Bien qu'il n'ait fait allusion à personne directement, je sens l'attention générale se braquer sur Annie. Cor s'oblige à ne pas la regarder, tandis que Vigor, lui, ne s'en prive pas. Elle, de son côté, reste imperturbable.

— Mis à part ces vilaines histoires, reprend Atreus, que pouvez-vous me dire de leurs failles ?

Cette fois, Annie et moi levons la main tous les deux.

Depuis notre entrée dans le Quatrième Ordre, je me retiens de participer quand Annie se porte volontaire, mais aujourd'hui, je garde la main en l'air tout en cherchant son regard. Je le croise enfin, elle écarquille les yeux brièvement et entrouvre les lèvres.

J'en ai besoin, Annie.

Elle baisse la main.

— Lee ?

J'agrippe le bord de la table et parle lentement, réfléchissant au fur et à mesure que je m'exprime. Des années de lectures, de devoirs et de débats en classe que je tente de distiller en quelques phrases pour parvenir à une douloureuse vérité.

— Sous la triarchie, des milliers de personnes sont mortes à cause de la pauvreté et de la famine. Les familles dragodescendantes niaient les disettes qu'elles trouvaient gênantes et organisaient des festins pendant que le peuple mourait de faim. Elles agissaient presque sans aucune contrainte légale, avec une cruauté impitoyable, et justifiaient leurs exactions en se retranchant derrière un système de droit absolu transmis par le sang.

Du coin de l'œil, je vois Annie remuer sur sa chaise.

Atreus acquiesce.

— Tout à fait. Et comment un pouvoir aussi débridé ne pourrait-il pas mener à la corruption ? Parvenez-vous à déceler la faille de ce système, Lee ? Le principe pourri jusqu'à la moelle ?

Je hoche la tête. Cette faille, j'en suis conscient depuis que j'ai commencé à accepter son existence.

— Leur pouvoir était héréditaire.

— Exactement. Leur pouvoir ne dépendait pas de leur mérite. Et cette disparité – entre le pouvoir et le mérite – constitue un problème depuis le début du règne des seigneurs dragons. Ils incarnaient une certaine grandeur, mais qui s'accompagnait d'arrogance, et cette arrogance s'alliait à de la corruption, et cette corruption ne pouvait entraîner que leur chute.

Atreus désigne le *Cycle Aurélien* qu'il laisse ouvert en permanence sur la table, prêt à servir de référence dans chacun de nos cours.

— Bien. À présent, dites-moi : en quoi êtes-vous différents ?

La réponse de Vigor fuse, hautaine.

— Nous, on le mérite.

L'ironie de sa réponse ne semble pas échapper à Atreus, dont la bouche s'incurve en un mince sourire.

— Vraiment ?

— Vous ne trouvez pas ?

— Cela dépend de vous, répond Atreus. Vous ne méritez ce rôle que si vous êtes plus raisonnable et plus vertueux que ceux qui vous ont précédés. Et il est très important de garder cela à l'esprit, aujourd'hui plus que jamais, au regard de ce qui nous attend peut-être.

Lorsque je relève la tête, je m'aperçois que les yeux trop brillants d'Annie n'ont pas quitté mon visage.

* * *

En dehors des cours, Tyndale assure une permanence dans son bureau au département littérature du Lyceum. Je me dépêche de m'y rendre ; je veux lui annoncer mon refus tant que ma détermination est encore vive.

Car je sais que quand la réponse du Nouveau-Pythos arrivera, ces mots seront plus difficiles à prononcer pour moi, même si fondamentalement, ça ne changera rien à ma décision.

Je suis bien décidé à boire cette coupe jusqu'à la lie. Reste à savoir, à quel point elle sera amère. Car selon la réponse que Crissa et Duck rapporteront, elle pourrait tout à fait se révéler infecte.

— J'ai bien réfléchi… à votre offre. Celle de… les rejoindre.

— Et ?

— C'est non.

Tyndale grimace, puis désigne la chaise en face de son bureau jonché de documents. La pièce est baignée de soleil, la fenêtre ouverte laisse entrer un parfum d'herbe fraîchement coupée.

— Asseyez-vous.

Le cuir vieillissant du siège grince sous mon poids.

Tyndale adopte un ton paternel. Comme la première fois, il s'exprime en langue draconique.

— Je crains que vous n'ayez pas assez considéré la situation, Léo. Peut-être cette réponse est-elle la plus simple maintenant, mais sur le long terme, à cette place qui est la vôtre… les choses ne seront pas simples. Vous vendre maintenant signifie en payer le prix plus tard.

— Je ne me vends pas.

Tyndale incline la tête, puis la pose dans sa main.

— Alors que comptez-vous faire, exactement ?

— Je choisis Callipolis.

Je me suis moi aussi exprimé en langue draconique. Après tout, nous sommes à l'abri des regards et je ressens le besoin de l'employer. Après tant d'années, j'éprouve une sorte d'euphorie. On dirait que cette langue insuffle plus de puissance aux mots.

— Je crois en Atreus. Je crois en ce qu'il est en train d'accomplir. Même si son régime a vu le jour dans un bain de sang.

La mine de Tyndale est passée du scepticisme à la pitié.

— Parce que vous croyez que le Jour du Palais a signé la fin du massacre ? Vous venez tout juste de choisir de tout recommencer.

Trois jours plus tard, Crissa et Duck rentrent d'Isca. Annie enlace Duck comme elle ne m'a plus jamais enlacé depuis la fin de notre enfance. Au moment où elle lève les yeux sur lui, son sourire est simple, naturel, heureux. Le genre de sourire insouciant qui n'est pas entaché par de vieux souvenirs et qu'elle ne m'a jamais adressé.

Je me détourne, parce que je n'ai pas le droit d'éprouver cette douleur soudaine. Crissa me tend le message du Nouveau-Pythos.

Ce dernier les attendait déjà à leur arrivée sur l'archipel, raison pour laquelle ils ont pu rentrer à Callipolis aussi rapidement. Le temps que notre message leur parvienne, celui des Pythéens était déjà à l'ambassade.

Les triarques légitimes de Callipolis sont lassés de leur exil.
Ils rentreront bientôt chez eux.

Je m'attendais vaguement à ce genre de menaces : la coupe est donc aussi difficile à boire, aussi amère et lente à digérer que Tyndale l'avait laissé entendre. Même si je m'étais préparé au choc, je ressens la pression du but à atteindre. Le chemin est tout tracé : s'entraîner, se préparer, attendre le grand plongeon.

Ce que je n'avais pas prévu, en revanche, c'est le message que je retrouve, deux semaines plus tard, coincé dans le devoir que Tyndale me rend, rédigé dans une langue draconique soignée avec une écriture fluide.

Mon cher cousin,
C'est à peine si j'ai osé croire que c'était bien toi lors de ce premier tournoi. À présent ma joie se voit confirmée. Retrouve-moi au Dragon Noyé, *dans le Bas-Quartier, la nuit du solstice, trois heures après minuit. Laisse ton entêtement de côté, juste pour une nuit : le solstice est une fête familiale.*

Julia

5

LE SOLSTICE

LEE

Julia était un véritable cauchemar pour les nourrices. Le genre de petite fille qui parvenait toujours à s'échapper, à aller retrouver les garçons et à jouer avec eux, qui rentrait toujours sale, les genoux écorchés et sa robe hors de prix déchirée. Contre toute attente, c'était Julia – destinée à épouser un bon parti et à subir les entraves conjugales correspondantes – qui contrôlait l'orbite de nos jeux avec un magnétisme digne du soleil. Lorsqu'elle arrivait, la journée devenait intéressante. Les arbres des jardins du Palais se muaient en karsts que nous escaladions, les mares devenaient des mers que nous survolions, les pelouses des champs de bataille que nous incendions à coups de feu de dragon au cours de nos grands duels à mort.

Nous nous disputions toujours pour savoir qui serait le Premier Dragonnier et qui serait l'Alternus. En général, c'était Julia qui gagnait.

— Quand je serai grande, je deviendrai Première Dragonnière et Triarque, comme mon père, déclarait-elle. Comme Pytho l'Unificateur, comme Uriel sur Aron.

— Tu ne peux pas, Julia, se moquaient les autres garçons plus âgés.

Parmi eux, mon frère Laertes, un passus, abandonné par les dragons, comme il venait de le découvrir au cours de sa cérémonie ; le frère de Julia Ixion, du même âge que Laertes ; et Delo, l'un des cadets de la famille Aquacéleste.

— Les filles ne peuvent pas avoir de dragon.

Je me rappelle l'avoir entraînée à l'écart alors qu'elle leur hurlait dessus, le visage violet de fureur. Les pires jurons qu'elle connaissait étaient tirés du *Cycle Aurélien* et dépassés de plusieurs siècles, à tel point que nos frères, qui étaient assez grands pour apprendre les vraies insultes utilisées par nos pères, riaient de plus belle.

— Mon père a dit qu'ils allaient changer ça, m'avait-elle assuré ensuite, les yeux débordant de rage tandis que nous nous tenions à l'ombre d'un bosquet pour nous ressaisir. Mon père dit qu'il fera changer les règles pour moi. Je pourrai voler sur un dragon.

Personne ne contredisait jamais Julia, mais je jouais à faire semblant assez souvent avec elle pour savoir quand elle faisait semblant aussi avec elle-même. Je connaissais le pouvoir de ses inventions si vivantes, si crédibles, qu'elles suffisaient à nous convaincre pendant des heures que nous étions tous les deux en train de voler alors que nous n'avions jamais quitté le sol.

— Mon père est capable de tout, avait affirmé Julia avec de grands yeux gris, me confiant sa foi aveugle en lui.

La dernière fois que je l'ai vue, c'était au cours du Mois sanglant.

La chronologie des événements, entre la chute de l'ancien régime et l'avènement du nouveau, est très floue dans ma mémoire ; certains de mes souvenirs sont très vifs, le reste s'est perdu. Lorsque je l'ai vue pour la dernière fois, les familles dragodescendantes étaient assignées à résidence dans le Grand Palais. Le sifflet d'appel de mon père avait été confisqué et Aletheia confinée dans son nid. La milice qui avait pris le contrôle du Palais Intérieur avait juré fidélité à la Révolution, puis avait forcé les seigneurs dragons capturés à prêter serment aussi au cours d'un simulacre de cérémonie tout sauf officiel. Cette comédie s'était prolongée pendant de longues semaines. Les miliciens étaient là – d'après leurs dires – pour assurer notre protection, car au cours de ces semaines, le bruit de la contestation, des émeutes populaires, des cris réclamant du pain et du sang, provenant de l'autre côté des remparts, résonnaient jusqu'au sein du Palais Intérieur.

Au cours de ces semaines-là, mon oncle Crethon, le triarque de l'Ouest, avait essayé de s'échapper jusqu'à sa propriété dans les Hautes Terres avec sa femme et ses enfants, mais ils avaient été capturés. Quand ils avaient été ramenés en ville, les révolutionnaires avaient placé la femme de Crethon et ses enfants dans nos appartements du Palais Intérieur et avaient sollicité une audience auprès du Drakarque des Hautes Terres et sa famille.

Mon père les avait reçus dans le petit salon. Nos cousins portaient les séquelles d'un voyage difficile et avaient, de toute évidence, été battus. Comme moi, Julia était la plus jeune de sa famille, mais elle n'avait pas été épargnée et son visage était marqué par les mêmes contusions que celles du reste de mes cousins. C'était la première fois que je voyais des traces de violence sur un dragodescendant. Une bouffée de rage m'avait alors envahi, pas uniquement à l'égard de la douleur de ma cousine, mais aussi d'un tel culot : frapper un Fléaurage, frapper l'enfant d'un seigneur dragon, comment osaient-ils ? Même si le Mois sanglant était bien avancé, ça restait impensable. Ma tante, maintenue par l'un des gardes, poussait des gémissements si gutturaux que je n'avais pas tout de suite compris que ce son provenait d'un être humain.

Le chef de la milice avait déclaré, dans une langue draconique laborieuse :

— Le même sort sera réservé à n'importe quel membre des familles dargodescendantes qui tenterait d'échapper à cette révolution.

À ce stade, je le différenciais à peine des autres, mais son visage grêlé ferait bientôt partie de ceux qui s'imprimeraient dans ma mémoire le Jour du Palais. Il tenait Julia, alors âgée de sept ans, par les épaules et l'avait secouée pour illustrer son propos.

— Honorables citoyens, était intervenu mon père, employant la formule en vogue chez les révolutionnaires, ma famille n'a pas du tout l'intention de quitter le Palais. Mais où se trouve l'époux de dame Helena ? Elle est bouleversée.

Il s'était levé pour se placer entre la milice et nous.

Je me rappelle avoir remarqué à quel point entendre mon père faire preuve d'une telle déférence envers ce personnage jurait à mes oreilles. Et je me rappelle Julia qui soutenait mon regard depuis l'autre bout de la pièce où elle était toujours prisonnière des sales pattes de cet homme. Le sien était vif, provocateur, empreint d'une fureur qui n'atteindrait pour ma part son paroxysme que le Jour du Palais.

Le garde avait lancé :

— La dame et ses enfants ne reverront plus jamais leur seigneur.

La mère en sanglots avait été emmenée d'abord, puis Julia.

Et moi, j'avais posé la dernière fois les yeux sur elle.

* * *

Ça s'est passé il y a neuf ans. Aujourd'hui, les jardins du Palais où nous jouions autrefois sont remplis d'enfants de la ville. Des filles et fils de cordonniers, de boulangers et de forgerons, libres de profiter des floraisons d'été parfumées, un privilège dont seuls les dragodescendants jouissaient quand j'étais petit. Même si les enfants qui se trouvent ici aujourd'hui jouent dans une autre langue, les rires sont identiques et leurs jeux sont restés les mêmes. Ils font toujours semblant de voler à dos de dragon.

Malgré tout, depuis le banc où je les observe, affalé au milieu des jardins, j'ai du mal à croire que Julia et moi ayons un jour joué comme eux. Avec tant d'insouciance.

Comment a-t-elle survécu ?

Pire encore : à quoi a-t-elle survécu ? De quelles horreurs a-t-elle été témoin ou a-t-elle dû endurer lorsque les remparts ont cédé… ?

— Lee ?

Je lève la tête, mais mon regard met quelques instants à se focaliser. Crissa arrive vers moi. Nous rentrons après le discours qu'Atreus vient de prononcer sur la place du Peuple, de l'autre côté du fleuve. Il a révélé aux gens la menace pythéenne et leur a assuré que Callipolis était prête à se battre. Comme moi, Crissa a revêtu son manteau noir et son armure de cérémonie en argent dont le plastron porte l'emblème des Gardiens, l'anneau torsadé d'or et d'argent. Afin d'illustrer la force aérienne callipolitaine, les Gardiens et leur dragon se tenaient en rang derrière Atreus pendant son allocution, debout sur l'estrade.

Celle-là même sur laquelle Aletheia a été exécutée, il y a huit ans.

Aujourd'hui, les Callipolitains, dans un océan de couleurs et de visages, ont crié avec la même ferveur sauvage qui s'est muée en une voix unique tonitruante quand Atreus a levé le bras. J'ai écouté ça et, songeant à Aletheia, j'ai dû lutter contre une envie de vomir.

Je m'écarte pour laisser de la place à Crissa.

— Hé, fait-elle en s'installant à côté de moi.

Trois jours ont passé depuis que j'ai reçu la lettre de Julia. Le solstice, et donc le moment où elle viendra me trouver, a lieu dans quelques jours.

Bien que j'aie brûlé sa missive, chaque mot reste gravé dans ma mémoire. L'écriture de Julia a gagné en maturité, le tracé maladroit de l'enfant a cédé la place à la calligraphie soignée d'une adulte accoutumée à cet alphabet dont je ne me sers que pour mes devoirs de traduction.

Dès que j'essaie de penser à ce qui se passera le soir du solstice, mon esprit se vide. Et puis, quelque part au milieu de ce néant, je me rappelle que je passe le solstice avec Annie.

Crissa est assise assez près pour que son genou effleure le mien. Ce contact inattendu devient aussitôt le point le plus sensible de mon corps et j'ai encore plus chaud sous mon armure de cérémonie qui est déjà une étuve. Ce contact est inattendu, certes, mais pas désagréable, aussi je ne m'écarte pas.

— C'est beau, hein ? dit-elle. J'adore les jardins du Palais à cette période de l'année.

Le ciel est bleu, l'air est doux sans être trop chaud et une brise nous rafraîchit. Crissa balaie ses cheveux en arrière, et ses boucles dorées tombent en cascade sur son dos. Sur son manteau noir, ils paraissent lumineux. Elle inspire pour s'imprégner du parfum de la terre, des roses et du chèvrefeuille, j'ai un pincement au cœur devant son sourire gorgé d'un plaisir simple. Voilà à quoi on ressemble quand on est libre de savourer l'instant présent sans être constamment assailli par son triste passé.

Julia et moi étions comme ça autrefois.

J'ignore comment le lien s'est fait dans ma tête, mais cette réflexion m'inspire la question que je pose ensuite :

— Tu dessines toujours ?

Lorsque nous étions plus jeunes, Crissa dessinait tout le temps. Des dragons, des gens, son village natal de Villeport, et ses paysages marins. Elle sourit avec un petit air peiné, puis secoue la tête. Son genou est toujours contre le mien.

— Plus depuis qu'on est devenus chefs d'escadron. Mais je dessinerais si j'en avais le temps.

Les grands chênes majestueux, le clapotis de la fontaine, les toits-terrasses du Janiculum dominés par le pilier karstique de la Tour de Pytho qui se dresse dans toute sa splendeur sur fond de ciel bleu immaculé. Crissa soupire en absorbant ce décor.

Puis, elle se ressaisit et sort de sa poche un papier plié qu'elle me tend.

— Tu l'as déjà reçu ? Ça vient du ministère de la Propagande.

Il s'agit d'une circulaire reprenant l'emploi du temps et la description de nos nouvelles obligations en tant que Gardiens, à savoir animer des séances de mobilisation. Nous allons à la rencontre des gens avec nos dragons, nous leur adressons un discours fédérateur, les rassurons sur notre puissance face à la menace pythéenne.

— Haranguer les foules, ce n'est vraiment pas ce que je préfère, pour être honnête, grommelle Crissa.

Je partage ses réticences. Entre les entraînements renforcés et l'ajout de patrouilles et de rondes pour le compte du ministère de la Défense à notre agenda déjà bien chargé, difficile de se résoudre à perdre du temps pour aller prêcher la bonne parole du ministère de la Propagande. Sans parler de l'indécence de cette campagne de séduction. « Par les ailes de mon dragon, je jure de veiller sur la Cité… Ma raison sera son guide vers la justice », avons-nous juré en entrant dans le corps des Gardiens, alors que nous n'étions encore que des enfants. Ce serment semblait nous vouer à des tâches bien plus nobles que sillonner l'île à dos de dragon pour promouvoir le patriotisme avec des discours enrobés de belles paroles.

Cependant, il y a longtemps que nous ne sommes plus des enfants et, si ça peut contribuer à rassurer les gens, je ne vois pas pourquoi je rechignerais. Même si je trouve ça grossier.

— On a été formés pour ça. On savait que ça ferait partie de notre mission.

— Je sais, répond Crissa bien qu'elle ait toujours l'air préoccupée.

Ces rencontres ont aussi un deuxième objectif, plus implicite : évaluer quels Gardiens reçoivent un meilleur accueil de la part du peuple. Une question particulièrement intéressante pour les dragonniers du Quatrième Ordre.

Cela dit, la liste des rencontres y répond déjà dans une certaine mesure, puisque tous les Gardiens ne s'en voient pas confier le même nombre. Ceux qui se débrouillent en général le mieux en pratique oratoire – Cor, Vigor, Crissa, Rock et moi – ont déjà plusieurs missions. Ceux qui ne sont pas très doués en la matière semblent avoir été oubliés.

Notamment Annie qui, bien que faisant partie du Quatrième Ordre, ne s'est vu attribuer aucune rencontre.

— Elle va être furieuse.

J'ai marmonné ça sans préciser à qui je fais allusion, mais Crissa n'a pas besoin de me demander des précisions.

— Tu ne crois pas qu'elle sera plutôt soulagée ? Annie déteste les interventions publiques.

Je la revois seule dans cette salle du Lyceum en train de s'entraîner à parler. Je secoue la tête.

— Ça, c'était avant qu'elle entre dans le Quatrième Ordre, je pense.

Crissa jette un coup d'œil à la liste.

— Tant mieux.

Crissa est toujours restée très discrète sur l'enfer qu'elle a vécu pendant quelque temps après avoir été promue cheffe d'escadron par Atreus. La méchanceté de Goran et sa détermination à le lui faire payer ont glissé sur elle comme de l'eau. Du moins, en public. En privé, elle n'en menait pas large. Le jour où Cor et moi l'avons retrouvée en pleine crise de larmes, elle nous a fait jurer de garder le secret.

Elle doit donc comprendre ce qu'Annie traverse, ce contre quoi elle se bat, à l'extérieur comme à l'intérieur.

— Ils ne pourront pas l'ignorer éternellement, ajoute Crissa. Pas si elle continue sur sa lancée.

En d'autres termes, pas si Annie bat Vigor et se qualifie pour la finale. Le tournoi aura lieu dix jours après le solstice, quand les habitants de la capitale seront rentrés de vacances.

Je lui rends la note du ministère et nos mains se frôlent. Les doigts de Crissa s'attardent un peu plus longtemps que nécessaire sur le dos de ma main. Elle finit par les ôter, néanmoins ce contact – infime certes, mais dont le caractère délibéré est aussi éloquent que des mots – m'enflamme la peau.

— On ferait mieux de rentrer, dit-elle. Il faut aller chercher Cor et organiser une réunion avec nos escadrons.

Lorsqu'elle repousse les cheveux qui sont retombés devant son visage, je m'aperçois qu'elle a rougi, elle aussi.

Au Cloître, la moitié des Gardiens est encore en tenue d'apparat après le discours d'Atreus. L'autre moitié est déjà repartie en mission de patrouille dans les airs ou rejoindre l'un des cours que nous avons été autorisés à reprendre. Nous trouvons Cor dans le dortoir des garçons avec Duck et Annie. La vue des frères Sutter ensemble me suffit à comprendre que quelque chose ne va pas : ils ne se réunissent qu'en cas de crise. Le teint livide de Cor, les reniflements de Duck qui est assis à côté d'Annie sur son lit ; ma première pensée est qu'ils viennent de perdre un membre de leur famille. Le reste du dortoir est vide, les lits sont tirés au cordeau, les bureaux rangés, tout est propre, prêt pour l'inspection du soir.

— Qu'est-ce qui se passe ?

Cor lève la tête vers moi, puis la détourne, comme s'il avait honte d'être vu dans un moment de vulnérabilité. C'est de la bouche de Duck que jaillit la réponse à ma question.

— Notre sœur a reçu les résultats de son épreuve des métaux. Elle a obtenu le fer.

Ces derniers temps, mes pensées sont si souvent tournées vers la menace qui plane dans les cieux de la mer du Nord, vers Julia et son retour d'entre les morts, que c'est une sensation très étrange de me voir ainsi rappeler que quelque chose d'aussi banal que l'épreuve des métaux a encore le pouvoir de bouleverser une vie.

— Elle a toujours eu ce... problème. Elle inverse certaines lettres quand elle essaie de lire, ajoute Cor, les yeux rivés au plafond. Mais elle a beaucoup de vocabulaire, toi-même tu n'en reviendrais pas. Enfin, soit, elle espérait obtenir le bronze et faire un apprentissage en boulangerie pour pouvoir travailler dans la boulangerie familiale plus tard, mais apparemment elle n'est... pas assez douée pour ça.

Il semble assommé par la nouvelle.

Je repense à cette fille, au Cercle du Lyceum, qui nous donnait du « messieurs » et du « mademoiselle » tandis qu'elle prenait notre commande, à toutes celles des manufactures textiles qui triturent leur bracelet de fer sans oser me regarder dans les yeux quand je fais des rondes.

— On lui a déjà attribué une place ou…

— Chez Dufoulon.

La manufacture que nous avons inspectée il y a peu, dont les travailleurs n'avaient aucune raison de se plaindre si ce n'était de maux de pieds, à notre grand soulagement. Avec le recul, j'ai un peu honte d'avoir éprouvé cela. Cor plaque tout à coup une main sur sa bouche, comme pour retenir quelque chose, et se redresse du bureau sur lequel il était appuyé.

— Excusez-moi.

La porte du dortoir claque derrière lui et Duck s'affaisse dans les bras d'Annie.

— Il faut que je rentre à la maison.

— Le solstice est dans quelques jours, lui rappelle Annie.

— Tu viens toujours, pas vrai ? s'inquiète Duck.

Annie me regarde par-dessus la tête de Duck et elle déglutit.

Duck doit avoir senti le changement qui s'est opéré en elle, parce qu'il redresse la tête à son tour. Il retrouve aussitôt son sang-froid.

— Tu es le bienvenu, Lee. Je sais que tu as dit non à Annie, mais l'invitation tient toujours…

Je fouille ma mémoire pour retrouver le moment où Annie m'aurait parlé d'une telle proposition et où j'aurais décliné, et je suis obligé de remonter assez loin, parce que nous n'avons pas discuté depuis longtemps. Depuis avant le premier contact visuel avec la flotte pythéenne. Et même si nous nous sommes réconciliés, les mots ne viennent plus aussi facilement.

Cela dit, je comprends assez vite que ce n'est pas ma mémoire qui me fait défaut. Les paupières closes d'Annie suffisent à m'éclairer.

Je m'entends répondre :

— Merci, Duck. C'est gentil, mais je vais rester ici.

Duck semble à la fois frustré et dubitatif, mais pas vraiment surpris par ma réponse. Il faut dire qu'il a déjà essayé plusieurs fois de m'inviter chez lui et j'ai toujours refusé. En revanche, c'est la première fois qu'il le fait pour la fête du solstice.

Lorsque Annie rouvre les yeux, ils sont brillants et elle est incapable de soutenir mon regard.

Pendant les deux jours qui suivent, je me prépare donc à passer le solstice d'été sans elle.

Ce n'est pas comme si sa présence était indispensable, nous n'avons ni l'un ni l'autre de souvenirs incroyables des solstices précédents, mais contrairement aux autres jours fériés de Callipolis, le solstice d'été et le solstice d'hiver sont des moments de célébration centrés sur la famille. Les gens rentrent chez eux, quel que soit ce « chez eux », et la ville – y compris le Cloître – est désertée. Le soir, les gens se retrouvent avec ceux qu'ils aiment pour partager un bon dîner et profiter de la plus courte nuit de l'année.

Sauf les gens comme Annie et moi. Nous, nous attendons la fin de cet interminable crépuscule en essayant de ne pas trop penser, de ne pas nous souvenir, de ne pas souffrir du manque.

Je ne peux pas lui reprocher de chercher mieux ailleurs. Et il serait totalement injustifié de ma part de lui jeter la pierre parce qu'elle a envie de passer le solstice sans moi. Néanmoins, je ne vais pas me réjouir pour autant à la perspective de passer seul l'une des fêtes les plus difficiles de l'année.

Et puis, ça ne m'aide pas non plus à envisager de manière claire l'invitation de Julia.

Parce qu'en réalité, si Annie s'en va, je pourrai plus facilement – tellement que c'en est ridicule – rejoindre ma cousine dans le Bas-Quartier.

Le matin du solstice, je me rends à l'armurerie pour m'habiller dans l'optique de renforcer les effectifs réduits de la patrouille qui sillonnera la côte nord aujourd'hui et je tombe sur Crissa qui est en train de se préparer aussi. Les fenêtres sont grandes ouvertes pour laisser sortir la chaleur accumulée à l'intérieur, et le chant paresseux des cigales dans la cour arborée est le seul bruit qui résonne au sein de la pièce. Enfin, hormis celui que produit Crissa en enfilant ses bottes, assise sur le banc des aquacélestes.

Je m'installe en face d'elle et tends le bras pour attraper ma combinaison coupe-feu.

— Tu ne rentres pas chez toi ?

Crissa fait partie des dragonniers qui manifestent le plus souvent leur mal du pays. Tout lui manque : Villeport, ses plages, son port, ses goélands. À la moindre occasion, elle rentre chez elle.

Elle secoue la tête. L'agilité avec laquelle elle est en train de tresser ses cheveux est fascinante.

— Personne d'autre ne s'est inscrit pour cette patrouille. Et je n'allais quand même pas demander à Cor de s'y coller, pas avec ce qui arrive à sa sœur. Bref, les joies d'être chef d'escadron, pas vrai ?

Elle rejette sa tresse derrière son épaule avec un petit rire gêné. C'est une variante de la réponse que je donne depuis des années à chaque fête familiale : toujours contrebalancer la tristesse du manque par le rire dans l'espoir de ne pas s'attirer la pitié des autres dont on n'a absolument pas besoin. Je change de sujet.

— Belle journée pour voler.

C'est le cas. Un petit vent estival gonfle les ailes de nos dragons, il n'y a pas un nuage, et on voit bien sur plusieurs miles au-dessus de la mer du Nord. Pas le genre de ciel propice à une embuscade. Et puis, les Néo-Pythéens doivent avoir envie de passer cette journée en famille aussi.

Julia, elle, a envie de la passer avec moi.

Quel que soit le camp que j'ai choisi, quel que soit le régime que je soutiens, je peux sûrement me permettre de la voir… juste cette fois ?

Mes pensées fluctuent beaucoup trop. Je les repousse dans un coin de ma tête et laisse mon esprit s'imprégner de la sérénité du ciel. Crissa insiste pour que nous descendions avec les dragons au niveau de l'eau et rit de plaisir tandis que les serres de Phèdre, son aquacéleste, chatouillent la crête des vagues. Pallor ne partage pas l'amour de l'eau des aquacélestes, mais il s'amuse à pourchasser Phèdre. Et puis, la bonne humeur de Crissa est contagieuse. Les heures s'écoulent vite et, sans qu'on s'en aperçoive, la journée s'achève déjà. Le soleil se couche peu à peu. Il est temps de rentrer.

— Salut.

Après nous être séparés pour aller rincer notre peau salée par les embruns, nous nous rejoignons dans le solarium, qui est désert. Crissa a retrouvé son uniforme de tous les jours et est en train de frictionner ses cheveux brillants à l'aide d'une serviette. Le soleil est bas, les ombres s'allongent sur les murs. Tout à coup, je prends conscience que nous sommes complètement seuls et que nous sortons tous les deux du bain. Deux faits que mon esprit ne devrait pas associer, ce qu'il fait pourtant.

Crissa s'assied à l'autre bout de la pièce, mais au lieu de faire baisser la pression chez moi, cette distance ne fait que l'accroître. Comme si je faisais attention à la tension entre nous, maintenant.

— Alors comme ça, tu as dit à Annie que tu ne voulais pas aller chez Duck, dit-elle.

— Oui.

Puis, sans raison, je laisse entendre la vérité :

— Apparemment.

Je regrette aussitôt d'avoir vendu la mèche. Mais Crissa hoche la tête comme si elle s'en était doutée.

— Est-ce que… il se passe quelque chose entre vous ?

Je pourrais répondre « oui », et ce serait tout à fait vrai, mais pas au sens où l'entend Crissa.

— Pas comme tu le crois.

Après cet aveu, un grand vide s'abat sur moi. Celui laissé par Annie ce soir, justement. Mes traits trahissent peut-être quelque chose, parce que Crissa n'insiste pas.

— Avec quelqu'un d'autre, alors ?

Elle libère ses cheveux de sa serviette et m'étudie entre ses boucles humides.

Vu tous les tracas qui me rongent, c'est fou que ce genre de sujet ait encore le pouvoir de m'embarrasser au point que j'ai la bouche sèche. Cela dit, je n'ai jamais eu ce type de conversations au Cloître ; comme si, ici, le serment que nous avons prêté occultait totalement ces aspects-là. Pas d'enfants, pas de famille, pas de mariage. Nous n'avons pas plus de précisions quant au reste, mais ça ne m'avait pas paru nécessaire jusque-là. Malgré la distance que nous maintenons et notre manière équivoque d'aborder la chose, on dirait que Crissa et moi sommes en train d'enfreindre un interdit.

— Moi ?

— Oui, toi.

Je sens avec horreur mes joues s'embraser. Crissa ne rougit pas du tout, ce qui est assez exaspérant. Elle se contente de sourire.

— Non, dis-je.

Puis, sur la défensive :

— Et toi ?

— Moi quoi ?

Ma consternation doit se lire sur mon visage parce que, tout à coup, elle éclate de rire. C'est comme si elle me rendait ma liberté. Et je me surprends à rire aussi, tout penaud.

— Tu as des projets pour ce soir ? demande-t-elle.

De nouveau j'ai conscience que nous avons ce grand Cloître et ces dortoirs vides pour nous seuls, sans chaperon. Même Mme Mortmane est partie chez sa famille. J'étudie le visage de Crissa, sa peau encore rosie par le bain et ses yeux aussi bleus que la mer Médée. Elle soutient mon regard avec franchise.

Je pince les lèvres et secoue la tête.

— Je te pose la question, poursuit Crissa, parce que je me demandais si ça te dirait de venir à un dîner avec moi.

— Oh.

Les yeux de Crissa pétillent de malice et je me recompose.

— J'ai une amie en première année à l'école militaire, m'explique-t-elle. Elle ne rentre pas chez elle non plus parce que Villeport est trop loin. Bref, on organise un dîner avec d'autres cadets d'argent. Ça pourrait être sympa.

Annie n'est pas là, j'ai brûlé le message de Julia et je me sens tout à coup gagné par un étrange élan de témérité.

— D'accord. J'en suis.

* * *

L'école militaire, c'est là que Callipolis forme ses futurs officiers. Elle se trouve juste en face du Lyceum, sur l'Avenue des Érudits. J'y ai déjà mis les pieds, mais c'est la première fois que j'entre dans les baraquements austères de la classe d'argent, situés à l'extrémité du campus. En l'honneur du solstice d'été, un feu a été allumé sur les dalles pour servir de rôtisserie, des chaises et des tables dépareillées ont été sorties des bâtiments, ainsi qu'un assortiment hétéroclite de vaisselle personnelle et de matériel militaire reconverti en service de table. Les ombres du soir ne cessent de s'allonger sur la pelouse jaunie tandis que le soleil attend que s'achève son jour le plus long.

Crissa et son amie Mara s'enlacent en poussant de petits cris de joie, les boucles dorées de l'une se mêlant aux cheveux noirs de l'autre, bras halés contre bras marron. Je suis accueilli avec enthousiasme par les camarades de classe de Mara qui n'hésitent pas à remplir nos gobelets, à Crissa et moi, tandis que nous préparons le dîner. Notre avis d'experts est sollicité sur la situation avec le Nouveau-Pythos, même si ni Crissa ni moi n'avons de réponse à la plupart de leurs questions.

— À quoi ressemblent les Pythéens ? Vous avez réussi à voir de quelles races sont leurs dragons ?

— Vous croyez que leur flotte est déjà ignitiée ?

— Qu'est-ce qu'on pourrait faire pour que nos dragons le soient enfin ? Il n'existe pas un moyen ?

— Moi, j'ai une théorie et je crois savoir à quel endroit ils pourraient frapper en premier…

La copine de première année de Crissa donne un coup de coude au jeune homme qui vient de s'exprimer.

— Oh, la ferme. Lee sur Pallor n'a pas envie d'entendre tes « théories »…

Quand le repas est enfin prêt, environ deux heures plus tard et beaucoup plus de bouteilles vides que nous ne l'avions prévu, tout le monde parle très fort. Les conversations vont bon train et résonnent dans la cour, à la lueur des bougies qui ont été ajoutées sur les tables après le coucher du soleil. Les cadets sont passés à des sujets de conversation moins sinistres. Parmi eux, les imminentes demi-finales du tournoi du Premier Dragonnier.

— Tu soutiens qui, Crissa ?

Nos regards s'accrochent. Quelques rires fusent autour de la table. Crissa sourit, elle semble prendre beaucoup de plaisir à réfléchir longuement à la question tandis que les cadets nous observent à tour de rôle en ricanant. Pour finir, elle déclare, comme si ça se jouait à peu de choses :

— Oh, sûrement Lee sur Pallor.

Des acclamations retentissent et on me donne des claques dans le dos. Crissa continue à me considérer d'un air taquin. Je lui rends malgré moi son sourire.

— Ne le dites surtout pas à Cor.

— Pourquoi Lee ? crie quelqu'un.

— Parce que je suis convaincue qu'il ferait un excellent boulot à la tête de cette flotte aérienne. Je le suivrais sans hésiter en cas de guerre.

J'ai de nouveau l'estomac noué, mais cette fois pas uniquement à cause du sourire de Crissa.

Depuis le message de Julia, même si je m'imagine tout à fait devenir Premier Dragonnier, l'idée de partir en guerre contre le Nouveau-Pythos est devenue à peine concevable pour moi, et prendre la tête de notre armée encore moins.

Trois heures après minuit dans le Bas-Quartier…

Je reçois d'autres tapes d'encouragement dans le dos et tout le monde trinque à « Lee sur Pallor, futur commandant de la flotte aérienne de Callipolis », puis à la guerre qui est à nos portes, puis à l'été, à Atreus, à la Révolution, aux Gardiens, aux mères des cadets, aux Hautes Terres, aux Basses Terres et aux archipels vassaux dont certains d'entre eux sont originaires. Après un nombre incalculable de gobelets, les cadets commencent à se plaindre des étudiants d'or du Lyceum. La rivalité entre les deux établissements est intense, mais les cadets nous rassurent, Crissa et moi : même si nos bracelets contiennent de l'or, ils nous considèrent comme des exceptions et leurs insultes ne sont pas dirigées contre nous.

— Vous, vous montez des dragons. Vous ne restez pas assis sur vos fesses, le nez dans des bouquins, à longueur de journée. En plus, vous n'êtes pas prétentieux.

Crissa et moi levons notre gobelet.

— À ceux qui ne sont pas prétentieux !

Au début, les récriminations à l'encontre des étudiants d'or se limitent à des histoires invraisemblables de farces infligées par les deux groupes, mais petit à petit, les accusations deviennent plus graves. Les premières étoiles se mettent à scintiller dans le ciel lorsque Mara déclare :

— Le Lyceum n'est qu'un nid de sales traîtres triarchistes qui parlent en langue draconique.

Crissa qui jusque-là écoutait cette séance défouloir sur les étudiants d'or avec un détachement amusé, en grignotant les derniers morceaux de viande sur son os de poulet, se redresse en poussant un petit cri indigné.

— Pardon, mais ça, c'est faux.

Quelques sifflements s'élèvent autour de la table, encourageant la confrontation entre les deux amies. Mara croise les bras et rejette ses cheveux en arrière d'un mouvement de la tête. Elle possède encore cet accent aux voyelles traînantes, typique de Villeport, et dont Crissa s'est défaite il y a des années.

— Combien d'entre eux parlent en langue draconique ? On sait tous ici qui repart toujours avec l'or à l'épreuve des métaux.

Ils n'arrêtent pas de se la ramener avec leur bal du Lyceum et toutes leurs traditions de l'ancien régime...

Crissa pose son os de poulet afin d'appuyer son propos d'un geste catégorique.

— Parler en langue draconique ne fait pas d'eux des triarchistes !

— Non, ça fait d'eux des patriciens du Janiculum, autrement dit, des triarchistes...

Crissa pousse un grognement moqueur.

— Le Janiculum a fait tomber la triarchie. Et après, ils se sont débarrassés de tous les patriciens qui s'étaient mis en travers de leur chemin.

— C'est le peuple qui a fait tomber la triarchie, insiste Mara. C'était la révolution du peuple.

Plusieurs cadets lancent des cris approbateurs. Crissa les balaie d'un geste.

— Oh épargne-nous le discours de propagande qu'on sert à la classe de fer, soupire-t-elle, cassante. La Révolution était un coup monté depuis l'intérieur. Qui a empoisonné les dragons, d'après toi ? Les fermiers et les pêcheurs ? Le Mois sanglant est survenu grâce aux serviteurs, aux conseillers, aux courtisans, c'est-à-dire les pairs d'Atreus, des patriciens qui parlent en langue draconique. Ils n'ont laissé intervenir les émeutiers qu'à la fin.

« À la fin », elle veut dire le Jour du Palais. J'ai de plus en plus mal au crâne.

Après la tirade passionnée de Crissa, le silence s'installe et, pendant un instant, on n'entend plus que le chant des cigales. Un cadet de deuxième année, un type jovial nommé Gaven, décide de dissiper le malaise et lève son verre qui scintille à la lueur des bougies.

— Au Jour du Palais !

J'aurais dû le voir venir.

Tout le monde trinque et je lève mon gobelet comme les autres, même si, là tout de suite, j'ai plutôt envie de le fracasser sur la table et d'enfoncer les tessons dans le cou de Gaven.

Au moment où je croise les doigts pour qu'ils en restent là, Gaven revient à la charge :

— Vous imaginez ce que ça aurait fait d'être présent ce jour-là, d'entrer dans l'Histoire ? Le sentiment de gloire qu'on doit ressentir ?

Autour de la table, certains hochent la tête. Pas Crissa. Elle fronce le nez comme si, là encore, elle reconnaissait l'odeur de la *Gazette du Peuple*. Parce qu'au Cloître et au Lyceum, au moins, le Jour du Palais n'est pas glorifié.

Auprès des autres classes de métal, il est présenté comme l'événement historique dont on peut être le plus fiers.

— Mon frère y était, continue Gaven. Il raconte de ces histoires…

Crissa lève la main, comme pour intercepter quelque chose.

— Si c'est le moment de la conversation où tout le monde y va de sa petite histoire sur le Jour du Palais, déclare-t-elle posément, alors je propose qu'on en reste là.

— Non, non, allons-y, au contraire, dis-je inopinément.

Je ne sais pas ce qui m'a pris.

Crissa se tourne vivement vers moi, le visage empreint de déception et de stupéfaction que la lueur dansante des bougies accentue. En d'autres circonstances, j'aurais apprécié sa décence, mais dès qu'il est question du Jour du Palais, je ne suis plus en mesure d'apprécier quoi que ce soit. J'adresse donc à Gaven un sourire si large que j'ai l'impression que mon visage va se déchirer.

— Écoutons-le. Vas-y, Gaven, raconte-moi les glorieux exploits de ton frère le Jour du Palais.

Et Gaven me les raconte.

Trois heures plus tard, je suis dans le Bas-Quartier.

* * *

Je n'ai pas mis les pieds ici depuis l'année et demie que j'ai passée à Albans, mais je me souviens du chemin que nous empruntions pour nous rendre de l'orphelinat à l'école du quartier, suffisamment pour savoir dans quelle ruelle se trouve le *Dragon Noyé* et comment la rejoindre. C'est étrange d'évoluer dans l'obscurité, un soir de solstice d'été, avec rien d'autre pour me guider que de vieux souvenirs d'enfance flous. Des feux ont été allumés ici et là entre les bâtiments délabrés. À certains coins de rue et dans des passages, des citoyens de fer sont attablés pour boire et festoyer toute la nuit. Aucun d'eux ne remarque la silhouette enveloppée dans une cape qui traverse les bas-fonds.

Maintenant que je suis en chemin, il me paraît incroyable d'avoir pu envisager ne pas venir. J'ai même l'impression de ne pas marcher assez vite tant il me tarde d'y être ; l'attente est telle que je suis empli d'une impatience insupportable.

Enfin, j'arrive devant la taverne.

L'intérieur est si mal éclairé qu'après être entré, je suis obligé d'attendre que mes yeux s'adaptent. Quelques bougies éparses éclairent les tables occupées par une poignée de clients qui n'avaient nulle part d'autre où aller en cette nuit du solstice. C'est à peine si le serveur solitaire me jette un coup d'œil.

Tout au fond de la salle, Julia est assise sur l'une des banquettes les plus éloignées de la porte.

Ses longs cheveux noirs sont lâchés sur ses épaules. Elle n'a pas ôté sa cape de dragonnière, mais même si elle est couverte et assise dans l'ombre, il est évident que, à l'instar de son écriture, Julia a bien mûri. Rien ne me rappelle plus efficacement le temps passé que voir l'enfant de mes souvenirs remplacée par une jeune femme.

Neuf ans. J'ai vu ma famille pour la dernière fois il y a neuf ans.

Ma gorge se serre.

— Julia, parviens-je à articuler.

Elle se lève.

— Léo.

Pendant un instant, nous restons debout à nous dévisager, puis nous faisons tous les deux un pas en avant. Quand nous tombons dans les bras l'un de l'autre, le nœud se referme dans ma gorge et je m'étrangle. Julia raffermit son étreinte en émettant un long soupir. Cela suffit étrangement à me communiquer du réconfort et à me faire savoir que nous partageons la même tristesse d'une profondeur sans nom. Ce chagrin que j'ai pris l'habitude d'apaiser seul remonte à la surface depuis des abysses oubliés. Je n'ai pas la force de lutter contre.

Lorsque nous nous séparons enfin, Julia a les yeux humides, mais elle sourit.

— J'ai cru que tu ne viendrais pas, me confie-t-elle.

— Je l'ai cru aussi…

— Viens t'asseoir…

L'alcôve est minuscule, si bien que, même assis sur des banquettes opposées, nous restons très proches. Julia s'empare de mes mains, comme si elle ne pouvait pas supporter l'idée de me laisser repartir. Je serre les siennes avec la même force.

— Comme tu as grandi, murmure-t-elle en scrutant mon visage. Tu leur ressembles… à Léon, bien sûr, mais il y a aussi beaucoup de Niobé chez toi…

C'est la première fois que j'entends le nom de ma mère prononcé à voix haute depuis la Révolution. J'ai envie de supplier Julia de ne surtout pas parler d'elle, et en même temps, de continuer pour toujours.

Nous échangeons en langue draconique. Je ne m'en étais même pas aperçu.

— Comment as-tu réussi à t'échapper ?

Je n'avais pas prévu de l'interroger sur ce point d'emblée, mais maintenant que je suis devant elle, c'est la seule question qui compte.

Julia serre mes doigts dans les siens.

— On s'est cachés, répond-elle. Ixion et moi. Jusqu'à ce que ce soit… fini.

Le Jour du Palais. *Elle parle du Jour du Palais.* Pas comme une révolutionnaire triomphante, contrairement aux cadets du dîner, mais comme une autre survivante. Sa voix est posée, la douleur contenue, comme si elle s'était entraînée à en parler et que cela l'aidait de se confier. Le genre d'exercice dont je n'ai jamais bénéficié.

— Nous avons… tout entendu. Enfin, Ixion a tout entendu. Il…

Sa voix vacille, puis elle se reprend :

— … m'a bouché les oreilles. Après ça, il n'a plus jamais été tout à fait le même.

Je me souviens d'Ixion comme de quelqu'un qui avait le monde à ses pieds et qui en était conscient.

— Il nous a fait sortir, puis il m'a emmenée au Nouveau-Pythos. Je ne me souviens pas de grand-chose. Et on n'en a jamais vraiment parlé.

Je serre ses doigts à mon tour.

— Et toi ? demande-t-elle dans un murmure.

Et moi ?

Neuf années de silence se dressent entre mes souvenirs et moi, tel un mur. Les mots sortent de la seule manière que je peux les prononcer.

— On n'a pas eu le temps de se cacher.

Le souffle lent de Julia, ses mains dans les miennes, ses yeux gris limpides. Ses lèvres qui s'entrouvrent quand elle avale sa salive.

J'essaie d'en dire plus. Pour une fois que j'ai envie d'en parler. Pour une fois que je peux le faire sans rien avoir à craindre. J'ai enfin retrouvé un membre de ma famille, la seule personne au monde qui peut me comprendre…

Pourtant, je n'y arrive pas.

J'ai atteint la limite, celle où les mots s'arrêtent d'ordinaire, et il n'y a aucun moyen de la franchir. Je lève les yeux vers elle et secoue la tête. Elle me comprend, là aussi.

C'est étrange, après avoir trouvé refuge dans le silence pendant des années, de tout à coup se sentir prisonnier de celui-ci.

— Oh, Léo…

Sa voix est aussi douce qu'une caresse. L'espace d'un instant, j'ai l'impression qu'entendre le nom que j'ai perdu, prononcé avec tant de peine, suffira à me faire basculer. Je baisse la tête et j'attends que la vague de chagrin en moi reflue, me focalisant sur son pouls régulier que je sens à travers nos mains soudées. Soudain, elle en retire une et la remet pour glisser un mouchoir dans la mienne repliée.

Avec douceur, anticipant ma honte, elle cite le *Cycle Aurélien* :

— « C'est avec l'expérience de mon propre malheur que j'apporterai du réconfort aux malheureux. »

C'est fou, avant j'avais tellement l'habitude d'entendre des citations du *Cycle* dans les conversations, dans nos conversations… et maintenant, c'est devenu si rare.

Sans relever la tête, je m'essuie les joues, puis je me redresse enfin.

— Merci, Julia, lui dis-je avant de lui rendre son mouchoir.

Elle hoche la tête et le range.

— Tu veux qu'on parle d'autre chose ?

— Oui.

Elle sourit et les plis soucieux sur son visage s'estompent. Elle m'offre les paroles qui suivent comme des petits cadeaux qu'elle aurait préparés.

— J'ai assisté à ton combat pendant le dernier tournoi, Léo. Tu voles magnifiquement bien.

Aucun compliment ne m'a jamais autant réchauffé le cœur.

— C'est là que tu m'as reconnu… ?

— Oui. Enfin, c'est là que j'ai espéré l'avoir fait. Ce n'est que quand notre vieux précepteur nous a contactés que j'ai su avec certitude.

Les mains de Julia portent les stigmates de brûlures et la tenue en cuir que l'on devine sous sa cape ne peut être qu'une combinaison coupe-feu. Je lui soumets ma déduction évidente.

— Tu es dragonnière, toi aussi.

Julia acquiesce et elle esquisse un sourire en coin. Un sourire dont je me souviens très bien, celui de Julia quand elle a gagné.

— Les familles ont cédé ? Les filles ont le droit de monter à dos de dragon ?

— À situation désespérée…, répond Julia d'un ton léger.

Toutefois, malgré son attitude désinvolte, elle a conscience d'avoir réussi à déplacer une montagne, et le sourire qui danse sur ses lèvres me le confirme. Dans tout ce que nous avons perdu, Julia aura au moins gagné ça, et je trouve cette idée réjouissante.

Ma question suivante va paraître plus étrange encore, mais la curiosité est plus forte que moi.

— Est-ce que tu as participé à un tournoi pour y arriver ou… ?

Julia hésite pour la première fois, puis hoche la tête.

— Je suis Première Dragonnière.

De nouveau, cette nonchalance prudente et, sous celle-ci, une fierté née des années de colère et de frustration dont j'ai été témoin. Tandis que je me remémore l'ancienne Julia, aux genoux écorchés, aux robes déchirées, et cette obstination tenace avec laquelle elle toisait ses frères, je sens un large sourire s'épanouir sur mon visage.

— Tu y es arrivée.

La bouche de Julia s'incurve à son tour.

— Oui. J'y suis arrivée, confirme-t-elle d'un air triomphant.

Mais ensuite, tel un nuage, ce qui arrivera inévitablement si je vais au bout de ce parcours dans lequel je me suis engagé, se rappelle à moi.

Car Julia n'a pas seulement obtenu le grade de Première Dragonnière, elle est certainement devenue commandante de la flotte aérienne des Pythéens. Elle a donc juré de se battre contre Callipolis, mais aussi de mener les autres combattants.

Nos mains sont restées enlacées pendant toute la conversation, toutefois Julia semble éprouver le même malaise grandissant que moi et, sous prétexte de resserrer sa cape autour d'elle, elle rompt le contact. Et ce n'est pas une coïncidence si ni elle ni moi ne cherchons à le retrouver ensuite.

Elle brise le silence.

— Ce sont les familles qui m'envoient, Léo. Tu te doutes de ce qu'elles veulent. Le précepteur nous a parlé de tes réserves. Rhadamanthus veut que je te fasse entendre raison. Avant qu'il soit trop tard.

Au début, j'intègre ses paroles avec une certaine nostalgie, un pincement au cœur. « *Les familles* ». Qui d'autre a survécu ?

Ensuite, j'entends la fin de sa phrase.

« *Trop tard.* »

Sans m'en rendre compte, je tends désespérément les mains vers les siennes.

— Julia, je ne peux pas… il faut que tu leur parles. S'il te plaît… Quelles que soient leurs intentions…

Julia saisit l'une de mes mains et la porte à ses lèvres pour y imprimer un baiser. Je m'interromps.

— Je leur ai dit que je venais pour remplir cette mission, murmure-t-elle, mais la vérité, c'est que je ne t'ai pas vu depuis neuf ans. Sommes-nous vraiment obligés de régler cette question maintenant ? On aura le temps plus tard pour ce genre de conversations. C'est le solstice d'été et tu m'as tellement manqué, Léo.

— Tu m'as manqué aussi, dis-je, pris de court.

Elle m'a tellement manqué que ça fait mal. Ils m'ont tous manqué. On ne peut assurément pas me le reprocher… d'éprouver un tel manque à leur égard ?

— Ce soir, parlons d'autre chose, suggère Julia.

Je prends sa proposition pour ce qu'elle est : une invitation à jouer à faire semblant, une dernière fois.

Et comme lorsque nous étions enfants, sa force de persuasion suffit à faire disparaître le monde réel, au moins pour un instant.

ANNIE

J'ai toujours adoré la maison de Duck : grouillante d'enfants, pleine de rires, jamais silencieuse, encore moins calme, mais toujours accueillante, même si vous êtes vous-même calme. C'est le genre d'endroit si naturel que le reste du monde paraît moins réel. Les problèmes qui me rongent au Cloître – la menace du Nouveau-Pythos, les cours, les entraînements et cette fichue liste de rencontres de mobilisation sur laquelle mon nom est sensiblement absent – semblent appartenir à une autre vie. Même la culpabilité qui me tourmente depuis que Duck a dévoilé à Lee nos projets pour le solstice s'estompe. Après m'être réconciliée avec lui, j'avais eu l'intention de l'inviter. Vraiment, je comptais le faire…

Seulement, j'ai sans cesse remis ça à plus tard. En fait, si je veux être honnête avec moi-même, l'idée de séjourner dans la famille de Duck, loin de Lee, est exactement ce que je voulais.

Je me rends régulièrement chez les Sutter pendant nos congés depuis mes neuf ans. Après que les Macky m'ont confiée à l'orphelinat d'Albans, c'est le premier foyer où j'ai mis les pieds. Les premières fois, j'étais submergée. Tout ce que cette maison avait de bon rendait les visites difficiles. Les repas en famille, les cris et les rires des enfants, les parents qui décidaient quand c'était l'heure d'aller au lit… toutes ces choses que j'avais oubliées sans me rendre compte à quel point elles me manquaient. Comme s'il avait deviné mon malaise, Duck m'avait protégée. Il m'occupait afin que je ne me laisse pas envahir par les souvenirs. Il me faisait rire, car quand je ne riais pas, j'avais envie de pleurer.

Avec le temps, c'est devenu plus facile. Pas pour Lee. Il n'est venu qu'une seule fois, et a toujours refusé les invitations depuis.

Ce soir, la maisonnée est moins joyeuse qu'à l'accoutumée. Ana est en train de préparer ses bagages, en prévision de sa nouvelle vie dans la pension attachée à la manufacture Dufoulon, où elle travaillera dès la semaine prochaine. Lorsque nous avons brièvement abordé le sujet, ce matin, Ana est restée très pragmatique. Elle n'est pas la plus mal lotie, loin de là, et de toute façon, elle ne s'était fait aucune illusion sur sa réussite à l'épreuve des métaux. Certains de ses amis ont obtenu des postes bien pires. Malgré tout, j'ai senti sa réticence à croiser mon regard. Le plus mécontent, c'est M. Sutter, dont la colère plane sur le dîner du solstice d'été comme un nuage noir. Il n'arrête pas de prendre Cor à partie : « À quoi bon mettre nos filles à l'école si c'est tout ce qu'elles obtiennent ? Avant, on se serait contenté de lui trouver un bon parti… »

Cor boit de longues et grandes gorgées de son cidre, et laisse l'exaspération de son père déferler sur lui par vagues. Au fur et à mesure que la soirée s'avance, le pli qui est apparu entre ses sourcils se creuse. Il ne tente pas de lui opposer les justifications que nous avons appris à servir face à de telles récriminations, et je ne l'en blâme pas. Les arguments justifiant l'assignation de ces postes de travail aux citoyens de fer nous sont en partie fournis en classe, mais quand on regarde Ana, qu'on l'imagine en ouvrière en train de trimer dans cette manufacture tout ça parce qu'elle a mal répondu à quelques questions lors d'une seule épreuve, des mots comme « le bien de l'État » ont tout de suite moins de sens.

Après notre long dîner dehors, nous rentrons la table et Ana, Cor et leur père s'y asseyent afin de revoir les derniers détails de son arrivée chez Dufoulon.

— Passons encore en revue tes droits en tant que travailleuse de fer. Je veux être sûr que tu les connaisses.

— Cor, vraiment…

— Oui, vraiment.

De son côté, Duck a entraîné ses plus jeunes frère et sœur à l'écart. Il est en train de chahuter avec Greg et Merina sur le tapis, entre le canapé et la cheminée. Une ride soucieuse est à peine visible entre ses sourcils tandis qu'il s'occupe de les distraire. J'observe leur bagarre installée sur le canapé, une vieille couverture en patchwork tirée jusqu'au menton.

— Ils devraient être au lit depuis longtemps, Dorian, lui fait remarquer Mme Sutter depuis la cuisine.

— Je peux leur lire une histoire avant, maman ?

Sans crier gare, Duck se jette sur le sofa qui grince sous son poids, se blottit contre moi et s'approprie un pan de la couverture de façon à nous couvrir tous les deux. Il a les cheveux en bataille tellement Greg a tiré dessus.

— Bouge un peu, espèce de monopolisatrice de couverture, plaisante-t-il.

Tout à coup, j'ai conscience que le corps de Duck est pressé contre le mien. Merina saute sur le canapé de l'autre côté et revendique un pan de la couverture à son tour. J'ai donc deux corps chauds contre moi, un de chaque côté.

J'avais presque oublié ce que ça faisait.

Greg nous rejoint avec un livre intitulé *Contes médéens*, l'un des deux seuls livres que possède sa famille. L'autre étant le *Manifeste révolutionnaire* d'Atreus. Les contes de fées sont agrémentés d'enluminures représentant des dragons, des seigneurs et des dames.

— C'est avec ce livre que j'ai appris à lire, m'explique Duck en se déplaçant pour mieux voir l'ouvrage posé sur mes genoux.

Il enroule alors un bras autour de mes épaules pour se stabiliser. Je me demande s'il compte le retirer une fois qu'il aura trouvé la bonne position.

Il le laisse autour de moi. Et il commence à lire.

Ce n'est pas une lecture à voix haute comme en classe, mais un style inédit pour moi. Duck adopte une voix différente pour chaque personnage, tantôt grave, tantôt aiguë, tantôt rauque, tantôt tonitruante. C'est sûrement quelque chose que font les parents avec leurs enfants. Les parents qui savent lire.

Marina et Greg gloussent de plaisir et, au bout de quelques minutes, moi aussi. À la fin du récit, Greg s'est endormi et la tête de Merina est affaissée sur mon épaule. Duck les observe, puis me regarde.

— Je ferais mieux d'aller mettre Greg au lit.

— Encore une, implore Merina d'une voix ensommeillée.

Duck entame un autre conte, plus calmement cette fois. Sous la couverture, il glisse la main qui n'est pas posée sur mon épaule sur la mienne et enlace mes doigts. Tandis que je l'écoute en tournant les pages de l'autre main, les battements de mon cœur s'intensifient.

Ces sentiments que j'éprouve en ce moment quand je suis avec Duck – joie, sécurité, chaleur – que signifient-ils ?

Est-ce qu'il y a plus que ça ?

Et pour lui, qu'est-ce que ça représente ?

Entre-temps, Merina a elle aussi succombé au sommeil.

— Je vais me coucher, mes chéris, annonce Mme Sutter en chemin vers l'escalier. Tu mettras Greg et Merina au lit, Duck ?

Elle a des pattes d'oie aux coins des yeux, les mêmes qui apparaissent sur le visage de Duck quand il sourit. Elle nous rejoint pour embrasser son fils sur le front et, à en juger l'expression patiente de ce dernier, je devine qu'il s'agit là d'une routine du soir pour laquelle il se considère trop grand, mais qu'il subit sans broncher pour lui faire plaisir. Mon niveau en damien, la langue de Damos, dont sa mère est originaire, est tout juste suffisant pour me permettre de comprendre ce qu'elle dit.

—Je suis si heureuse que tu sois venu passer cette soirée avec nous, mon chéri. On s'est beaucoup tracassés pour toi, ces dernières semaines.

—Je suis content d'être venu aussi, maman, marmonne-t-il dans un damien un peu rouillé.

Avant de prendre congé, Mme Sutter m'embrasse, moi aussi, sur le front, avec cette simplicité dont elle a toujours fait preuve.

Le silence s'installe après son départ, à peine troublé par les crépitements du feu dans la cheminée. Merina est appuyée sur moi d'un côté, son souffle léger, Duck est blotti contre moi sous la couverture, le livre pour enfants ouvert, est lourd sur mes genoux et le baiser d'une mère continue à pétiller sur mon front.

Duck est le premier à parler :

—C'est drôle. Quand on y pense, on a fait un serment qui nous prive de tout espoir de connaître ce genre de vie.

En effet, le jour où ils prêtent serment, les Gardiens renoncent à se marier et à fonder une famille.

Je réfléchis à ce qu'il vient de dire et mon esprit bute sur l'ambiguïté d'un simple pronom : quand Duck dit « nous », parle-t-il des Gardiens en général ? Ou juste de… ?

Je lève la tête vers lui. Nos visages sont très proches l'un de l'autre. Il écarquille ses yeux noisette, comme si, lui aussi venait de prendre conscience de l'ambiguïté de sa déclaration.

Je sens la panique me gagner.

—Enfin, je veux dire…, bafouille-t-il.

—Les Gardiens en général… ?

—Oui, voilà…

Un autre sentiment s'empare affreusement de moi : le soulagement. Comme s'il lisait dans mes pensées, Duck lâche ma main sous la couverture. Je pousse presque un soupir.

— Je suis content que tu sois venue, Annie, dit-il abruptement.

— Je suis contente d'être là aussi.

Et c'est la vérité. J'ai adoré chaque instant de cette visite, chaque éclat de rire spontané, chaque moment de bonheur franc…

Alors pourquoi ai-je paniqué ?

— Tu crois que tu peux rester demain aussi, ou… ?

J'hésite. Je ne devrais penser qu'à Duck en cet instant, à son petit air anxieux tandis qu'il m'étudie, pourtant je me rends compte que c'est plutôt Lee qui occupe mon esprit.

Lee qui m'a assuré, sur les remparts de l'arène, qu'il resterait, alors qu'il aurait toutes les raisons de partir. Lee que j'ai abandonné.

— Je crois que je vais rentrer au Cloître demain matin. Je…

Je n'arrive pas à en dire davantage, mais Duck semble avoir compris.

— Je suis heureux qu'on ait déjà pu profiter un peu de ta présence, dit-il simplement.

LEE

Je me réveille dans le dortoir du Cloître, désorienté. Lentement, le décor se stabilise : la même rangée de lits m'entoure, en revanche l'inclinaison des rayons du soleil qui baignent la salle est celle d'une fin de matinée, ce qui m'est peu familier. Il me faut un moment pour faire le tri dans les fragments intenses de joie, de tristesse et de deuil qui se mêlent à mon mal de crâne. Peu à peu, les souvenirs remontent à la surface, par bribes. Ma conversation avec Julia, le moment où nous avons dû nous séparer, bien trop tôt, même si notre rendez-vous a duré des heures, et puis le trajet de retour à travers la ville, un peu flou, dans le silence qui précédait l'aube.

— Bonjour.

Je lève la tête et ma vue se focalise sur la petite silhouette qui est perchée sur le lit voisin du mien.

— Annie ?

C'est la première fois qu'elle cherche ma compagnie depuis que nous avons aperçu la flotte pythéenne dans le ciel.

Elle tient un petit gâteau dans sa main.

— Un cadeau de la maman de Duck.

Je me redresse et porte aussitôt la main à ma tête en grimaçant de douleur.

— Je devrais déjà être en patrouille.

— Ne t'inquiète pas, me rassure-t-elle. Cor est rentré plus tôt aussi ; il est parti patrouiller avec Crissa. Ils ont décidé de te laisser cuver.

Cuver ma nuit avec une dragonnière que Cor et Crissa sont justement en train de guetter en sillonnant le ciel. La culpabilité me percute de plein fouet ; le choc est d'autant plus violent qu'il a tardé à venir. Toutefois après la nuit que je viens de passer avec Julia, j'ai du mal à déterminer ce qui me fait le plus culpabiliser : avoir trinqué avec une cousine qui a envie de tuer mes amis ou que mes amis aient envie de tuer mes cousins.

Voilà exactement pourquoi tu n'aurais pas dû aller à ce rendez-vous.

Lorsque je lève les yeux sur Annie, je découvre un air coupable chez elle aussi.

— Tu as la gueule de bois, constate-t-elle.

— Je suis allé à un dîner organisé pour le solstice à l'école militaire. Avec Crissa.

— Oh.

Du soulagement, mêlé à autre chose, apparaît sur le visage d'Annie.

— C'est bien. Je suis contente.

Je lui prends le petit gâteau et mords dedans. Je n'avais jamais goûté quelque chose d'aussi bon.

— Et ton solstice chez les Sutter ?

On dirait le titre d'un mauvais poème. Annie détourne la tête en triturant une de ses mèches rousses.

— C'était sympa.

— Tu rentres tôt.

Elle hésite. Elle semble à deux doigts d'avouer quelque chose qui nous plongerait tous les deux dans l'embarras. Je ne suis pas sûr d'avoir envie qu'elle le fasse. Toutefois, elle se contente de dire :

— Il faut qu'on s'entraîne. Il ne reste qu'une semaine avant le tournoi. Je veux être finaliste, ajoute-t-elle, les poings serrés sur les genoux. Et je... j'ai vraiment très envie de battre Vigor.

Je la dévisage, stupéfait, tant par l'ambition qu'elle affiche que par ce qu'elle est en train de me proposer.

— Tu es rentrée pour qu'on s'entraîne ensemble ?

Annie acquiesce, l'air à peine gênée. Ses cheveux sont fraîchement tressés, prêts à être coincés sous son casque.

L'idée de sortir Pallor un matin comme celui-ci suffit à me désencombrer l'esprit ; et puis la perspective de m'entraîner avec Annie, de sentir vibrer dans mon sang l'intuition et la précision qu'il faut pour rivaliser avec elle, de m'immerger dans cette concentration extrême qui me libère de toute autre forme de pensées... tout à coup, c'est la seule chose que je veux.

Si Julia a semé la pagaille dans ma tête au sujet de Pythéens, ma position concernant le tournoi, elle, est limpide : je veux être finaliste aussi.

— Super. Allons nous préparer.

La nuit dernière et les sentiments contradictoires qu'elle a laissés s'estompent déjà, comme un rêve qu'on oublie au réveil.

6

DEMI-FINALES

ANNIE

Au cours de la semaine précédant la deuxième phase du tournoi, je m'attends avec une terreur croissante à recevoir une nouvelle note du ministère, mais rien ne vient. Je reçois en revanche une lettre de Holbin, écrite par le fils des Macky :

Chère Annie, nous espéron que tu va gagnée nous som désolé de ne pas pouvoir venir sette foi mais tou Holbin est derrièr toi.

J'épingle cette lettre à mon mur, à côté des lauriers séchés de ma première victoire.

Pendant cette même semaine, les dragonniers du Quatrième Ordre sont exemptés de patrouilles côtières afin de pouvoir s'entraîner. Mes trois camarades sont aussi autorisés à reporter leurs rencontres de mobilisation. Pour ma part, comme on ne m'en a confié aucune, je n'ai rien à modifier dans mon emploi du temps. J'essaie de me convaincre que ce n'est pas grave, que ces séances ne sont que de vulgaires exercices de manipulation rhétorique, mais je n'en reste pas moins consciente qu'en être exclue signifie que j'ai, une fois de plus, été mise au ban par les dirigeants de Callipolis.

Qu'ils m'ignorent ! Moi, je m'entraîne.

Dès que j'ai la moindre minute de libre, je la consacre à m'exercer avec Lee ou avec Cor et Rock dont les fléaurages me permettent de me préparer à affronter Vigor. Jamais je n'ai autant désiré une victoire que celle-ci. Toutes les moqueries de Vigor sur les Hautes Terres et les gueux, sa prétendue supériorité dont il se vante avec ses amis patriciens, les réserves du ministère à mon égard et leur préférence pour des dragonniers tels que lui... j'ai enfin une chance de leur clouer le bec en public. Car au sol, Vigor a peut-être plus l'étoffe d'un commandant que moi, mais dans les airs, je suis dans mon élément.

À l'approche des demi-finales, de nombreux dragonniers du Janiculum cessent de m'adresser la parole, tandis que Rock et les autres dragonniers d'origine modeste s'assoient désormais à ma table presque à chaque repas. Toutefois, tout le monde ne suit pas le même schéma. Ainsi, à ma grande surprise, la veille du tournoi, pendant le cours de langue draconique, Hanna Lund me transmet une carte signée par la plupart des jeunes patriciennes de la classe avec lesquelles j'ai pris l'habitude de faire mes devoirs à la bibliothèque. Elles y ont inscrit une citation tirée du *Cycle Aurélien* : « Et comme elle se retournait, sa prestance révéla qu'elle était née du feu. »

— Vigor est un abruti. On te soutient, Antigone.

Le jour du tournoi se lève, couvert et venteux ; d'épais nuages gris bouchent le ciel et cachent le sommet de la Tour de Pythos. En dépit de ces conditions maussades, les gradins sont bondés. Pour assister au premier combat qui oppose Lee à Cor, Vigor s'est posté à l'autre extrémité de l'Eyrie, entouré par les dragonniers fléaurages.

De temps en temps, ils me jettent des coups d'œil que je ne me prive pas de leur rendre depuis ma place au sein des dragonniers auréliens, à côté de Duck. L'imminence de notre confrontation me rend audacieuse.

Duck grimace quand son frère et Lee, qui ont pris place en hauteur, chargent une première fois. Je m'abstiens de lui demander s'il a choisi qui soutenir. De toute façon, il n'a plus le temps d'y réfléchir. Cor a toujours été imprévisible en vol ; dans les bons jours, il vole aussi bien voire mieux que Lee, mais dans les mauvais, il ne lui arrive pas à la cheville. Or, une situation stressante implique presque toujours un mauvais jour pour lui. Lee lui inflige assez rapidement une pénalité et, à partir de là, c'est la dégringolade pour Cor qui ne tarde pas à déborder. En conséquence, Maurana et lui volent encore plus mal et ce n'est plus qu'une question de temps avant que Lee ne perce à nouveau leur garde.

— Sans surprise, grommelle Lotus à l'intention de Rock lorsque, au bout de cinq minutes, la cloche résonne en faveur de Lee.

— Lee sur Pallor, premier finaliste du tournoi du Premier Dragonnier ! crie le présentateur.

Ils rejoignent le sol et Cor serre mollement la main de Lee dans un tonnerre d'applaudissements avant de disparaître de l'Eyrie pour aller soigner sa déception à l'abri des regards. À côté de moi, Duck pousse un soupir frustré, mais pas tout à fait déçu non plus. Comme si même lui ne pouvait s'empêcher de soutenir Lee, en dépit des liens familiaux.

— Vigor, Antigone, c'est à vous, annonce Goran.

Duck me serre brièvement l'épaule en guise d'encouragement, puis je me dirige vers l'entrée de la grotte, avant de marquer une pause, interloquée : Lee se dirige vers nous d'un pas décidé, casque sous le bras, cheveux plaqués par la sueur et la mine encore enflammée par l'adrénaline. Vigor lui barre le chemin, se penche et lui donne une tape sur l'épaule. Je parviens à entendre ce qu'il dit malgré le raffut du vent :

— Tu sais ce que les dragodescendants avaient l'habitude de dire... Les gueux brûlent mieux que les autres...

Lee braque ses yeux gris encore enfiévrés par son propre combat sur Vigor. Bien que son expression ne change pas, il en émane une lueur glaçante. Le sourire de Vigor vacille et il fait un petit pas en arrière.

Alors que je me tourne vers l'entrée de la grotte, Lee m'attrape par le bras.

— Laisse-moi vérifier ton armure, dit-il, les dents serrées.

Je sens mes joues s'embraser sous mon casque.

— Elle est très bien comme ça.

Il ignore mes protestations, et même si je devrais essayer de l'en empêcher, je le laisse palper ma combinaison. Il tire sur chaque sangle de mon casque, de ma cuirasse, de mes protections aux bras et aux jambes. Ses gestes sont rapides et brusques, comme s'il voulait à tout prix éviter de laisser ses mains s'attarder sur moi. Cependant, quand il relève la tête, il est rouge pivoine.

Devant son trouble évident, une bouffée de chaleur m'envahit. Se propage depuis chaque zone de mon corps qu'il a touchée jusqu'à mon cou. Il est si près de moi que je peux sentir son odeur, mélange de sa sueur fraîche et de la fumée de Pallor. J'ai conscience que des milliers de regards sont braqués sur nous, pourtant je remarque surtout ceux de Duck et Crissa, que j'aurais aimé voir dirigés ailleurs.

Enfin, Lee hoche la tête et recule. Son visage, d'ordinaire si pâle par rapport à ses cheveux noirs, est écarlate, même de plus loin.

— Vas-y, dit-il.

Vigor, qui m'attend à l'entrée de la grotte, sourit en me voyant approcher. Il observe mon cou nu encore assez brûlant pour que le vent d'été paraisse froid sur ma peau.

— C'est bon, tu crois qu'il a bien tout vérifié ?

Je l'ignore. Nous soufflons dans le sifflet intégré à notre bracelet et attendons que nos dragons répondent à ce son inaudible pour l'oreille humaine, comme nous le leur avons appris. Tandis que nous patientons, Vigor porte sa gourde à ses lèvres et je l'imite : c'est le moment de boire le plus d'eau possible.

À l'approche d'Aela, je me sens calme. Mes sens me confirment l'un après l'autre son arrivée : le bruit de ses ailes, la caresse de l'air provenant des souterrains sur mon visage et, pour finir, la vue de ses écailles ambrées qui scintillent au moment où elle émerge de la pénombre. La nervosité qui m'a tordu le ventre toute la matinée disparaît et une grande concentration la remplace, si intense que c'est comme si mon esprit se vidait de toute autre pensée. Aela entre en piste. Le moment est venu.

Je resserre sa selle, contrôle les rênes et elle tourne la tête pour une dernière concertation silencieuse, trouvant mon regard avec ses deux fentes dorées. Je lui caresse l'arête du nez, ensuite elle se redresse. Son impatience et la mienne se confondent, envoyant un frisson le long de mon dos. La soif de combattre d'Aela a toujours été communicative et je partage avec plaisir son exaltation.

— C'est parti.

Elle resserre ses ailes contre elle le temps que je grimpe sur la selle. Je fixe mes bottes dans les étriers. À quelques mètres de moi,

Vigor a fait de même avec Vorace. Après avoir échangé un signe de tête, nous baissons notre visière.

Puis, d'un bond qui défie les lois de la gravité, nous nous retrouvons dans les airs. De grandes ailes se démènent pour nous soulever toujours plus haut. La couverture nuageuse, la foule et le fleuve étincelant emplissent mon champ de vision : quand je suis sur Aela, le monde semble toujours plus précis.

La cloche retentit, Vigor s'élance, nous plongeons.

Une semaine plus tôt, lorsque nous avons discuté de ce combat, j'ai confié à Lee la stratégie que je comptais adopter et il a essayé de m'en dissuader. Les poumons de Vorace ne se tarissent jamais, m'a-t-il affirmé, il me faudrait bien trop de temps, et je cours le risque d'être blessée. Gravement blessée étant donné le penchant de Vigor pour les coups à pleine puissance.

— La portée de Vorace est deux fois plus longue que celle d'Aela, ai-je rétorqué. Que veux-tu que je fasse d'autre ?

Lee, plutôt que de me proposer des solutions, s'est contenté d'ajouter :

— C'est du suicide.

La réponse que je lui ai alors donnée, jamais je n'aurais pu la formuler devant quelqu'un d'autre :

— Pas pour moi.

Il ne m'a pas contredite.

La technique que je compte adopter est connue sous le nom de méthode de la mouche : aller et venir à la portée de l'ennemi pour le taquiner, le pousser à frapper assez de coups pour qu'il tombe à court de cendre. Avec Vorace, ça va prendre du temps. Sans compter que Vigor est l'un des rares Gardiens parmi nous à maîtriser le débordement et à s'en servir à son avantage. Car si la colère et l'excitation communiquée au dragon désorientent quelqu'un comme Cor, elles rendent Vigor totalement imprévisible. Historiquement, le débordement est une tactique appréciée des dragonniers fléaurages. Vigor et Vorace sont à la barre de leurs émotions comme d'un navire emporté par les eaux et dont eux seuls connaissent la destination ; Vigor laisse son dragon tirer à volonté.

Mais Aela et moi pouvons esquiver à peu près tout.

Ainsi, lorsque le combat commence, je laisse Vigor passer à l'offensive tandis qu'Aela et moi jouons à la marelle entre les jets de cendre de Vorace, sans jamais trop nous éloigner, afin qu'il continue à tirer et reste occupé. Les minutes s'égrènent. Aela et moi esquivons, virevoltons dans le ciel et esquivons encore.

Cependant, même quand on est au top de sa forme, on finit par se fatiguer, et c'est là qu'on commet des erreurs. Au bout d'environ dix minutes, nous prenons un virage un peu trop serré et je sens une onde de chaleur intense au niveau de mon mollet gauche. Je siffle de douleur : je viens de recevoir une frappe à pleine puissance, le genre qu'il nous est interdit d'infliger aux autres pendant nos entraînements. Mon armure étincelante noircit en réaction à la chaleur et la cloche annonce la première pénalité à travers les gradins. Bien qu'insensible à la chaleur, Aela ressent ma souffrance. Elle prend ses distances afin de me permettre d'ouvrir le tube refroidissant incrusté dans ma combinaison. Le liquide froid se répand sur ma jambe, apaisant la brûlure, même si celle-ci est assez sévère pour que la douleur ne disparaisse pas complètement. Ça suffira malgré tout à l'engourdir pendant une demi-heure encore, et c'est tout ce dont j'ai besoin.

Chaque seconde que je passe hors de portée de Vorace est une seconde gagnée pour lui. Il faut vite que je continue à le faire cracher sa cendre si je veux qu'il épuise ses réserves. Je me dépêche donc de repartir au combat et c'est parti pour un deuxième tour. Les minutes se fondent les unes dans les autres tandis que j'esquive et exécute des cabrioles. Les coups pleuvent à gauche, à droite, derrière. Je mise tout sur ma réactivité et mes réflexes…

Jusqu'à ce que je reçoive une deuxième pénalité. Vigor exécute un mouvement très serré que je ne parviens pas à éviter et la cendre de Vorace m'atteint de toute sa force au niveau du bras. Pendant le temps mort, je triture de mes doigts raidis par les gants le tube refroidissant situé au niveau de mon coude, puis j'enroule les rênes autour de mes poignets afin de soulager mes mains endolories à force de serrer celles-ci. Même si je peine un peu à maîtriser la bride au début, l'adrénaline et la douleur s'atténuent un peu, me permettant d'être encore plus proche d'Aela. Ce lien renforcé m'emplit d'un calme différent. C'est notre dernière chance à toutes les deux : trois pénalités équivalent à un coup fatal.

Nous repartons pour un troisième tour.

— C'est terminé, Annie ! exulte Vigor.

Lorsqu'il replace son casque, son sourire est éclatant ; les émotions qu'il laisse déborder sans scrupule frisent clairement l'euphorie. Je me risque à nouveau dans son champ d'action et il recommence à faire feu. Tandis qu'Aela et moi reprenons notre ballet d'esquives, un détail semble échapper à un Vigor trop extatique, mais il attire mon attention. Les jets de cendre de Vorace sont pris de crachotements tous les quelques mètres.

Je fais opérer un demi-tour à Aela et l'immobilise. Vigor et moi sommes face à face. Son regard triomphant luit à travers la visière de son casque. En dessous de nous, l'arène ; au-dessus de nous, une couche de nuages bas et épais qui cache le sommet de la Tour de Pytho.

Prêt à nous donner le coup fatal, Vorace ouvre la gueule et… rien ne sort.

Vigor écarquille les yeux. Sans perdre une seconde, je m'élance pour tirer, mais pas assez vite. Mon adversaire bondit vers le haut et mon coup raté va mourir dans le sillage de la queue de Vorace. Ils disparaissent dans la couverture nuageuse.

Pendant un instant, Aela et moi, bloquées, scrutons la masse vaporeuse où Vigor s'est volatilisé.

Ses intentions sont aussi claires que s'il nous les exposait à voix haute. Et elles concernent en particulier deux règles du tournoi que nous connaissons très bien tous les deux. La première, c'est que les corps à corps sont interdits entre dragons de races différentes pour les compétitions sportives. La deuxième, c'est que tout ce qui se produit hors de la vue des juges est recevable.

Si je m'enfonce dans ces nuages, Vorace se jettera sur Aela. Et il est au moins deux fois plus gros qu'elle.

Cependant, si j'attends, ses poumons vont avoir le temps de se refaire. Sans compter qu'à chaque minute qui passe, l'effet du liquide réfrigérant s'amenuise et la douleur devient de plus en plus difficile à supporter.

J'interroge Aela :

— Qu'est-ce qu'on fait, on y va ?

Mais elle a déjà amorcé la montée et elle n'avait guère besoin que d'un peu de ma détermination pour continuer à foncer.

La traversée des nuages se déroule sans encombre, même si cette masse grise, uniforme et fluide a de quoi désorienter. Je sens le cœur d'Aela et le mien battre à l'unisson. Lorsque nous jaillissons de cette masse, il me faut une fraction de seconde pour comprendre que nous avons débouché dans une sorte d'entre-deux plafonné par une autre couche nuageuse qui nous empêche de voir le ciel au-dessus. Perdue dans cette étrange lueur gris-blanc, je me repère au seul indice encore en contact avec la terre : le sommet de la Tour de Pyhto qui, à quelques centaines de mètres de nous, émerge de la couche basse telle une forteresse flottante.

J'ai à peine le temps d'intégrer tout ça avant que Vorace se rue sur nous par-derrière.

Aela se contorsionne, mais les serres de Vorace se referment sur mon épaulière et perforent armure et combinaison jusqu'à atteindre ma chair. Les serres de l'autre bras se plantent dans le dos d'Aela, lui arrachant un cri perçant. Je ressens sa douleur qui se répercute dans la mienne. Tout devient flou. Puis, c'est de la rage qui m'envahit.

Ah tu veux faire des coups tordus ? Je peux en faire aussi.

Malgré mes doigts engourdis, j'empoigne le couteau rangé dans ma botte et enfonce la lame dans l'avant-bras de Vorace, à plusieurs reprises. Il lâche en poussant un sifflement aigu.

Aela se retourne, mais alors qu'elle dispose de tout l'espace nécessaire pour nous éloigner de Vorace, elle n'en fait rien. Au contraire, elle se cramponne à son flanc et se met à le lacérer de tous ses membres. Tandis qu'ils s'écharpent, les deux dragons battent des ailes avec frénésie, ce qui leur permet de rester en équilibre au lieu de plonger dans le vide, mais empêche aussi leur dragonnier de se voir.

Soudain, Aela lacère la membrane intérieure d'une aile de Vorace. Il pousse un cri strident et replie son aile contre son flanc, Vigor hurle. Et là, enfin, alors que nous sommes à deux doigts de tomber en chute libre avec seulement trois ailes pour nous maintenir dans les airs, l'ouverture que je n'espérais plus. L'aile rabattue de Vorace m'offre un accès direct à la silhouette ramassée de Vigor.

Aela crache de toutes ses forces, faisant disparaître Vigor dans la fumée, puis elle prend appui sur Vorace et s'éloigne d'eux avec un cri écœuré.

Lorsque la cendre se dissipe, l'armure de Vigor est noircie. Hébété après la frappe à pleine puissance qu'il vient de recevoir, il déclenche les tubes refroidissants situés au niveau de son torse d'un geste engourdi, automatique.

— Tu capitules ?

Aela et moi sommes en position d'attaque, à la distance idéale pour frapper à nouveau. Vorace n'est toujours pas en mesure de cracher quoi que ce soit.

— Ouais, lâche Vigor d'une voix rauque.

— Casque.

Je lui réclame son casque en guise de preuve. En l'absence des juges, c'est ma garantie pour remporter la victoire.

Vigor émet un rire éraillé, mais ne remet pas en question ma prudence. Les mains tremblantes, il ôte son casque. Son crâne aux cheveux ras est luisant de sueur, il a le visage maculé de cendre. Pendant un mystérieux instant, il m'observe, les pupilles tellement dilatées par le débordement que ses yeux paraissent tout à fait noirs, puis il me lance son casque couvert de suie.

Je l'attrape.

Nous redescendons ensemble à travers la couche de nuages. Quand nous en jaillissons et que l'arène réapparaît sous nos yeux, un bruit assourdissant m'explose dans les oreilles. Il me faut un moment pour comprendre qu'il s'agit des acclamations du public. Et qu'elles me sont destinées.

Comme si quelqu'un d'autre avait pris possession de mon corps, je lève le casque de Vigor au-dessus de ma tête et le secoue pour que le monde entier puisse être témoin de mon exploit.

Nous nous posons sur l'Eyrie dans un grand tumulte. Duck bondit comme un fou, Crissa hurle de joie et Lee est déjà là, auprès de moi. Il m'aide à libérer mes bottes des étriers, à descendre de selle, il évalue la gravité de mes blessures avec précaution. Je ne peux plus remuer les orteils de la jambe gauche et mon épaule, ruisselante de sang, est raide de douleur. Je sens toujours le cœur battant d'Aela et sa plaie brûlante semblable à la mienne. Lee passe un bras sous mon aisselle pour me soutenir.

— Annie, est-ce que ça va ? s'enquiert Goran d'une voix qui me paraît lointaine.

Il semble inquiet. C'est tellement inédit que j'éclate de rire. Vigor, lui, a disparu, alors c'est dans les mains de Goran que je fourre le casque de mon adversaire.

— À merveille.

Lee me tourne vers lui en me serrant un peu plus fort.

— Annie, on doit participer à la cérémonie de clôture. Tu t'en sens capable ?

La cérémonie de clôture.

En l'honneur des finalistes.

— Toi et moi, dis-je.

Si je tiens debout, c'est grâce à Lee qui me soutient et m'aide à garder l'équilibre. Son visage n'est qu'à quelques centimètres du mien. Ses yeux gris perçants brillent de fierté, mais aussi avec une pointe de tristesse. La sueur et la cendre ont séché en formant des rigoles sur sa peau.

— Toi et moi, répète-t-il à voix basse.

Tout à coup, j'ai envie de pleurer.

Je vacille. Les effets du liquide réfrigérant se dissipent vraiment, tout comme l'adrénaline. Ma vision flanche ; l'Eyrie disparaît et réapparaît.

— Elle va pouvoir voler jusque là-haut ? demande Goran.

— Non, Aela est partie se faire soigner. Je vais l'accompagner à pied, ce sera plus simple…

Dans mon dos, le bras de Lee est ferme, déterminé. Nous prenons la direction des gradins, puis entamons la montée de l'escalier qui mène à la tribune du Palais. Sur notre passage, la foule applaudit, nous acclame, mais toute cette liesse me parvient comme de loin.

— Quand je t'ai vu disparaître dans les nuages derrière lui, je t'aurais bien trucidée, m'avoue Lee d'une voix où admiration et exaspération bataillent, tandis que nous gravissons les marches. Ce faux jeton a osé une attaque directe…

Lorsque nous accédons à la tribune du Palais, il me lâche afin qu'aucun ministre ne s'aperçoive qu'il m'a soutenue jusque-là. La dernière fois que je me suis tenue à ce même endroit, j'étais terrorisée. Aujourd'hui, je n'accorde pas la moindre pensée à ces anciennes craintes. Le gouvernement peut croire ce qu'il veut, le ministère de la Propagande peut m'écrire d'autres notes. J'ai réussi. J'ai battu Vigor. Pour l'heure, je dois surtout me concentrer pour réussir à marcher. Un pas après l'autre, Lee à mon côté, j'avance jusqu'à l'endroit où se dresse le Premier Protecteur, tout sourire.

— Mes deux finalistes, nous accueille-t-il avec chaleur.

La réplique a l'air spontanée.

Il prononce quelques mots officiels, puis la couronne de laurier est posée sur ma tête. Je ressens la présence d'Aela, toute proche ; je l'entends d'ici gronder de fierté tandis que je m'imagine en train de glisser une couronne de laurier identique à son cou.

— Une semaine avant le Jour du Palais, nous nous réunirons de nouveau pour la dernière, mais aussi la plus importante, phase de ce tournoi, annonce Atreus au public. L'un de ces deux finalistes deviendra Alternus, lieutenant et défenseur du peuple, et l'autre deviendra Premier Dragonnier, le grand champion de la nation.

» Lee et Antigone, nous vous souhaitons bonne chance pour vos derniers mois d'entraînement.

* * *

Plus tard, ce soir-là, je somnole, allongée dans un lit de l'infirmerie du Palais qui est plongée dans l'obscurité. Maître Welse est déjà rentré chez lui, les lieux sont déserts, quand la porte de ma chambre s'ouvre en grinçant. Des voix étouffées, des gloussements, puis je devine la forme de plusieurs têtes dans l'entrebâillement. La voix de Crissa s'élève, basse et enjouée.

— Aaaannie…

Je me redresse sur les oreillers. Mes brûlures me tiraillent.

— Qu'est-ce que tu fabriques, Crissa ?

Elle ouvre complètement la porte et la lumière du couloir s'engouffre dans la pièce. Derrière elle se tiennent d'autres filles, notamment Deirdre et Alexa, inséparables depuis que nous avons intégré le programme, mais aussi Orla qui d'ordinaire fuit les activités de groupe au profit de ses livres. Sa présence, en particulier, m'indique qu'il se trame quelque chose d'inhabituel.

— On est venus te chercher pour aller faire la fête, m'annonce Crissa.

Je suis tellement abasourdie que mon premier réflexe est de me demander pourquoi elle ne se trouve pas à la petite fête organisée en l'honneur de Lee. Après tout, c'est son amie.

— Et Lee ?

— L'escadron aurélien s'occupe de lui. Nous, on va s'occuper de toi.

Nous, les Gardiennes. Il y a aussi quelques garçons derrière elles, cela dit, même si je ne parviens pas à distinguer leur visage. Mon cœur se serre. Je suis à la fois touchée et stupéfaite. Je n'avais pas pensé à faire la fête, ou alors, j'étais partie du principe que ce serait pour célébrer Lee. Cependant, mes brûlures ne tardent pas à se rappeler à moi.

— Je ne peux pas...

Marcher. J'en ai encore pour une journée de repos forcé au moins. Sur ordre du médecin.

— Aucun problème, affirme Crissa, imperturbable.

Puis, comme si elle appelait un dragon, elle crie :

— Richard !

Une grande et imposante silhouette se fraie un passage entre les filles et s'accroupit à côté de mon lit. Rock.

— Allez grimpe, finaliste, lance-t-il en adoptant cet accent qu'il affirme en général ne pas posséder.

L'accent de chez nous.

J'éclate de rire.

— Attendez, vous n'êtes pas sérieux...

Mais ils sont on ne peut plus sérieux. Deirdre et Alexa me hissent sur les épaules de Rock et Crissa jette une sorte de couverture sur mon dos. En réalité, il s'agit du drapeau callipolitain, orné du dragon aux ailes déployées qui crache quatre anneaux de feu sur fond rouge. Orla s'empare de ma couronne de laurier sur ma table de chevet et se hisse sur la pointe des pieds pour l'écraser sur ma tête. Debout dans l'embrasure de la porte, Duck porte l'une des cornes d'entraînement de Goran à ses lèvres et souffle. Le bruit brise avec fracas le silence de l'infirmerie.

— Tous au *Sanglier Mariné* !

Le *Sanglier Mariné* est une taverne très prisée des Gardiens d'origines modestes, située dans le quartier des Halles, de l'autre côté du fleuve. Je n'y ai encore jamais mis les pieds.

L'appel de Duck est repris en chœur par les autres et je suis transportée hors de l'infirmerie. Le trajet qui nous emmène de l'autre côté du fleuve, puis dans le quartier des Halles a l'air de se dérouler en un clin d'œil : les jardins du Palais au clair de lune, traversés d'un pas rapide et souple que je remarque à peine du haut de mon destrier Rock tandis que je m'accroche au drapeau callipolitain autour de mes épaules ; Deirdre, Alexa et Orla qui gambadent autour de nous en poussant de petits cris, gloussant et riant dans l'obscurité tandis que Crissa crie « en avant ! » comme si elle menait une troupe à la charge ; Duck qui sonne la corne comme s'il avait décidé de faire voler en éclats la quiétude habituelle des lieux.

Dans le quartier des Halles, en revanche, c'est le vacarme : nous ne sommes pas les seuls à nous servir du tournoi comme prétexte pour faire la fête et il semble qu'avec la menace du Nouveau-Pythos, les gens aient vraiment besoin de décompresser. Le drapeau de Callipolis est partout et des cornes résonnent à tous les coins de rue et aux balcons, vendues par des marchands ambulants opportunistes. À cela s'ajoutent les cris et les chants imbibés d'alcool, et, de temps à autre, le battement sourd d'un tambour de rue. La bière coule à flots et forme même des flaques poisseuses entre les pavés. Des slogans ont été peints sur des draps suspendus aux fenêtres des étages : « Aux plus modestes, les lauriers », « Vive la Révolution », « À bas le Nouveau-Pythos ».

À la porte du *Sanglier Mariné*, lorsque Crissa m'aide à regagner le sol, je lui signale un petit défaut dans son plan, auquel je viens de penser.

— Crissa, on a tous fait vœu de pauvreté, comment veux-tu qu'on se paie à boire ?

Crissa et Rock s'esclaffent sans retenue.

— Fais-moi confiance, m'assure Crissa, tu ne devras pas t'acheter de boisson ce soir.

Elle enroule un bras autour de mes épaules toujours couvertes du drapeau, sans remarquer que je grimace de douleur. Puis elle me presse dans la taverne. Bougies et chandeliers muraux éclairent la salle emplie de visages peints aux couleurs de Callipolis, de rires et de musique. Dans un coin, des musiciens tapent sur des percussions et pincent les cordes de leurs vielles, faisant vibrer mes veines en rythme. Une fois à l'intérieur, Crissa bondit sur la première chaise libre et prend la voix qu'elle réserve d'habitude au commandement de son escadron.

— Citoyennes et citoyens de Callipolis, voici votre finaliste, tout droit venue des Hautes Terres ! clame-t-elle en me désignant du doigt.

Un tonnerre d'applaudissements retentit dans la salle, et Rock s'empare de mon poing pour le brandir bien haut. Aussitôt, je me retrouve assaillie par de parfaits inconnus qui martèlent mes épaules – encore sensibles à cause des brûlures et des serres de Vorace – d'accolades. Ça fait mal, mais je rayonne malgré tout.

— Whisky pour les montagnards !

On me fourre dans la main un verre dont les vapeurs à elles seules me donnent les larmes aux yeux. À peine y ai-je trempé les lèvres que je me mets à tousser, le barbu hirsute qui me l'a servi semble ravi. Toutes les personnes qui nous entourent éclatent de rire et applaudissent.

— Le premier whisky d'Antigone sur Aela !

— Avale ton verre, ma petite ! Bois pour la Révolution !

— Un autre !

Puis les musiciens se mettent à jouer l'hymne de la Révolution et j'ignore si c'est à cause de l'alcool fort ou des frissons que la mélodie suscite le long de mon dos, mais mes yeux se gonflent de larmes. Je lève mon verre et chante avec les autres l'hymne de ma patrie.

— « Debout ! Debout ! Pour la gloire de Callipolis… »

7

RENCONTRES DE MOBILISATION

LEE

Lors du premier cours avec Tyndale après les demi-finales, je trouve un message glissé dans un devoir qu'il me rend.

Mon cher cousin,
Je lui ai confié deux lettres ; il doit te remettre celle-ci si tu as gagné.
Te rappelles-tu comme nos rêves de gloire chantaient dans nos veines quand nous étions enfants et que nous jouions à nous faire la guerre ? C'est à ces rêves-là que j'ai pensé quand je suis devenue la Première Dragonnière du Nouveau-Pythos.
Nous avons tellement de choses à nous dire, toi et moi. Mais avant, je veux que tu saches ceci : moi, ta cousine, ton sang, j'espère de tout cœur que tu deviendras Premier Dragonnier, autant que je l'ai espéré pour moi-même. Peut-être est-ce de la folie, étant donné la menace qui plane sur notre avenir, mais, la vérité, c'est que, quelle que soit la suite de l'histoire, je veux que tu goûtes à cette victoire. Toi, ma famille, mon premier ami : je veux que tu saches ce que ça fait de sentir le

monde à tes pieds. Pas en faisant semblant pour jouer, mais réellement.
Et puis, j'espère que ça te permettra d'imaginer tout ce qui pourrait en découler. Toi et moi, ensemble, nous reprendrions ce qui nous appartient, nous ferions payer ces bâtards pour ce qu'ils ont fait, nous arrangerions les choses.
Nos pères sont peut-être morts, mais leur sang coule toujours dans nos veines. Nous sommes nés pour ça.
Donne-moi l'heure et le lieu de notre prochain rendez-vous.

Le jour où cette lettre de Julia me parvient, il reste un mois avant la grande finale du tournoi du Premier Dragonnier. Le combat se tiendra une semaine avant la date commémorative du Jour du Palais et deux semaines après le bal du Lyceum. Je relis la missive, même si je ne suis pas dupe quant à sa nature : elle est destinée à exacerber la tentation. Les mots de Julia ravivent une vieille faim en remontant jusqu'à sa source. Elle fait de mon rêve de devenir Premier Dragonnier, ce qui, d'aussi loin que je me souvienne, j'ai toujours voulu comme n'importe quel fils de seigneur dragon, un droit de naissance. Il est facile de se laisser aller à ce genre de raisonnement.

Il est facile aussi d'attiser un désir de vengeance.

« Nous sommes nés pour ça. »

Tout démenti de ma part serait mensonger, alors je préfère ne pas reconnaître cette tentation du tout. Je lui propose simplement un rendez-vous sur l'arche du Pèlerin, un perchoir à dragon situé sur l'arche naturelle d'une petite île, à mi-chemin entre la côte septentrionale de Callipolis et les piliers karstiques du Nouveau-Pythos. À minuit, lors de la prochaine pleine lune, soit une semaine avant le bal du Lyceum.

J'essaie de me convaincre que je le fais au nom de Callipolis, même si c'est à l'insu de cette dernière. J'essaie de me convaincre que récolter le plus d'informations possible sur la flotte pythéenne est une bonne chose.

J'essaie aussi de me convaincre que je deviendrai Premier Dragonnier, mais que j'aurai des principes différents.

ANNIE

Les brûlures de la demi-finale commencent à me gratter. Mes pansements ont toujours besoin d'être changés régulièrement et ma peau couverte d'onguent plusieurs fois par jour. Au cours de ma première patrouille en compagnie de Vigor après notre combat, je m'attends à ce qu'il soit taciturne voire d'humeur vengeresse. Je tiens mollement ma lance – affûtée pour un véritable combat, pas la version émoussée de nos entraînements – sous mon bras, non loin de Vigor sur Vorace. Soudain, alors que la ville s'éloigne derrière nous et que nous dirigeons nos dragons vers la côte nord, Vigor rapproche Vorace de moi et ôte son casque, comme s'il voulait discuter.

— Alors, quel est ton plan ? lance-t-il.

Je lève ma visière.

— Pardon ?

Les champs des Basses Terres se déploient en dessous de nous, parés du vert émeraude des cultures estivales fraîchement sorties de terre, et ponctuées de miradors, ces perchoirs pour dragon équipés de cloches et de balises éteintes, qui dominent des villages de la taille d'un jouet.

— Pour battre Lee. À la finale. Je pourrais être ton partenaire d'entraînement.

J'éclate de rire. La dernière fois que je me suis retrouvée dans les airs avec lui, les serres de Vorace ont transpercé mon épaule et le flanc d'Aela au cours d'une attaque illégale dont nous n'avons pas encore fini de nous remettre. Les brûlures qu'ils m'ont infligées me démangent tellement que même rester assise – en classe ou sur ma selle – me demande un gros effort de concentration.

— Qu'est-ce qui te fait croire que j'ai envie de m'entraîner avec toi ?

Vigor place ses rênes dans une seule de ses mains, se tourne vers moi et me dévisage en haussant un sourcil.

— C'est dans ton intérêt. Si tu as envie de gagner. Je peux par exemple t'apprendre à déborder efficacement ; cette technique te conviendrait sûrement. On peut commencer après le bal du Lyceum. Nos emplois du temps seront un peu plus légers.

Pour les étudiants d'or de dernière année, le bal du Lyceum est l'occasion de célébrer leur entrée au sein de l'élite en tant qu'adultes actifs. Pour nous, les Gardiens, ce sera, cette année, l'occasion de faire nos premiers pas dans la haute société d'or. D'ici là, nos professeurs ont prévu pas mal de devoirs de fin d'année et d'évaluations que nous serons tenus d'accomplir en plus de nos obligations militaires et publiques.

— Tu vas devoir t'entraîner pour ce tournoi, ajoute Vigor. Il est plutôt bon…

C'est un euphémisme, mais aussi sans doute ce qui s'approche le plus d'un compliment de sa part à l'égard de Lee. Du jamais vu.

— Bref, tu ferais mieux d'avoir un plan ou un truc comme ça.

« Un plan ou un truc comme ça. »

Le problème, c'est que je n'en ai aucun. Devenir finaliste face à Lee, c'était comme percer le néant gris-blanc d'une couche de nuages et surgir en plein soleil : aveuglant. Et je suis encore un peu sous le choc.

Étrange, comme on peut se démener pour atteindre une porte, et même la franchir, sans réfléchir à ce qui nous attend de l'autre côté.

Membre du Quatrième Ordre, finaliste du tournoi du Premier Dragonnier… des titres pour lesquels je me suis battue, dont je me suis emparée, et que j'apprécie, mais « Première Dragonnière » ? « Commandante de la flotte aérienne de Callipolis » ?

À la place de Lee ?

— Tu dois avoir vraiment envie que Lee perde, je remarque.

La côte nord se rapproche, bande grise émaillée de falaises à l'horizon. Cependant, c'est moi que Vigor est en train de scruter, pas le paysage. Tout à coup, il esquisse un grand sourire.

— Peut-être que j'ai envie que ce soit toi qui gagnes. Peut-être que je suis convaincu que tu te débrouillerais mieux que ce crétin bouffi d'orgueil, que tu as les épaules et les tripes nécessaires pour ça, et que tu ferais du bon boulot, voilà tout. C'est si difficile à imaginer, Annie ? Que quelqu'un ait envie que tu remportes la victoire ?

Il me complimente sûrement, mais son ton donne plutôt l'impression qu'il m'insulte. Lorsqu'il comprend que je ne compte pas répondre, il poursuit avec un dégoût évident dans la voix, même quand il doit l'élever pour se faire entendre à cause du vent.

— En fait, je parie que tu n'as même pas envie de gagner. Tu préfères encore être son Alterna plutôt que de viser le poste de command…

— Tu ne sais rien de moi, Vigor.

— Ah oui ? Je sais ce qu'on raconte sur toi en tout cas.

— Sur moi ?

— On dit que les serfs sont toujours plus heureux quand ils sont sous les ordres d'un seigneur.

Je force Aela à s'arrêter en plein vol, si brusquement que je suis propulsée en avant sur ma selle. Elle se cabre contre le mors. Vigor, lui, est obligé d'exécuter un demi-tour pour se retrouver face à nous. En contrebas, j'aperçois le littoral nord, la Forteresse d'Aron et son port, tandis qu'à l'ouest les montagnes des Hautes Terres se découpent au loin, l'herbe verte et la bruyère violette s'habillant de reflets d'argent sous le ciel chargé.

— Je retire ce que j'ai dit, ajoute Vigor avec aisance, les mains levées en signe de reddition.

La colère stupéfaite d'Aela vibre en communion avec la mienne, telle une note aiguë maintenue sur la durée.

— Cette conversation est terminée.

— Bien sûr, bien sûr…

— Nous en avons terminé.

Au cours du silence qui s'ensuit, ses paroles me rongent.

Le lendemain, je reçois une convocation officielle dans le bureau de Miranda Hane. En chemin pour le Palais Intérieur, je m'efforce de maîtriser les battements effrénés de mon cœur. Voilà, cette fois, on y est. La lettre que j'ai ignorée avant le tournoi du Quatrième Ordre, les listes de rencontres de mobilisation sur lesquelles mon nom ne figure jamais : le moment est venu d'affronter la personne qui est derrière tout ça. La ministre de la Propagande.

Je suis encore chamboulée par les insinuations de Vigor, et cette distraction est presque un soulagement. Voilà quelque chose auquel je peux faire face.

— Antigone, bonjour. Merci d'être venue.

Miranda Hane se lève et, à ma grande surprise, elle sourit. Le ministère de la Propagande est le seul ministère géré par une femme et la première chose qui me vient à l'esprit, en la voyant, ce sont les dames Aquacéleste représentées sur les tapisseries dragodescendantes. Elle possède le même teint brun lumineux, le même port altier et des boucles noires encadrent son regard clair, même si, contrairement aux dames de ces tapisseries, Hane porte un pantalon et que ses cheveux lui arrivent au menton. Derrière elle, la baie vitrée, bordée de plantes en pot qui filtrent les rayons du soleil, s'étend du sol au plafond et donne sur la Gueule de Feu.

La raideur qui s'est emparée de mes bras et de mes doigts n'a plus rien à voir avec les blessures du tournoi et je ne sais pas trop que faire de mes mains. Dois-je les mettre le long de mon corps, dans mes poches ? Hane me tend l'une des siennes et je prends conscience, un peu tard, qu'elle s'attend à ce que je la serre. Comme si nous étions deux hommes adultes.

— Asseyez-vous, je vous en prie.

Je m'installe en face d'elle – tout au bord de la chaise, parce que je n'arrive pas à me détendre. Elle m'étudie sous ses sourcils noirs. *Tiens-toi droite, Annie.* Puis je remarque que j'ai croisé les bras et je m'empresse de les défaire pour poser mes mains crispées sur mes genoux. Mes brûlures me démangent.

— Félicitations pour votre place de finaliste. Vous avez très bien volé.

— Merci.

Assise en face d'elle, je sens mon courage s'affaisser comme une voile dans une brise qui retombe. Pour la première fois, je me dis que je suis folle – une imbécile obstinée et téméraire – d'avoir considéré son message comme un défi. Cette femme dirige l'une des branches les plus puissantes du gouvernement et moi, je n'ai rien trouvé de mieux que de la défier ?

— J'ai relu votre dossier.

Le flot intarissable de mes pensées s'interrompt. Hane tapote une chemise posée devant elle. C'est le seul objet sur son bureau au revêtement en cuir.

— Vous avez d'excellentes notes dans toutes les matières, mais vos professeurs soulignent souvent que vous êtes trop discrète. Tous, sauf le professeur de votre nouveau cours de langue draconique et le Premier Protecteur qui ont trouvé votre participation plus que satisfaisante ces dernières semaines. Vos seules notes plus faibles sont en art oratoire, mais votre professeur de rhétorique constate que depuis votre entrée dans le Quatrième Ordre, vous vous appliquez et faites preuve de plus de… détermination. Êtes-vous d'accord avec ces affirmations ?

Sans desserrer les dents, je hoche la tête.

— Jillian Mortmane, la directrice du Cloître, rapporte pour sa part que vous n'avez pas de problèmes relationnels et avez même des amis. Votre instructeur Wes Goran, en revanche, décrit vos capacités dans les airs comme « au mieux lacunaires » et relève une « propension à la soumission ». Toutefois, au vu des performances auxquelles j'ai pu assister personnellement lors des deux dernières phases du tournoi, je ne peux que juger ces critiques… totalement erronées.

Les paroles de Vigor me reviennent à l'esprit, cinglantes. *« Je sais ce qu'on raconte sur toi. »* Après un instant d'hésitation, je hoche à nouveau la tête.

Un air de mépris traverse les traits de Hane.

— Fait-il cela uniquement avec vous, ou avec toutes les filles ? À moins que ce soit à cause de vos origines… ?

On ne m'a jamais interrogée sur Goran comme ça. J'ouvre la bouche, mais aucun mot n'en sort.

— Vous n'êtes pas obligée de répondre, s'empresse d'ajouter Hane d'un air las.

Elle m'examine, la mine songeuse, puis expire par le nez lentement et de manière audible. Je suis sur le point de rougir et j'essaie de m'en empêcher.

— Très bien, Antigone.

Il me semble avoir perçu une note de concession dans sa voix, mais je dois avoir rêvé. Elle ouvre mon dossier et se met à le feuilleter. Anciens rapports de mes professeurs, extraits de mes travaux, analyses de plans de vol, résultats d'évaluations, antécédents médicaux. Elle s'arrête sur une page intitulée « Bio » et y jette un coup d'œil. Elle hausse les sourcils, un pli se creuse entre ceux-ci, puis elle secoue la tête comme pour s'éclaircir les idées et la relève. Toutefois, elle n'émet aucun commentaire sur ce qu'elle vient de lire.

— Je vais vous confier une rencontre de mobilisation.

Je m'aperçois que je retenais mon souffle et j'expire enfin.

Les détails se déversent dans mes oreilles engourdies : ma première rencontre de mobilisation se déroulera à Holbin, mon village natal; je devrai d'abord assister à celle de Lee dans le Bas-Quartier afin de me « faire une idée de ce qu'ils cherchent »; je devrai aussi préparer un discours et choisir un autre Gardien pour m'accompagner.

Ça fait dix ans que je n'ai pas mis les pieds à Holbin.

— Avez-vous des questions?

Une seule m'obsède. J'hésite. Hane m'incite à parler d'un geste de la main.

— Faut-il y emmener notre dragon?

Hane incline la tête sur le côté, comme si ma question la laissait perplexe.

— Oui, répond-elle. C'est précisément le but de ces rencontres, Antigone. Vous y apparaissez en tant que dragonniers et, bien entendu, vous présentez votre dragon au peuple.

Elle me dévisage, comme si elle attendait une explication de ma part, mais tout ce que je ressens, c'est une palpitation dans mon ventre. Enfin, enfin, je me vois confier une rencontre de mobilisation – une chance de prouver que je le mérite, une seule – contre l'avis de cette femme et sa première intuition, sans aucun doute. Et voilà que je remets son organisation en question ?

Les mots sortent quand même de ma bouche.

— Ne pourrions-nous pas faire une exception… ?

Je m'interromps brutalement, baisse la tête. Je sens le trouble colorer mon cou. Pourtant, la voix de Hane est pleine d'empathie.

— Cela s'est passé il y a des années, Annie. Et c'est vous, l'une des leurs, qui vous présentez devant eux, plusieurs semaines après l'annonce d'une menace pythéenne armée du feu de dragon. Quel qu'ait été le vote de Holbin lors du référendum concernant le sort des dragons, ils comprendront que la situation a changé.

Au cours des jours qui suivent, j'essaie de me convaincre qu'elle a raison et de trouver les mots pour annoncer à Lee que je l'accompagnerai dans le Bas-Quartier, mais rien ne vient. De toute façon, depuis notre qualification pour la finale du tournoi du Premier Dragonnier, nous adresser la parole tout court semble être devenu compliqué.

Le matin de sa rencontre, je le rejoins dans l'armurerie. Vêtu comme moi de son uniforme d'apparat, il a l'air particulièrement morose.

— Qu'est-ce que tu fais ici ? me demande-t-il.

— Je viens avec toi. On… va me confier une rencontre. Mais je dois d'abord observer la tienne.

D'un doigt, Lee se frotte l'arête du nez, comme si l'idée que nous allions ensemble dans le Bas-Quartier l'emballait autant que moi.

—Annie, écoute, quand je fais ça, je…

Il s'arrête, secoue la tête, puis passe une main dans ses cheveux, le regard fuyant. Tout à coup, je comprends.

—Tu leur donnes le spectacle qu'ils veulent voir.

Pendant une seconde, il a l'air malheureux.

—C'est… C'est important pour eux. Je m'en suis rendu compte. Même si pour nous… ça sonne faux. Pour les gens, ce n'est pas le cas. Tu verras.

Nous nous posons avec nos dragons sur la place principale du Bas-Quartier, qui a été sécurisée, à côté du mirador de cette partie de la ville. C'est la première fois que je reviens ici depuis que j'ai quitté Albans. Pendant que les représentants du ministère de la Propagande font leur discours d'introduction, je scrute la foule amassée devant nous. C'est étrange, tant d'années plus tard, je remarque des choses qui m'échappaient enfant : les vêtements élimés, les corps sales, maigres. Des aspects autrefois habituels pour moi, mais que je considère aujourd'hui comme des signes de pauvreté. Les bracelets sont presque tous en fer. Tout à coup, je tressaille. J'ai reconnu un visage. À l'extrémité de la place, un groupe d'enfants crasseux à l'air brimés attend à côté de notre ancien maître d'orphelinat.

Du coin de l'œil, je vois que Lee m'observe.

Gibbon achève son discours, puis fait signe à Lee de s'avancer. Ce dernier reporte son attention sur le public et entame son allocution.

—Citoyens de Callipolis, je me présente aujourd'hui devant vous alors que les nouvelles sont préoccupantes pour notre nation…

Ça fait huit ans que je le regarde prendre la parole en classe ; il a toujours eu confiance en lui, il s'est toujours bien exprimé, posément. Cependant, c'est la première fois que je le vois s'adresser à une foule en tant que représentant de l'État. Il se tient bien droit, le plastron argenté de son uniforme luit au soleil. Un pan de sa cape noire à liseré d'or glisse négligemment de son épaule lorsqu'il lève le bras pour captiver son public. Un dragon derrière lui, la foule devant lui, Lee subjugue la place comme si elle lui était déjà acquise. Son discours est un texte fourni par le ministère de la Propagande, mais je n'ai aucun mal, moi, à déceler les modifications qu'y a apportées Lee : nous relisons nos textes mutuellement depuis trop d'années pour que nous ne reconnaissions pas nos styles respectifs. Les phrases galvaudées du ministère semblent sortir du cœur et deviennent pertinentes lorsqu'elles prennent vie dans sa bouche. Son éloquence est magnifique, à l'instar de sa façon de voler.

Gibbon, qui est venu se placer à côté de moi, sourit.

— C'est toujours comme ça, avec lui, commente-t-il.

À la fin, Lee parvient même à faire rugir le public dans une sorte de crescendo d'acclamations rien qu'avec ses mots. Les gens hurlent leur approbation quand il affirme que nous ne renoncerons jamais à cette « glorieuse révolution, cette révolution du peuple » et que « nous défendrons Callipolis sur la terre, sur la mer et dans les airs ».

J'essaie de m'imaginer à sa place, en train de faire la même chose, et je n'y arrive pas.

« Les serfs sont toujours plus heureux quand ils sont sous les ordres d'un seigneur. »

Je repousse cette pensée qui me dégoûte.

Après le discours, je me tiens à côté de Lee tandis qu'il salue chaque citoyen de la file qui s'est formée. Il met les gens à l'aise, les écoute patiemment, et accorde à chacun toute son attention. Rien ne le déstabilise – pas même lorsqu'ils lui font part de leurs griefs, lui demandent de poser la main sur leur enfant ou même sanglotent de peur en évoquant la guerre imminente.

— Je n'arrête pas de songer à ce qui se passera si l'ignition de leur flotte a lieu avant la nôtre... Et s'ils étaient déjà ignitiés... ?

— Nous nous entraînons pour ce cas de figure tous les jours, madame.

La voix de la mère devient tendue, farouche :

— Oui, mais comment aurions-nous la moindre chance si...

Lee prend la main de la femme avec un petit rire – qui n'a rien de moqueur. Elle a le visage buriné par le soleil et ses cheveux bruns sont striés de gris. Ce contact la pousse à lever la tête pour le regarder.

— Ayez un peu foi en votre flotte aérienne, madame.

Elle étudie son visage comme si elle voyait la lumière. Pendant un instant, je vois Lee tel qu'elle doit le voir : son doux sourire, usé par d'anciens chagrins, ses yeux gris à la fois intelligents et pleins de sollicitude, ses cheveux noirs qui brillent au soleil et que le vent soulève de son front, l'anneau torsadé d'or et d'argent, emblème des Gardiens, brodé sur son plastron, ses épaules musclées, celles d'un garçon fort dans la fleur de l'âge.

Ce visage qui est en train de devenir celui d'un homme.

Celui d'un homme qui paraît, jour après jour, un peu plus familier...

Tout à coup, la femme lève leurs mains jointes, porte la sienne à ses lèvres et l'embrasse. J'en ai le souffle coupé, comme si on venait brutalement de priver mes poumons d'oxygène. Car, ce geste de révérence date évidemment d'avant la Révolution, d'une époque où les sujets montraient leur gratitude envers les seigneurs dragons comme on le leur avait appris.

Lee s'est raidi et, lorsqu'il tourne la tête vers moi, son visage est blême.

Il y a des conversations que je regrette d'avoir eues avec lui quand nous étions enfants, des sujets que j'espère ne plus jamais devoir aborder avec lui, des choses que j'aurais préféré ne jamais découvrir.

Parmi ces dernières, il y en a une que je regrette par-dessus tout, que je déteste et contre laquelle mon esprit s'insurge ; alors que j'ai toujours su quelles étaient ses origines, le pire pour moi est d'avoir compris qui il était vraiment.

Car même si on ne m'a jamais expliqué qui était « Léo », plus il grandit, plus je reconnais ses traits.

Lee, Léo, Léon…

La file de citoyens continue à avancer et je rejette cette pensée dans les limbes de mon esprit. Certaines personnes souhaitent s'adresser à moi aussi et je fais de mon mieux pour imiter Lee bien que je me sente mal à l'aise et que les mots ne me viennent pas facilement. La fin de la rencontre approche et, alors que je suis aussi épuisée que si j'avais fait ça pendant des heures, une voix familière prononce nos noms.

— Lee, Annie, quelles sont les nouvelles ?

Notre ancien maître d'orphelinat a adopté un ton familier et convivial, comme pour faire croire aux autres qu'il retrouve de vieux amis.

Il pousse les premiers enfants vers nous. Lee les mène vers Pallor tandis que je vais voir Aela avec un deuxième groupe. Nerveuse, cette dernière souffle, mais il suffit que je claque des doigts en émettant un petit sifflement pour qu'elle baisse la tête à contrecœur et se mette à la hauteur des enfants. Avec hésitation, ils tendent le bout de leurs doigts tremblants pour effleurer ses écailles ambrées. C'est étrange de se dire que ces enfants, qui paraissent si petits, ont le même âge que nous à l'époque où nous étions à Albans.

Une petite fille de mon groupe fond en larmes.

Je suis tétanisée. Qu'est-ce que j'ai fait ? Pourquoi pleure-t-elle ? Comment faire pour qu'elle arrête ? *Tout le monde nous regarde…*

— On échange ?

Lee est apparu à côté de moi et désigne son groupe d'enfants. Aucun d'entre eux ne pleure. Il me les confie, puis s'approche de la petite fille de mon groupe qui sanglote toujours et la prend dans ses bras comme si c'était la chose la plus naturelle au monde.

— Salut.

On dirait qu'il s'est métamorphosé pour entrer dans la peau d'un autre, un autre que je reconnais aussi. Ce n'est plus le jeune adulte que l'on devine déjà sous sa tenue d'apparat, tel un oiseau de proie en pleine mue, mais le petit garçon que j'ai rencontré à Albans. Celui qui n'avait pas de père, qui ne me rappelait personne, qui comptait beaucoup uniquement parce qu'il était gentil avec moi dans cet univers où nous avions tout perdu.

Tandis que je ramène mon groupe vers leur maître, des bribes de la conversation de Lee avec la petite fille me parviennent :

— Il te fait peur ? C'est vrai qu'ils peuvent être effrayants, mais je t'assure que celui-ci n'allait te faire aucun mal.

La petite balbutie quelque chose, mais c'est trop incohérent pour que je comprenne.

— Je suis vraiment désolé que ta maman te manque, répond Lee.

Les souvenirs affluent, mes yeux se mettent à picoter. Il la réconforte gentiment, on sent l'expérience dans ses mots. Bien sûr, qu'il a de l'expérience, il sait ce que c'est. À l'instant où il passe devant moi, nos regards se croisent et je remarque que lui aussi a les yeux rouges.

Il dépose la petite fille près de son groupe et lui dit, cette fois avec une certaine fermeté dans la voix, qu'il est temps d'arrêter de pleurer.

À ma grande surprise, elle s'exécute, se ressaisit, sèche ses larmes et hoche la tête avec détermination.

Ai-je été comme ça, moi aussi ?

Pire, et j'en suis malade de honte : *Suis-je encore comme ça ?*

Qu'est-ce que ça ferait d'être Alterna sous les ordres de ce jeune homme que, entre tous, je devrais refuser de servir ? Quelle perversion de la nature ou de mon éducation fait qu'il est plus facile pour moi de me projeter à ce poste de second plan plutôt que de m'imaginer devenir sa supérieure ? Une révolution a eu lieu pour briser ces vieux schémas et, pourtant, me voilà incapable d'envisager l'avenir sans les répéter.

Non, pas question. Ça ne peut pas se passer comme ça. Je ne le permettrai pas.

Je refuse que Vigor ait raison sur mon peuple, sur mes aspirations ou sur moi.

* * *

Trois jours avant ma rencontre de mobilisation à Holbin, Crissa vient me trouver après notre entraînement. Je suis en train de travailler à une table, dans le solarium. Des spécialistes en biologie draconique ont commencé à étudier notre cheptel de dragons et nous soumettent des suggestions afin d'accélérer leur ignition. Jusqu'à présent, aucune de leurs recommandations n'a porté ses fruits. Nous en sommes toujours réduits à nous entraîner avec des lances et des boucliers.

— Tu planches sur quoi ? demande Crissa, souriante.

Elle a employé sa voix de cheffe d'escadron la plus enjouée, celle que j'associe désormais au soir où nous avons traversé le Palais au clair de lune, quand je me cramponnais aux épaules de Rock, un drapeau sur le dos et la joie coulant dans mes veines. Elle s'assied en face de moi, écarte ses cheveux dorés de son visage et désigne du menton la feuille sur laquelle je suis penchée.

— Mon discours, dis-je.

— Pour ta rencontre de mobilisation ?

J'acquiesce en songeant à Lee dans le Bas-Quartier. Pour autant que je sache, il n'avait même pas pris la peine d'écrire le sien, alors qu'il m'a déjà fallu trois heures rien que pour rédiger mon brouillon actuel et le retravailler.

— Tu veux que j'y jette un coup d'œil ?

Elle a fait cette proposition avec une telle spontanéité, je comprends qu'elle est venue pour cette raison.

Le problème, c'est que j'ai la nausée rien qu'à l'idée de faire lire mon texte à quelqu'un. Ça ne doit pas être bon signe. Quoi qu'il en soit, si je considère les options qui s'offrent à moi, Crissa est loin d'être la pire personne à qui confier une relecture. Elle a de bonnes notes en art oratoire et, même si nous ne sommes pas les meilleures amies du monde, j'ai confiance en elle. Je pousse ma feuille dans sa direction, défiant mon estomac barbouillé.

Quand elle a fini de lire, elle est obligée de se racler la gorge avant de parler. Elle a les yeux brillants.

— C'est vraiment très bon, Annie.

Je dénoue les bras que j'avais croisés sans m'en rendre compte pendant qu'elle lisait.

— Ah. Merci.

— Tu t'es déjà entraînée ? À le prononcer ?

Je secoue la tête. Crissa baisse les yeux sur mon discours, puis les reporte sur moi, le front plissé.

— Tu devrais. Il va falloir que tu gardes ton sang-froid, c'est important. Les gens n'aiment pas voir les filles pleurer, ça les met mal à l'aise. Et si je devais prononcer ce discours à voix haute, je pleurerais à coup sûr.

C'est aussi ma crainte.

— Je ferais peut-être mieux de renoncer.

Elle secoue la tête.

— Non, non. Tu dois absolument le faire. Mais tu dois te préparer à fond. Et devant quelqu'un.

— Toi, tu… t'es entraînée ? Pour tes premières rencontres de mobilisation ?

Elle exécute ces missions aussi souvent que n'importe quel garçon haut gradé, ce qui n'a rien d'étonnant étant donné ce que j'observe depuis des années : le charme et l'assurance de Crissa lui ont toujours valu un certain succès au sein du système, succès qui passe inaperçu pour la plupart, mais que j'ai toujours considéré comme un petit miracle.

Elle hoche la tête.

— Évidemment.

Elle doit remarquer mon étonnement, car elle ajoute, en levant les yeux au ciel et en rejetant ses cheveux derrière son épaule :

— Je veux dire, je n'ai rien d'un gourou, je ne suis pas Lee, mais quand je fais quelque chose, j'aime le faire correctement.

Un petit rire étranglé m'échappe. Voilà des jours que je rumine la prestation de Lee dans le Bas-Quartier, alors ça fait bizarre d'entendre quelqu'un se moquer ouvertement de son charisme. Pour la première fois depuis que j'ai assisté à cette rencontre de mobilisation, je sens le poids que j'ai sur la poitrine s'alléger un peu.

C'est l'effet que produit Crissa. Et les gens qui ne sont pas Lee en général.

Elle se lève et me tire par le bras.

—Allez, viens.

—Quoi ?

—Je vais te montrer.

* * *

Pendant les trois jours qui suivent, j'enchaîne entraînements, cours, patrouilles et rondes dans un brouillard d'anticipation où je suis tour à tour impatiente et inquiète. Imaginer Aela à Holbin m'est inconcevable, alors je tâche de me focaliser sur mon discours que je ne cesse de répéter avec Crissa dès que nous avons une minute, si bien que je finis par le connaître par cœur. Je pense aux Macky, à la façon dont ils m'ont serrée dans leurs bras et aux fleurs des Hautes Terres qu'ils m'ont apportées le jour du tournoi du Quatrième Ordre, mais aussi à la lettre qu'ils m'ont envoyée avant mon combat contre Vigor. Je me répète que la honte et tous les doutes laissés dans leur sillage par les insinuations de Vigor trouveront bien vite leur réponse. Et quelles que soient mes réticences à l'idée de devenir Première Dragonnière à la place de Lee… elles disparaîtront sûrement à la vue de mon village natal et de ses habitants, pour qui ma victoire représenterait tellement. Oui, Holbin me donnera sûrement la force de prouver à Vigor qu'il a tort. Pour la première fois depuis des années, je m'autorise à me rappeler tout ce qui me manque de là-bas. Les prairies d'un vert irréel dont jaillissent des affleurements rocheux accidentés, le vent de la mer du Nord qui fait ondoyer les hautes herbes.

Je choisis Duck comme partenaire, ce à quoi le ministère répond en des termes peu subtils pour me suggérer sa préférence pour Lee, mais je n'y accorde aucune attention.

Absolument aucune. Je suis bien placée pour savoir que « Léo » n'a rien à faire à Holbin.

— Ne sois pas si nerveuse, me dit Duck dans l'armurerie, le matin fatidique de la séance. Tu vas assurer.

— Duck, c'est… ce ne sera pas aussi facile que pour Cor et toi dans votre quartier.

— Je sais.

Une demi-heure de vol nous sépare de Holbin et, alors que nous faisons route en silence, je sens que toute la tension accumulée ces derniers jours prend le dessus.

— C'est très joli, par ici, commente Duck d'un ton léger lorsque nous nous posons.

Holbin se situe dans la partie la moins élevée des Hautes Terres occidentales, au pied des montagnes. En mettant pied à terre, je prends une bouffée de l'air le plus pur qu'il m'ait été donné de respirer depuis des mois. À cette altitude, la lumière se pare de nuances argentées, le vent charrie une délicieuse odeur de roche froide et de bruyère. Nous nous sommes posés sur une clairière rocheuse, un peu au sud du village où nous sommes accueillis par la famille Macky, que je n'ai pas vue depuis les quarts de finale, mais aussi par Miranda Hane qui a fait le déplacement à cheval avec une petite délégation de fonctionnaires d'État.

— J'ai décidé d'assister à cette rencontre en personne, m'annonce Hane en souriant.

La voir me rend nerveuse. Est-elle venue me soutenir par sa présence, ou me mettre à l'épreuve ?

— Annie, vous vous souvenez de Don Macky ? continue Hane sans cesser de sourire. C'est le chef du village qui nous a aidés à organiser cette rencontre. Il nous a expliqué que sa famille et lui étaient venus vous voir en quarts de finale ?

J'acquiesce et Macky sourit.

— Bonjour, Annie.

Puis son regard se déplace derrière moi, en direction d'Aela et Certa dont les ailes repliées ondulent au vent, avant de revenir sur mon visage avec une lueur de détermination.

— Les voilà ! s'écrie le fils de Macky.

Tout un groupe de personnes se presse sur le sentier en provenance d'un ensemble d'habitations qui constitue le village. Les constructions ont l'air neuves et bien conçues. Au cours des années qui ont suivi la Révolution, Atreus a veillé tout particulièrement à financer la reconstruction des villages détruits par les seigneurs dragons. Et ces taches blanches qui se déplacent sur le versant de la colline, tout autour de nous, ce sont des troupeaux de moutons. Ils se sont multipliés depuis que j'ai quitté le village, illustrant la volonté d'Atreus de développer l'exportation textile et de mettre fin progressivement à la dépendance de Callipolis à l'agriculture de subsistance.

Mon cœur bat la chamade. J'ai les mains moites. Les gens débouchent enfin sur la clairière, mais restent à l'extrémité, encore plus loin que les Macky.

— Approchez, je vous en prie, les encourage Hane.

Les villageois échangent des regards, comme pour déterminer s'il s'agit d'un ordre et ce qui risque de se passer s'ils n'obéissent pas. Certains avancent de quelques pas. Je les reconnais presque tous, même si j'ai oublié beaucoup de noms. Je cherche un signe de bienvenue sur leurs traits, mais s'il y a bien quelques sourires, la plupart des gens ont les yeux rivés sur les dragons et ont l'air méfiant.

Hane s'avance pour faire les présentations, puis m'invite à commencer mon discours.

J'avais l'estomac retourné, et il se fige totalement à son signal. Je revois Lee se lancer dans sa mission sans la moindre difficulté, avec le naturel d'un dragon prenant son envol. Cependant, ça ne sert à rien de nous comparer. « Tiens-toi droite, » m'a rappelé Crissa sur les remparts de l'arène où nous nous tenions à dix mètres d'écart pour répéter. « Garde la tête haute, n'oublie pas que tu domptes un dragon au quotidien, alors essaie d'avoir la dégaine qui va avec. »

Cette fois, je me lance. Et je commence par décrire la première attaque qu'a subie Holbin, puis la seconde. Je vois bien qu'ils sont tous surpris que je fasse allusion à ces événements tragiques. Cela suscite quelques chuchotements. Il est trop tard pour m'arrêter ou revenir en arrière, alors je continue. La description de ces représailles est la partie la plus difficile, mais ma voix reste posée et claire, exactement comme sur les remparts avec Crissa. Ensuite, je parle de la Révolution, du rôle qu'a joué Holbin dans l'abolition de l'ancien régime. J'évoque les changements amorcés par Atreus dans la capitale, mais aussi partout ailleurs sur l'île. J'explique le parcours d'apprentissage dont je bénéficie grâce à une épreuve basée sur le mérite. Je leur décris un État où les dragons respectent les lois au lieu de les dicter.

Je leur raconte que les Pythéens ont manifesté leur intention de se réapproprier Callipolis, que je les ai vus de mes yeux sur leurs dragons, dans le ciel. Je leur annonce que, contrairement à ce que nous pensions, la Révolution n'a pas tout à fait mis fin à la triarchie et que, semble-t-il, elle n'est que l'amorce d'une toute nouvelle guerre. Une guerre que nous devons à tout prix remporter.

— En tant que Gardienne et dragonnière, j'ai fait le serment de défendre cette île. En tant que finaliste du tournoi du Premier Dragonnier, je me bats pour bien plus qu'un titre. Je me bats pour prendre le commandement de la flotte aérienne de Callipolis.

Bien que je les aie répétés un nombre incalculable de fois, ce n'est que maintenant, alors que je les prononce devant les villageois d'Holbin, que ces mots font remonter un frisson le long de ma colonne vertébrale. C'est cette prise de conscience, une fois de plus, que tout ce qui m'arrive relève purement et simplement du miracle. Moi, la petite serve holbinoise, en lice pour devenir Première Dragonnière.

— Mais je suis aussi la fille d'un fermier, une villageoise d'Holbin, une orpheline. Je sais ce que c'est que d'avoir faim. J'ai vu tout ce qui m'était le plus cher être emporté par le feu d'un dragon. Je suis l'une d'entre vous. Au même titre que chacun de mes camarades dragonniers. Nous sommes ici pour vous protéger, ce que n'ont jamais fait les anciens dragonniers. Et si vous ne me croyez pas, je vous conjure de vous en remettre aux faits. N'oubliez pas que ma famille a péri entre les mains d'un seigneur de l'ancien régime. Et que je préférerais mourir que de voir de telles atrocités se répéter.

Voilà, c'est terminé. Un grand silence s'abat sur la clairière.

Je jette un coup d'œil à Hane qui m'adresse un petit signe de la tête. Visiblement, en ce qui la concerne, je me suis bien débrouillée. Elle s'avance de nouveau pour expliquer comment va se passer la suite de la rencontre. Je m'autorise à fermer les yeux un instant et je pose une main sur le cou d'Aela pour prendre une bonne inspiration et m'apaiser.

— Si vous voulez bien vous rapprocher, Antigone – Annie – et Dorian vont vous recevoir. Je suis certaine que vous êtes heureux de revoir Annie après toutes ces années et que vous avez envie de lui souhaiter bonne chance pour la finale.

Je me détourne d'Aela.

Personne ne bouge.

Macky et Hane échangent un regard perplexe.

— Allons, ne soyez pas timides, renchérit Macky. Boris, tu veux passer en premier avec Helga ?

Puis, s'adressant à moi, il ajoute à voix basse :

— Annie, sois gentille, veux-tu : écarte-toi un peu de ton dragon…

Au compte-gouttes, les villageois forment une file et finissent par s'approcher de nous avec une méfiance flagrante. Lorsque Boris, Helga et leurs trois enfants sont suffisamment près pour avoir une conversation avec nous, Hane s'incline et je vois les genoux de Boris commencer à fléchir.

— Veuillez rester debout, lui intime Hane sèchement.

Aussitôt, ma nuque s'enflamme et le feu se communique à tout mon visage.

— Merci d'être venus, leur dis-je.

Soudain, je comprends de quoi je dois avoir l'air pour eux. Mon accent des Hautes Terres a disparu, remplacé par celui du Palais, très standard avec ses voyelles hachées et son ton monocorde, qui doit me donner une allure austère et peu naturelle. Bref, une vraie fonctionnaire d'État.

Boris et Helga se consultent du regard. Leurs enfants sont collés à eux ; le plus jeune, entre les jambes de sa mère, a les yeux braqués sur nos dragons. Ils inclinent tous la tête sans un mot, puis font demi-tour.

Et la séance se poursuit sur le même ton, tout en silence et raideur, jusqu'à ce qu'une femme s'avance avec un regard noir. D'après mes souvenirs, elle est devenue veuve à cause de la deuxième attaque qu'a subie Holbin. Aujourd'hui, dix ans plus tard, son visage est ridé et un foulard noir décoloré enveloppe ses cheveux grisonnants.

— Ton père aurait honte de toi, ma fille, profère-t-elle.

Puis elle crache. Comme elle est plus grande que moi, le vent et la gravité amènent son crachat sur mon visage.

Pendant un instant, je reste tétanisée. Dans mon dos, Aela pousse un long gémissement. Je serre les poings pour empêcher un débordement. J'intime à mon esprit de rester clair et à Aela de se calmer. Cependant, d'autres bruits brisent le silence : des grognements, des sifflements, puis les ailes d'un autre dragon qui se déploient brusquement. Duck a débordé ; Certa fait les frais de son indignation. Hane me rejoint d'un côté, Macky de l'autre, tous deux les yeux arrondis par la panique. Pendant ce temps, la veuve reste campée devant moi, le regard meurtrier, provocante, comme si elle me défiait de prouver à tout le monde qu'elle a raison.

Je jette un coup d'œil derrière moi. Duck a les pupilles dilatées. Il a saisi la bride de Certa d'une main, de l'autre il serre le poing.

— Si tu ne peux pas maîtriser Certa, alors, s'il te plaît, éloigne-la, dis-je.

Ensuite, je me concentre à nouveau sur la veuve, m'essuie le visage et me force à lui répondre.

— Que l'été bénisse votre demeure.

Le villageois suivant me crache à la figure à son tour.

LEE

Le jour de mon deuxième rendez-vous avec Julia, j'ai beaucoup de mal à me concentrer sur autre chose. Que vais-je bien pouvoir lui dire ? Dès que j'essaie de mettre le doigt sur ce qui ne va pas dans sa lettre et sa vision des choses, ses mots semblent se déformer et se remodeler de mille manières. Cependant, lorsqu'on vient me chercher en plein cours pour m'annoncer que je suis convoqué dans le bureau d'Atreus, Julia est vite reléguée au second plan. Avec appréhension, je me rappelle que la rencontre d'Annie à Holbin était aussi prévue aujourd'hui.

Dans le bureau d'Atreus, Annie est en train de lui faire son rapport d'une voix douce, perchée sur l'une des chaises sombres. Assis à côté d'elle, Duck a la tête entre les mains. Miranda Hane se tient à l'écart, les bras croisés et les traits durs, même si ceux-ci s'adoucissent quand elle m'aperçoit. Elle me fait signe.

— Lee, entrez, je vous en prie.

J'ai l'impression qu'elle espère que ma présence et le fait d'entendre mon nom apporteront un peu de réconfort à Annie. Elle semble donc surprise lorsque celle-ci, au contraire, fait la grimace, ne tourne pas la tête et ne m'accorde même pas un regard. En m'approchant, je remarque les larmes qui dévalent silencieusement et lentement les joues d'Annie, tandis qu'elle parle en serrant un mouchoir oublié dans sa main.

Ensuite, j'entends ce qu'elle est en train de décrire.

— Et vous avez réussi à rester courtoise et à maîtriser Aela jusqu'au bout ? demande calmement Atreus quand elle semble avoir tout dit.

Annie acquiesce. À cet étage du Palais Intérieur, les longs rayons du soleil se déversent encore à travers les baies surplombant la

Gueule de Feu et illuminent les cheveux brun-roux de sa tête baissée ainsi que ses épaules frémissantes. Atreus et Hane échangent un regard qu'elle ne remarque pas. Après m'être démené pendant des années, je réussis désormais à déceler les rares signes d'approbation chez Atreus et, en l'occurrence, son sourcil légèrement haussé en est un.

Toutefois Annie ne semble pas en état d'apprécier l'approbation de qui que ce soit.

— Et si c'était à cause du discours ? demande-t-elle dans un murmure en agrippant ses genoux si fort que ses doigts blanchissent.

— Oh, Annie, non, lui assure Hane avec un regard bienveillant. Vous avez délivré votre message de façon magistrale. C'est moi qui ai commis l'erreur de croire que cela suffirait. Il y a des blessures trop profondes que les mots ne peuvent guérir.

— Et puis, la colère des gens est souvent cruelle et mal dirigée, renchérit Atreus avec gravité. Aujourd'hui, vous avez payé le prix de crimes que vous n'avez pas commis.

« De crimes que vous n'avez pas commis. »

Atreus ne peut pas se douter à quel point ces mots me frappent, mais il est évident qu'Annie, elle, a compris. Ses épaules ont tressailli et elle pivote légèrement, comme pour se détourner encore plus de moi. Un mouvement qui passe inaperçu auprès des autres, mais que je traduis par un « va-t'en ! » hurlé de sa part.

Je commence à me diriger vers la porte à reculons.

— Votre attitude a été digne des Gardiens, Antigone, affirme Atreus. Et je vous en remercie.

Les épaules tremblantes d'Annie remontent jusqu'à ses oreilles.

— Attendez-vous autre chose de moi, Protecteur ?

— Non. Dorian et vous pouvez disposer. Oh, et, Antigone ? Prenez tout le temps qu'il vous faudra avant de retourner en classe. Vos supérieurs seront avertis.

Annie et Duck se lèvent. Annie passe devant moi comme si je n'existais pas.

Après leur départ, Atreus pose les yeux sur moi.

— Alors. Vous avez entendu le problème ? Si vous étiez dirigeant, que feriez-vous ?

Je comprends enfin la raison de ma présence ici : jouer à faire semblant. Ce n'est pas la première fois qu'Atreus me propose ce petit jeu, même si, cette fois, il s'agit d'un village à l'histoire bien particulière sur laquelle je me suis souvent penché au cours des huit dernières années.

— Je ferais cesser les rencontres de mobilisation dans les Hautes Terres et je laisserais Holbin tranquille.

— Bien, répond Atreus en hochant lentement la tête, comme si nous étions en pleine leçon. Pourquoi ?

— Parce que la guerre imminente leur apprendra ce que nous n'aurons pas pu leur inculquer.

* * *

Pallor et moi arrivons à l'avance sur l'arche du Pèlerin, un ancien perchoir pour dragons installé au sommet d'un arc karstique qui se dresse au milieu de la mer du Nord. Nous attendons Julia au milieu du promontoire rocheux éclairé par la lune. À cette hauteur, les flots semblent parfaitement lisses. Tel un chat sur un lit, Pallor se pelotonne sur le rebord en pierre et pose sa tête sur ses pattes antérieures croisées. Je m'assieds à côté de lui pour scruter cette immensité obscure parsemée de structures karstiques et me mets à le gratter sous l'articulation de son aile membraneuse argentée, une zone qui le démange souvent. Il s'ébroue et se rapproche de moi avec un renâclement comblé.

— Il te plaît, cet endroit, hein ?

Moi aussi, je l'aime bien, cet endroit. Et puis, la vue permet plus facilement de réfléchir à l'accueil qu'a reçu Annie à Holbin. Annie, son visage affligé, marqué par les larmes et l'épuisement. Au fil des ans, j'ai été témoin de la transformation qui s'est opérée à Callipolis, faisant de l'île un endroit bien plus agréable à vivre que sous l'ancien régime. Hélas, les vieilles blessures n'ont pas encore tout à fait cicatrisé. En tout cas, pas celles infligées par les dragodescendants.

Celles infligées par mon père.

Comment est-il possible que cette pensée parvienne encore à me donner le tournis après tant d'années ?

J'appuie ma tête sur mes genoux et, au bout d'un moment, la truffe de Pallor m'effleure l'arrière du crâne. Je coince mes doigts entre ses cornes et m'accroche à l'une d'elles, comme si je me trouvais sur le pont d'un navire ballotté par la tempête et que Pallor était le bastingage.

Soudain, un bruissement d'ailes au-dessus de nous me pousse à relever la tête. Une ombre se détache sur le firmament. Pallor et moi bondissons tant bien que mal sur nos pieds ; lui ouvre à moitié ses ailes et se crispe tandis qu'un autre dragon amorce sa descente en dessinant des cercles.

Julia possède une femelle fléaurage adolescente de taille moyenne et particulièrement élancée. L'envergure de ses ailes est impressionnante. Impossible de déterminer dans l'obscurité comment elle vole, mais je suis curieux. Elles atterrissent à l'autre bout du perchoir et Julia se laisse glisser avec aisance du dos de sa dragonne qui se met à étudier Pallor d'un air intrigué en levant sa queue parsemée de pointes. Pallor se met à danser d'un pied sur l'autre, comme s'il voulait compenser le fait que cette fléaurage fait presque le double de sa taille.

— Tout doux.

Julia et moi venons de prononcer ces mots en même temps, bien que Julia ait employé la langue draconique.

— Erinys, voici…

— Pallor, dis-je.

— Pallor, répète Julia pour se familiariser avec son nom.

Ce dernier et Erinys s'approchent l'un de l'autre comme deux chiens sur la défensive, mais curieux. Ils se contournent en se reniflant.

— Pallor, l'aurélien qui a choisi un Fléaurage, plaisante Julia avec une moue amusée.

Je me demande ce qu'elle pense de ça. Autrefois, on nous a appris que les traits de caractère des maisons et de leurs dragons étaient étroitement liés. Ainsi, la Maison Aquacéleste était-elle réputée pour sa sagesse et son indulgence, la Maison Fléaurage pour son sens de la discipline et sa puissance et la Maison Aurélien pour son discernement et son grand savoir. En regardant Pallor, Julia doit s'interroger sur ce qu'il manquait chez moi, ou ce qui s'y trouvait, pour que je sois boudé par les fléaurages et choisi par un aurélien.

Pallor et Erinys ont terminé de se tourner autour et continuent à s'observer à distance dans ce qui semble être une tentative de paix temporaire. Julia se tourne vers moi.

— Contente de te revoir, cher cousin, dit-elle en langue draconique.

Les brisures de coquillages abandonnés par les oiseaux marins craquent sous ses bottes à chaque pas tandis qu'elle s'approche de moi. Le vent chargé d'embruns fait onduler sa cape derrière elle. Grâce au clair de lune, je découvre ce qu'on devine difficilement sur une banquette de taverne. Julia possède l'allure inimitable des Fléaurage, ce pas déterminé dont se dégage une grande assurance avec toujours cette pointe de danger qui persiste même lorsqu'ils ont posé les armes. Sa cape est maintenue par une broche représentant un brin de bruyère, symbole de la Maison Fléaurage.

Tout ce qui est intimidant chez elle me donne l'impression de me retrouver chez moi. Elle s'arrête à moins d'un mètre d'où je me trouve.

— Alors, ma lettre t'a plu ?

« Nos pères sont peut-être morts, mais leur sang coule toujours dans nos veines. Nous sommes nés pour ça. »

— Oui. Elle était très belle. Elle m'a fait penser aux classiques de la poésie.

Julia esquisse un mince sourire devant les mots que j'ai choisis.

— Tu ne l'as pas trouvée convaincante ?

Je considère nos deux dragons qui se jaugent toujours de loin. Peu à peu, leurs ailes adoptent une position de repos. Je songe aux rêves qu'a fait naître sa lettre dans mon esprit, ceux où je nous vois tous les deux, côte à côte, sur nos dragons, en train de « reprendre ce qui nous appartient ». C'est le genre de scénario que nous avons beaucoup explorés étant enfants, mais aujourd'hui, nous devrions être assez grands pour ne plus nous laisser prendre à ce jeu. Pour nous, les dragons représentent peut-être la gloire, mais pour le reste de la population, ils sont terrifiants. Annie en a d'ailleurs fait les frais aujourd'hui. Aux yeux du peuple, il faut avoir peur des dragons, les détester, et leur cracher dessus à la première occasion.

— Si, très convaincante.

Julia s'esclaffe.

— Parfait. Maintenant, revenons aux choses sérieuses. Notre flotte attaquera bientôt. On a bien l'intention de vous déclarer la guerre et de la remporter. Personne ne sera épargné.

La jeune femme du *Dragon Noyé*, à la compassion triste et qui m'était si familière, s'est volatilisée. La nouvelle Julia est redoutable et son ton pragmatique suffit à me glacer.

J'insuffle une certaine froideur à ma propre voix pour formuler ce qui est en réalité une question déguisée en affirmation.

— Votre flotte n'est pas encore ignitiée. Tes menaces n'ont aucune valeur.

Nous nous dévisageons pendant un moment, puis elle rejette la tête en arrière et éclate de rire de manière désinvolte. Ensuite, elle prononce un mot dans un souffle.

Il me faut quelques instants pour comprendre qu'il s'agit d'un ordre destiné à Erinys.

Cette dernière lève la tête comme un loup à la pleine lune et se met à cracher du feu.

Un éclair aveuglant de feu de dragon qui réchauffe la nuit et l'éclaire tel un phare.

Pallor bat en retraite, tourne sur lui-même, et l'intimidation que je sens se tortiller en lui fait écho à mon propre effroi. Erinys baisse à nouveau la tête d'un air calme et confiant, remuant sa queue paresseusement sur les rochers. À dix mètres d'elle, Pallor montre les crocs et gronde. L'odeur âcre du feu de dragon persiste dans l'air, piquante.

— Tout va bien, Pallor, dis-je avant de me tourner vers Julia. Depuis combien de temps ?

Elle hausse les épaules.

— Une semaine à peu près.

— Félicitations.

— Merci, cher cousin, répond-elle avec un petit sourire en coin.

— Erinys est la seule ?

En tout cas, elle a sûrement été la première ; l'ignition a tendance à suivre la hiérarchie au sein d'une flotte, ainsi les dragons les plus haut gradés sont ignitiés d'abord, puis vient le tour des grades inférieurs.

Julia se contente d'un sourire énigmatique, comme pour dire : « Tu t'imagines vraiment que je vais répondre à ça ? »

— Alors, mes menaces n'ont toujours aucune valeur, cousin ? Même s'il n'y avait qu'Erinys. Un seul dragon ignitié suffit à neutraliser un village. Et vous, qu'est-ce que vous avez pour l'instant ? Des lances et des boucliers ?

Ses paroles ajoutent à mon incrédulité croissante. « Neutraliser un village ? » Non, mais elle s'entend parler ?

— Julia, c'est de la folie.

Le désespoir a eu raison de la froideur de ma voix, mais je continue :

— Des milliers d'innocents mourront. Toi qui te réfères aux poèmes classiques, tu dois bien savoir que c'est le genre d'erreur qui a causé la perte des Aurélien et des seigneurs dragons…

— Tu peux empêcher ça.

Je m'arrête net.

— Si tu changes de camp et que tu nous aides à renverser ce nouveau régime d'usurpateurs depuis l'intérieur, aucun de ces innocents ne devra mourir. Si tu continues sur ta lancée et que tu deviens Premier Dragonnier, voire Protecteur, tu pourras nous servir Callipolis sur un plateau.

Je recule d'un pas. Les coquillages craquent sous mes bottes. Je m'attendais à ce qu'elle me demande de changer de camp, mais trahir les autres de l'intérieur, c'est encore plus vil que je ne l'avais imaginé.

— Tu rechignes, constate-t-elle. Pourquoi ?

Je lève les bras, les écarte. Elle m'étudie avec ses yeux gris glacials.

— C'est parce qu'ils t'ont éduqué, suppose-t-elle.

— Plus que ça.

— Tu crois en leur vision, comprend-elle d'une voix révulsée. Tu es persuadé qu'ils valent mieux que nous. Malgré tout ce qu'ils nous ont fait. Tu préfères rester loyal envers l'homme qui nous a trahis.

Je hausse les épaules.

— Je crois surtout que ça va bien au-delà d'une simple question de vengeance et de droit de naissance, dis-je.

Un étrange rictus chargé d'amertume tord la bouche de Julia. La lune dépose ses rayons d'argent sur ses cheveux noirs et la cape qui lui couvre les épaules.

— On m'avait prévenue que tu aurais peut-être cette impression. Qu'est-ce que tu lui trouves de si intéressant, à la vision d'Atreus ? Son système méritocratique généreux, mais très mal mis en œuvre ? Ses efforts pour réécrire l'Histoire avec sa bande de censeurs ? Tu trouves ça noble de sa part de permettre aux gueux de rivaliser pour devenir Premier Dragonnier ? Elle se débrouille plutôt bien, je le reconnais, notre petite serve des Hautes Terres.

Le mépris qui dégouline de ses mots tel de l'acide me dégoûte. Son « notre » me vrille les oreilles, le déterminant possessif désinvolte de deux Fléaurage discutant de leurs biens fonciers.

— L'autre finaliste n'est pas « nôtre ».

La voix de Julia retentit comme un coup de fouet :

— Et toi, ne sois pas si naïf. Réveille-toi ! Tu crois que son régime est meilleur que le nôtre parce qu'il appelle les serfs autrement et qu'il leur apprend à lire ? Peut-être que c'est le cas. Pour l'instant. En des temps prospères, sans tensions ni restrictions. Mais dès que nous vous mettrons un peu sous pression, tu verras comme cette belle vision volera en éclats. Ensuite on en reparlera et tu me diras si tu la trouves toujours aussi « noble ». Et si tu as le courage d'assumer plus.

Nous mettre sous pression. Cette menace peut être interprétée de plusieurs manières, mais l'intention est assez claire. Cette pression se manifestera sous une forme violente.

Pendant un moment, on n'entend plus que le cri las des goélands qui nichent dans les parois du karst.

— Quand ?

Julia redresse vivement la tête, rejette ses cheveux en arrière, puis m'adresse un sourire narquois.

— Ne fais pas cette tête, cousin. La première fois, ce sera juste un avant-goût.

Son ton enjoué n'est pas sans rappeler celui qu'elle employait dans le jardin, quand elle taquinait les autres. Un « avant-goût », qu'est-ce que ça veut dire pour quelqu'un qui parle avec tant de désinvolture de « neutraliser » un village ? Je scrute l'horizon, je cherche mes mots dans cette vaste immensité sur laquelle se reflètent les étoiles et, soudain, je me sens envahi par un grand vide. Le dôme de nuit noire semble se prolonger à l'infini ; seul l'océan paraît le délimiter.

Julia, qu'es-tu devenue ?

On dirait que je ne suis pas le seul à être perturbé par cette incommensurable distance. Julia reprend la parole en premier, mais sa voix se réduit à un murmure tandis qu'elle change de sujet.

— Est-ce que tu as tellement envie de devenir Premier Dragonnier que tu en goûtes déjà la saveur ?

Je me concentre à nouveau sur l'arche karstique éclairée par la lune et la silhouette argentée de ma cousine, ses longs cheveux, sa cape de dragonnière, ses pieds campés sur la roche comme si ce karst lui appartenait. Elle attend ma réponse.

Ai-je besoin de respirer ? Ai-je besoin de manger ? D'aussi loin que je me souvienne, j'en ai toujours rêvé. Ce n'est pas tant un souhait qu'un besoin. J'ai perdu tout le reste de mon ancienne vie, mais ça, je peux encore l'obtenir. Ça, je suis encore autorisé à en rêver.

— Oui. Bien sûr.

Julia hoche la tête, soulagée que nous ayons encore ce point commun.

— C'était comme ça pour moi aussi. Et c'est comme ça que j'ai gagné. Bonne chance pour la finale, Léo. Je prie les dieux depuis longtemps disparus pour que cela te rende la raison.

8

LE BAL DU LYCEUM

ANNIE

Après ma rencontre de mobilisation à Holbin, mon monde s'obscurcit pendant quelque temps. Je traîne au lit pendant des heures, je saute les repas, je ne parle plus à personne.

« Ton père aurait honte de toi, ma fille. »

Vraiment ?

Mon père est mort un an avant la Révolution. En fouillant la poignée de souvenirs qui me restent de lui, je m'aperçois que ceux-ci sont trop pauvres pour que j'y trouve la réponse.

— Annie. Lee n'arrête pas de me demander de tes nouvelles.

La voix de Crissa me tire du demi-sommeil dans lequel j'étais en train de souhaiter de tout cœur que mon existence prenne fin. Je suis dans mon lit, bien enveloppée dans le cocon de mes draps.

Pendant un instant, je mobilise tout mon esprit pour me rappeler comment c'était, à l'époque où Lee me prenait dans ses bras. Seules leur chaleur et leur sécurité avaient alors le pouvoir de sécher mes larmes.

Pas aujourd'hui. Pas pour Holbin.

— Tu n'as qu'à lui dire que je vais bien.

Je ne serai plus cette petite fille. Je peux y arriver sans lui.

Et en effet, je finis par y arriver. Je sors du lit, me coiffe et mange. Petit à petit, je reviens au monde : patrouilles, entraînements, cours. On ne me confie plus aucune rencontre de mobilisation et, étant donné ma seule expérience à Holbin, on ne peut pas dire que ça me manque. De toute façon, le ministère de la Propagande a décidé de suspendre ces séances dans les régions rurales qui ont souffert à cause des dragons par le passé.

Le bal du Lyceum, notre dernier événement public avant la grande finale du tournoi du Premier Dragonnier, approche et commence à éclipser nos obligations habituelles. Bien que l'appréhension d'une première frappe pythéenne nous pousse à rester en alerte, le gouvernement a décidé que cette tradition-là, au moins, devait être respectée comme prévu. C'est ainsi que la moindre minute de temps libre dont nous disposions encore se voit réquisitionnée par les préparatifs de l'événement : séances d'habillage, leçons de bienséance et de danse. Malgré le répit bienvenu qu'apporte cette effervescence dans le climat actuel qui est sombre et tendu, le bal représente à sa manière une certaine pression aussi.

En particulier lorsque, au cours de danse, je me vois attribuer Lee comme partenaire.

— Puisque les Gardiens seront mis à l'honneur cette année, les finalistes du tournoi devront ouvrir le bal, nous annonce le professeur alors que nous sommes tous réunis dans la grande salle voûtée réservée aux cérémonies.

On décèle des restes de langue draconique dans son accent et sa tunique rehaussée de broderies délicates aurait été plus à sa place à l'époque de l'ancien régime.

— Étant donné votre agilité à tous deux, ça ne devrait pas présenter de difficulté.

L'instructeur s'éloigne pour aller préparer et placer les autres couples, laissant un grand silence dans son sillage. C'est si bizarre de me retrouver si proche de Lee après avoir passé tant d'heures au fond de mon lit à réapprendre comment m'en sortir sans son réconfort, dans un état apathique. Cependant, celui qui me réconfortait à l'orphelinat ne ressemble presque plus à celui qui se tient en face de moi aujourd'hui : les épaules musclées que l'on devine sous son uniforme ont été sculptées par des années d'entraînement sur l'Eyrie et il est désormais si grand que je suis obligée de lever la tête pour pouvoir regarder son visage marqué par le vent et le soleil. Ce garçon-là mange tous les jours à sa faim, lit jusque tard dans la nuit et passe toutes ses journées à dos de dragon l'été.

En y regardant de plus près, il me semble aussi que ses yeux gris sont plus soucieux qu'ils ne l'étaient avant ma rencontre de mobilisation.

Je l'interroge :

— Tu as déjà commencé à t'entraîner ?

Il me dévisage, la mine stupéfaite.

— Pour la finale ?

Je hoche la tête en songeant à la proposition de Vigor et à mon refus. Ses insultes déguisées en compliments, des paroles qui blessent parce qu'elles touchent là où ça fait mal. « *En fait, je parie que tu n'as même pas envie de gagner.* » Je ne lui ai plus adressé la parole depuis.

— Pas encore, répond Lee.

Se donnera-t-il la peine de le faire ? Ou bien part-il du principe, avec cette même assurance qui lui permet d'effectuer ses rondes et de survoler les cours avec tant de grâce, que la place de Premier Dragonnier lui est de toute façon acquise ?

Avant ma rencontre de mobilisation, mon ambition était de faire la fierté d'Holbin. Désormais, je sais à quoi m'en tenir. Quel que soit mon parcours de dragonnière, les gens d'Holbin s'en fichent.

Et ces paroles que j'ai passé des heures à surmonter, roulée en boule dans mon lit : *« Ton père aurait honte de toi, ma fille. »* En fait, cette veuve a sans doute raison. Ma famille n'aurait sûrement pas accordé le moindre intérêt à mes ambitions non plus.

C'est un vrai soulagement lorsque la voix du professeur m'arrache aux pensées qui m'obsèdent.

— Désormais, la valse classique n'a plus aucun secret pour vous, affirme-t-il à l'ensemble du groupe, debout au centre de la piste en parquet ciré. Aujourd'hui, nous allons travailler une variante un peu plus compliquée.

— La Médéenne, murmure Lee dans un soupir, comme s'il avait compris ce qui nous attendait.

— Quoi ? fais-je.

Son regard s'illumine et une ébauche de sourire se dessine sur ses lèvres tandis qu'il regarde le professeur prendre place avec sa partenaire.

— C'est une valse.

— L'une des plus anciennes danses de tout le berceau médéen draconique, nous explique le professeur. La valse médéenne est aussi depuis longtemps l'une des préférées à la cour de notre nation dragonnière. Elle a été conçue de façon à représenter le vol d'un dragon.

À son signal, les couples de danseurs prennent place. Lee tend une main, paume tournée vers le haut, et je place la mienne dessus. Son autre main vient se placer dans le bas de mon dos. Bien qu'il s'agisse d'une position à laquelle je me suis déjà accoutumée avec d'autres partenaires, je n'avais encore jamais eu conscience de l'intimité de ce geste, de cette main placée à cet endroit précis, mon centre de gravité, là où une légère pression de sa part suffit à faire vibrer chaque terminaison nerveuse de mon corps et à déclencher le seul réflexe qui me vient : y répondre.

Au cours des sept dernières années, j'ai vu plus d'une fois cette même main apaiser Pallor avec ce simple contact, léger, mais ferme.

— La Médéenne est syncopée, poursuit le professeur, plus rapide, plus expressive que la valse à laquelle vous êtes habitués. Elle est aussi plus difficile, mais quand elle est bien exécutée… il n'y a rien de plus beau.

Lee ajuste sa position, me rapproche de lui, serre ma main avec plus de fermeté, puis tend le cou pour suivre les enchaînements que nous montrent notre professeur et son assistante. Nous sommes si proches l'un de l'autre que j'ai les yeux au niveau du col de son uniforme, sur la petite zone ombrée, à l'endroit où son cou rejoint sa clavicule.

Au bout d'un certain temps, prenant conscience que je n'ai toujours pas détaché le regard de cette partie de son corps, je relève brusquement la tête.

— Qu'est-ce qui te fait sourire comme ça? dis-je en grommelant.

La démonstration est terminée, à nous de mettre cette valse en pratique. Lee me met en mouvement d'une légère pression. Les premiers pas sont lents, puis tout à coup contrebalancés par un tournoiement vif que Lee me fait opérer dans ses bras. J'y prends autant de plaisir qu'Aela lorsqu'elle exécute une descente en piqué. Le sourire de Lee s'est adouci. L'espace d'un instant, une lueur qui ressemble à de la nostalgie éclaire son expression.

— Voilà, très bien, Lee a déjà tout compris, fait remarquer le professeur en déambulant parmi les couples.

Lee me tient si près de lui que son souffle m'effleure l'oreille. Cette assurance naturelle que j'admirais avec une pointe d'amertume un peu plus tôt est à présent braquée sur moi, telle la lumière du soleil.

— Je souris parce que je trouve ça amusant, finit-il par me répondre.

La demi-heure qui suit se déroule dans un méli-mélo de mouvements fluides et de légèreté dirigé par Lee. J'en ressors de bonne humeur pour la première fois depuis ma rencontre de mobilisation à Holbin, et avec une chaleur résiduelle au creux des reins, celle de sa main qui n'a pas bougé de toute la séance.

En plus des leçons proposées à tout le corps des Gardiens, les dragonniers du Quatrième Ordre ont également droit à un cours particulier sur la bienséance. C'est ainsi que Lee, Vigor, Cor et moi nous retrouvons dans l'une des petites salles de conférences du ministère de la Propagande pour une leçon privée dirigée par Miranda Hane en personne. Je ne l'ai pas croisée depuis ma rencontre de mobilisation.

— Contente de vous voir, Antigone. Comment allez-vous ?

À sa façon de me poser la question, je devine qu'elle se souvient de mon état la dernière fois qu'elle m'a vue, au moment où je – rien que d'y penser, j'en grimace – présentais mon rapport au Premier Protecteur en larmes. Cependant, la sympathie exprimée dans sa voix semble sincère, sans la moindre note de condescendance.

— Mieux, merci.

Hane sourit, puis se rend au centre de la salle pour s'adresser à notre petit groupe. Cor et moi nous asseyons, Lee reste debout, bras croisés, et Vigor s'appuie au bord de l'une des tables avec l'air de s'ennuyer ferme.

— Bonjour à tous et merci d'être venus.

Elle nous explique ensuite qu'après le dîner du bal du Lyceum, nous serons tous les quatre présentés individuellement à certains des membres les plus influents de la classe d'or, l'élite.

— Ce sera votre première apparition publique officielle en tant que futurs dirigeants de la Cité et, dans votre cas, vous revêtez un intérêt tout particulier, puisque les membres du Quatrième Ordre sont également candidats au poste de Protecteur. Comme vous n'êtes pas sans le savoir, les citoyens de la classe d'or pèsent beaucoup dans le choix de ce dernier. Contrairement aux autres classes de métal, les citoyens d'or ne sont donc pas uniquement vos sujets, ce sont aussi vos électeurs.

Devant cette allusion à l'élection du prochain Protecteur, Vigor affiche un petit sourire en coin, un air alarmé se peint sur les traits de Cor et Lee reste impassible. Quant à moi, un nœud se forme dans mon ventre. La finale du tournoi du Premier Dragonnier est déjà assez intimidante en soi sans que vienne s'ajouter cette perspective vertigineuse. Encore des évaluations, encore de nouveaux obstacles à franchir, encore plus de gens à impressionner. Dans l'arène, au moins, Aela est avec moi.

— Nous vous encourageons donc vivement à faire bonne impression, continue Hane. Quelles que soient vos ambitions politiques personnelles, il est primordial que vous vous présentiez sous votre meilleur jour, d'autant plus en ces temps incertains. Vous avez effectué des rencontres de mobilisation auprès des citoyens de bronze, de fer et d'argent. À présent, il est temps de rassurer les citoyens d'or.

Elle fait signe d'approcher à son assistant qui attend dans un coin de la pièce.

— Et pour ça, nous allons répéter, conclut-elle.

Ces présentations seront très formelles ; nous devrons maîtriser l'étiquette et jouer un rôle bien défini. Chacun d'entre nous sera escorté par un ministre qui nous présentera en callois, mais, pendant les répétitions, nous travaillons également en langue draconique, au cas où un invité déciderait de changer de langue. Hane reprend sans cesse Cor sur sa prononciation, jusqu'à ce que, rouge d'embarras, il parvienne à malmener un peu moins ses phrases. Elle doit rappeler à Lee de bien articuler lorsqu'il s'exprime en langue draconique, mais le félicite pour son accent. Vigor s'exprime dans les deux langues couramment et avec brio, mais Hane semble partagée entre désapprobation et amusement. Enfin arrive mon tour et elle me présente à son assistant qui joue le rôle du convive d'or.

— Dans votre cas, Antigone, il sera plus poli de vous incliner devant l'invité…

Aussitôt, je m'exécute et Vigor laisse échapper un ricanement. Je relève la tête. Hane s'est rembrunie, Lee a viré au rouge.

— Pas comme ça, me signale Hane avec douceur.

La confusion me fait bredouiller tandis que j'essaie de me justifier.

— Mais, mais c'est comme ça que ma mère…

Je m'interromps. J'ai compris. Et je commence à rougir à mon tour.

— Regardez, dit simplement Hane, et à partir de maintenant vous ferez toujours comme ceci.

Faisant office de modèle, elle exécute une petite révérence, mais en gardant la tête haute. Son mouvement est léger, aérien,

rien à voir avec les espèces de courbettes pleines de soumission et de déférence de ma mère. C'est étrange de regarder quelqu'un faire la révérence en pantalon. Je l'imite. Si seulement mon visage pouvait arrêter de flamber, si seulement Vigor pouvait arrêter avec ce petit sourire narquois. Si seulement Lee pouvait arrêter d'étudier le sol avec cet air gêné.

Hane reprend son rôle.

— Permettez-moi de vous présenter…

Sans me faire prier, je livre les phrases que j'ai entendues de la bouche des trois autres juste avant. Toutefois, quand Hane m'impose de passer à la langue draconique, la honte me fait baisser la voix, c'est plus fort que moi.

— Il faut que ça vienne du ventre, me rappelle Hane.

Je répète ma phrase, cette fois avec plus d'aplomb et de volume. Cette langue que j'ai plus l'habitude d'écouter que de parler paraît totalement incongrue dans ma bouche. Mon accent callois est flagrant, il rend rugueux tous ces phonèmes qui seraient si fluides, semblable au son d'une flûte, venant d'un locuteur dont c'est la langue maternelle. Je me demande si Hane est une fois de plus en train de grimacer devant les manières rustres de la petite gueuse.

— Excellent, affirme-t-elle contre toute attente.

Pour l'occasion, les Gardiennes devront aussi porter une tenue spéciale et, pour la première fois depuis des années, le ministère commande des robes de bal confectionnées sur mesure. Tout au long de notre séance d'essayage chez le couturier, j'ai le cœur au bord des lèvres ; on nous demande de choisir parmi des tissus extrêmement luxueux qui ravissent Deirdre et Alexa, mais qui, pour ma part, me mettent très mal à l'aise. Crissa, qui semble partagée entre le ravissement des autres filles et ma gêne, reste à côté de moi et diffuse un flot continu de petits commentaires destinés à me décrisper.

— Oh, ces robes sont si belles, tu ne trouves pas ? Jamais ma famille ne pourrait se permettre les services d'un couturier aussi chic…

J'apprécie le geste, mais je n'ose pas lui avouer que ma famille n'aurait même pas pu se permettre de mettre un pied chez un couturier. C'était tout bonnement inconcevable. En fonction de notre escadron, nous sommes limitées dans le choix des couleurs, mais nous sommes libres de choisir la coupe et le tissu. Profitant d'un moment où les tailleurs sont occupés dans la réserve, Crissa établit des critères esthétiques qui, à mon grand étonnement, me correspondent, et les soumet aux couturiers à leur retour.

— Une robe dans laquelle tu te sens bien, ça peut faire toute la différence, m'assure Crissa d'un ton docte un peu plus tard, alors que je tente de la remercier.

Il me faut attendre le soir du bal pour comprendre ce qu'elle voulait dire par là. Ce soir-là, dans le dortoir des filles, j'enfile une robe qui semble tout droit sortie des contes de fées du livre de Duck et je laisse Crissa arranger mes cheveux. Au moment où Alexa me tend le miroir de sa villa du Janiculum qu'elle a introduit en douce ici, je reste bouche bée devant mon reflet. C'est fou, mais bien habillée et coiffée, je n'ai pas l'air de quelqu'un qu'on pourrait traiter de gueuse. Presque instinctivement, je redresse les épaules et me tiens plus droite. Deirdre et Alexa poussent des petits cris de surprise ravis et, pour une fois, ça ne me dérange pas. Même Orla, qui, malgré sa robe de bal, est en train de lire allongée sur son lit comme à son habitude, prend la peine de me jeter un coup d'œil par-dessus son livre et m'adresse un pouce levé.

— Notre petite Annie est devenue une grande fille, dit Deirdre à Alexa en faisant mine d'essuyer une larme.

Crissa s'empare de ma main pour me faire pivoter vers elle, presque comme un pas de danse, et je laisse échapper un petit gloussement de surprise ravi. Au moment où je ris, elle appuie un doigt sur mes lèvres comme si elle voulait tout arrêter pour que je reste comme ça.

— Voilà. C'est exactement cet air-là que tu devras afficher. Surtout, n'arrête de sourire sous aucun prétexte, Annie. Montre à ces vieux schnocks d'or rabougris à quel point tu t'éclates. Ça les impressionnera bien plus que tout le reste.

Je ne lui ai pourtant pas parlé de ce que Hane nous a enseigné pendant le cours de bienséance réservé au Quatrième Ordre, mais peut-être Lee ou Cor s'en sont-ils chargés. À moins que Crissa l'ait deviné toute seule.

Lorsque nous rejoignons les garçons dans le solarium, je m'arrête sur le seuil, assaillie par le doute. Ne vais-je pas avoir l'air ridicule affublée d'une robe aussi habillée devant des gens qui ne m'ont jamais vue porter autre chose qu'un uniforme militaire ? Mais ensuite, Duck apparaît devant moi.

— Annie, c'est bien toi ?

Un petit rire gêné m'échappe. Il a la même expression émerveillée que le jour où il a levé la tête vers le ciel étoilé qu'il tenait tant à me montrer. Une bouffée de chaleur m'envahit. C'est sûrement un très grand don de réussir à s'émerveiller comme ça, sans le moindre embarras, devant tout le monde.

— Tu n'es pas mal non plus, dis-je.

Aussitôt il plaque une main sur ses cheveux humides peignés avec soin et émet un petit rire penaud.

Au milieu de toutes ces robes étincelantes, des capes noires et des éclats de rire, je sens tout à coup une paire d'yeux bien particulière se poser sur moi depuis l'autre bout de la salle. Contrairement aux autres, il est parfaitement immobile. Il m'attend.

Je dépose un baiser sur la joue de Duck, adoptant exceptionnellement une exubérance naturelle digne de celle de Crissa, puis, je traverse la salle pour rejoindre Lee.

— Salut.

Une audace inédite se met à courir dans mes veines lorsque je me campe devant lui. Nous nous dévisageons. J'imprime dans mon esprit la vue de Lee en grand uniforme d'apparat ; ça lui va si bien qu'il a presque l'air dangereux. Je prends aussi acte de l'espèce de tension froide, sorte de malaise sans l'être tout à fait, que provoque chez moi son regard.

— Cette robe est mieux que la dernière dans laquelle tu m'as vue ?

La dernière robe en question était d'une simplicité désespérante, pas loin des guenilles même. Je m'écoute faire allusion à Albans comme si cette remarque venait de quelqu'un d'autre.

— Beaucoup mieux, répond Lee avec un petit rire.

Malgré tout, il ne me quitte pas du regard. Il paraît abasourdi, comme s'il venait de prendre conscience de quelque chose et que cette découverte lui plaisait. De mon côté, une certaine effervescence s'installe : je le reconnais, je reconnais ces yeux, ce visage – il m'est d'autant plus familier dans cet uniforme de cérémonie – mais à cet instant précis, je décide de ne pas y prêter attention, je refuse d'y accorder foi.

La tour d'horloge du Palais sonne l'heure. Il est temps d'y aller.

Lee tend légèrement son coude vers moi et, bien que ce geste de courtoisie ne fasse pas partie de ceux qui nous ont été enseignés, je n'ai aucun mal à le comprendre. Il me propose son bras.

Au comble de la nervosité, je l'accepte.

LEE

Malgré toutes les mesures de sécurité mises en place et le renforcement des entraînements depuis le premier contact visuel avec la flotte pythéenne potentiellement ignitiée, je me sens toujours très mal à l'aise, surtout depuis mon dernier rendez-vous avec Julia. Je n'ai pas encore trouvé comment faire un rapport sans éveiller les soupçons, alors je ne cesse de suggérer qu'on augmente le nombre de patrouilles le long de la côte septentrionale et qu'on renforce les effectifs de celles-ci. Pour le bal du Lyceum, en tout cas, c'est fichu ; ma requête de mesures de précaution supplémentaires est rejetée.

— Ça fait des semaines que vous les avez aperçus et plus rien n'a été signalé depuis, justifie Holmes, au cours de notre réunion dans son bureau du Palais Intérieur habillé du sol au plafond de cartes de la mer Médée, de la mer du Nord, de Callipolis, entre autres. Et puis, Atreus tient à ce que vous soyez tous présents au bal. De toute façon, pour autant qu'on sache, l'ignition de leurs dragons n'a pas encore eu lieu.

L'espace d'un instant, j'envisage d'expliquer à notre ministre de la Défense que si, bien au contraire, mais je suis certain que cet homme, ce « héros du Jour du Palais », changerait de ton très vite en apprenant comment cette information est arrivée en ma possession.

De toute façon, c'est impossible. Je ne suis en sécurité – et libre d'agir – qu'en tant que Lee sur Pallor, orphelin du Bas-Quartier.

Alors je ravale ma révélation et je lui sers le seul argument qu'il peut entendre.

— Je croyais que notre stratégie prévoyait d'agir « comme si » leur ignition avait eu lieu.

Holmes m'adresse un regard sévère avant d'éclater de rire avec approbation.

— J'aime votre façon de raisonner, Lee, mais il ne s'agit que d'un seul soir. Alors, essayez de vous détendre un peu, voulez-vous ?

Le soir du bal, j'ai presque réussi à me persuader de faire confiance à Holmes. Tandis que nous nous dirigeons vers la salle de l'Abondance, le soleil couchant a encore la force de chauffer ma peau et la caresse du vent finit par avoir raison de la tension qu'ont insufflée en moi les menaces de Julia. Difficile de rester en alerte un soir pareil.

En particulier avec Annie à mon bras. Je m'extasie qu'elle soit toujours là tandis que nous avançons vers le Palais. Quelques pas devant nous, Duck est en pleine conversation avec Rock et Lotus, mais de temps à autre, il tourne la tête dans notre direction. Chaque fois, son regard cherche et se pose sur Annie. Impossible de déterminer si elle n'en a vraiment pas conscience ou si elle fait semblant de ne rien remarquer.

Nous ne sommes pas là pour les mêmes raisons qu'autrefois, pourtant, en de nombreux aspects, la célébration de ce soir me rappelle les réjouissances du passé : les silhouettes élégantes qui convergent vers la salle de l'Abondance à la lueur des chandelles, les rires étouffés qui nous parviennent depuis l'intérieur… Enfant, je traînais souvent ici après le dîner avec mes cousins, mes frères, mes sœurs ; nous jetions des cailloux dans les bassins qui entourent la statue de Pytho l'Unificateur, nous grimpions sur le dos de son dragon en marbre pour aller toucher le nez de ce bon vieux Pytho. Pytho a disparu, détruit pendant la Révolution, mais son dragon est toujours là.

Dans le grand hall, des fonctionnaires ministériels invitent les convives qui constitueront le cortège d'ouverture à se placer sur le côté selon l'ordre établi : d'abord les jeunes diplômés du Lyceum, puis les Gardiens selon leur grade et enfin les enseignants du Lyceum vêtus pour l'occasion de leur toge et de leur toque académiques. Au bruit, on devine que plusieurs centaines de personnes occupent déjà la salle, elles bavardent et rient en attendant que le dîner commence. Debout à côté de moi, à l'arrière du peloton de Gardiens, Annie inspire un bon coup, puis expire.

En me tournant vers elle, je ne peux faire autrement que m'attarder une fois de plus sur la vue magnifique qu'elle offre : sa robe dans des tons rouge ambré auréliens semble à peine effleurer ses épaules, ses boucles auburn relevées sur le sommet de son crâne retombent en élégantes cascades, les cicatrices laissées par des brûlures marquent sa peau pâle comme chez tout dragonnier. Elle est toujours aussi belle qu'avant et pourtant tout à fait différente. La puissance qu'elle dégage est impressionnante. Bien au-dessus des femmes de l'ancien régime, mais aussi de la petite fille apeurée dont j'ai fait la connaissance dans un orphelinat.

Toutefois, c'est absurde, mais son expression m'indique que malgré la remarquable transformation qui s'est opérée, Annie est toujours intimidée à l'idée de ce dîner de gala.

— Tu es nerveuse ?

Elle acquiesce.

— Je n'appartiens pas à ce monde-là, marmonne-t-elle avec un petit sourire triste.

A-t-elle insisté sur le « je » ou est-ce le fruit de mon imagination ?

ANNIE

Très haut, au-dessus de nos têtes, les vitraux étincellent. Des piliers en pierre aussi larges que les tables s'élèvent pour soutenir un vaste plafond voûté noyé dans la fumée émanant des âtres qui bordent la salle. La lueur des chandelles réchauffe les visages tournés vers nous, font scintiller les bijoux, les robes, et le bracelet d'or qui orne chaque poignet. Tous les regards sont braqués sur nous tandis que nous remontons l'allée centrale. Nous sommes installés, ainsi que les deux autres membres du Quatrième Ordre, à la table d'honneur.

Une fois tout le monde assis, Atreus se lève.

— Nous sommes aujourd'hui réunis afin de célébrer les brillants étudiants qui achèvent leur cursus au sein du Lyceum et qui s'apprêtent à entrer dans la vie active de notre société. D'aucuns pourraient s'interroger sur le bien-fondé de telles réjouissances en ces temps de crise. À ceux-là, je répondrai qu'elles sont nécessaires, aujourd'hui plus que jamais. À l'aube d'une guerre, il est toujours bon de se rappeler ce pour quoi nous nous battons. Oui, il est bon de se rappeler que l'avenir de Callipolis brille de mille feux et que ces jeunes gens méritent un monde meilleur.

» Les diplômés que nous mettons aujourd'hui à l'honneur non seulement hériteront du monde que nous leur léguerons, mais certains en constituent même l'avant-garde et se battent déjà pour celui-ci. Ce soir, nous célébrons aussi des invités très particuliers, nous accueillons les trente-deux Gardiens qui arrivent au terme de leur apprentissage.

» Diplômés du Lyceum, veuillez à présent vous lever lorsque je citerai votre nom.

Atreus se met à lire sur un rouleau le nom des étudiants, leur spécialité et, le cas échéant, la place qu'ils occupent déjà dans le gouvernement. Une quarantaine de jeunes hommes et femmes sont ainsi mis en lumière et se lèvent à tour de rôle, répartis un peu partout aux tables de la salle. Après avoir été abondamment applaudis, ils se rasseyent.

— Gardiens du Trente-Deuxième Ordre, veuillez vous lever lorsque je prononcerai votre nom, poursuit Atreus.

Il commence par les dragonniers les moins gradés dont le rang a été établi durant les épreuves de qualification qui ont précédé le tournoi. Au lieu du nom de famille, leur prénom est suivi de leur drakonyme et de la race de leur dragon. Les dragonniers du Trente-Deuxième Ordre sont cités et applaudis à leur tour, puis Atreus poursuit avec le Seizième Ordre. Lotus et Deirdre font partie de ceux qui se lèvent cette fois. Puis c'est au Huitième Ordre d'être mis en valeur, c'est-à-dire les dragonniers qui ont été jusqu'aux quarts de finale du tournoi, notamment Duck, Rock et Crissa. La qualité de cheffe d'escadron de Crissa est mentionnée après la race de son dragon. Vient ensuite le tour du Quatrième Ordre :

— Vigor sur Vorace, fléaurage. Cor sur Maurana, fléaurage, chef d'escadron.

Enfin, Atreus lance :

— Et pour conclure, nos finalistes en lice pour le poste de Premier Dragonnier : Antigone sur Aela, aurélien. Lee sur Pallor, aurélien, chef d'escadron.

Le tonnerre d'applaudissements est incroyablement puissant ; j'en ressens les vibrations jusque dans ma poitrine et tout le long de mon échine. Lee regarde fixement devant lui. Atreus nous adresse un signe de la tête et nous nous rasseyons enfin, puis il lève son verre.

— À l'avenir.

Nous levons tous notre verre et buvons. J'avais la bouche sèche depuis une demi-heure et c'était désagréable. Pour la première fois de ma vie, je goûte du vin et je suis surprise de trouver ça plaisant, comme du jus de raisin, mais plus riche. Je bois une deuxième gorgée. Lee se penche vers moi.

— Il est fort. N'étanche pas ta soif avec ça.

J'acquiesce, mais si ma bouche continue à s'assécher à cette vitesse, ma gorge risque de se refermer complètement. Voyant mon expression, Lee fronce les sourcils, puis se tourne et adresse un petit signe à l'un des serveurs qui longent notre table. Ce dernier s'empresse de nous rejoindre pour écouter la requête de Lee. Je remarque, non sans un léger malaise, qu'il porte un bracelet de fer. Autour de nous, on est en train de découper et servir des oies rôties, de remplir les assiettes de légumes fumants.

— Pourrions-nous avoir de l'eau, s'il vous plaît, demande Lee.

Le serveur s'incline.

— Tout de suite, Monseign…

Il se reprend. Lee lui adresse un sourire poli, sans se formaliser devant ce lapsus, et l'homme s'éclipse, gêné. Je bois une gorgée de vin, délibérément.

Hormis Miranda et moi, il n'y a qu'une seule autre femme assise à notre table dont la présence ne dépend pas de la situation maritale : une dame d'âge moyen, cheveux argentés, teint doré, dont les bijoux en argent brillent de mille feux. Lorsque Atreus nous la présente comme étant Dora Mithrides, je m'aperçois que je la connais déjà. Pour plusieurs raisons liées à la mort de son mari et à l'empire financier dont elle a hérité, cette femme est l'une des plus puissantes citoyennes du Janiculum et membre honoraire de leur conseil. En outre, elle est célèbre pour ses investissements qui ont joué un rôle essentiel dans le déclenchement de la Révolution. Elle prend la parole, et je ne comprends pas tout de suite ce qu'elle dit. En fait, elle s'exprime en langue draconique.

En l'entendant, Hane fait la moue et se met à pianoter sur la table ; puis elle jette un coup d'œil à Mitt Hartley, le président du Comité de censure, qui lève les yeux au plafond. Le ministre des Affaires étrangères, Legio Symmach, et Stephan Orthos, le recteur du Lyceum, sourient d'un air presque coupable. Holmes plisse le front comme s'il analysait la situation.

— En callois, Dora, la réprimande gentiment Atreus. Nos invités sont nombreux à ne pas parler la langue draconique.

« Humpf », fait Dora avant de passer au callois avec un accent très prononcé.

— Ce qui est le cas de vos quatre Gardiens si je comprends bien ? J'ai remarqué qu'aucun dragonnier du Janiculum n'avait atteint le Quatrième Ordre.

— Moi, je viens du Janiculum, intervient Vigor.

Dora, qui est assise à côté de lui, lui tapote le bras avec sa main incrustée de bagues.

— Pardonnez-moi, mon garçon, je voulais bien sûr dire originaire du Janiculum par le sang. Je parlais de dragonniers qui ont du sang patricien dans les veines. Vous, vous avez été adopté, si je ne m'abuse ?

Vigor blêmit. Cor manque de s'étouffer dans son vin et le recrache presque. Même Lee est obligé de toussoter pour camoufler le petit reniflement moqueur qui lui a échappé.

Adopté ? Vigor, le Vigor qui passe tout son temps à chérir ses origines nobles et à dénigrer les gens du peuple tels que moi ?

Vigor décoche un regard venimeux à Lee et Cor, même si ses joues continuent à pâlir. Et lorsqu'il me surprend à lutter pour que ma bouche reste droite, il lève le menton et me lance un regard meurtrier.

Je finis par cacher mon sourire dans mon verre de vin. Les adultes, eux, ne semblent rien avoir remarqué de nos échanges muets.

— Je croyais que nous étions d'accord pour dire que le sang n'est justement plus le critère sur lequel se base notre régime pour sélectionner son élite, argue Atreus en souriant à Dora avec la patience crispée des vieilles disputes.

— Vous m'avez mal comprise, répond sèchement Mithrides. Ce n'est pas une plainte classiste de ma part, mais plutôt une inquiétude d'ordre « militaire ».

Le général Holmes hausse les sourcils d'un air incrédule, mais ne s'engage pas dans le débat et continue à couper son morceau d'oie.

— Ah ? fait Atreus avec réserve.

— Oui, par rapport à votre problème d'ignition.

Cette fois, Holmes pose son couteau.

— Madame Mithrides, nous n'avons aucun problème d'ignition.

L'intéressée ricane.

— Vous avez besoin d'un dragonnier dragodescendant pour que votre flotte puisse s'ignitier. Or, les patriciens ont du sang dragodescendant dans les veines. Il y a eu trop de métissage au fil des générations pour que ce ne soit pas le cas. Tout ce que je dis, moi, c'est que si vous aviez plus de dragonniers patriciens…

Hane et Atreus échangent un regard pas tout à fait stupéfait, plutôt comme s'ils s'entretenaient en silence.

— Ah oui, cette théorie fait fureur en ce moment, intervient Stephan Orthos, le recteur du Lyceum, d'un ton irrité, mais rien n'a été prouvé scientifiquement, Dora. Ce n'est qu'une interprétation littéraire erronée. Le *Cycle Aurélien* est une œuvre de fiction, pas un manuel militaire. Quoi qu'en disent les gens du Cercle.

Orthos ne remarque pas que sa tirade suscite un nouvel échange de regards entre Hane et Atreus, alarmé cette fois.

— J'aimerais que quelqu'un m'explique cette « théorie » qui enflamme tant le Cercle du Lyceum, lance Holmes.

Tiens, je m'aperçois que Holmes est la seule exception de la prestigieuse liste d'invités de la classe d'or. Consciemment ou non, il a secoué le poignet tandis qu'il parlait, de sorte que sa manche couvre son bracelet d'argent.

Hane prend la parole d'un ton hésitant.

— Selon mes équipes de recherches, et si j'ai bien compris, la théorie à laquelle se réfère Dora existe depuis longtemps et a déjà refait surface plusieurs fois au fil des siècles. En ce moment, elle connaît un regain d'intérêt à cause de la pression qui pèse sur notre flotte dont on attend l'ignition avec impatience. L'argument traditionnel de la suprématie du sang des familles dragodescendantes est inspiré du *Cycle Aurélien*. L'œuvre décrit les seigneurs dragons comme des dieux et la théorie voudrait que le sang des dragodescendants soit différent, supérieur à celui de leurs sujets. Il va de soi que c'est une interprétation très… peu subtile du texte…

La voix de Hane est chargée de dégoût.

— Qu'est-ce qui vous permet d'affirmer ça ? s'enquiert Mithrides d'un ton glacial.

Lee s'exprime pour la première fois, d'une voix très calme, ce qui ne l'empêche pas de capter l'attention de toute la table.

— Parce que l'orgueil des premiers Aurélien a causé leur perte. On peut tout aussi facilement interpréter le *Cycle Aurélien* comme une critique du règne des seigneurs dragons.

Il adresse un petit signe de la tête à Atreus, car c'est une interprétation dont nous avons débattu avec lui pendant l'un de ses cours.

—On pourrait même y voir une critique de la dragonnerie elle-même, ajoute-t-il.

Cette affirmation, en revanche, est une extrapolation à laquelle il semble être parvenu de lui-même. Un léger tressaillement traverse le visage impassible d'Atreus, signe à peine perceptible de sa surprise. Occupée à étudier Lee en hochant la tête, Hane ne le remarque pas et poursuit ses explications.

—Ces derniers mois, la théorie de la supériorité du sang a trouvé de nouveaux partisans au sein de certains cercles. Ils affirment entre autres que le sang des dragodescendants influence l'ignition des dragons. Tout cela est bien sûr infondé, mais le problème, c'est que l'ignition demeure un mystère complet. Qu'est-ce qui déclenche le phénomène ? Comment le provoquer ? Nous n'en savons rien. En tout cas, j'étais persuadée que cette théorie farfelue rencontrait un succès limité et que la plupart de ses adeptes avaient été appréhendés par le Comité de rééducation. Jamais je n'aurais cru qu'elle « faisait fureur » au Cercle du Lyceum, conclut-elle en interrogeant du regard le recteur Orthos.

Homme d'âge moyen, grisonnant, à l'air vénérable même affublé d'une toque académique, le recteur remue sur sa chaise. Le regard appuyé de Hane le met visiblement très mal à l'aise, comme s'il venait de découvrir que ce qu'il prenait pour notoriété publique ne l'était pas et qu'il avait vendu la mèche.

—Eh bien, vous savez comment ça se passe, Miranda, répondil d'un ton à la fois désolé et apaisant. La peur des gens est un terrain fertile pour les théories complotistes.

Hane accueille sa remarque avec un gracieux hochement de tête.

— C'est indubitable.

Ensuite elle se tourne vers Hartley, président du Comité de censure, qui ne s'est pas encore exprimé et qui lui rend son regard avec un air grave.

Bien qu'ils ne disent rien, c'est le premier échange de cette conversation qui m'alarme réellement. Le comité d'Hartley est l'organe qui décide quels ouvrages littéraires restreindre, bannir ou confisquer ; il suffit d'un regard pour bouleverser le contenu des bibliothèques.

— J'en déduis que vous étudiez le *Cycle Aurélien* ? demande Dora Mithrides à Lee. D'où avez-vous dit que vous veniez, déjà ?

Les lèvres de Lee s'incurvent.

— Du Bas-Quartier.

— Vous devez avoir appris la langue draconique à l'école.

Le scepticisme qui perce dans la voix de la riche citoyenne d'or est flagrant. Lee acquiesce.

— Eh bien, pour quelqu'un qui n'a jamais pu apprécier l'œuvre comme un locuteur natif, je trouve que vous en discutez avec aise.

Hane lève les yeux au plafond avec exaspération. Atreus observe Lee et Dora avec une curiosité maîtrisée, mais il esquisse un demi-sourire.

Lee acquiesce puis incline la tête, comme s'il prenait le sous-entendu de cette femme pour un compliment.

— « C'est là qu'est notre travail ; c'est là qu'est notre labeur », répond-il en langue draconique.

C'est une citation du *Cycle Aurélien*. Je la reconnais parce que nous avons traduit ce passage il y a quelques semaines. Lee l'a légèrement modifiée pour qu'elle colle avec le contexte. Son accent était parfait. Cor et Vigor se tournent vivement vers lui avec stupéfaction. Il faut dire que Lee ne participe jamais pendant les cours de langue draconique. Le reste de la table, qui était déjà focalisé sur lui, s'agite en échangeant des regards.

Atreus considère Lee, puis les visages tournés vers lui, et prend son verre pour boire une gorgée.

— Je vois ce qu'ils veulent dire, Atreus, déclare Dora sans quitter Lee des yeux, bien qu'elle s'adresse au Premier Protecteur.

LEE

Le dîner se poursuit, mais je me sens de plus en plus tendu. À tout moment, je risque de me trahir.

L'orgueil a causé la perte du peuple Aurélien et causera la tienne aussi, si tu continues à la ramener.

Mais cette salle, ces gens, ce cadre, tout m'incite à être audacieux et je ne parviens à me contenir qu'au prix d'un gros effort.

Après le dessert, Atreus se lève pour remettre les distinctions de l'année à certains citoyens d'or qui se sont fait remarquer par leurs contributions marquantes à l'égard de Callipolis. Une manière de saluer le sens civique de certains, de mettre en lumière des innovations technologiques ou économiques, un service rendu sur le plan militaire, des recherches académiques fructueuses ou encore des œuvres artistiques. Ainsi, le père de Lotus, Lo Teiran, reçoit le titre de poète officiel de Callipolis. Lorsqu'il se lève pour recevoir la couronne de laurier des mains d'Atreus, je découvre qu'il a les mêmes cheveux frisés et la même silhouette dégingandée que son fils.

Il reste une demi-heure avant l'ouverture du bal, et c'est le moment qui a été choisi pour la présentation des dragonniers du Quatrième Ordre. Nous sommes donc guidés à travers la salle par notre escorte. Miranda Hane accompagne Annie, le général Holmes s'occupe de Cor et le recteur Orthos a hérité de Vigor. Quant à moi, je suis parrainé par Atreus en personne. Très vite, mes rencontres avec l'élite de la classe d'or prennent toutes le même tour.

— Lee sur Pallor ! Quel plaisir de vous rencontrer enfin, nous avons tellement entendu parler de vous...

— C'est gentil, je vous remercie.

— Alors, vous vous entraînez pour le tournoi ? Entre nous, vous êtes notre finaliste préféré. Ne nous décevez pas, jeune homme... Pas avec les Pythéens que nous avons sur le dos.

L'homme a adopté un ton conspirateur, le « nous » semblant s'appliquer exclusivement à la classe d'or. Atreus m'a d'ailleurs informé qu'il était membre du Conseil consultatif des citoyens d'or. Je réponds avec le sourire, même si mes pensées se dirigent vers Julia et ses incitations à la trahison ; puis vers Annie, que cet homme méprise indirectement à travers ses louanges. Bien sûr, il est loin de se douter qu'il se confie « entre nous » à un drago-descendant et ignore toute l'ironie de son choix de candidat.

Il ne peut pas se douter non plus que je l'ai reconnu. Je l'ai déjà croisé et pas pendant mes rondes pour le nouveau régime, non : à la cour de l'ancien régime.

Finalement, les échanges de banalités requis par cette séance de présentations d'Atreus ne sont pas difficiles. En revanche, bon nombre de ces visages me sont familiers et le plus compliqué est de devoir en faire abstraction.

Que dirait Julia, si elle me voyait échanger des poignées de main avec ces gens qui nous ont trahis ?

Je connais déjà la réponse à cette question.

Elle dirait qu'il faut les faire payer.

ANNIE

Miranda Hane est mon accompagnatrice durant les présentations, ce qui n'apaise en rien mes nerfs. Mais je me suis bien entraînée ces derniers jours, je n'ai pas arrêté de répéter dans ma tête les quelques phrases que j'ai apprises dans les deux langues et je les connais sur le bout des doigts. Cependant, j'avoue être surprise quand le premier couple auquel Hane me présente me gratifie d'un grand sourire. Des personnes d'âge moyen aux cheveux grisonnants.

— Ma chère, dit l'homme en m'étreignant le bras, vous êtes la lumière de la nation. Vous incarnez ce dont nous osions à peine rêver autrefois.

Un peu déconcertée, je le remercie.

— Les Bertrand font partie de nos tout premiers partisans, m'explique Hane en souriant tandis que nous nous éloignons.

Cependant, ils ne sont pas tous comme ça, loin de là. Elle me présente ensuite à un imposant juge qui siège au Conseil du Janiculum. L'homme d'un âge très avancé m'étudie avec un amusement non dissimulé. Sa longue tunique finement brodée, à l'instar de bon nombre de tenues de la salle, n'est pas sans rappeler l'ancien régime.

— Alors voilà donc notre dragonnière des Hautes Terres !

— Enchantée, dis-je en exécutant une révérence.

Au lieu d'incliner la tête ou même de me répondre, il se tourne vers Miranda.

— C'est tout juste si on devine une pointe d'accent, constate-t-il en langue draconique avec un semblant d'admiration moqueuse dans la voix. Et on a visiblement bien poli toutes ses aspérités…

Je sens la gêne enflammer ma poitrine, une partie de mon corps d'ordinaire cachée sous mon uniforme. Ce soir, à cause du décolleté de ma robe, celle-ci est exposée à la vue de tous. Lorsqu'il constate que ça n'amuse pas du tout Hane, l'homme se rembrunit et passe au callois.

— C'était une blague, ma chère Miranda… Parfois, on a l'impression qu'on ne peut plus rire de rien…

Hane me jette un regard en biais, comme si elle espérait que je rétorque. Je pense à Lee, capable de dégainer une citation du *Cycle Aurélien* en langue draconique devant toute une table de spectateurs, mais, hélas, comme le jour où les mots ne me sont jamais venus devant Vigor au Cercle du Lyceum, je n'ai aucune repartie. Hane le comprend et prend poliment congé. Elle nous emmène un peu plus loin. En arrivant devant les convives suivants, j'ai encore la nausée tant j'ai honte.

Une fois m'aurait largement suffi, pourtant ils ne cessent de me parvenir, ces compliments qui résonnent comme des insultes, cette condescendance à peine dissimulée qui se fait passer pour de la gentillesse. Quand je suis présentée aux parents de Darius, qui s'avèrent être propriétaires d'une compagnie maritime commerciale occupant la moitié de Villeport, ils me tournent carrément le dos alors que je suis à la moitié de ma révérence.

— Est-ce que c'est elle ?

Au moment où cette voix me parvient, je suis si épuisée que je me tourne dans sa direction à contrecœur. Elle appartient à un homme plus jeune que la moyenne, la vingtaine, vêtu d'une tunique simple, mais bien coupée. Il me faut un moment pour comprendre ce qui m'a frappée : son accent des Hautes Terres.

— Declan, dit Miranda avec un soulagement évident. Oui, c'est bien elle. Antigone, permettez-moi de vous présenter Declan de Harfast, conseiller auprès du Premier Protecteur et l'un des plus jeunes membres du Conseil consultatif des citoyens d'or. Declan fait partie des toutes premières promotions du Lyceum.

— Comment allez-vous ?

— Je survis, me répond Declan en souriant.

Les cheveux blonds, le visage oblong, il a le corps dégingandé d'un adolescent qui aurait grandi trop vite.

— Alors, ils vous ont déjà mangée toute crue ? demande-t-il.

Un petit rire ahuri m'échappe. Aïe, je n'aurais peut-être pas dû. Toutefois, un petit sourire mal contenu tord aussi la bouche de Miranda.

— Ils sont jaloux de notre intelligence supérieure, c'est tout, m'assure Declan avec humour. Ne faites pas attention à eux.

Au fond de la salle, les musiciens commencent à accorder leurs instruments. Un vaste espace a été dégagé au centre et les invités sont en train de se rassembler tout autour de cette piste.

— C'est l'heure, Annie, m'avertit Hane avec un petit signe de tête.

L'heure de me donner en spectacle devant tous ces gens.

Ma robe, légère, a été conçue pour que je puisse danser, pourtant, tandis que je me faufile au milieu des convives afin de rejoindre Lee, je me sens entravée par mes jupons rouges et vulnérable avec mon dos et ma poitrine aussi dénudés. L'excitation qui m'a envahie en début de soirée lorsque j'ai découvert mon reflet dans le miroir s'est évaporée. Mon uniforme me manque.

Je rejoins Lee au bord de la piste. À mon grand étonnement, il semble aussi épuisé que moi. Son teint pâle contraste avec son uniforme d'apparat noir, ses yeux gris sont perdus dans le vide, mornes.

— Alors, comment ça s'est passé ? m'interroge-t-il.

Je me contente de secouer la tête.

— Ouais, fait-il en soupirant. Ces… gens…

Il y a plus que du dégoût dans sa voix. On y sent une colère latente proche de la fureur. Pour Lee, c'est presque inédit. Il remarque que je le dévisage, se ressaisit, affiche un air normal.

Moi qui m'émerveille toujours devant le naturel avec lequel il s'adapte à cette vie mondaine, contrairement à moi, je suis happée par un élan de compassion à son égard. Comment ne l'ai-je pas compris plus tôt ? C'est pourtant évident.

Lee a lui aussi des raisons de trouver cette soirée difficile. Peut-être est-ce même encore plus difficile pour lui.

Je crois que nous sommes tous les deux surpris par les mots qui sortent de ma bouche ensuite.

— C'est bientôt fini, Lee.

Il croise mon regard, le sonde, puis il me prend la main et nous nous détachons de la foule ensemble.

LEE

Tandis que nous prenons place, Annie agrippe mes doigts et ses yeux bruns sont rivés aux miens comme si elle avait décidé de ne plus jamais regarder ailleurs. Je pourrais compter ses cils, les taches de rousseur qui parsèment ses joues et ses épaules et ses cicatrices qui brillent à la lueur des chandelles. La couleur de sa robe se confond avec celle de ses cheveux. Le silence s'installe dans la salle. Tous les regards sont braqués sur nous.

Puis, la musique s'élève.

J'ai reconnu la mélodie dès la première répétition, mais ce n'est qu'à cet instant, alors que les notes résonnent dans cette grande salle voûtée, au milieu de toutes ces robes de bal scintillantes et de ces tenues de cérémonie, que j'en mesure toute la douleur. Le cri déchirant du violon qui, telle une voix humaine, hoquette puis s'envole haut, incroyablement haut, est d'une douloureuse beauté. Un souvenir de cette danse surgit dans ma mémoire, un autre soir, dans une autre vie, ma mère, mon père, mes sœurs, un univers qui pour eux représentait un privilège de naissance, un univers perdu. Tout ce qu'il en reste, c'est une poignée de survivants assoiffés de vengeance sur un rocher isolé au milieu de la mer du Nord et cette salle remplie de traîtres.

Annie écarte brièvement les mains pour les placer autour de mon cou, et leur légère pression ramène mon attention sur elle. Les yeux grands ouverts, clairs, on dirait qu'elle me voit, moi, et tout ce que je suis.

— Reste avec moi, chuchote-t-elle.

J'ôte une de ses mains de ma nuque pour la prendre dans la mienne. En rythme, je fais un pas vers elle et elle suit le mouvement. À mon tour de river mes yeux aux siens, de tout oublier si ce n'est la musique, celle de mes parents, la danse de mes parents. Je m'accroche à la vue d'Annie qui bouge avec moi, le contact de sa taille sous ma main, la pression de sa paume sur la mienne.

Tout à coup, elle sourit. Je viens de la faire tournoyer et elle a eu le souffle coupé ; je sens un sourire irrépressible étirer mes lèvres en réponse au sien. Le chagrin est en train de se muer en autre chose, quelque chose de beau. Et ça, cet enchaînement de pas qui donne la sensation de voler, ces notes de violon transcendantes, ce mélange de joie et de douleur, tout ça contribue à la métamorphose.

C'est un équilibre fragile, et je sais qu'il ne durera pas, mais tant que nous serons ici, en train de danser la Médéenne, tous les paradoxes pourront être réconciliés, ne faire qu'un.

Au bout d'un moment, le volume de la musique baisse, le temps que les deux autres chefs d'escadron nous rejoignent sur la piste pour le mouvement final : Crissa et Lotus pour l'escadron aquacéleste, Cor et Alexa pour l'escadron fléaurage. Un écho flagrant, pour ceux qui s'en souviennent, à la danse des triarques. D'ailleurs, même si les étendards qui pendent au plafond sont toujours bien ceux du nouveau régime, pendant un court instant, les trois couleurs qui ornent la piste sont de nouveau celles de l'ancien régime : le rouge des Aurélien, le bleu des Aquacéleste et le noir des Fléaurage.

La dernière virevolte arrive, le dernier rattrapage. Annie est de retour dans mes bras, essoufflée, mais calme. C'est terminé. Elle est si proche de moi que la chaleur de son corps irradie contre le mien ; une fine pellicule de sueur luit à la naissance de ses cheveux. Mon visage est penché sur le sien, le sien levé vers le mien.

Soudain, les applaudissements fusent et l'instant suspendu vole en éclats. Nous nous écartons l'un de l'autre. Aligné avec les deux autres couples, je m'incline, elle fait la révérence, puis je l'emmène hors de la piste.

Je continue à être envahi par cette étrange euphorie douloureuse et, pendant un moment d'égarement, bref et insouciant, j'imagine une suite à cette danse : Annie resterait avec moi, nous serions seuls et la soirée se poursuivrait ainsi, juste elle et moi.

Mais ensuite, elle pointe le doigt vers Duck et Lotus, assis à une table dans la pénombre, à l'extrémité de la salle. Duck nous fait signe.

Ma vision de la soirée parfaite s'évanouit.

— Vas-y, dis-je.

Elle trouve mes doigts, les attrape, me tire.

— Viens avec moi.

Mes espoirs affluent de nouveau. Nous nous frayons un chemin jusqu'aux autres. Encore sous le coup de la danse, il me paraît naturel de poser une main dans le dos d'Annie pour la guider à travers la salle, d'autoriser mon regard à s'attarder sur ses cheveux dont les reflets roux sont accentués par les chandelles ; quelques mèches commencent à s'échapper de son chignon et lui chatouillent la nuque. Duck se glisse sur le côté afin de nous laisser de la place sur le banc et, au moment de nous asseoir, Annie et moi nous effleurons le côté. Même une fois assis, nous nous touchons toujours, je suis certain qu'elle le sent aussi, pourtant elle ne fait rien pour créer de la distance.

J'ai conscience de chaque parcelle de mon corps en contact avec le sien.

— On est en admiration devant votre façon de danser, lance Duck en souriant.

Un peu partout dans la salle, les couples se forment et rejoignent la piste pour aller valser. Annie lève les yeux au plafond.

— Si, si, je t'assure, insiste-t-il. Vous vous débrouillez vachement mieux que mon frère.

— Félicitations à ton père pour sa distinction, dis-je à Lotus.

Tout en parlant, je sens les doigts d'Annie se frayer un chemin jusqu'aux miens et les enlacer sous la table, sur mes genoux. Une sorte de vertige s'empare de moi. Nous avons encore plusieurs heures devant nous et nous sommes toujours ensemble. Elle continue à me sourire. Et à me tenir la main.

— Merci, répond Lotus. Il aura fallu pas mal de temps pour qu'il l'obtienne. Depuis la Révolution, mon père a un peu de mal à trouver des mécènes pour sa poésie.

— Les clients morts ne paient pas bien, explique Lotus devant l'air interloqué de Duck, en faisant mine de se trancher la gorge avec l'index.

C'est à peine si je l'entends tant je suis envoûté par Annie. Depuis combien de temps ne m'a-t-elle plus tenu la main comme ça ? Enfin, comme ça, ce n'est sûrement jamais arrivé. On dirait qu'elle voudrait sentir chaque ligne, chaque cicatrice sur ma peau avec la pulpe de ses doigts. Une légère rougeur colore ses joues, comme si mon regard posé sur elle lui donnait chaud…

Ce pourrait-il que ce soit si facile, si simple ?

Lotus incline la tête, puis se penche en avant d'un air conspirateur.

— Vous entendez ça ? demande-t-il à voix basse en désignant du menton quelque chose derrière nous.

Dans la pénombre, impossible de distinguer le visage des occupants de la table voisine, mais leurs voix fortes sont indubitablement celles d'étudiants du Lyceum fraîchement diplômés en train de bavarder en langue draconique.

— Tu voudrais que ce soit lui, le prochain Protecteur ?

— Parmi les dragonniers du Quatrième Ordre ? Oui ! Pourquoi, tu choisirais qui, toi ?

La main d'Annie s'immobilise dans la mienne, son sourire se fige.

Lotus se redresse, nous regarde tous les deux à tour de rôle, puis porte son verre de vin à ses lèvres, comme si ce qui allait suivre promettait d'être drôle. Duck, qui n'a jamais été très doué en langue draconique, a surtout l'air perdu.

Timidement, je caresse la main toujours inanimée d'Annie, je suis les petites callosités qui ornent ses doigts fins, sillonne les sentiers lisses laissés par ses cicatrices dans sa paume. Je tente de la ramener à la vie, de la ramener à moi.

C'est simple. Facile. Allez, s'il te plaît, c'est exactement comme danser…

— Pas Vigor sur Vorace, ça, c'est sûr, répond la voix de l'autre garçon. Ce n'est qu'un sale petit prétentieux… Peut-être, je dis bien peut-être, Cor sur Maurana, mais, honnêtement… il y a de fortes chances pour que ce soit Lee sur Pallor. Surtout s'il remporte le tournoi du Premier Dragonnier.

Ma main s'arrête à son tour, sans lâcher celle d'Annie qui est toujours paralysée.

— Cette espèce de rat des taudis ? crache l'interlocutrice d'un ton indigné.

— Tu l'as vu danser ce soir, là, à l'instant ? Tu as déjà été en classe avec lui ? Il n'a pas du tout la dégaine d'un rat des taudis. Il me fait presque penser à un Fléaurage.

Ce garçon a lancé ça comme si ça venait de lui traverser l'esprit. Cette fois, tout le corps d'Annie se tétanise, sauf sa main qui revient à la vie.

Pour mieux lâcher la mienne et se réfugier sur ses genoux.

Aussitôt ma douce sensation de vertige euphorique se volatilise.

Je saisis mon verre avec ma main orpheline d'Annie et entreprends de le vider d'une traite.

Tu crois que ça s'arrêtera un jour ?

Ce que déclare ensuite le garçon de l'autre table m'interrompt en pleine gorgée de vin.

— En tout cas, ce sera toujours mieux qu'une ancienne serve. Bon, après, c'est sûr que ça fait une histoire bien larmoyante à souhait… Ils ont trouvé l'image parfaite de l'enfant de la Révolution…

Annie écarquille les yeux tandis que nos voisins s'esclaffent sur un ton faussement choqué. Elle se met à cligner des yeux rapidement, ses épaules nues se crispent. Lotus baisse la tête en se massant le front ; Duck nous observe tous les trois à tour de rôle en fronçant les sourcils.

Derrière nous, la fille taquine son ami :

— Qu'est-ce que tu as contre le fait d'avoir des serfs au pouvoir ?

— Rien, c'est juste que j'ai des doutes sur le niveau de qualification...

La conversation se poursuit ; certains diplômés se lèvent pour aller danser. Annie s'ébroue comme si elle se réveillait d'un mauvais rêve. Soudain, elle semble prendre conscience de la place qu'occupe son corps dans l'espace et du fait qu'il soit collé au mien. Elle s'écarte légèrement sur le banc. Bien que le mouvement soit à peine perceptible, la distance qui nous sépare désormais me fait l'effet d'un gouffre. La tension est palpable entre nous, comme si Annie appréhendait que je tente de combler cette distance.

Duck, qui comprend à peine la langue draconique et doit s'en remettre à ce qu'il lit sur nos visages pour deviner la nature de ce que nous venons d'entendre, se lève et tend la main à Annie. Ses cheveux, qu'il a peignés dans la salle de bains des garçons il y a quelques heures, sont toujours plaqués à son crâne sauf les pointes qui lui remontent dans la nuque.

— Tu viens danser ?

Annie lève sur lui de grands yeux bien trop brillants.

— Tu n'aimes pas danser, lui fait-elle remarquer.

— Avec toi, si.

Elle hésite, tourne légèrement la tête vers moi. Comme si je détenais la réponse. Un ancien besoin enfle en moi, associé à cette douleur si familière, refaisant surface comme l'épuisement.

Je donnerais tout pour pouvoir effacer le chagrin sur le visage de cette fille. Tout.

— Tu devrais y aller, lui dis-je. Tu vas t'éclater.

Les grands yeux d'Annie, sous leurs cils noirs, scrutent mon visage. Puis, elle acquiesce, se lève, accepte la main que lui tend Duck et le suit sur la piste.

Après leur départ, le silence retombe. Lotus paraît encore un peu embarrassé. Il se racle la gorge, puis pose une main sur mon épaule.

— Bon, c'est plutôt une bonne nouvelle pour toi, non ? C'est toi que la classe d'or préfère.

Tandis que Duck essaie de danser, un sourire hésitant apparaît sur les lèvres d'Annie, puis elle se met à pouffer malgré elle. Peu à peu, la douleur s'estompe dans son regard.

— Ouais, m'entends-je répondre.

Après ça, je sombre dans l'obscurité pendant un certain temps. J'ai conscience que la soirée se poursuit, Lotus s'éloigne pour aller saluer des gens avec ses parents, je me retrouve assis, seul, au fond de la salle, incapable de puiser assez d'énergie pour m'en aller. Annie continue à danser avec Duck.

Tu as vraiment cru qu'elle pourrait être heureuse avec toi ? Qu'elle pourrait oublier un jour ?

— Ah te voilà ! On te cherchait partout.

— Qu'est-ce que tu fais là, assis tout seul dans le noir ?

Cor et Crissa s'installent de part et d'autre de moi, et Cor me donne une bourrade avant de suivre mon regard que je mets trop de temps à détourner.

— Mon frère danse comme un pied, note-t-il.

Crissa observe Annie et Duck, puis se tourne vers moi et pose une main sur mon genou.

— On a pas mal discuté, Cor et moi. Est-ce que tu as commencé à t'entraîner pour la finale du tournoi ?

Je sors de ma torpeur.

— Pendant tout mon temps libre, tu veux dire ?

— Ha-Ha-Ha, très drôle. On voulait que tu saches que… on va s'entraîner avec toi.

Je les regarde tour à tour plusieurs fois. Ce ne sont que des ombres à la lueur des chandelles, mais leur visage est tourné vers le mien, leur corps incliné dans ma direction. Et soudain, la seule chose qui compte, c'est qu'ils soient là, à mes côtés.

— Vous n'avez pas le temps, les gars…

— On en trouvera. On veut que tu gagnes, Lee.

C'est fou, je viens d'entendre la même chose tournée de diverses manières de la bouche de vieux paons du Janiculum, pourtant, quand ça vient de Cor et Crissa, ça change tout. Un vrai vote de confiance en provenance directe de l'intérieur de notre unité ; je ne m'étais pas rendu compte à quel point j'en avais besoin.

— Je… ça me ferait très plaisir. Merci.

De l'autre côté de la salle, la musique change de style. Le son des cornemuses des Hautes Terres emplit la salle avec une mélodie très rythmée et le violon se fait plus rapide, plus enjoué. Le genre de musique qu'on ne jouait jamais, et qu'on ne souhaitait même pas entendre, dans les bals de l'ancien régime. Sur le point de quitter la piste, Annie se fait rattraper par Rock. Elle proteste sans conviction, en riant, avant de se laisser entraîner. En quelques bonds, la revoilà au centre de la piste. La plupart des danseurs qui occupent à présent celle-ci sont plus jeunes, des étudiants des plus récentes générations du Lyceum pour la plupart, qui se réjouissent clairement du changement d'ambiance. Un peu partout dans la salle, les convives plus âgés ne prennent pas la peine de cacher leur désapprobation. Toutefois, ceux qui profitent de la fête ne se rendent compte de rien.

Annie et Rock se trémoussent en miroir en poussant des cris ravis, se tiennent par les mains et se penchent en arrière… Les cheveux d'Annie ne tardent pas à s'affranchir totalement de leurs épingles et dégringolent dans son dos. Les mélodies des Hautes Terres sont si rythmées, si puissantes, qu'elles prennent aux tripes et s'emparent de nos jambes, si bien que, même assis, on ne peut s'empêcher de remuer les pieds. Changement de partenaires, à présent Annie danse avec un fonctionnaire d'État dégingandé aux cheveux blonds désordonnés qui la renverse en arrière avec un grand sourire. Peu après, la revoilà dans les bras de Duck.

Crissa me prend la main et la serre pour capter mon attention. Je me tourne vers elle. Sa robe, dont le bleu rappelle la mer Médée, est parfaitement assortie à ses yeux, et ses cheveux dorés brillent à la lueur des chandelles.

— Je crois qu'il est temps qu'on t'emmène prendre un peu l'air, déclare-t-elle.

ANNIE

Duck et moi regagnons le Cloître très tôt, ce matin-là, à l'heure où le ciel n'est déjà plus tout à fait noir. Sa veste jetée sur une épaule, Duck fredonne le dernier air que nous avons entendu tandis que, avec mes chaussures accrochées au bout des doigts, je savoure le contact du marbre froid des couloirs du Palais sous la plante de mes pieds endoloris. La voix de Duck résonne dans la cour intérieure déserte.

— Tu te rends compte qu'on vit ici ?

La cour sent la pierre froide et l'eau fraîche qui ruisselle joyeusement dans les fontaines. Les colonnes qui soutiennent le portique s'élèvent jusqu'aux plafonds voûtés au-dessus de nous ; celles-ci sont couvertes de lierre qui s'entortille jusqu'au sommet, la silhouette de ses feuilles se détachant sur le firmament. Au loin, le cri d'un goéland retentit.

— Tu te rends compte qu'on vole sur des dragons ?

Il pivote sur ses talons et continue à reculons.

— Tu te rends compte qu'on vient d'aller danser ?

J'éclate de rire.

— Pas trop mal, en plus, dis-je. Enfin, surtout à la fin.

Voilà, c'est donc ça, se sentir léger. S'évader. Pendant ces quelques petites heures où j'ai dansé jusqu'à ce que mes cheveux se détachent d'eux-mêmes, j'ai laissé tout le reste de côté, toutes ces pensées amères qui me hantent. J'ai été libre.

Le souvenir de la main de Lee dans la mienne me revient, ces vieilles sensations de réconfort retrouvées, mais accompagnées d'un nouveau danger… Et puis, son expression lorsque je me suis écartée de lui. On aurait dit que je venais de l'anéantir.

Nous arrivons dans le jardin du Cloître. Une lueur orange luit à travers les parois en verre cannelé du solarium ; quelqu'un a allumé un feu à l'intérieur, ce qui veut dire que dès que nous aurons franchi la porte, nous ne serons plus seuls. Je tends la main vers la poignée, mais Duck pose la sienne dessus et m'interrompt. Je me tourne vers lui.

— Eh, pas si vite, Annie.

Il m'attire vers lui et ce qui est sur le point de se passer m'apparaît tout à coup. Je me fige.

À une vitesse impressionnante, une centaine de petits événements isolés s'emboîtent dans ma tête, comme les chapitres d'un récit que, jusqu'à présent, je ne m'étais pas autorisée à lire.

Oh, nom d'un dragon, comment ai-je pu ne pas le voir venir ?

— Duck, je ne…

Il s'arrête.

Pendant un instant, nous restons immobiles tous les deux, et je sens la menace d'une fin se profiler entre nous : la fin d'une histoire qui aurait pu commencer et dont je suis presque certaine de ne pas avoir envie ; plus terrifiant, la fin de ce que nous partagions jusque-là.

Mais ensuite, Duck recule d'un pas avec un petit sourire. Même si ce dernier n'est pas aussi naturel que d'habitude, il s'en approche, lui plisse les yeux, étire sa mâchoire carrée.

— Oh, je… Tout va bien, Annie.

Une incertitude subsiste tandis que je l'observe : *est-ce vrai, que tout va bien ?*

— On rentre ?

C'est là que le tocsin se met à retentir.

LEE

Aux petites heures, Cor a fini par s'endormir. Crissa et moi sommes installés à côté de lui, sur une partie déserte du rempart extérieur où nous avions, au départ, décidé de grimper pour profiter de la vue sur la ville. Le feu que nous avions allumé s'est éteint. La pierre est froide, le corps de Crissa est chaud, et l'outre emplie de vin que nous nous passions à tour de rôle est vide depuis longtemps. J'ai l'impression d'entrer et sortir constamment d'un rêve. Dans ce rêve, ses mains sont dans mes cheveux, les miennes autour de sa taille, et sa bouche effleure la mienne.

Est-ce que ça lui a fait le même effet, de danser avec Duck ? Est-ce qu'elle s'est sentie aussi libre et insouciante avec lui ?

Dès que je ressors du rêve, je me rappelle que je ne devrais pas faire ça, et la conversation reprend.

— Crissa, ce n'est pas… On ne devrait pas…

Malgré l'obscurité presque totale, je vois ses lèvres esquisser un sourire. Nos visages sont si proches l'un de l'autre que les étoiles se reflètent dans ses yeux.

— On ne devrait pas quoi ?

Cette fois, c'est moi qui réponds en l'attirant contre moi et je nous emmène tous les deux dans mon rêve. Car si je perçois vaguement la culpabilité qui se profile à l'horizon, celle-ci me paraît encore si loin. Entre-temps, les lèvres gorgées de désir de Crissa ont entrouvert les miennes.

Soudain, des cloches retentissent. Nous nous écartons vivement et Crissa laisse tomber sa tête sur mon épaule en poussant un geignement. Ses cheveux sont répandus sur moi. Ces cloches, j'en reconnais les tonalités. D'un coup, la brume qui couvrait mon monde s'évapore, tout s'éclaircit.

— Déjà la cloche du matin ? Ce n'est pas possible, s'insurge Crissa.

— Ce n'est pas l'horloge qui sonne.

Elle se fige. Puis, les mains plaquées sur les dalles, elle se redresse et l'air frais du petit matin s'engouffre dans l'espace qu'elle a creusé entre nous. À l'est, le ciel rose est parsemé de nuages bas. Une seule balise est allumée sur la tour nord du Palais Intérieur. Et sous celle-ci, le tocsin continue à retentir. À côté de nous, Cor s'étire et grimace à cause du bruit.

Une terreur froide m'envahit et supprime le peu de chaleur que le vin avait laissé en moi.

Je le savais. J'aurais dû dire quelque chose. Il ne fallait surtout pas baisser la garde…

Crissa et moi nous levons en même temps et observons la ville encore assoupie. Dans les différents quartiers, les balises placées au sommet des perchoirs pour dragons s'allument, tout comme celles des miradors qui ponctuent les plaines des Basses Terres en s'estompant au loin en direction de la côte septentrionale. Un sentier de lumière qui nous mènera à la source de l'alerte.

Les cloches sonnent en rythme, formant le signal codé que nous avons appris à déchiffrer dès l'enfance, mais dont nous n'avons jamais eu de raisons de nous servir.

Par tous les dragons. Une attaque.

9

ROCHEFAMINE

LEE

La trêve du bal est déjà terminée, les paroles de Julia me vrillent les oreilles. « *Nous frapperons d'abord pour répandre la terreur.* » C'est ma faute, quel crétin. Je n'ai rien fait, j'ai laissé Holmes prendre une décision en sachant pertinemment que ça nous rendrait vulnérables…

Bon. Inutile de s'autoflageller pour l'instant, je n'ai pas le temps. Je saisis le bras de Cor à moitié endormi et le force à se lever. Une main plaquée sur le front, Crissa inspire lentement.

— Il faut qu'on se dépêche, qu'on fonce là-bas… et les dragons ne sont même pas sellés… et je porte toujours cette robe…

Elle empoigne la luxueuse étoffe avec dégoût, l'air dépassée par notre manque de préparation. Elle n'a pas tort, que peut-elle contre le feu de dragon dans cette tenue ?

Cor semble enfin remarquer la cloche qui sonne sans relâche, les balises allumées, et se met à pousser une flopée de jurons en boucle, comme une incantation. Je le secoue jusqu'à ce qu'il me regarde, puis je cherche l'attention de Crissa.

— Nous avons été entraînés pour ça.

Crissa secoue la tête, comme pour s'éclaircir les idées. Puis elle commence à réciter :

— Foncer à l'armurerie, s'habiller pendant que les soigneurs sellent les dragons, nous rendre à la grille de l'arène pour l'appel.

Nous n'aurons pas à courir bien loin : la portion des remparts sur laquelle nous nous trouvons est directement reliée au Cloître par une trappe et une échelle que nous dévalons quatre à quatre avant de nous précipiter dans le couloir en direction de l'armurerie.

— Comment veux-tu qu'on procède ? demande Cor tandis que nous courons.

La question m'est adressée alors qu'en tant que chefs d'escadron, nous avons tous les trois le même grade. Cela dit, j'ai déjà commencé à lui répondre lorsque je m'en souviens et m'en étonne.

— L'escadron aquacéleste partira en tête suivi par la moitié des escadrons aurélien et fléaurage. Les deux autres moitiés d'escadrons resterons ici pour veiller sur la ville qu'on ne peut pas laisser sans protection. Les aquacélestes et les autres suivront la route indiquée par les balises jusqu'au lieu de l'attaque. Une fois sur place, Crissa, il faudra limiter la riposte et plutôt retenir l'ennemi jusqu'à ce que tout le monde t'ait rejointe…

Au moment de pénétrer dans l'armurerie, Crissa me retient par le bras et m'oblige à m'arrêter. Cor s'arrête aussi et se tourne sur le seuil. À l'intérieur, c'est l'effervescence, les cris fusent, de nombreux dragonniers sont déjà en train de revêtir leur combinaison en toute hâte ; ils étaient pour la plupart encore en tenue de gala, comme nous.

— Lee, qu'est-ce qu'on doit faire ? lance quelqu'un depuis l'intérieur.

— On vous donnera les consignes en vol, continuez à vous habiller et foncez à la grille, vous assurez, dis-je avant de me tourner vers Crissa.

Son chignon n'est plus qu'un lointain souvenir et ses cheveux recouvrent ses épaules ; dans ce couloir sombre, sa robe bleue paraît presque noire. Elle a les yeux grands ouverts, la poitrine secouée par son souffle haletant.

— Et si c'est trop tard ? demande-t-elle.

— Qu'est-ce que tu veux di…

— Si c'est une extraction ?

Elle agrippe la taille cintrée de sa robe luttant pour récupérer son souffle après notre course folle. Cor tend le bras pour lui tenir le coude.

— Lee, et s'ils ont déjà… ?

S'ils ont déjà tout incendié ? *« Un seul dragon suffit à neutraliser un village. »* Que vont découvrir les aquacélestes de Crissa lorsqu'ils arriveront là-bas ? Sont-ils attendus par des dragons ou juste les restes calcinés qu'ils auront laissés derrière eux ?

— S'ils sont déjà repartis, fouillez tous les endroits touchés par le feu et sortez toutes les victimes qui remuent encore.

Nous avons été entraînés pour ça aussi, mais apparemment Crissa avait besoin qu'on lui répète la procédure à voix haute. Dès que j'ai terminé de reprendre celle-ci point par point, elle retrouve son calme et ses traits se durcissent.

Nous entrons dans l'armurerie et nous déshabillons. Ceux qui comme nous sont venus directement du bal ne portent pas les sous-vêtements habituels, mais pas le temps pour la pudeur. Crissa s'extirpe de sa robe en la faisant passer par-dessus sa tête avec autant d'aplomb que si elle était seule dans la pièce. Avec une sorte d'incrédulité engourdie, j'avise plusieurs taches rouges sur son cou. C'est moi qui ai fait ça, pourtant ce souvenir paraît déjà lointain.

Soudain, la porte s'ouvre brutalement et Annie s'engouffre dans la pièce, suivie de Duck. Elle a les cheveux défaits, ses manches sont baissées sur ses épaules de façon inégale. Je n'ai qu'une fraction de seconde pour me demander si Duck et elle faisaient la même chose que Crissa et moi avant qu'elle rejoigne son casier voisin du mien et attrape sa combinaison coupe-feu. Elle se contorsionne pour atteindre la fermeture de sa robe dans son dos et pousse un juron.

— Lee… souffle-t-elle.

— Donne-moi le couteau de ta botte.

D'un coup de lame, la somptueuse étoffe se déchire comme du papier. Elle s'en débarrasse avec hargne. Aussitôt je détourne la tête devant sa peau nue. Sans nous regarder, nous nous glissons dans nos combinaisons en nous trémoussant.

— Tu veux que je me place à l'avant gauche ou droit ? me demande-t-elle par-dessus son épaule.

Je repense au visage blême de Crissa lorsqu'elle a prononcé le mot « extraction ».

« Nous frapperons d'abord pour répandre la terreur. »

Combien de minutes se sont écoulées depuis que la première balise a été allumée ? Combien ont été allumées depuis la dernière que nous avons aperçue ? Quelles sont les probabilités, s'il y en a, que les Pythéens soient toujours sur place ?

Pour le combat, Annie est l'un des éléments les plus solides de notre flotte, mais confrontée à une extraction ? À un site incendié ? Annie, qui m'a serré la main si fort lorsque Duck a été brûlé par un fléaurage non ignitié que ses ongles ont laissé des marques sur ma peau, Annie serait-elle capable de faire face à ce qui sera très probablement une scène de dévastation comme elle n'en a plus vu depuis Holbin ?

Non. Si je peux au moins lui épargner ça, je dois le faire.

Ma réponse sort sèchement.

— Ni l'un ni l'autre. Je veux que Vigor et toi restiez pour protéger la ville avec la moitié de votre escadron. On ne peut pas laisser notre capitale sans défense.

Ce n'est qu'après avoir parlé que je me rends compte de ce qu'Annie va comprendre : comme le veut la tradition, le rôle de défenseur de la Cité est celui de l'Alternus. Elle se fige alors qu'elle est en train de sangler sa cuirasse. Ses doigts s'ouvrent et se ferment plusieurs fois sur les boucles en rythme avec son souffle. Puis elle relève la tête et me dévisage.

Vigor est le premier à réagir. Et, contrairement à Annie et moi qui sommes restés discrets, il élève la voix pour que toute la pièce l'entende. Entre lui et nous, les bancs alignés qui séparent la rangée de casiers des auréliens de celle des fléaurages. Il se tient à deux mètres de nous et s'est interrompu alors qu'il passait le plastron de sa cuirasse sur sa tête.

— Je rêve ou tu es déjà en train de donner l'ordre à Antigone de défendre Callipolis ? C'est une blague ? Il reste encore deux semaines avant la finale du tournoi. Tu n'es pas le Premier Dragonnier, Lee.

Vigor me toise d'un regard noir, dégoûté. Le dégoût, c'est une première, surtout dirigé contre moi et au nom d'Annie.

Cependant, il a vraiment mal choisi son moment pour commencer.

Autour de nous, les dragonniers se taisent et échangent des regards. Les yeux bruns d'Annie sont toujours plantés sur moi. Lorsqu'elle reprend la parole, c'est à voix basse, proche du murmure, comme si, en dépit de l'esclandre de Vigor, elle était déterminée à ce que cette conversation reste privée.

— Je veux participer à la contre-attaque.

Je baisse la voix à mon tour, mais j'ai besoin qu'elle comprenne.

— C'est sans doute déjà trop tard pour une contre-attaque.

Annie bat des paupières. Elle doit avoir entendu les mots implicites, même si je ne les ai pas prononcés : « site incendié ».

Je ne sais pas à quelle réaction je m'attendais, mais certainement pas à ce sourire tendu chargé de déception et ce regard appuyé, comme si elle venait de comprendre quelque chose, mais quoi ? On dirait que tout ce que j'ai réussi, c'est à lui faire mal autrement. Au lieu de s'expliquer, elle respire un bon coup et, sans se départir de cette expression crispée de douleur et de stupéfaction mêlées qui lui donne un air presque amusé, elle se contente d'un :

— Bien, monsieur.

Puis elle se détourne et continue à s'équiper avec des gestes secs.

Vigor, qui ne s'est pas donné la peine de faire semblant de ne pas écouter, émet un reniflement moqueur derrière moi qui me fait littéralement bondir.

— Alors c'est ça le prétexte ? lâche-t-il avec sarcasme. Le « passé » d'Annie ? T'as un sacré culot, Lee...

Les autres Gardiens jettent des coups d'œil dans notre direction. Cor, qui se tient deux casiers plus loin que Vigor, a même arrêté de s'habiller pour assister à notre confrontation, et Crissa m'étudie d'un air contrarié pour me faire comprendre qu'en ce qui la concerne, j'ai tort. Qu'à cela ne tienne, je suis maintenant bien trop furieux pour m'en soucier. Depuis quand sont-ils concernés par ce qui se passe entre Annie et moi ? Vigor n'a pas la moindre idée de ce dont il parle...

Mâchoires serrées, j'achève d'attacher ma jambière, mais avant que j'aie eu le temps de rétorquer, Annie lève la tête de son armure et s'adresse à Vigor :

— On a des ordres. Il faut défendre la Tour. Dépêche-toi de t'habiller.

À ma grande stupéfaction, Vigor ne discute pas.

Crissa est la première de son escadron à être prête et c'est sa voix qui résonne ensuite dans la pièce.

— Allez, les gars ! Armes, protections, gourdes ! lance-t-elle à ses dragonniers en se dirigeant vers la porte.

Dehors, dans les premières lueurs de l'aube, les Gardiens arrivent deux par deux à intervalle de trente secondes devant la grille de l'arène ; les dragons émergent de la grotte et se posent à peine le temps de charger leur dragonnier ; les soigneurs se tiennent prêts pour aider à fixer les bottes dans les étriers et serrer les sangles. L'escadron aquacéleste prend son envol en premier. Après leur départ, Cor et moi sélectionnons les dragonniers de nos propres escadrons à envoyer au front. Enfin, je monte sur Pallor et m'élance dans le ciel, laissant derrière moi Annie et son visage blême avec les demi-escadrons qui assureront la défense de la ville.

Elle s'imagine qu'elle peut gérer un site incendié ? Très bien. Mais si elle attendait de moi que je mise sur son orgueil alors que des vies callipolitaines sont en jeu, elle se trompe. Son besoin de faire ses preuves est le cadet de mes soucis…

En fait, des soucis, j'en ai déjà bien assez avec la « famille ». Ce n'est qu'une fois dans les airs qu'une autre hypothèse me frappe de plein fouet.

Et si nous ne tombions pas sur un site incendié ? Et si nous n'arrivions pas trop tard, et si Julia m'attendait sur son dragon, ou Ixion, ou un autre ami ou un parent perdu depuis si longtemps ?

Que faire dans ce cas ?

ANNIE

Lorsque Vigor et moi atterrissons avec nos demi-escadrons respectifs sur les remparts pour monter la garde, c'est la première fois que nous nous posons sur la Tour de Pytho pour autre chose qu'un entraînement. Aujourd'hui, alors que le jour se lève, tout ce que j'aperçois de la citadelle et de ses remparts, ce sont des silhouettes brutes sur fond de ciel gris. En contrebas, la ville ressemble à un jouet dans le clair-obscur, avec ses tourelles minuscules dépassant des toits-terrasses ; les premiers rayons du soleil font scintiller le fleuve. À l'est, les plaines des Basses Terres s'étirent et ondulent dans diverses nuances de bleu en direction de la mer, tandis que les Hautes Terres se dressent à l'ouest. Nous regardons le reste de notre flotte suivre le sentier formé par les balises en direction du nord, les silhouettes ailées rapetissant à l'horizon.

Ce faisant, je me rappelle la tête de Lee, le jour où nous avons aperçu la flotte pythéenne pour la première fois.

Et voilà que ce garçon, dont j'ai vu les traits empreints de nostalgie à la vue de l'ennemi, m'ordonne de rester en retrait et d'attendre pendant que lui part les affronter.

Il a raison : ils arriveront sûrement trop tard et ça m'aurait retourné les tripes d'affronter ce spectacle insoutenable.

Mais il n'en reste pas moins absurde que face à la menace incarnée par ces gens que Lee considère comme sa famille, il n'ait remis en question que ma capacité à leur faire face.

Combien de fois ai-je eu besoin du réconfort de ce garçon ? Combien de fois me suis-je rappelé et ai-je regretté la facilité de notre relation d'autrefois, à Albans, quand je pouvais encore espérer ça de lui ?

Désormais, je sais à quoi m'en tenir. Ce temps-là est révolu.

Car c'est une chose d'être jugée inapte par Goran, par le ministère de la Propagande, par tous mes professeurs et les fonctionnaires d'État pour lesquels j'ai effectué des rondes.

C'en est une tout autre d'être jugée inapte par Lee.

Et ça va bien au-delà d'une simple blessure d'orgueil.

S'ils n'arrivent pas trop tard et que Lee se retrouve confronté à sa famille, aura-t-il assez de détermination pour garder foi en Callipolis ? Dans le cas contraire, qui pourra l'arrêter si je ne suis pas là pour le faire ? Qui d'autre que moi, dans le corps des Gardiens, a la moindre chance de rivaliser avec Lee, s'il fallait en arriver là ?

Je devrais être là-bas.

D'un côté, j'ai Vigor qui patiente calmement à côté de moi, et je sens qu'il attend que je brise le silence. De l'autre, j'ai Aela, dont la présence embrase mon esprit comme un feu déchaîné. Je pose une main sur l'articulation d'une aile repliée de cette dernière qui se tourne vers moi. Sa tête cornue emplit mon champ de vision, cachant les remparts, la ville et l'horizon rose. Et tandis que je scrute ses yeux dorés, un souvenir refait surface, telle une vision : la voix de mon père, tout droit sortie d'une ancienne vie pour se répandre dans ma mémoire, bourrue, avec un accent que j'ai moi-même perdu depuis longtemps.

« Tu vois, Annie, ils nous regardent nous agenouiller, ils voient l'arrière de notre crâne et ils s'imaginent que nous avons capitulé. Ils ne se rendent pas compte qu'on réfléchit tout aussi bien à genoux que debout. »

De sa main calleuse, assez large pour tenir tout mon visage, il me lève le menton pour que je le regarde et s'accroupit à ma hauteur. Ce regard intense et ce sourire conspirateur sont ceux d'un homme dont j'ai cru autrefois qu'il serait toujours là pour me protéger.

Lorsque la vision s'estompe, je comprends enfin.

Mon père m'a enseigné le genre de courage dont il avait besoin, celui qui consiste à réfléchir en étant à genoux. C'est tout ce qu'il avait, lui.

Mais aujourd'hui, alors que je me tenais devant Lee sur Pallor, j'en ai eu assez du courage de mon père. Le goût de ces mots dans ma bouche était insupportable : « Bien, monsieur », ces mots amers et familiers, comme du lait qui a tourné, adressés au fils d'un seigneur dragon. Enfin, je comprends que si je n'aime pas ce goût, c'est à moi d'agir.

Oui, j'en ai marre de réfléchir à genoux. Il est temps pour moi de réfléchir debout.

Pendant toute cette réflexion, Vigor est resté à côté de moi, en silence. Il attend. À la lueur du jour, il devient autre chose qu'une silhouette en armure à côté de Vorace. Une partie de moi lui en veut énormément, est furieuse contre lui, même, mais le reste reconnaît que, là tout de suite, ce que j'éprouve à son égard n'a aucune importance.

— Quand est-ce que tu es libre pour un entraînement ?

Vigor n'exprime ni surprise ni triomphe et ne fait aucun commentaire.

— Demain. Avant d'aller patrouiller. J'ai un créneau.

— Bien. Alors on s'y met demain.

LEE

Le littoral commence à apparaître, une ligne bleu-gris dans le petit matin. Mon cœur manque de s'arrêter quand, pendant un laps de temps, je crains que le tracé de balises nous mène au Fort

Aron et au petit village qui y est attaché, dans la baie d'Aron, l'une des rares zones plus peuplées de la côte septentrionale. Mais non, les balises dépassent le fort et continuent sur leur lancée. À un peu plus d'un kilomètre de là, au large de la côte, une petite île est la proie des flammes. Le feu qui est en train de la ravager éclaire la petite baie.

Rien d'autre en vue si ce n'est la mer grise qui s'étend à perte de vue ; pas de trace de dragons hostiles, pas d'éclairs enflammés qui auraient condamné nos aquacélestes à affronter des dragons ignitiés.

Ils ont incendié l'île et sont repartis aussi vite.

Une partie de moi-même, une partie horrible et lâche, ne peut s'empêcher d'être soulagée.

Alors que nous approchons, je la reconnais. Cette odeur soufrée et enivrante que je n'avais plus sentie depuis des années. L'odeur du feu de dragon.

Je presse les genoux sur Pallor pour lui faire exécuter une descente en piqué, entraînant dans mon sillage les escadrons aurélien et fléaurage. Des silhouettes sombres ailées plongent et ressortent des flammes : les aquacélestes sont déjà arrivés sur les lieux. L'île est minuscule et très peu peuplée, et ses quelques habitations sont toutes en train de brûler. Plusieurs bateaux sont venus au secours des habitants, un mélange d'embarcations civiles et militaires du Fort Aron qui se pressent à une distance raisonnable de la côte. L'aquacéleste de Crissa enchaîne les allers-retours entre les bateaux et l'île incendiée, transportant les victimes qu'elle peut sauver en lieu sûr.

Nous avons à peine touché le sol que je tranche les sangles qui maintiennent mes bottes et bondis de Pallor. Les flammes continuent à dévorer les bâtiments qui nous entourent dans un concert de craquements secs et de crépitements. D'autres Gardiens fouillent les lieux en criant avec frénésie. Malgré ma combinaison et le filtre de ma visière, la chaleur me donne le tournis, et je me mets à tousser sans plus réussir à m'arrêter.

— Lee... par ici...

Lotus et Duck sont en train de se démener pour soulever des poutres, encore partiellement en feu, qui se sont effondrées afin de dégager l'entrée d'une bâtisse. Je viens en renfort lorsqu'un grand craquement nous parvient de l'intérieur : le plancher vient de céder. Duck place les bras devant son visage casqué et se prépare à entrer, mais je le retiens.

— Non. La structure est trop fragile.

— Mais il y a des gens là-dedans, Lee... On les entend...

Il tente de se libérer lorsque, dans un nouveau craquement, le toit enflammé s'effondre sous nos yeux.

— C'est trop tard, Duck, dis-je en le repoussant en arrière.

ANNIE

Bouillonnant de me voir ainsi réduite à l'impuissance, je promène mon regard sur la ville. Il ne doit rien y avoir de pire au monde que cette attente insoutenable. Laissée dans l'ignorance.

Que sont-ils en train d'endurer ? Qui reviendra ?

Le soleil est déjà haut dans le ciel lorsque notre flotte aérienne réapparaît à l'horizon. Entre-temps, mon imagination s'en est donné à cœur joie, si bien que lorsque nous les apercevons, mon soulagement se mue assez vite en un épuisement inattendu. Ils sont tous sains et saufs. Ils vont bien.

Je laisse quelqu'un en poste sur la Tour et le reste d'entre nous redescend. Mes pieds me mènent non pas à l'armurerie, mais plus loin dans la grotte. Je trouve Duck dans la zone réservée aux nids des aquacélestes. Il est en train d'ôter la selle de Certa, les doigts tremblants, les pupilles encore dilatées par le débordement. Il est noir de suie et empeste le feu de dragon. Cette odeur suffit à raviver des souvenirs qui me donnent instantanément la nausée.

— Annie…

— Tu es blessé ?

Difficile de croire que, quelques heures plus tôt à peine, nous étions en train de danser en riant et que, pendant une fraction de seconde, j'avais eu peur de le perdre à cause d'un truc aussi débile qu'un baiser.

Duck secoue la tête. Il semble avoir beaucoup de mal à articuler.

— Lee et d'autres sont encore là-bas, parvient-il à m'expliquer. Ils relèvent les témoignages des… survivants…

Puis, son visage couvert de suie se décompose.

Il ne m'en faut pas plus pour comprendre. Ils n'ont pas dû se battre ; Lee n'a affronté personne. Toutefois, ce qu'ils ont vu était certainement bien pire.

Je ne suis pas étonnée par les souvenirs qui jaillissent dans mon esprit en devinant ce qui s'est passé, mais bien par le grand calme qui s'empare de moi. Ce sentiment, tout à coup, d'avoir ça ancré en moi. Je suis déjà passée par là. Je sais ce que c'est. Ce sont des sentiers que je parcours en long et en large, dans mon sommeil ou éveillée, depuis une éternité.

LEE

Cette île, appelée Rochefamine, fait partie de la poignée de petites îles rattachées au régime situées le long des côtes septentrionales de Callipolis. Elle a été baptisée comme ça en raison de ses paysages arides et de la tragédie dont elle a été le théâtre au cours de l'invasion des Aurélien. En raison de sa population clairsemée, sa sécurité n'a pas été renforcée pendant le mois qui vient de s'écouler. Nous étions aussi partis du principe que la proximité d'une cible bien plus importante comme le Fort Aron la mettait à l'abri du danger.

Au final, le nombre de victimes est plutôt limité. Sept morts sur une population totale de vingt-six habitants. Les témoignages confirment que deux fléaurages et un aquacéleste sont sortis de nulle part et ont mis le feu aux habitations avant de repartir sans achever le travail. Ceux qui se sont réveillés à temps et ont réussi à échapper aux incendies n'ont pas été traqués.

À l'exception d'un seul, qui vient me trouver sur la galère où les survivants sont recensés et soignés. Le jour se lève, gris, nuageux, sur le pont du bateau doucement ballotté par la houle.

— C'est vous, Lee sur Pallor ?

Un jeune garçon aux cheveux blonds s'approche de moi sous la pluie, une couverture sur les épaules et une tasse de thé intacte entre ses mains encore tremblantes. Il s'est levé de l'endroit où il était assis avec ses parents et sa sœur sur le pont.

— Oui.

— J'ai un message pour vous de la part de… Julia Fléaurage.

Le pont n'était déjà pas très animé en dépit du nombre de personnes qui s'y trouvent, mais à ces mots, un grand silence s'abat. Seuls le bruit des vagues et le cri des goélands résonnent.

Entendre le nom de Julia dans la bouche de cet inconnu m'emplit d'une terreur sourde.

— Pour… moi ?

Le garçon acquiesce.

— Pour le Premier Dragonnier, précise-t-il. Le Premier Dragonnier et le Premier Protecteur.

La voix du garçon est trop tendue pour que je songe à le contredire. Sous cette couche de suie, son expression est indéchiffrable et ses yeux semblent bordés de blanc. Crissa et Lotus, qui étaient en train de recueillir le témoignage d'autres survivants un peu plus loin, se sont levés et Crissa a plaqué une main sur sa bouche.

— Elle a atterri, elle m'a parlé et elle m'a fait mémoriser le message avant de…

Il laisse la phrase en suspens.

— Vas-y, dis-je d'une voix rauque.

Il inspire, puis récite :

— Considérez ceci comme un avant-goût. C'est l'œuvre de trois dragons ignitiés, mais nous en aurons bientôt plus. Nous continuerons jusqu'à ce que Callipolis nous soit rendue et, la prochaine fois, nous ne serons pas aussi cléments. Vous avez jusqu'au Jour du Palais pour changer d'avis. Avez-vous vraiment envie de…

Le gamin s'arrête à cet endroit et me dévisage, comme s'il venait de se souvenir de quelque chose à mon sujet et qu'il hésitait à continuer.

— De… ?

— Avez-vous vraiment envie d'être responsables du sort de nombreux nouveaux orphelins callipolitains ?

10

PARTENAIRES D'ENTRAÎNEMENT

Lui et la petite furent les seuls enfants de leur orphelinat à obtenir des résultats suffisants à l'épreuve des métaux pour être conviés à la cérémonie du Choix. Le jour tant attendu, le jeune garçon débordait d'enthousiasme. Contre toute attente, voilà qu'il revenait au Palais Intérieur. Et il était sur le point de participer à la cérémonie du Choix, comme le voulait son droit de naissance.

La petite fille, elle, ne partageait pas son allégresse. Sur le seuil de la salle des Triarques, dans la file d'enfants qui attendaient d'être présentés aux dragons, elle tremblait de la tête aux pieds.

— Je ne veux pas entrer là-dedans.

Le garçon venait de passer une année à se tracasser pour cette histoire d'épreuve et le fait que la cérémonie du Choix soit désormais accessible aux gens du peuple, alors lorsqu'il regarda la fille, la seule chose qu'il pensa, c'est que quelque chose d'extraordinaire était sur le point de se produire et qu'il ne fallait surtout pas qu'elle rate ça. Sans réfléchir, il lui prit la main.

— On va le faire ensemble.

Lorsqu'il pénétra dans la salle, le garçon repéra un balcon placé en hauteur duquel plusieurs adultes observaient la cérémonie. Lui-même s'était déjà tenu là-haut, le jour où son frère avait été soumis au Choix. Cette fois, il y repéra l'homme qui lui avait sauvé la vie.

Ils passèrent devant un premier dragonneau, un aquacéleste élancé à la robe violette, de la taille d'un chien. Son regard les survola sans le moindre intérêt et ils continuèrent.

— Tu vois? Facile, murmura-t-il à la fille. Ce ne sont que des bébés. Ils ne peuvent pas encore cracher du feu. À moins qu'il y en ait un qui te choisisse, ils ne te remarqueront même pas.

Elle ne lui demanda pas comment il savait ça. Son regard était focalisé sur la sortie, à l'autre bout de la salle. Ils passèrent devant un autre aquacéleste, puis un troisième. Il trouvait qu'ils se débrouillaient bien, jusqu'à ce qu'il la sente se figer à côté de lui.

Ils venaient d'arriver dans la section des fléaurages. Sa première pensée à lui fut « enfin ».

La race de dragons de sa famille. Il était chez lui.

Mais ensuite, il avisa la petite dont les traits étaient déformés par la peur. Elle regardait les fléaurages – ses fléaurages – avec une terreur telle que les larmes commencèrent même à dévaler ses joues.

Devant ce triste spectacle, il eut l'impression que quelque chose se brisait en lui.

—Allez, viens, dit-il.

Il l'entoura de ses bras et l'aida à passer devant ces magnifiques, ces fantastiques fléaurages sur lesquels il avait toujours rêvé de voler. Cependant, c'est à peine s'il parvint à leur jeter un coup d'œil tant il était préoccupé par ce que ressentait la fille dont les épaules tremblaient tandis qu'il la guidait.

—Ils ne te feront aucun mal, viens…

Très vite, ce fut terminé : il n'avait pas été choisi, mais ce n'était pas grave. Tout à coup, ça n'avait plus aucune espèce d'importance…

— Tu vois, on l'a fait, c'est fini… la rassura-t-il.

Tout ce qu'il souhaitait, c'était voir disparaître ce désespoir de son visage tandis qu'il s'efforçait de faire abstraction du sien.

Autre chose se peignit bel et bien sur les traits de la petite, mais pas ce à quoi il s'attendait. Au lieu d'étudier ses pieds, elle avait levé les yeux et ceux-ci étaient rivés à quelque chose, derrière lui.

Il suivit son regard et… tomba sur un aurélien ; elle était en train d'observer un dragon aurélien qui, lui aussi, la scrutait avec la plus grande attention.

Il avait entendu dire qu'une sorte de magie s'opérait au moment où un dragon choisissait son dragonnier… que l'animal créait une sorte de lien, une profonde connexion tirée d'une forme de magie ancestrale. Son père, lui, avait toujours affirmé que ce n'était qu'un mythe, que le choix reposait sur un simple comportement instinctif et qu'il n'y avait rien de magique là-dessous.

Pourtant, en voyant la métamorphose qui s'opérait sur le visage de la fille, il ne put s'empêcher de penser qu'il assistait à un événement surnaturel. Cette fille qui, une minute plus tôt, se recroquevillait de peur contre lui avait à présent lâché sa main et semblait l'avoir complètement oublié. Elle fit un pas vers le dragon, puis un autre, sans jamais détacher ses yeux de celui-ci. Lorsqu'ils se retrouvèrent nez à nez, elle posa une main entre les deux yeux de la bête.

Le jeune garçon fut tellement fasciné qu'il ne songea pas un instant à s'interroger sur les petits coups que quelqu'un était en train de lui donner. Lorsqu'il se retourna enfin pour voir ce dont il s'agissait, il dut lever la tête et son regard rencontra deux grands yeux noirs luisants. Autour de lui, tout s'arrêta.

LEE

Je suis assis en face d'Atreus tandis qu'il examine ma transcription du message des Pythéens que m'a remis le jeune garçon de Rochefamine. La tranche des volumes en langue draconique alignés sur les étagères de son bureau offre un contraste saisissant avec l'austérité méticuleuse de son bureau, des chaises sur lesquelles nous sommes assis et de son uniforme simple, sans la moindre fioriture. Des lignes soucieuses se creusent autour de sa bouche et sur son front au fur et à mesure qu'il lit. Pour finir, il croise les mains et relève la tête. Nous sommes début d'après-midi, le lendemain du bal du Lyceum, mais on dirait qu'une année entière s'est écoulée depuis hier soir.

— Vous avez très bien géré la situation, Lee.

Mais la vérité me retourne l'estomac : non, je n'ai pas bien géré du tout. J'ai laissé cette situation se produire. J'ai laissé Holmes suspendre la surveillance aérienne en sachant pertinemment qu'il ne fallait surtout pas le faire.

— Que comptez-vous leur répondre ?

— Aux Pythéens ? Rien du tout pour l'instant, répond Atreus d'une voix émaillée de dégoût.

— Mais notre flotte n'est pas encore ignitiée.

— Ça ne devrait plus tarder. Je n'en doute pas. Ils nous laissent jusqu'au Jour du Palais ? Très bien. Il peut se passer beaucoup de choses en trois semaines. Je les attendrai au tournant avec joie.

L'objection suivante franchit mes lèvres avant que j'aie pu la retenir.

— Et si ça ne valait pas le coup ?

Atreus lève brusquement le menton et pose les mains sur le bureau.

— Que voulez-vous dire ?

Je revois les yeux bordés de blanc du jeune garçon, cette île incendiée que nous avons rejointe quelques minutes trop tard.

— Et si tout ça, cette guerre, n'apportait à Callipolis… que de nouveaux orphelins ? En admettant que nos dragons finissent par s'ignitier et que nous en arrivions là un jour. Ne vaudrait-il pas mieux…

— Capituler ?

— Trouver un compromis, dis-je d'une voix enrouée. Il existe peut-être une solution intermédiaire ?

Pendant un court instant d'égarement, je suis à deux doigts de tout lui dire. Je m'imagine en train de lui expliquer : « Quand j'étais enfant, vous m'avez sauvé la vie. Je crois en tout ça, en ce que nous sommes en train de faire. Je vous jure que Julia finira par m'écouter, ils m'écouteront, laissez-moi être le pont qui… »

Laissez-moi trouver un moyen de nous sortir de là sans devoir les affronter dans les airs.

Atreus me devance.

— Je sais à quel point il est difficile de prendre certaines décisions en sachant que les conséquences risquent de faire souffrir certains.

Sa voix est douce, pleine d'empathie. Comme si, alors que je n'ai même pas exprimé le désarroi que j'ai ressenti face à cette scène de désolation sur le dos de mon dragon, il comprenait exactement le poids qui pèse sur mes épaules.

— Mais c'est le prix à payer de tous les dirigeants, ajoute-t-il. Jusqu'où seriez-vous prêt à négocier avec ces gens, Lee ? Ils ne veulent pas de notre monde. Ils veulent récupérer le leur. Et ça, jamais je ne le permettrai. Ce que nous sommes en train de bâtir vaut tellement mieux.

La suite du petit discours d'Atreus m'ôte toute possibilité de lui avouer la vérité, comme s'il soufflait sur une bougie.

— Vous êtes l'avenir de ce pays, Lee. Un dirigeant élu selon des règles et pas en vertu d'un quelconque droit de naissance. Je ne tolérerai aucun compromis là-dessus.

Et si je vous disais que je suis les deux à la fois ?

Bien sûr, jamais je n'oserais lui faire cette remarque. C'est fou qu'après autant d'années, et alors que j'ai moi-même appris à maîtriser la rhétorique, les paroles d'Atreus aient toujours le pouvoir de me donner des frissons. Même lorsqu'il condamne les miens.

« Ce que nous sommes en train de bâtir vaut tellement mieux. »

Ce discours, je le connais, il m'apaise. La vision d'Atreus est mon phare dans la nuit, elle balaie tout le reste avec sa force de persuasion et son assurance. *Tellement mieux.*

— Les états d'âme dont vous m'avez fait part, vous ne serez pas le seul à les éprouver, admet-il. En particulier si l'ignition de notre flotte continue à se faire attendre.

Il joint le bout de ses doigts, puis les tapote les uns contre les autres en étudiant les documents posés sur son bureau comme s'il suivait une opération terrestre depuis le ciel.

— Il va falloir rassurer la population, c'est primordial, déclare-t-il tout à coup d'un ton sec. Je vais m'entretenir avec la ministre de la Propagande afin que des mesures soient prises.

ANNIE

Le lendemain de l'attaque de Rochefamine, Vigor et moi avons rendez-vous pour notre premier entraînement juste après le discours d'Atreus sur la place du Peuple. La nouvelle s'est déjà répandue jusque dans la capitale depuis le Fort Aron. La foule est étonnamment calme tandis qu'Atreus décrit ce qui s'est passé à partir du moment où les balises ont été allumées. Debout parmi les autres Gardiens présents, je ne peux m'empêcher de jeter un coup d'œil à Lee quand Atreus prononce certains mots : « Deux fléaurages et un aquacéleste… un survivant porteur d'un message de la part de Julia Fléaurage… nous ne capitulerons pas… l'ignition de notre flotte aérienne ne devrait plus tarder, nous n'en doutons pas un instant… »

Que peut-il bien se passer derrière le masque impassible qu'il a revêtu ? Qu'a-t-il vu, de quoi est-il en train de souvenir, à quoi pense-t-il ? C'est Lotus, et pas Lee, qui m'a appris que le messager survivant était un enfant. Julia Fléaurage, ce nom évoque-t-il quelque chose pour Lee ? Qu'imagine-t-il lorsqu'il entend le mot « capituler », si ce n'est le retour à un monde qui doit certainement attiser chez lui des désirs enfouis ?

Je me demande aussi ce qui se passe dans la tête des gens qui nous observent. À la fin de l'allocution, la foule remontée par les paroles et la voix d'Atreus rugit, mais lorsque Crissa et moi traversons le quartier des Halles un peu plus tard pour rentrer au Palais, le ton des conversations qui se murmurent au coin des rues et des ruelles est tout autre.

— Au moins, avec les seigneurs dragons, on pouvait se défendre…

— Sans compter qu'avec les seigneurs dragons, mes fils n'étaient pas payés une misère par le Conseil ouvrier…

— Des gens du peuple et des femmes sur les dragons, la belle affaire si notre flotte n'arrive pas à s'ignitier…

La rumeur pseudoscientifique dont parlait Dora Mithrides au bal du Lyceum semble avoir ruisselé jusqu'aux classes de métal les plus basses. Lorsqu'ils nous aperçoivent Crissa et moi dans notre uniforme de Gardien, ces petits groupes de citoyens de bronze s'interrompent pour nous regarder passer, et si certains, pris d'une méfiance soudaine, font taire leur voisin d'un coup de coude, les plus téméraires exécutent une révérence outrancière avec un sourire sardonique souvent rempli de chicots.

— Longue vie à la Révolution, mesdemoiselles les Gardiennes.

— Citoyen, le salue Crissa avec raideur.

Leurs petits rires amers à peine contenus nous parviennent lorsque nous tournons au coin de la rue. Je suis si troublée par leur agressivité que j'en tremble. Crissa a les lèvres pincées et les poings serrés. Nous passons sous la pancarte du *Sanglier Mariné* qui oscille au-dessus de l'entrée de la taverne. La dernière fois que j'ai mis les pieds dans cette partie du quartier des halles, j'étais sur les épaules de Rock et tout le monde se battait pour m'offrir un verre. Aujourd'hui, les conversations s'éteignent à notre arrivée, les visages se ferment et les bouches se crispent.

Aux grilles du Palais, nous nous séparons. Crissa continue vers le Palais Intérieur et je prends la direction du Cloître, puis de la grotte pour me préparer à mon premier entraînement avec Vigor. Aela est pelotonnée dans son nid, endormie, une aile repliée sur elle comme une couverture. En me penchant pour l'éveiller, je m'affale à genoux, prends sa tête entre mes mains et appuie mon front contre le sien. Elle ouvre ses yeux mi-clos de reptile et émet un grondement semblable à un ronronnement.

— Quand est-ce que tu seras ignitiée ? Quand ?

Mais Aela ne détient pas la réponse. Nos dragons ont tous été soumis à de nombreux examens par les soigneurs et des spécialistes qui tentent de provoquer l'ignition, en vain. Le mal-être que suscite chez Aela tout ce remue-ménage m'atteint jusqu'au Cloître.

Elle bâille en découvrant ses rangées de crocs acérés, puis se lève en s'ébrouant. Je jette ma selle sur son dos.

— Il est temps d'aller s'amuser un peu avec ton fléaurage préféré.

Le soleil de l'après-midi chauffe l'Eyrie ; je sue déjà sous ma combinaison coupe-feu. Au-dessus de nous, le ciel s'est paré d'une fine pellicule de nuages qui atténue son bleu et adoucit les rayons implacables de l'astre du jour. Vigor m'attend déjà, Vorace couché à son côté, ailes déployées sur le sol pour les réchauffer. À leur vue, Aela se cabre en grondant, puis me décoche un regard lourd de reproches. Vorace ne bouge pas, mais les épines de sa tête s'aplatissent et il pousse un grognement sourd en guise de réponse.

— Ne me regarde pas comme ça, dis-je en grommelant à Aela, son harnais à la main. Ils ne seront pas méchants, cette fois-ci...

— Quel discours enflammé, hein ? lance Vigor en guise de salut. Rien de tel qu'une bonne dose de propagande pour bien commencer la journée.

Il s'installe sur une pierre à côté de Vorace et le caresse sous la mâchoire pour l'apaiser. C'est si bizarre de m'asseoir avec Vigor pour papoter. Même s'il y a plusieurs mètres entre nous, ça paraît dangereux, comme baisser les armes devant l'ennemi. Après un dernier renâclement incrédule, Aela s'assied à côté de moi, si près que son flanc s'appuie contre le mien, diffusant sa chaleur à travers ma combinaison. Elle toise Vorace, le défiant d'oser s'approcher. Sa queue remue sur les dalles, raclant la pierre. Vigor observe ces allers-retours hostiles avec un désintérêt las.

— Juste après, Crissa et moi avons quand même entendu des gens dire qu'ils n'étaient pas contre le retour des seigneurs dragons.

Vigor fait la moue.

— Ce que les gens peuvent être bêtes.

Sa condescendance habituelle dans toute sa splendeur. Cela dit, ça me rappelle les révélations de Dora au bal du Lyceum sur ses origines, et puis sa colère, sa réaction défensive alors qu'en réalité ça n'aurait eu aucune importance pour moi s'il n'avait pas passé des années à m'humilier à cause de mes origines pauvres. Et voilà qu'au final, il s'avère que nous partageons les mêmes.

Est-ce qu'il remonte un peu dans mon estime à la lueur de cette information, ou bien est-ce l'inverse ?

Il s'étire comme un chat, bras tendus au-dessus de la tête, roule des épaules et arque le dos, sans jamais rompre le contact visuel avec moi.

— Avant qu'on se lance là-dedans, je veux que les raisons pour lesquelles on le fait soient bien claires. Alors, vas-y, Annie. Dis-moi.

J'opte pour la vérité.

— Je ne veux pas devenir l'Alterna de Lee.

Vigor hoche la tête, puis observe les gradins vides de l'arène qui nous entourent tel le bord d'un bol, l'air songeur. L'été est déjà bien avancé et son visage a pris une teinte marron foncé au soleil.

— Je ne te demande pas ce que tu ne veux pas. C'est ce que tu veux qui m'intéresse. Pourquoi as-tu envie de gagner ?

Je suis prise de court.

— Laisse-moi te rappeler les faits, continue Vigor en se mettant à énumérer sur ses doigts. Tu es finaliste, comme Lee. Tu es son égale, si pas meilleure que lui, dans toutes les matières et la seule à pouvoir rivaliser avec lui dans les airs. Vous avez exactement le même parcours, avez vécu le même genre de drames. Tu es, jusque dans les moindres détails, aussi qualifiée que lui pour accéder à ce poste de Premier Dragonnier. Tu es le seul véritable écueil qui se dresse devant lui, mais ça, il ne s'en rend pas compte. Et je ne suis pas certain que tu en sois consciente non plus.

En entendant ainsi la liste de mes points forts – sans petites réflexions ni amertume, juste les faits – mon malaise s'intensifie au point de devenir insupportable.

— Bien sûr que si, j'ai conscience de tout ça, mais…

Vigor attend la fin de mon objection, lèvres retroussées. J'ai les joues qui brûlent, mais je résiste au besoin de changer de sujet. C'est ainsi que je m'entends dresser la liste des faiblesses qui me hantent, comme sous la contrainte.

— Je… Je ne suis pas… aussi douée que lui avec les gens, je ne suis pas une meneuse née comme lui. Je n'ai jamais réussi à charmer qui que ce soit, je suis nulle pour les discours et…

Vigor pianote son impatience sur les écailles de Vorace.

— Ce qui pourrait jouer contre toi pour le mandat de Protecteur, mais pour être une bonne Première Dragonnière, il te faut juste un esprit stratège, des compétences dans les airs et des nerfs d'acier.

Pendant un instant, le choc de ses mots – leur simplicité – m'empêche d'y croire.

Non. Ça ne peut pas être aussi simple, je ne peux tout de même pas avoir douté de ma légitimité au sein du Quatrième Ordre pendant des mois alors que j'aurais dû comprendre depuis le début.

Comme je ne dis rien, Vigor se penche en avant.

— Raconte-moi d'où tu viens.

Dans un premier temps, je me crispe, tant j'ai l'habitude de l'entendre dénigrer mon passé avec un plaisir évident, mais ensuite, alors que la queue d'Aela se resserre autour de moi, je vois où il veut en venir. Vigor ne parle pas de mes origines, de ma pauvreté ou de mon manque de bienséance.

Il me demande ce que j'ai réussi à accomplir en dépit de tout ça.

Je murmure ma réponse :

— J'ai vu ma famille être emportée par le feu d'un dragon à l'âge de six ans et je suis malgré tout devenue dragonnière.

Vigor scrute mes traits de ses yeux bruns, comme chaque fois qu'il me pose des questions sur le feu des fléaurages pour se moquer, si ce n'est qu'aujourd'hui, son expression est dénuée de cruauté.

On y décèle même de l'admiration.

— Bon sang, mais oui, tu l'as fait, chuchote-t-il.

Il se penche et plaque ses paumes sur la pierre cuite par le soleil de l'Eyrie.

— Maintenant, tu veux bien me réexpliquer ce qui te pousse à vouloir devenir Première Dragonnière ?

Je referme les doigts sur la corne d'Aela et je m'y agrippe avant de m'autoriser à formuler ce que j'aurais dû dire dès le début.

— Parce que je ferais du bon boulot.

* * *

Aela et moi sommes incapables de déborder sur commande. En apprenant ça, Vigor se pince l'arête du nez d'un air à la fois incrédule et agacé.

— J'aurais dû m'en douter, grommelle-t-il. T'es vraiment du genre à tout garder pour toi, hein, Annie ?

— Je vais le prendre comme un compliment.

Avec un petit reniflement sarcastique, Vigor me fait comprendre que ce n'était pas son intention, puis il se lève et époussète ses mains l'une contre l'autre. Je l'imite. Face à face sur l'Eyrie, nous sommes de retour en terrain connu. Nous redevenons deux adversaires. Vorace et Aela sont sur le qui-vive, ils ont senti un changement dans l'air.

— Alors, tu l'as trouvé comment, mon combat contre Duck ?

Des années que je me coltine les petites réflexions mesquines de Vigor, alors je vois très bien où il veut en venir. Aela s'est levée et je sens sa proximité s'intensifier au fur et à mesure que la colère enfle en moi.

— Ne fais pas ça…

Mais Vigor insiste, implacable.

— Qu'est-ce que ça t'a fait de le voir comme ça ? Tu t'es sentie désarmée ? Est-ce que tu as eu peur pour lui ?

Aela est si proche de moi que je sens presque son esprit effleurer le mien. Mon souffle est de plus en plus court. Ma répulsion commence à déteindre sur Aela, mais ce jeu ne m'amuse plus du tout, je veux arrêter la partie.

— Arrête, Vigor, ce n'est pas…

Il éclate de rire.

— Qu'est-ce qu'il y a, Annie ? Tu as cru que j'allais me transformer en agneau parce que je t'ai proposé de m'entraîner avec toi ? Tu veux que je te dise ce que j'ai ressenti, moi, pendant ce combat ?

Ses propres pupilles sont en train de se dilater. Vorace se lève à son tour, redresse la tête et rugit en direction du ciel. Ils ont débordé. Du sourire de Vigor émane cette énergie sauvage typique de l'influence d'un dragon.

— Non !

Il se penche en avant et baisse la voix, mais celle-ci résonne sèchement sur l'Eyrie balayée par le vent.

— Je me sentais super bien. Parce que battre Duck, c'est toujours un plaisir. Parfois, rien de tel que d'abuser un peu de sa force.

Cette fois, ma fureur éclate et se répercute sur Aela avec la violence d'une marmite sous pression qui explose. Au fur et à mesure que mes émotions se déversent sur elle, un grand soulagement m'envahit. Tout à coup, elle ouvre grand les ailes et pousse un mugissement en crachant de la cendre. Vorace et elle frappent le sol en se toisant, prêts à attaquer.

Avec une froideur soudaine, Vigor sonde mon regard, sans doute y cherche-t-il cette dilatation des pupilles qu'on peut observer chez lui.

— Bien, fait-il, visiblement satisfait. Ne laisse pas le lien se briser. Viens, on s'envole.

Je me précipite sur Aela et nous quittons le sol comme si ce dernier était désormais insupportable pour nous.

Quand on se bat alors qu'on est en plein débordement, tout paraît très réaliste sur le moment, mais il est ensuite très difficile de se souvenir clairement de tout. Pourtant, Vigor choisit de me donner son avis dans les airs, plutôt qu'au sol. Ses paroles traversent l'épais brouillard que forment nos émotions mêlées à Aela et moi.

— C'était trop mou. Recommence. Allez, on y retourne.

En dépit de ses nombreuses critiques négatives, Vigor conclut notre premier entraînement par :

— Je savais que tu étais faite pour ça. Même heure demain ?

Toujours sous le coup de la colère, la mienne et celle d'Aela, toujours brûlante bien qu'elle commence à s'atténuer, je suis incapable de répondre et dois me contenter de hocher la tête.

De retour au Cloître, je trouve Duck affalé sur un banc dans la cour intérieure. Le voir comme ça ravive les paroles de Vigor dans mon esprit et la fureur recommence à enfler en moi. Mais ensuite, je me rappelle qu'au cours des dernières vingt-quatre heures, Duck a dû encaisser des épreuves bien plus pénibles que le harcèlement de Vigor. Lotus m'a appris que sur les huit rescapés que les premiers dragonniers aquacélestes arrivés sur place ont réussi à sauver, cinq ont été tirés des flammes par Duck. Son cou est bandé sous son uniforme, témoignant des brûlures subies pendant l'extraction.

— Comment tu te sens ?

Il se redresse et hausse les épaules. Après l'attaque, j'ai été surprise par sa capacité – que je n'ai jamais eue ni, pour autant que je sache, Lee non plus – à exprimer tout ce qui le hantait plutôt qu'à tout garder enfermé en lui. Mais ça ne rend pas tout ce qu'il a vécu plus facile à digérer pour autant. Duck ne nous a pas parlé des gens qu'il a sauvés : uniquement des victimes pour qui il n'a rien pu faire. D'ordinaire, il aurait attiré mon attention sur le clapotis de la fontaine, le bruissement des arbres ou le chant mélodieux d'un oiseau, mais aujourd'hui, lui non plus ne semble rien remarquer de tout ça.

— Je me sens… ça va. Alors, cet entraînement ? demande-t-il.

Duck est la seule personne à qui j'ai confié ma décision de m'entraîner avec Vigor et à sa façon de poser la question, je comprends qu'il imagine le pire.

Je réfléchis à ma réponse, songeant à tous ces trucs que m'a dits Vigor. *« Rien de tel que d'abuser un peu de sa force. »* Même lorsque la rage nous poussait, Aela et moi, à atteindre de nouveaux sommets, à repousser de nouvelles limites, je le détestais. Et, en ce sens, cet entraînement a réellement été l'un des pires.

Mais ensuite cette phrase qu'il a réussi à m'arracher, quelques instants avant de provoquer cette colère qui a tout changé, me revient en mémoire.

Un esprit stratège, des compétences dans les airs et des nerfs d'acier.

Je ferais du bon boulot.

Pas besoin d'apprécier Vigor pour qu'il ait raison.

Pour la première fois depuis le début du tournoi, je m'autorise à l'imaginer. Mon nom, accolé à ces mots qui représentent à la fois un titre, une fonction et un grade.

Antigone sur Aela, Première Dragonnière de Callipolis.

Le simple fait d'associer ces mots dans mon esprit est déjà un petit défi en soi, alors m'en sentir légitime, n'en parlons pas. C'est un pied de nez à chaque préjugé qui subsiste à Callipolis, à tous ces ministres et leurs notes, et peut-être même, un pied de nez à moi-même.

Pourtant, les secondes s'égrènent et je continue à oser y croire.

— C'était un bon entraînement.

LEE

Cette fois on sent que l'ultimatum des Néo-Pythéens plane sur la cité comme une épée de Damoclès. La fin de l'été est une période de l'année que je redoute toujours, car elle est associée depuis bien trop longtemps aux macabres souvenirs du Jour du Palais. Mais cette année, pour la première fois, la Cité entière partage mon mal-être.

Quelle que soit la réponse de Callipolis aux Pythéens, je me sentirai responsable d'une manière ou d'une autre. Parce qu'Atreus ne l'a peut-être pas lu comme ça, mais le message de Julia ne contenait pas uniquement un ultimatum destiné à Callipolis. Il m'adressait aussi une toute dernière chance.

Une dernière chance de trouver une solution afin d'éviter la guerre.

Et, avec une flotte non ignitiée, comment pourrions-nous en notre âme et conscience envisager…

— Lee. Il faut que tu t'entraînes.

Cor m'oblige à fixer une heure et un endroit pour un premier entraînement avec Crissa et lui. J'y consens, un peu désorienté. Depuis l'attaque de Rochefamine, le tournoi du Premier Dragonnier dont la grande finale se tiendra la semaine qui précède le Jour du Palais, n'a cessé de me sortir de l'esprit et d'y revenir épisodiquement.

Il faut reconnaître que ce combat est un peu éclipsé par l'anxiété croissante du Jour du Palais.

Et puis, quand je pense à ce tournoi, les paroles de Julia refont surface avec toute leur force séductrice : *« Est-ce que tu as tellement envie de devenir Premier Dragonnier que tu en goûtes déjà la saveur ? »*

Annie sera une adversaire redoutable, mais mon véritable adversaire, mon vrai défi, c'est le Jour du Palais, et Julia, fille de Crethon, qui attend que je change d'avis.

Le tournoi du Premier Dragonnier n'est pas le plus gros de mes tracas.

Toutefois, il serait idiot de ma part de ne pas m'y préparer. Alors le premier jour où nous avons un moment de libre tous les trois, nous nous donnons rendez-vous sur l'Eyrie. Crissa et moi arrivons avant Cor. C'est la première fois que nous nous retrouvons seuls depuis le bal du Lyceum.

— Crissa, ce soir-là…

Elle lève les deux mains pour m'interrompre avec un petit sourire forcé.

— Quoi que tu t'apprêtes à dire, je suis sûre que je le sais déjà.

Nous nous dévisageons longuement, puis, à ma grande surprise, Crissa incline la tête et émet un petit rire timide. Que j'imite.

— C'était super.

— Oui. C'est vrai, confirme-t-elle avec un sourire hésitant.

Je voulais ces mots comme une conclusion, pour mettre un terme à ce qui avait peut-être commencé, en finir avec ça. Pourtant, lorsqu'elle s'assied à côté de moi, un peu plus près que d'habitude, mon ventre se noue. Finalement, ça n'a pas l'air si fini que ça.

— Désolé pour le retard, lance Cor en se posant avec Maurana.

Il descend de selle et renvoie sa dragonne dans le ciel, où Phèdre et Pallor sont déjà en train de dessiner des cercles, avant de venir s'asseoir à côté de moi aussi. Me voilà flanqué de mes deux amis. Crissa s'éclaircit la voix et sort un calendrier sur lequel elle a entouré une date, dans dix jours. Celle de la finale du tournoi du Premier Dragonnier. Une semaine plus tard, c'est le Jour du Palais.

— J'ai apporté ça, je me suis dit que ça nous aiderait à nous organiser, explique-t-elle.

Dix jours seulement.

Dix jours pour m'entraîner.

Et un peu plus pour arrêter les Pythéens.

Sinon…

Sinon, nous devrons affronter la puissance de leur colère et, comme il est peu probable que l'ignition de notre flotte ait eu lieu d'ici là, nous serons contraints de subir.

— Sur quoi veux-tu qu'on se concentre, Lee ? On peut organiser notre programme en fonction de tes besoins.

Je me ressaisis, puis hésite. Face à la plupart des adversaires, je n'ai aucun mal à déterminer la meilleure technique de combat à adopter… mais le hic, dans ce cas-ci, c'est qu'Annie n'a aucune faiblesse dont je pourrais tirer parti.

Cor prend la parole.

— Le débordement. Il paraît qu'Annie s'entraîne à le maîtriser avec Vigor.

C'est la première nouvelle qui parvient à me surprendre depuis que les balises se sont allumées dans la nuit du bal du Lyceum. Annie s'entraîne avec Vigor ?

— Depuis quand ?

— Depuis… depuis Rochefamine, je crois.

L'hésitation de Cor ne m'a pas échappé, pas plus que la concentration soudaine avec laquelle Crissa étudie son calendrier, en se frottant le front du bout des doigts. La censure muette qu'elle s'impose et qui lui contracte les épaules me fait l'effet d'un vent glacial.

Je les observe tour à tour avec insistance.

— C'était grave à ce point ? Dans l'armurerie ?

Je connais déjà la réponse à ma question, mais je l'ai quand même posé dans l'infime espoir que la leur soit différente. Hélas, non. Cor plisse les yeux ; Crissa hausse les épaules.

— Je peux comprendre pourquoi tu as donné cet ordre, répond-elle d'un ton prudent. Mais je comprends aussi qu'elle ait pu trouver ça… un peu trop autoritaire.

Rochefamine est en train de devenir le nom du catalogue complet des erreurs que je pouvais commettre en une seule nuit.

— Bref, intervient Cor d'un ton abrupt, comme pour évacuer le malaise que son annonce a suscité. Je disais surtout ça au cas où tu aurais envie de t'essayer au débordement aussi ?

— Cor a raison, acquiesce Crissa vivement, en se débarrassant de son air désapprobateur. Ça pourrait t'être utile.

Elle tapote sa plume sur le calendrier.

Je secoue la tête.

— Je ne pratique pas le débordement.

Cor lâche un soupir frustré.

— Pourquoi ? s'enquiert Crissa.

— Je n'aime pas perdre le contrôle.

Crissa se tourne brusquement vers moi et me dévisage avec un air appuyé, sourcils haussés. Je rougis.

Un peu perdu, Cor nous observe à tour de rôle.

Crissa reporte son attention sur le calendrier.

— Bon. En tout cas, tu devrais te préparer à recevoir des attaques où le débordement interviendra. On peut dresser une liste d'exercices qui vont dans ce sens et puis on n'aura plus qu'à les retravailler en continu.

— N'oublions pas le corps-à-corps, intervient Cor en illustrant son propos d'une bourrade dans mes côtes. Le combat opposera deux dragons de la même race, donc ce sera autorisé.

Après quelques exercices d'échauffement, Crissa et Cor jouent plusieurs fois le rôle de l'adversaire chacun à leur tour. En tant que chefs d'escadron et avec leur expérience, ils maîtrisent tous les deux à la perfection les exercices d'entraînement, en étant attentifs à l'intensité des coups, à la cadence, etc. Je me retrouve très vite en sueur et Pallor devient brûlant sous l'effort. L'heure passe à toute vitesse. Grâce à eux, je parviens presque à oublier pendant un instant Rochefamine, Julia, toutes les erreurs que j'ai commises, et toutes celles que je suis peut-être sur le point de commettre.

Après l'entraînement, je desselle Pallor et me dirige ensuite vers les nids des aquacélestes. Crissa est en train de brosser Phèdre, seule. La sueur assombrit les cheveux dorés de sa tresse à moitié défaite.

—Je voulais juste te dire que... Je n'aurais pas dû...

Le « je n'aurais pas dû » que je m'apprête à énoncer concerne Annie, c'est un aveu de culpabilité devant la déception muette que mon attitude a provoquée chez Crissa, mais ensuite, d'autres « je n'aurais pas dû » affluent dans ma tête.

Dont un rien que pour Crissa : je n'aurais pas dû l'embrasser sur les remparts, juste parce que j'avais besoin de me sentir moins seul. Même si elle est très jolie, qu'elle me fait rire et qu'elle semble clairement intéressée...

Mais le pire « je n'aurais pas dû », celui que je ne peux réparer, ni même avouer, celui dont la gravité a le pouvoir d'obscurcir ma vue, c'est : je n'aurais pas dû laisser Holmes supprimer les patrouilles aériennes le soir du bal du Lyceum.

Crissa s'interrompt et me dévisage, la brosse dégoulinant de mousse noire de cendre sur le flanc nacré de Phèdre.

—Non. Tu n'aurais pas dû, répond-elle, sans me demander de quoi je parle, ni tenter de me contredire.

À ces mots, le soulagement m'envahit et je parviens enfin à évacuer l'air qui était coincé dans mes poumons.

Crissa pose la brosse dans le seau et s'avance vers moi. Très près. Trop près. Assez, en tout cas, pour que je me souvienne avec précision de ce que ça fait de l'embrasser, de sentir sa superbe chevelure enroulée autour de mes doigts. Derrière elle, Phèdre pousse une sorte de soupir de volupté, arque le dos, écarte les ailes, puis, tout à coup, s'immobilise. Chaque nerf de son corps semble en alerte. Comme Crissa, qui est en train de me scruter.

Le langage du corps de la dragonne m'assèche la bouche, même si c'est le souffle de Crissa que je sens lorsqu'elle murmure.

—Ça arrive à tout le monde. Tout le monde commet des erreurs. Toi aussi. Et moi aussi.

Une demi-heure plus tard, lorsque j'entre dans la salle de bains des garçons, mon sang est encore en ébullition. Je tombe sur Cor, seul, penché au-dessus d'une bassine d'eau, en train de frotter lentement sa nuque maculée de cendre. Ses yeux noisette m'épinglent dans le miroir.

—Je ne suis pas stupide, tu sais.

Je m'arrête sur le seuil.

—Je ne dirai qu'une chose, et après on n'en parlera plus, tu feras ce que tu voudras. Je serais prêt à tuer quiconque ferait du mal à mes sœurs. Tu es mon ami, Lee, et si tu devenais mon commandant de flotte, je te suivrais jusqu'aux enfers. Mais Crissa est comme une sœur pour moi. Et elle mérite mieux qu'être ton plan B. Tu me suis ?

Je ne sais si c'est parce que je comprends exactement ce qu'il veut dire, ou que je ne peux pas encaisser plus de cette culpabilité qui me rend malade et dont je viens à peine de réussir à m'alléger un peu. À moins que ce soit parce que, une demi-heure plus tôt, Crissa m'a regardé dans les yeux, m'a qualifié d'erreur, et puis m'a embrassé quand même. Toujours est-il que je me surprends à lui donner le genre de réponse… disons qu'il a déjà frappé des gens pour moins que ça.

—Si tu as peur pour Crissa, tu n'as qu'à aller lui en parler.

Cor range sa serviette sur l'étendoir d'un geste sec, puis soupire. Mes muscles se contractent, mes poings se serrent et, tout à coup, j'ai envie de me battre. Cependant, Cor se contente de secouer la tête et ses épaules s'affaissent. Il renonce.

—Déjà fait.

Par la suite, je m'entraîne avec Crissa et Cor presque tous les jours. Après nos séances, lorsqu'il nous reste un peu de temps, que l'euphorie du vol et de l'effort chante encore dans mes veines, Crissa et moi nous retrouvons dans le nid de Phèdre ou celui de Pallor. La présence de nos dragons ajoute un côté transgressif qui a raison de mes meilleures résolutions. Car je partage toutes les réserves de Cor jusqu'au moment où je décide de les ignorer. Je me perds alors pendant ces quelques longs instants dans une forme d'abandon, d'oubli, qui touche au bonheur. Un peu plus tard, je finis toujours, mais avec de moins en moins de conviction, par me dire que Cor a raison et qu'il faut vraiment que ça s'arrête.

Le reste du temps, le monde continue de tourner dans l'incertitude. Je passe de réunions avec les officiers de la marine en patrouilles côtières à quelques rencontres de mobilisation avec un malaise que je suis incapable d'exprimer. Qu'est-ce qui attend Callipolis après le tournoi du Premier Dragonnier et le Jour du Palais ? Quel bain de sang effroyable nous réservent les Pythéens ?

Dès que j'ai un moment de libre, je place dans la balance l'intérêt de me battre d'un côté, celui de renoncer de l'autre, et je tente d'aboutir à la meilleure équation. À chaque fois, le résultat de mes calculs est plus ou moins le même et rejoint la conclusion qu'Atreus a énoncée d'un ton impitoyable dans son bureau après l'attaque : aucun compromis possible. Que ce soit de la part des Pythéens ou d'Atreus.

Toutefois, si je parviens systématiquement à la même réponse, mes doutes refusent de céder du terrain.

Si j'ai la moindre chance d'empêcher cette nouvelle déferlante de violence et que je ne la saisis pas… que pourrais-je bien récolter si ce n'est encore plus de sang sur les mains et d'autres Rochefamine à déplorer ?

ANNIE

Désormais je passe la moindre seconde de temps libre dans l'arène, j'apprends à réagir à chaque soubresaut nerveux, chaque bouffée d'anticipation. Tous les autres pans de ma vie sont mis en sourdine pendant que je me focalise sur le seul élément de mon avenir que je maîtrise encore. Je me sens désespérément proche du but. La victoire est à ma portée. Je me démène avec mon courage et ma détermination pour réussir à franchir la ligne d'arrivée avant de flancher.

Chaque jour, après les cours, je retrouve Vigor pour un entraînement et c'est comme si Aela et moi étions en train de nous défaire de tout ce que Goran nous a enseigné depuis le sol. Ainsi, nous apprenons à ne plus nous en remettre aux étriers, aux rênes et au mors pour communiquer, mais à l'échange d'impulsions silencieuses qui s'opère entre nous, sans filtre. Sur le moment, c'est exaltant de placer ainsi toute sa confiance dans un autre être, mais ensuite, l'épuisement s'abat sur nous et nous rappelle notre vulnérabilité. Et lorsque je me dégage de l'esprit d'Aela, j'ai beaucoup de mal à distinguer mes souvenirs des siens.

Les jours passent et notre connexion ne cesse de s'approfondir, mais nous sommes toujours incapables de déclencher le débordement de manière autonome. Autrement dit, je dépends toujours des provocations de Vigor pour le déclencher. C'est même devenu une sorte de rituel de début d'entraînement. Pourtant nous sommes obligés de remonter de plus en plus loin dans mes souvenirs et ça devient insoutenable pour moi. On peut tout à fait provoquer le débordement à l'aide d'émotions positives, mais il semble que ça ne fonctionne pas sur moi. Vigor m'incite donc à faire remonter la douloureuse expérience de ma rencontre de mobilisation ratée à Holbin, puis le message que le ministère de la Propagande m'a fait parvenir juste avant le tournoi du Quatrième Ordre, et nous continuons à creuser comme ça jusqu'à nos premières années au sein du corps des Gardiens avec tout ce que m'a fait subir Goran jusqu'à ce que Lee aille trouver Atreus pour le dénoncer.

Bien sûr, Vigor pose toujours un regard différent du mien sur ces souvenirs.

— Tu te rappelles quand Goran mettait fin aux exercices pratiques avant qu'une seule fille ou qu'un seul gueux ait eu l'occasion de s'y essayer et qu'ensuite il vous humiliait parce que vous étiez incapables de faire ce qu'il demandait ? J'ai toujours trouvé ça hilarant…

Ou :

— Tu te rappelles la fois où Duck s'est fait mordre à la jambe par son propre dragon à cause de moi ? Même si ça m'a valu une méchante correction de la part de Cor et Lee après, je crois que ça reste mon plus bel exploit de notre première année. Duck a boité pendant des jours…

Ou bien encore :

— Tu te rappelles que c'était toujours toi que Goran désignait pour pelleter et évacuer le crottin de dragon ? Rappelle-moi un peu pour quel motif ?

Le front dégoulinant de sueur, Vigor affiche un grand sourire, comme s'il connaissait déjà la réponse. Je la lui donne quand même parce que, même si je le déteste plus que jamais dans ces moments-là, je cherche surtout à atteindre le débordement qui est là, je le sens, tout proche.

— Il disait que je nettoyais mieux que les autres.

— Il n'avait pas tort, cela dit, raille Vigor.

Et il n'en faut pas plus pour me faire basculer.

Je ressors de ces séances furieuse – contre Vigor, contre tous ces souvenirs, furieuse – mais aussi avec un sentiment de triomphe. Car pour la première fois de ma vie, j'ai trouvé une utilité à mes anciennes blessures. La fureur me donne accès à Aela et lorsque nous fusionnons comme ça, nous sommes puissantes. Oui, mes douloureuses expériences servent enfin à quelque chose et, mieux encore, elles semblent perdre un peu de leur virulence une fois que je les ai exploitées.

Un jour, Vigor me prend totalement au dépourvu :

— Est-ce que tu veux essayer de remonter au tout début ?

— Pardon ?

— Oui, tu sais, évoquer ta famille, ce qui vous est arrivé. Avec moi, ça marche toujours.

Mon air dérouté doit me trahir, parce qu'il ajoute d'un ton impatient :

— Pas ma famille d'adoption, bien sûr. Ma vraie famille. Quand mon père a laissé ma mère enceinte mourir dans un foyer pour pauvres et que j'ai été recueilli par les patrons chez qui elle faisait le ménage.

— Oh.

C'est la première fois que Vigor s'exprime sur ce passé auquel Dora a fait allusion au bal du Lyceum, pourtant voilà qu'il en parle comme si j'avais toujours été au courant. Il m'adresse un large sourire, trop large même, puis masse brièvement son crâne humide. Le soleil tape fort en cette fin d'été.

— Je me suis toujours dit que ça devait te rester en travers de la gorge aussi, m'explique-t-il.

Aela renâcle et me pousse avec son museau; tout en réfléchissant, je la caresse sous sa mâchoire épaisse. Je cherche au fond de moi les émotions décrites par Vigor. Je mets bien le doigt sur un vague souvenir de colère et de douleur, mais je m'aperçois surtout que celles-ci ont perdu leur intensité d'elles-mêmes au fil du temps.

—Apparemment non, remarque Vigor en m'observant.

Je hausse les épaules.

—Ça s'est passé il y a longtemps. C'est… fini.

Cette constatation a quelque chose de libérateur, même si j'en ressors aussi avec le sentiment étrange d'un grand vide. *Fini.* À défaut de m'apporter la paix, le temps a au moins atténué ma douleur. Mais ce qu'il en reste ne suffira pas pour rejoindre l'esprit d'Aela.

Une expression mystérieuse se peint sur les traits de Vigor. Son dédain habituel mêlé à autre chose. On dirait de la jalousie, ou de l'amertume.

—Tant mieux pour toi.

Mais d'après le ton de sa voix, je suis certaine qu'il n'en pense pas moins.

Une heure plus tard, notre entraînement terminé, je traverse la grotte des auréliens dans un silence épuisé pour regagner le Cloître lorsqu'un bruit m'interpelle. Il provient du renfoncement où se trouve le nid de Pallor. Les lanternes y sont allumées. Sans réfléchir, je prends cette direction, puis m'arrête net. Je viens de comprendre la nature de ces sons. Comment ai-je pu ne pas les identifier tout de suite? Des gloussements féminins, quelques paroles murmurées, des souffles saccadés. Devant moi, Lee et Crissa sont en train de s'embrasser, enlacés contre le mur de la grotte.

L'espace d'un instant – qui se prolonge un peu trop – j'observe la façon dont Lee la tient, une main sur sa hanche, agrippée au cuir de sa combinaison coupe-feu, l'autre plongée dans ses cheveux. Il lui incline la tête en arrière pour l'embrasser dans le cou. Comme au combat, il maîtrise totalement ses mouvements, il fait preuve d'une détermination presque brutale contrebalancée par une précision délicate.

La bouche sèche, les joues brûlantes, je prends la fuite.

C'est donc ça, « le désir », me dis-je une fois seule. Cette conscience accrue de mon propre corps, cette douloureuse envie d'être dans ses bras, de sentir ses mains et ses lèvres sur ma peau plutôt que de les regarder à l'œuvre sur une autre… Quelle malédiction que cet état, et de m'y retrouver pour Lee…

C'est donc douloureux à ce point, de désirer quelqu'un et de le découvrir dans les bras de quelqu'un d'autre.

Les deux jours qui suivent, je passe mon temps à les épier, comme une vulgaire commère du Lyceum, et je me déteste de m'abaisser à ça. J'étudie chacune de leurs interactions, dès qu'ils échangent un sourire, qu'ils rient à la blague de l'autre ou qu'ils s'effleurent en se croisant. Est-ce le fruit de mon imagination ou Lee, qui s'est muré dans le silence et dont l'humeur est très sombre depuis l'attaque de Rochefamine, paraît plus heureux lorsqu'il est en sa compagnie ?

J'essaie de me convaincre que c'est une bonne nouvelle qu'il ait trouvé une raison de sourire, que cette perspective ne devrait pas me faire souffrir, que tout ce qui compte, c'est le tournoi du Premier Dragonnier et que « ça » n'est qu'une source de distraction futile et vaine…

C'est Crissa qui finit par mettre un terme à mes spéculations tourmentées en venant me trouver dans le dortoir, seule.

— Annie. Il faut que je te parle.

Au ton de sa voix, je devine le sujet qu'elle veut aborder. Elle a renoncé à son attitude de cheffe d'escadron et s'assied sur le lit en face du mien avec une mine grave. Pendant un moment, on n'entend plus que le cri des goélands qui nous parvient par la fenêtre ouverte. Et là, je décide de nous épargner ça, à toutes les deux :

— Je suis déjà au courant.

Crissa penche la tête, son air sérieux vacille.

— Ah oui ?

J'acquiesce.

— Bon, alors… je comptais te demander… si ça ne te dérange pas ?

Je repense à cette sensation affreuse, comme si on me lacérait les entrailles avec un poignard, au moment où j'ai découvert le corps de Lee pressé contre le sien, ses lèvres qui se promenaient sur sa peau à elle.

— Pourquoi veux-tu que ça me dérange ?

Ma voix est glaciale.

— Tu sais très bien pourquoi, Annie, répond Crissa d'un ton las.

— Lee est libre d'embrasser qui il a envie. Toi ou n'importe qui d'autre, c'est pareil.

Crissa se raidit comme si je venais de la gifler.

— Ça, ce n'était pas très gentil, me signale-t-elle doucement.

Son reproche me fait l'effet d'un coup de fouet. Je songe au soir où j'ai réussi à me qualifier pour la finale, quand Crissa a déboulé avec les autres dans l'infirmerie et m'a emmenée faire la fête, aux heures qu'elle a passées avec moi sur les remparts de l'arène, sacrifiant son temps libre pour améliorer mon discours ; à sa prévenance avant le bal du Lyceum et ses efforts pour m'aider à surmonter mon malaise.

Crissa ne mérite pas toute cette colère.

— Ce que j'essaie de te dire, poursuit-elle en s'efforçant visiblement de garder son sang-froid, c'est que si tu t'y opposes – si ça te contrarie – alors j'arrête tout.

« Si ça te contrarie. »

Je pense à présent à ce garçon de mon ancienne vie, celui qui veillait toujours à ce que j'aie de la nourriture en suffisance, qui m'a appris ce que c'était de ne pas être affamée en permanence. Je pense à ces années passées à m'entraîner au combat quotidiennement avec lui, où il se perfectionnait autant que moi. Je pense à ces quelques instants suspendus, au bal du Lyceum, lorsque nous nous sommes mis à danser et que tout s'est arrêté autour de nous.

Ensuite, je me rappelle que le visage de ce même garçon me fait souvent frissonner d'effroi parce qu'il a hérité des traits d'un autre visage, et que tout ce qui compte en ce moment, c'est de m'entraîner comme jamais pour le tournoi du Premier Dragonnier parce que j'ai enfin découvert ce désir brûlant qui m'anime et que j'assume : celui de sortir de son ombre et d'avancer dans la lumière.

— Lee ne m'appartient pas, dis-je à Crissa. Et si c'est ça qu'il souhaite, alors il devrait l'obtenir.

J'attends qu'elle soit partie pour m'effondrer.

* * *

Les gros titres de moins en moins nuancés, tant du *Journal du Peuple* que de la *Gazette d'Or*, prédisent l'ignition imminente de notre flotte. Ces articles parrainés par l'État réaffirment avec enthousiasme la supériorité du nouveau régime par rapport au règne des seigneurs dragons, faisant écho à ce que Crissa et moi avons pu entendre dans les rues après le discours d'Atreus. Le doute était implicite : « À quoi bon posséder une flotte aérienne de dragonniers issus du peuple si elle n'est même pas capable de nous défendre ? »

La réaction du ministère de la Propagande est assez tranchée, même si je ne l'apprends pas dans les journaux, mais de la bouche de notre professeur de poésie, quatre jours avant la finale du tournoi du Premier Dragonnier.

Le cours de poésie draconique est l'un des rares à se poursuivre pendant les mois d'été. Les Gardiens ne peuvent pas interrompre leur apprentissage, même s'il faut reconnaître que nos obligations militaires ne cessent de s'alourdir en ces temps belliqueux et que nos professeurs ont beaucoup de mal à obtenir de nous un travail de qualité. Loin de faire preuve de compréhension face à la situation, Tyndale se montre même particulièrement de mauvaise humeur aujourd'hui pendant le cours.

— Non, ce n'est pas tout à fait correct, Cor, s'agace-t-il, cinq minutes après le début de la leçon. En fait, c'était même... tout à fait incorrect.

Vigor lâche un petit ricanement qu'il ne se donne même pas la peine de réprimer. Le son de sa voix me fait désormais presque bondir tant je l'associe désormais aux réflexions cinglantes dont il m'abreuve pour provoquer un débordement. Ce qui me fait penser que nous serons de nouveau tous les deux sur l'Eyrie dans moins d'une heure. Les bras croisés, Cor considère Tyndale avec un regard courroucé. Avec son uniforme de Gardien et sa nuque encore maculée de cendre après notre exercice en mer qui s'est achevé tard dans la matinée, il a l'air de ne plus avoir la moindre minute à consacrer à la poésie et encore moins aux professeurs de poésie.

— Antigone, corrigez-moi ça.

Non sans appréhension, je jette un coup d'œil à la phrase de Cor. La plupart du temps, je parviens à déchiffrer les extraits du *Cycle Aurélien*, mais ça fait des semaines que je n'ai plus eu le temps de préparer mes devoirs de traduction comme il se doit ; le peu de temps libre qui me reste, je l'ai consacré à tout autre chose. Je commence à traduire à vue les vers que j'ai sous les yeux, mais Tyndale m'interrompt avant que j'en sois à la moitié.

— Ça suffira comme ça. Y a-t-il encore un Gardien capable de proposer une traduction valable en ce moment ou bien êtes-vous tous trop occupés à discourir devant des citoyens de fer terrorisés ?

Quelques étudiants du Lyceum lèvent la main, mais Tyndale ne leur accorde pas la moindre attention. Certains, comme Hanna Lund, observent les Gardiens avec un air anxieux.

— Lotus !

Avachi sur son pupitre, rincé par la chaleur estivale, ce dernier se redresse en sursaut et commence à lire sa propre traduction. Cependant, il a à peine prononcé quelques mots que Tyndale l'interrompt aussi.

— Lee, ordonne-t-il d'un ton catégorique.

C'est la toute première fois que Tyndale sollicite la participation de Lee. Je le sais parce que j'ai tenu le compte.

L'intéressé, qui était en train de suivre dans son manuel avec le front appuyé sur la main, réagit avec lenteur. Il baisse le bras, lève la tête, se redresse. Puis il dévisage Tyndale en pressant si fort les doigts sur son manuel ouvert que les extrémités blanchissent. Cependant, il ne fait pas mine d'attraper le cahier de notes caché dessous.

Depuis que je l'ai surpris avec Crissa dans la grotte, je n'adresse plus du tout la parole à Lee, même si je ne peux plus m'empêcher de remarquer le relief de son corps sous son uniforme, comme si quelqu'un avait déclenché un mécanisme dans ma tête et qu'il était impossible de l'éteindre. Pour l'heure, ce que je remarque surtout, c'est la nervosité de Lee, qui est crispé de la tête aux pieds face à Tyndale. Il n'avait plus eu l'air aussi alarmé dans la classe de Tyndale depuis notre tout premier cours.

— Je n'ai pas fait mon devoir, déclare Lee. Comme vous l'avez dit, j'étais trop occupé à discourir devant des citoyens de fer terrorisés, ajoute-t-il avec un mépris qui frise la colère.

Une onde de choc parcourt la classe devant son audace.

— Bon. Et si vous nous montriez ce que ça donne en traduction à vue, dans ce cas ? demande Tyndale d'une voix tendue, en articulant avec soin.

Les poings serrés, Lee baisse les yeux sur le texte. Pendant un moment, il garde le silence, puis il se met à prononcer des mots à voix haute. En fait, il donne la traduction en callois de chaque mot séparément sans faire le moindre effort pour leur donner du sens :

— L'ennemi, avoir, des remparts, se précipite, au plus profond, loin de, sommet…

Tyndale s'empare d'un effaceur pour tableau et le jette à la tête de Lee qui se penche pour l'esquiver. L'objet heurte le mur lambrissé de la classe avec un claquement sourd, salissant le bois de poussière de craie. Tyndale se rue sur Lee et s'arrête juste devant son pupitre. Ni l'un ni l'autre ne se donnent plus la peine de camoufler leur fureur.

J'ai beau avoir de nombreuses raisons de ne plus adresser la parole à Lee, c'est pour Tyndale que j'éprouve une bouffée de haine à cet instant. Une haine épidermique, féroce, protectrice.

Comme si le rictus triomphant d'un petit professeur de poésie suffisait à supprimer de mon esprit toute rancune envers Lee.

Ne t'approche pas de lui.

— Non, éructe Tyndale.

Les yeux écarquillés, Lee a l'air paralysé tandis qu'il attend la suite. Tyndale lui-même semble ne pas savoir comment poursuivre.

Alors que je les observe en retenant mon souffle, le cas d'un mot qui m'échappait m'apparaît soudain, comme par magie, et le sens du vers sur lequel nous travaillons s'éclaircit. Je le tiens !

— Hélas, fuis, dragodescendant. Toi et ta famille, fuyez les flammes. L'ennemi a percé les remparts, la Cité s'écroule de toute sa hauteur, dis-je d'une voix claire.

Un silence étrange s'abat ensuite sur la pièce, même si l'écho de ma propre voix, étonnamment forte par rapport à d'habitude, s'y attarde. La tragédie qui se joue dans ces quelques lignes se révèle à moi, magnifique, poignante.

L'intermède inattendu s'achève. Lee ferme les yeux et s'affaisse sur sa chaise avec une expression énigmatique. Tyndale, lui, retombe comme un soufflé. L'air désorienté, il se détourne de Lee et baisse les yeux sur les livres étalés sur son bureau, rassemblant sans doute ses esprits.

— Oui, fait-il d'un ton distant en s'éloignant de Lee. Oui, oui. Très bien, Antigone.

Dans son dos, les étudiants échangent des regards interloqués. Lee plonge la tête dans ses mains et expire longuement.

— Je crois qu'il faut que je vous dise, reprend brusquement Tyndale en faisant volte-face.

Il lève son exemplaire de l'épopée, une ancienne version reliée en cuir qu'il doit posséder depuis l'époque où il était lui-même étudiant.

— Le *Cycle Aurélien* a officiellement été banni par le Comité de censure aujourd'hui.

La strophe que je viens de traduire, sa funeste beauté, palpite encore dans mes oreilles. Lee baisse les mains de son visage et se redresse légèrement.

— Banni… pour les classes de métal inférieures, vous voulez dire ? s'inquiète Lotus d'un ton hésitant. Il sera limité à la bibliothèque du Lyceum ?

— Non. Son usage avait déjà été restreint. Dorénavant, il sera purement et simplement interdit partout.

— Mais pourquoi ? s'indigne Lotus.

Tyndale grimace.

— Il a été… décrété… que les valeurs promues par ce poème allaient à l'encontre de l'intérêt national.

Je me revois dans le bureau d'Ornby, le vieux documentaliste du Comité de censure, le jour où il m'a dit : « Mais nous ne pouvons pas nous permettre de rendre le discours trop complexe pour les classes de métal inférieures, qui risqueraient de s'y perdre, ou pire, de souhaiter le retour des seigneurs dragons… Vous êtes capable de saisir toutes les nuances de cette œuvre, mais ce n'est pas le cas de tout le monde… »

Il avait donc raison ? J'ai moi-même entendu le mécontentement dans les rues, j'ai vu ces articles du *Journal du Peuple* appelant au bon sens…

Pourtant, même en tant que novice en littérature draconique, même si je n'ai pas grandi en entendant citer le *Cycle Aurélien* au quotidien, l'idée d'interdire cette œuvre m'est inconcevable. Elle a déjà conquis mon cœur, rien qu'ici, à ce cours.

Même en admettant que quelques imbéciles l'interprètent de travers… comment Atreus a-t-il pu ordonner une telle aberration ? C'est lui qui a inscrit les Gardiens du Quatrième Ordre à ce cours. Lui-même cite régulièrement le *Cycle Aurélien* avec le plus grand naturel pendant son propre cours. Il est évident qu'il partage mon amour pour ce texte, sa beauté, sa tradition…

De là à prétendre que ce texte fait autorité, il y a un monde.

N'oublions pas qu'Atreus a fomenté le coup d'État qui a conduit au massacre de ses maîtres. Ces dragodescendants que le *Cycle Aurélien* décrit comme arrogants et auxquels il prête une nature divine, Atreus les a mis à genoux. Même s'il apprécie la poésie draconique, le respect de ce genre de traditions ne fait pas partie de son tempérament.

— L'annonce officielle paraîtra demain dans la *Gazette d'Or*, annonce Tyndale. Des rafles seront menées tout l'été et les copies confisquées seront détruites. Inutile de vous dire que l'avenir de ce cours est devenu… incertain.

Cor adresse un « loués soient les dragons ! » muet à Lee qui ne lui rend pas son sourire et demeure impassible.

Après ça, Tyndale nous invite à continuer à lire nos traductions, mais au bout de quelques nouvelles tentatives médiocres, il met fin au cours et nous congédie. Tandis que tout le monde se lève pour s'en aller, le professeur se dirige vers Lee et se plante à côté de son pupitre en silence. Toutefois, le message est clair. Lee reste donc assis, bras croisés, pendant que la classe se vide.

Vigor se détache d'un groupe d'étudiantes d'or pour me rattraper dans le couloir et nous sortons dans la cour du Lyceum ensemble. À cette époque de l'année, les pelouses devraient être remplies d'étudiants qui se prélassent ou font semblant de lire, mais depuis la tragédie de Rochefamine, elles sont particulièrement désertes. Comme s'il était désormais impensable de prendre du bon temps sous un ciel immaculé.

— C'était super louche, commente-t-il.

Je m'arrête net et me tourne vers lui.

— Quoi ?

Vigor s'immobilise à son tour et hausse un sourcil.

— À toi de me le dire, Annie.

Nous nous dévisageons pendant un moment et mon cœur se met à tambouriner comme un fou devant son petit sourire mesquin. *Qu'a-t-il deviné ? De quoi est-il au courant ?*

C'est dangereux. Vigor déteste Lee et ne s'en est jamais caché, et ce, depuis l'enfance et l'époque où à chaque fois que Vigor tentait d'affirmer sa supériorité au sein du corps, Lee prenait le contre-pied. J'entends encore Vigor tousser pendant que Lee le maintenait et que Cor le frappait.

Si Vigor venait à découvrir la véritable identité de Lee, ce serait une catastrophe.

— Oh, nom d'un dragon, j'ai oublié mon sac, minaude Vigor avec un sourire en coin en faisant mine d'apercevoir son épaule dénuée de sangle. Zut alors, je vais devoir retourner le chercher en classe…

Le ton de sa voix est sans équivoque. Il est en train de jouer avec moi.

Mais, à cet instant, je ne pense pas avoir d'autre choix que de sauter à pieds joints dans sa petite combine.

— Ne bouge pas, j'y vais.

Le sourire de Vigor s'élargit.

— Comme tu veux, Annie. On se retrouve sur l'Eyrie ?

— D'accord.

Je rentre dans le bâtiment et rebrousse chemin vers la classe de poésie. Ça ne devrait me faire ni chaud ni froid, pourtant je suis malade de peur.

Non. Non, non, non, pitié, pas ça. Je n'ai jamais voulu ça. Il m'a dit : « Non, tu n'as pas été bête en me faisant confiance », et ça m'a suffi. Tyndale a laissé échapper son vrai nom une fois, « Léo », mais ensuite il ne l'a plus jamais répété et ça m'allait très bien comme ça. Tout ce que je veux, c'est remporter le titre de Première Dragonnière, et pour ça, je n'ai pas besoin de savoir d'où vient Lee, ni qui il était réellement autrefois. Non, vraiment, je n'ai pas besoin de ça maintenant.

Une autre peur enfle en moi, moins rationnelle, et sans doute la pire de toutes, celle qui a peut-être inspiré ce petit jeu à Vigor depuis le début : *et si je n'aimais pas du tout ce que je m'apprête à entendre ?*

LEE

Les paroles de Julia à notre dernier rendez-vous résonnent en moi : *« Dès que nous vous mettrons un peu sous pression, tu verras comme cette belle vision volera en éclats. Ensuite on en reparlera et tu me diras si tu la trouves toujours aussi "noble". »*

Est-ce qu'on y est ? Est-ce que ce décret visant à interdire ce texte qui a guidé notre peuple pendant des siècles correspond au moment où la vision commence à voler en éclats ?

— Ça fait longtemps que nous n'avons plus eu une petite conversation, déclare Tyndale après avoir refermé la porte derrière lui.

Il s'exprime de nouveau en langue draconique.

Pour la première fois, je suis plutôt content que Tyndale aille à la confrontation. Ma culpabilité a trouvé une cible et se mue en colère. Je décide de répondre en callois.

— En effet. C'est vous qui les avez informés que les Gardiens assisteraient tous au bal du Lyceum ?

Tyndale appuie ses mains à plat sur mon pupitre et se penche sur moi. La chaleur estivale est suffocante, il fait si chaud dans cette salle que la sueur assombrit sa chemise blanche au niveau de ses aisselles. Il tire sur le col pour l'ouvrir un peu.

— Mon cher garçon. Le bal du Lyceum et sa liste d'invités n'étaient pas un secret. Sachez en outre que je ne suis pas le seul membre de la communauté d'or à éprouver une certaine sympathie pour la cause néo-pythéenne.

Il désigne sa copie écornée du *Cycle Aurélien*.

— Après cela, je suppose que vous comprenez aisément pourquoi.

Une image se matérialise dans mon esprit : de la fumée qui s'élève d'une île isolée au large des côtes septentrionales. Si c'est ça, la vision qui vole en éclats, si c'est ce décret minable, alors ça reste toujours mieux que ce que les Pythéens ont commis à Rochefamine.

— Une civilisation ne se résume pas à de la poésie.

Tyndale rejette mon idée d'un geste en ricanant.

— Ne me dites pas que la mort de quelques pêcheurs a suffi à vous retourner l'estomac.

— Des civils non armés…

— Des dommages collatéraux. C'est le prix à payer, malheureusement.

Je lui jette un regard noir, la haine me tord le ventre. Comment ose-t-il, lui, « le professeur », l'érudit qui passe ses journées à analyser les formes de langage et à décortiquer les figures de style, comment ose-t-il qualifier ce qui s'est passé à Rochefamine de « prix à payer », comme si les vies humaines pouvaient être monnayées et leur perte mesurée sur une vulgaire échelle numérique…

— Cela dit, continue Tyndale, si ce prix heurte votre sensibilité, alors il est peut-être temps de revoir votre stratégie.

Je secoue la tête, comme si mon corps pouvait exprimer les pensées qui accablent mon esprit.

— Je devrais vous dénoncer, dis-je.

— C'est plutôt moi qui devrais vous dénoncer.

Nous nous toisons tous les deux longuement, sans cligner des yeux.

Pris d'une impulsion, je me lève, attrape mon sac et le glisse à mon épaule. Je voudrais tellement garder mon sang-froid, mais mes doigts tremblent. Au moment où je m'apprête à sortir, Tyndale reprend la parole.

— Avez-vous songé à ce qui arrivera si vous lui opposez un refus ? Pas aux civils. À vous.

Je m'arrête, lui tournant à moitié le dos. Je serre si fort la sangle de mon sac que le cuir entame ma chair. Comme je ne réponds pas, Tyndale s'en charge à ma place.

— Vous serez obligé de combattre vos proches, vos cousins. Vous devrez tuer des membres de votre famille.

Le ton est dur, comme si Tyndale cherchait à m'ébranler en profondeur.

— Elle est la Première Dragonnière, Lee. Leur grande championne, celle qui commande leur flotte. Ce n'est pas une armée que vous devrez affronter. C'est elle.

Il doit trouver ce qu'il cherche à obtenir dans mon expression, car la sienne devient triomphante.

— Nous attendons votre prochaine lettre.

Le sol semble se dérober sous mes pieds, et c'est en luttant contre cette impression que je grommelle ma réponse, avec une conviction que j'aimerais beaucoup ressentir en réalité.

— Je n'ai plus rien à leur dire.

Je tourne les talons, ouvre brusquement la porte du couloir et tombe nez à nez avec Annie. Blême, les yeux ronds.

Qu'a-t-elle entendu ?

Dans quelle langue étions-nous en train de parler ?

Langue draconique.

Ça, elle a forcément dû s'en rendre compte, mais il est moins probable qu'elle ait tout compris, surtout si la conversation était étouffée par une porte…

— Qu'est-ce que tu fais là ?

— J'ai oublié un truc, réplique-t-elle d'un ton acerbe.

— Tu ne devrais pas être en train de jouer à déborder avec Vigor ?

Son visage reprend des couleurs.

— Tu ne devrais pas être en train de « t'entraîner au corps-à-corps » avec Crissa ?

J'avais l'intention de la contourner, mais il n'y a qu'un demi-mètre entre nous. Il me vient une furieuse envie de la secouer.

— Tu es dans mon chemin, dis-je en serrant les dents.

Les yeux brillants, elle émet une sorte de petit rire empreint de colère.

— Et alors ? Qu'est-ce que tu comptes faire ? chuchote-t-elle. Me donner « l'ordre » de bouger ?

Cette fois, c'est trop. Je bondis sur le côté pour pouvoir m'éloigner et elle entre dans la classe sans un mot de plus.

ANNIE

« *Nous attendons votre prochaine lettre.* »

Ce sont les mots de Tyndale. Ensuite, Lee a répondu à voix basse en langue draconique, mais c'était trop rapide pour que je comprenne. Après, la porte s'est ouverte avec fracas et le visage furieux de Lee est apparu. Il est devenu tout pâle en m'apercevant...

Qu'a répondu Lee à Tyndale ?

— Alors ? lance Vigor sur l'Eyrie.

Nos dragons nous attendent, griffent le sol d'impatience. Je suis si proche d'Aela ; le débordement n'est pas loin. Pour la première fois depuis que nous avons commencé à nous entraîner ensemble, je sens que le déclenchement est à ma portée.

Bien que je sois déjà à deux doigts de déborder, la partie de moi-même qui considère Vigor et lui répond est on ne peut plus calme.

— J'ai récupéré ton sac, si c'est ce que tu veux savoir. On peut commencer ? Vas-y, traite-moi de gueuse comme la dernière fois, on va voir si ça marche.

Vigor se renfrogne, visiblement déçu.

Tandis qu'il commence à m'abreuver d'insultes – d'abord en callois, puis en langue draconique –, je coupe le son et m'autorise à faire le point en mon for intérieur.

Il est en contact avec eux. *Lee est en contact avec les Pythéens.* Par l'intermédiaire de notre maudit professeur de poésie. Depuis quand ? Est-ce que ça dure depuis longtemps ?

Pourtant, après le premier contact visuel avec la flotte ennemie, il m'a assuré que je n'étais pas bête de lui faire confiance, et je l'ai cru.

L'esprit d'Aela est tout proche, les barrières sont sur le point de se briser. Je pose la main entre ses yeux, à la naissance de l'arête de son nez ambré…

Ai-je eu tort ?

Non, Lee était sincère. Mais après un désastre comme celui de Rochefamine et avec la menace du Nouveau-Pythos qui plane au-dessus de nos têtes comme une tempête prête à se déchaîner…

Face à l'escalade inévitable de la violence et à la mort qui risque de frapper à nouveau sa famille…

S'ils sont en contact…

Il y a sûrement une limite à ce que Lee peut encaisser.

Les barrières cèdent, l'esprit d'Aela s'engouffre dans le mien et la fente de ses yeux est désormais la seule chose que je vois.

Au cours des dernières semaines, je me suis autorisée à envisager de gagner le tournoi du Premier Dragonnier, je me suis persuadée que je méritais ce poste.

Et si les enjeux allaient bien au-delà d'une simple victoire ? Et s'il fallait absolument que je devienne Première Dragonnière ?

Lee est-il un traître ?

Aela et moi ne formons plus qu'un, nous sommes prêtes à nous battre.

* * *

Après l'entraînement, dès que j'ai retrouvé des idées claires et nettoyé la cendre de mon visage, je fais de nouveau le point sur la situation.

Tyndale est un traître. Lee est potentiellement compromis. Et je n'ai aucune idée de ce dont Vigor est au courant ou se doute.

En tant que Gardienne qui se retrouve en possession de telles informations, à l'aube d'une guerre qui plus est, quel est mon devoir ?

Ma décision prise, je me rends au Palais Intérieur et remplis une fiche de dénonciation. Les dés sont jetés.

11

LE TOURNOI DU PREMIER DRAGONNIER

LEE

Le matin de la finale du tournoi, je m'extirpe d'un sommeil agité où les souvenirs se confondaient avec les rêves. Les duels avec Annie à l'époque où nous avions encore tout à apprendre, les plans d'évasion que nous mettions au point, blottis l'un contre l'autre dans le grand placard de l'orphelinat, mon père et son dragon en plein vol. Et, s'insinuant parmi tout ça, encore et toujours Julia : *« Bonne chance pour la finale, Léo. Je prie les dieux depuis longtemps disparus pour que cela te rende la raison. »*

Au petit déjeuner, je m'assieds à côté de Cor et Crissa. Annie est installée avec Duck à l'autre bout du réfectoire. Nous ne nous sommes plus adressé la parole depuis notre altercation devant la classe de Tyndale, il y a quatre jours.

Toute la salle vibre d'une excitation à peine contenue, mais les autres dragonniers savent qu'il est plus avisé de ne pas exprimer tout haut leur impatience devant Annie ou moi. À l'exception, bien sûr, de Vigor, qui vient se camper en face de moi et déclare :

— Tu sais ce qu'Annie m'a demandé de lui dire pour réussir à déborder ?

— Dégage, jette Cor.

Sans se laisser démonter, Vigor répond lui-même à sa question, puis guette ma réaction. De l'autre côté de la salle, Annie nous jette un coup d'œil et se détourne d'un air obstiné.

Comment ? Comment a-t-elle pu s'abaisser à ça ? S'entraîner avec cet abruti ?

Sans plus leur prêter attention à l'un comme à l'autre, je vide mon verre et je me lève.

— À tout à l'heure, dis-je à Cor et Crissa.

Le silence règne dans l'armurerie déserte. À cette époque de l'année, la chaleur s'y accumule pendant la journée et elle n'a jamais vraiment le temps de se rafraîchir pendant la nuit, il y fait donc suffocant au moment où j'enfile ma combinaison coupe-feu. J'ai presque terminé de fixer mon armure et je commence à me dire que nous ne devrons pas nous croiser ici lorsque la porte s'ouvre.

— Salut, fait Annie en entrant.

— Salut…

Je ne trouve rien à ajouter. Bien qu'Annie soit l'une des rares personnes avec lesquelles je me sente à l'aise dans le silence en règle générale, là tout de suite, ça me dérange. Car ce silence-ci est celui de deux personnes qui ont cessé de se parler.

Sans un mot, Annie prend sa combinaison, puis se fige. Elle me tourne le dos, je ne peux pas voir ce qui se passe devant elle.

Avec la précaution de quelqu'un qui ôte un insecte de son assiette, elle sort une lettre scellée de son casier et la pose sans l'ouvrir sur le banc à côté d'elle.

— Qu'est-ce que…

— Message du ministère, répond-elle sans me regarder.

Je me redresse. Malgré le froid qui subsiste entre nous depuis le cours de Tyndale, cette nouvelle me choque et me met en colère. *Encore ? Ils continuent vraiment à lui infliger ça ?*

J'observe son dos, gagné par l'embarras : la dernière fois que ça s'est produit, j'étais en droit de la rassurer, mais… aujourd'hui ? Maintenant ? Que pourrais-je bien lui dire, moi, son adversaire ?

Il s'avère que je me triture l'esprit pour rien.

— Je ne compte pas la lire, m'informe Annie d'une voix plus dure que jamais.

Elle enfile sa combinaison sans accorder un seul regard de plus à la lettre. Une fois en armure, elle sort et se dirige vers les nids sans m'attendre.

Une demi-heure plus tard, nous sommes tous les deux sur l'Eyrie. Le vent fait défiler des nuages joufflus dans le ciel bleu de cette fin d'été. Ils sont bas, certains touchent même la Tour de Pytho. Debout au milieu de l'Eyrie, encerclé par les gradins bondés et tonitruants, je sens la sueur qui commence à dégouliner sous les couches de ma cuirasse. En levant les yeux vers le ciel baigné de lumière, une première bouffée d'exaltation m'envahit.

Les conditions de vol sont parfaites.

Devant l'entrée de la grotte, nous appelons nos dragons et les attendons ensemble. Notre silence est cette fois d'un tout autre genre : comme si Annie, elle aussi, brûlait d'être dans les airs. Nous tournons le dos aux gradins de l'Eyrie pour faire face au public qui s'est tu, lui aussi.

Ce grand calme soudain éveille tous mes sens.

Oui. Cette fois on y est. *Enfin.*

Après avoir attendu ce moment pendant tant d'années, l'avoir souhaité de tous mes vœux, de toute mon âme, après tous ces entraînements, tous ces rêves perdus, puis retrouvés, me voici enfin. En lice pour le titre de Premier Dragonnier, presque comme si le monde n'avait pas radicalement changé depuis la première fois que je me suis imaginé en vainqueur.

Pallor et Aela se posent à côté de nous. Leur fébrilité alimente la nôtre ; Pallor piaffe d'impatience et je dois serrer la bride pour qu'il se tienne tranquille pendant que je revérifie les étriers, la selle, le harnais. Ensuite, je monte sur son dos et enfile mon casque. Avant de baisser la visière, je jette un coup d'œil à Annie pour une ultime vérification. En selle aussi, penchée en avant, tête baissée, elle appuie une main gantée sur le cou écaillé d'Aela. Leurs paupières sont closes.

Elles semblent toutes les deux traversées par une sorte d'onde, puis Aela déploie ses ailes et Annie se redresse. Lorsqu'elle rouvre les yeux et me regarde, ses pupilles sont dilatées.

Ce que je croyais m'être familier devient tout à coup l'inconnu et mon appréhension se mue en mauvais pressentiment.

Annie m'adresse un signe de tête, que je lui rends, puis nous baissons nos visières.

Enfin, nous prenons notre envol, laissant en dessous de nous l'Eyrie, l'arène, le Palais, la ville. Le vent qui fait circuler les nuages gonfle les ailes de nos dragons comme les voiles d'un navire. Nous rejoignons notre place de départ, face à face, à une distance de dix mètres, ailes en mouvement pour nous maintenir en équilibre malgré les courants d'air. Les nuages glissent et se déforment dans la lumière estivale.

Malgré le grondement du vent, nous percevons le son de la cloche. C'est parti.

Nous chargeons et fonçons l'un sur l'autre à toute vitesse. L'adrénaline se diffuse en moi, enivrante, familière. Nous sommes de plus en plus près, encore plus près, trop près…

À la dernière seconde, nous dévions tous les deux en faisant cracher nos dragons et nous éloignons. La chaleur produite par le coup d'Aela se déploie sur mon dos, mais j'ai réussi à l'esquiver en m'aplatissant sur Pallor. À la faveur d'une bourrasque, nous nous plaçons hors d'atteinte.

Je sais ce que c'est.

J'affronte Antigone sur Aela. Je les connais par cœur. Ce ne sont pas des inconnues, elles sont simplement un peu plus elles-mêmes.

Pallor et moi les connaissons jusqu'au plus profond de notre être.

J'opère un demi-tour pour revenir à l'attaque et je vois Aela foncer pour prendre de la hauteur. Nous nous précipitons pour les rattraper. Il faut les dépasser, prendre l'avantage. L'excitation m'arrache un petit cri de pur bonheur aussitôt avalé par le vent. Qu'est-ce que ça m'avait manqué.

Voilà. C'est comme ça que ça doit se passer.

Au-dessus de nous, Annie profite d'une violente rafale pour décrocher et amorcer un plongeon. Pallor et moi nous retournons aussitôt et descendons en piqué à notre tour. Cette fois, elles sont derrière nous, à nos trousses. Nous dévalons le ciel en traversant des bancs de nuages, des trous d'air, des zones de turbulence. Mes oreilles se bouchent et se débouchent au gré des changements de pression ; c'est ce qui arrive quand on fonce vers le sol sans cesser d'accélérer. Sur une impulsion je fais opérer un nouveau brusque demi-tour à Pallor et nous nous jetons sur le flanc d'Aela pour l'entraîner dans un corps-à-corps. D'abord déportée sur le côté par le choc, la dragonne nous entraîne ensuite dans sa chute. Le monde se met à tourbillonner tandis que nos dragons luttent, l'horizon semble tournoyer autour d'un axe fixe, les nuages se déchirent sur notre passage, puis se reforment aussitôt. Aela finit par retrouver l'équilibre et enfonce ses serres dans le flanc de Pallor qui la lâche en poussant un cri perçant. Elles s'enfuient, nous nous lançons à leur poursuite.

Ce n'est pas fini. Je pourrais continuer comme ça indéfiniment ; j'en rêve, même. Le débordement rend Aela et Annie plus rapides, leurs réflexes sont meilleurs et leurs attaques plus féroces.

Mais j'adore ça.

Pallor et moi ne nous étions plus autant démenés depuis des années, nous donnons tout pour rattraper nos adversaires, toutes nos terminaisons nerveuses sont en alerte. Le défi produit sur nous l'effet d'une drogue. Nous repoussons les limites, nous pulvérisons ce que je croyais être notre plafond. Elles auront beau voler du mieux qu'elles peuvent, nous connaissons leurs erreurs, leurs faiblesses. C'est avec nous qu'elles se sont perfectionnées au fil des entraînements, et ce depuis que nous savons voler.

Elles aussi, elles nous connaissent.

Peu à peu, ce combat prend une autre tournure, il s'agit de creuser, de trouver la faille, d'aller chercher le point faible. Une performance intime. Je suis le seul à pouvoir repérer ses défauts et elle est la seule à pouvoir repérer les miens.

C'est elle qui y parvient en premier.

Je prends le risque de baisser la garde pendant une demi-seconde afin de viser, une technique qu'aucun autre dragonnier ne remarque en général… mais aujourd'hui, celle-ci n'échappe pas à Annie.

Sa frappe m'atteint à l'épaule. Une pénalité.

C'est le tout premier que je reçois dans un tournoi public.

Le choc me ramène aussitôt à la réalité, l'euphorie haletante qui me transportait s'éraille.

Nous reprenons nos positions. J'ouvre mes tubes de liquide refroidissant pour soulager les élancements de mon épaule.

Quelque part en dessous de nous, la cloche retentit. Nous repartons à la charge.

Cette fois, l'attaque est frontale et directe. Les dragons s'agitent, luttent pour atteindre le dragonnier rival avec leur cendre. Au moment où nous prenons un peu de distance, je m'aperçois qu'Annie peine à retrouver sa stabilité longitudinale. Une erreur classique chez elle. Je saisis ma chance et frappe. Elle se dérobe et le coup lui érafle à peine le bras, mais ça compte comme une pénalité.

Voilà.

Positions de départ. Annie ouvre ses tubes de fluide réfrigérant. Le combat reprend. Cette fois, lorsque nous nous jetons l'un sur l'autre, je plonge sur le côté sans crier gare en espérant tirer parti de la force centripète. Peu de dragonniers sont capables d'anticiper ou de réagir face à ce genre de mouvement, mais elle, elle y arrive très bien. Elle se déporte, nous manquons tous les deux notre tir et nous nous retrouvons tous les deux exposés. Profitant de cette ouverture, Annie me devance et fait cracher Aela.

La cendre me touche à la jambe. Elle vient de m'infliger une deuxième pénalité.

Une frappe pleine puissance dont elle espérait faire un coup fatal. La douleur m'irradie la jambe et je laisse échapper un grognement plaintif.

— Est-ce que ça va ? s'inquiète Annie.

— À merveille.

En réalité, je suis furieux contre moi.

Je bats en retraite le temps de m'enduire de fluide refroidissant, puis regagne ma position de départ. Pendant tout ce temps, une seule pensée affole mon esprit : c'est déjà la deuxième pénalité.

Pour la première fois, la réalité me frappe de plein fouet :

Je pourrais perdre.

Si on continue sur cette voie, c'est même ce qui va m'arriver.

Annie pourrait devenir Première Dragonnière.

Je savais pourtant depuis le début qu'elle serait mon plus redoutable adversaire et que ce combat serait le plus difficile, alors comment expliquer que je n'aie pas percuté plus tôt ?

Pallor frémit sous moi : nos émotions ont enflé et la barrière qui nous sépare rétrécit. Je sens la colère que nous inspirent nos erreurs, notre épuisement ; nous sommes dangereusement proches d'un débordement. Je dois garder le contrôle, coûte que coûte.

Nos dragons sont de nouveau face à face, prêts pour une nouvelle charge. Pallor est à bout de souffle. Les répercussions du combat. Moi aussi, j'ai du mal à récupérer. Annie et Aela se préparent depuis un mois à l'intensité induite par le débordement. Pas nous.

Il faut qu'on se calme, qu'on se recentre et qu'on en finisse une bonne fois pour toutes. Avant que l'épuisement ait raison de nous.

Pour ça, nous devons gagner du temps.

La cloche retentit. Annie se rue sur nous, mais de mon côté, plutôt que d'aller à la confrontation, je force Pallor à battre en retraite. Il gronde, il résiste, comme s'il me détestait de lui ordonner ça, ce que je peux comprendre parce que je me déteste aussi un petit peu. Nous bondissons dans le nuage le plus proche et fonçons au cœur de la masse nuageuse, restant à couvert dans son épaisse blancheur. Je jette un coup d'œil derrière mon épaule, une fois, deux fois, trois fois, mais toujours aucune trace d'Annie. Les nuages ont enflé depuis le premier coup de cloche ; nous ne cessons d'entrer et sortir de ces bandes blanches sans coutures, à tel point qu'on se demande si les trouées ne sont pas l'exception plutôt que la règle.

Ai-je semé Annie ?

Tout à coup, nous émergeons dans une vaste éclaircie avec une vue dégagée au-dessus comme en dessous. L'arène est minuscule en contrebas ; même la Tour de Pytho paraît lointaine et de taille réduite. Partout autour de nous, ces nuages blancs boursoufflés en déplacement constant.

Tout à coup, Pallor s'arrête. Je presse mes talons contre ses flancs pour l'inciter à se réfugier dans la couverture nuageuse jusqu'à ce que je comprenne pourquoi il n'avance plus : sa respiration hachée est devenue trop violente, il est pris d'une sorte de spasme douloureux différent de tout ce qu'il a pu produire auparavant. Le bruit qu'il émet est alarmant.

— Pallor. Tout doux. Tout va bien, respire…

Je le sens lutter en dessous moi, mais aussi vers moi. En fait, il se démène pour franchir la fine barrière mentale qui nous sépare. Pallor cherche le débordement, sans plus se soucier de tout notre entraînement, de nos habitudes, de la distance que je lui ai toujours demandé de conserver avec moi. De l'autre côté de ce qu'il reste de cette barrière, je perçois sa colère face à notre faiblesse, le sentiment d'humiliation que lui inspire notre fuite, l'horreur à l'idée de notre défaite, mais aussi sa détermination, identique à la mienne : *nous devons gagner à tout prix*. Mais je détecte aussi autre chose en lui, un étrange mélange de peur et d'excitation à l'égard de quelque chose qui est sur le point de se produire, mais pour ça, il a désespérément besoin de… moi.

— Arrête… arrête de faire ça…

Pallor continue à lutter pour obtenir un débordement, son esprit ne cesse de revenir à la charge avec une sorte d'urgence pour pénétrer le mien, et moi, je fais tout pour l'en empêcher. Son corps ondule, mais reste bloqué au même endroit, et plus nous nous attardons au milieu de cette éclaircie baignée de soleil, plus nous sommes exposés.

D'ailleurs, une ombre passe au-dessus de nous.

Annie. Aela est en train de fondre sur nous depuis les hauteurs, les ailes collées aux flancs pour gagner de la vitesse.

Toujours pris de convulsions, Pallor se cabre en prévision du choc, son grondement est entrecoupé de sortes de haut-le-cœur, comme un chat sur le point de vomir.

Aela et Annie seront bientôt à notre portée, nous sommes à découvert, Aela ouvre les mâchoires, s'apprêtant à cracher.

Nous sommes sur le point de tout perdre.

La barrière qui nous sépare vole en éclats.

Tandis que le débordement déferle en moi et s'empare de tous mes sens, je comprends enfin ce qui se passe.

Un dernier spasme violent secoue Pallor, puis, enfin, survient la délivrance. Un puissant jet de flammes, du véritable feu de dragon, jaillit de sa gueule.

Nous sommes propulsés en arrière par la force de l'éruption.

Les émotions de Pallor me consument, l'allégresse, la peur et une vague douleur. Je suis grisé. Cette expérience est totalement inédite pour moi, je partage avec Pallor la montée en puissance, le sentiment de domination que suscite l'ignition. C'est comme si le monde entier était à nos pieds et que nous n'avions plus qu'à nous baisser pour le cueillir.

« Ainsi, comme avec les dieux le monde trembla, et c'est du feu qu'ils naquirent. »

Il me faut un moment pour émerger de ce délire, tirer sur les rênes et intimer à Pallor de maîtriser son feu. Hélas, le mal est fait. Pallor a visé juste et Annie sur Aela, qui était en train de foncer droit sur nous, se trouvait à portée de tir.

Elles ont reçu la gerbe de flammes de plein fouet.

Aela bat des ailes faiblement contre le vent pour se maintenir en vol stationnaire. Toujours en selle, Annie a perdu connaissance. Son armure est noircie de la tête aux pieds. De la vapeur et de la fumée s'en échappent par endroits et on aperçoit sa combinaison là où la couche extérieure de cuir s'est consumée.

Le feu d'un dragon ignitié, s'il n'est pas maîtrisé ou s'il est craché à pleine puissance, peut tuer un dragonnier. Combinaison ou pas, armure ou pas.

Soudain, une vague de terreur s'abat sur moi. J'en ai la nausée.

—Annie !

La torpeur induite par le débordement s'évapore vite ; Pallor est toujours avec moi, mais il est lui aussi en train de redescendre et son euphorie cède peu à peu la place à ma peur croissante.

Une rafale de vent secoue Aela et la tête toujours casquée d'Annie remue mollement.

Je m'oblige à réfléchir. *Aela. Regarde Aela…*

Les yeux en amande de la dragonne ont toujours les pupilles dilatées, ses renâclements sont empreints de détresse : les signes d'un dragon qui ressent la souffrance de son dragonnier. Les signes d'un dragon dont le dragonnier est toujours capable de ressentir la douleur.

Annie est toujours là. Inconsciente, peut-être, mais en vie.

Le soulagement m'envahit.

—Annie ! Réveille-toi ! Il faut que tu ouvres tes tubes de refroidissant !

Pas de réponse.

Bon, il faut vite regagner le sol, me dis-je en tirant sur les rênes pour ouvrir la voie avec Pallor…

Mais Aela ne fait pas mine de nous suivre, et lorsque je me retourne, je m'aperçois qu'elle aussi s'est mise à convulser. Exactement comme Pallor quelques instants plus tôt.

Mais oui, bien sûr ! Parce que lorsque l'ignition survient chez un dragon de la flotte, les autres ne tardent pas à l'imiter. Aela est la suivante.

Mon esprit se confond encore avec celui de Pallor et je sens sa perception instinctive, primale, de la mutation qui est en train de s'opérer chez sa congénère. Il a tout à coup conscience de ce qu'elle est comme jamais auparavant.

Puis, et là encore il s'agit peut-être de la perception de Pallor, à moins que ce soit le bruit qui m'alerte, toujours est-il que je me rends compte que les spasmes et les haut-le-cœur qui secouent Aela non seulement l'effraient, comme Pallor un peu plus tôt, mais en plus lui font très mal. Il me semble en effet avoir lu que l'ignition pouvait dans certains cas, et en particulier chez les femelles, être douloureuse.

Aela souffre.

Et Annie n'a pas repris connaissance. Toujours attaché à la dragonne, son corps inanimé pend comme une poupée de chiffon, ses tubes de fluide réfrigérant sont toujours fermés, et le sol paraît si loin. Chaque seconde qui passe est une seconde perdue dans la course pour soigner les brûlures qui risquent de tuer Annie. Pendant ce temps, Aela est toujours aux prises avec les violentes convulsions qui secouent son corps pour parvenir à cracher du feu.

La solution m'apparaît tout à coup, à la fois insensée et inéluctable.

Je sors une dague du fourreau de ma botte et tranche les lanières de cuir qui maintiennent mes pieds aux étriers, me privant ainsi des seules protections dont je disposais pour éviter une chute mortelle de plusieurs centaines de mètres en cas de perte d'équilibre. Assailli par le vertige, je prends une inspiration hachée. La distance qui me sépare du sol, la ville, l'arène, le palais, minuscules là-dessous, bref toutes ces choses auxquelles je prête à peine l'attention d'habitude, se transforment en un instant en une vue mortelle.

Pallor s'approche d'Aela par le haut et descend le plus près possible sans risque que leurs ailes se heurtent. Se tortillant de douleur, la dragonne ne semble pas nous remarquer. Quant à Annie, elle n'est toujours pas en état de remarquer quoi que ce soit.

Je passe ma jambe gauche par-dessus le flanc droit de Pallor et me retrouve avec les deux jambes qui pendent au-dessus de l'articulation de son aile, prêt à me laisser glisser.

C'est de la folie. Aela va vouloir se débarrasser de moi, elle va m'expulser dans les airs à deux mille mètres de…

Cependant, en guise de réponse à mes peurs, un nouveau sentiment enfle en moi. À la fois nouveau et ancestral, comme si je l'avais toujours porté en moi, mais que j'avais oublié son existence jusqu'à maintenant : un écho de cette sensation de pouvoir délirante qui a pris possession de tous mes sens lorsque Pallor a craché du feu pour la première fois. Le même vers du *Cycle Aurélien* résonne en moi, m'insufflant une force enivrante.

« Ainsi, comme avec les dieux le monde trembla, et c'est du feu qu'ils naquirent. »

Je rassemble tout mon courage.

— Si elle m'éjecte, dis-je à Pallor. Rattrape-moi.

Pour la première fois de ma vie, je lui ai parlé en langue draconique.

Ensuite, je me laisse glisser de mon dragon sur le dos de l'autre.

Se sentant lestée d'un poids supplémentaire, Aela pousse un cri strident et arque le dos pour tenter de se débarrasser de moi.

Par chance, j'ai bien atterri, à califourchon derrière Annie, et tandis que la dragonne continue à se contorsionner, je parviens à saisir le pommeau de la selle. J'enroule un bras autour d'Annie – des années que je ne l'ai plus tenue comme ça, entre-temps la petite fille est devenue une femme, même si son corps, à cet instant, me paraît toujours trop frêle, d'autant que son armure brûlante fume toujours – et je me penche pour caresser le cou d'Aela, avec fermeté, dans l'espoir de l'apaiser. C'est affreux, mais je me sens très mal à l'aise de toucher au dragon de quelqu'un d'autre comme ça, et je sais qu'Aela éprouve à mon égard la même chose que moi à son égard.

— Tout doux, tout doux, j'essaie de l'aider... Tu nous connais, Aela...

Pallor exécute des cercles en dessous de nous. À travers ce qui reste de notre débordement, je devine sa peur pour nous, mais aussi une pointe d'allégresse inspirée par son ignition, et toujours cette conscience sauvage, bourdonnante, de la présence d'Aela. Au loin, je perçois aussi qu'elle a conscience de lui et que sa présence la rassure.

Aela émet des glapissements, mais, à ma grande surprise, ne tente plus de m'éjecter.

D'une main, tremblante, je commence à ouvrir les tubes refroidissants sur le casque, les épaules, les bras et le dos d'Annie, toujours inerte et légère dans mes bras. Néanmoins, je sens la température de sa combinaison diminuer tandis que le fluide réfrigérant se déverse à l'intérieur de celle-ci. De mon autre main, je continue à caresser Aela qui renâcle de douleur.

— C'est bientôt fini, Aela. Je sais que ça fait mal...

Je pense à Pallor, à ce besoin impérieux de déborder, d'être avec moi, pour la délivrance.

Aela a besoin d'Annie, mais Annie n'est pas disponible pour l'aider à traverser cette épreuve.

— Annie, il faut que tu te réveilles…

Mais s'éveiller, ça voudrait dire tomber dans un océan de souffrance. Je continue à déclencher les tubes contenant le liquide salvateur, cette fois situés au niveau des hanches, des cuisses, des chevilles. Sous l'odeur de cuir calciné, je décèle aussi celle de cheveux brûlés. La tresse d'Annie. Horrifié, je m'aperçois que celle-ci a disparu, il ne reste que quelques touffes abîmées visibles sous le bord de son casque.

C'est moi qui lui ai fait ça. Annie, mon Annie…

Et dire que tout ce que je ressentais, au moment où je lui ai infligé ça, c'était de l'euphorie…

— Je suis désolé, tellement désolé…

Les mots se répercutent en moi et le monde autour de nous devient flou.

Soudain, Annie s'étire dans mes bras, juste un peu, et elle gémit. Sentant sa dragonnière revenir à elle Aela pousse un cri implorant, un appel à l'aide angoissé. Un son très intime qui me donne la chair de poule. Car à cet instant, je ne suis qu'un intrus, et rien de plus.

— Aela, murmure Annie avec tendresse à travers un voile de douleur.

Il n'en faut pas plus. Une ultime convulsion traverse Aela et le ciel se remplit de feu de dragon.

* * *

Lorsque nous approchons du sol, les clameurs éclatent dans les gradins. Je ne comprends pas tout de suite pourquoi. Puis ça me revient : la flotte aérienne de Callipolis est désormais ignitiée.

Et possède un Premier Dragonnier.

Il faut un autre combat. Je me raccroche désespérément à cette pensée; parce que sans cela, la situation – c'est-à-dire que le tournoi se termine réellement comme ça, que je remporte la victoire dans ces conditions – serait cauchemardesque. *Ils vont nous faire recommencer la finale, ils n'ont pas le choix.*

Je suis toujours sur le dos d'Aela, mais je n'ai pas osé prendre les rênes pour tenter de la conduire. Pallor nous précède et elle semble contente de le suivre. Annie, qui a de nouveau perdu connaissance, est affaissée dans mes bras.

Le tonnerre d'applaudissements se poursuit sans relâche lorsque nous nous posons sur l'Eyrie, mais les gens finissent par s'apercevoir que quelque chose ne va pas : je ne suis pas sur le bon dragon. J'en descends, libère Annie de ses étriers et la fais glisser. Les médecins nous attendent avec un brancard; je la porte sur les quelques mètres qui nous séparent d'eux et la dépose sur la civière. Lorsque nous lui ôtons son casque, elle a les paupières closes et ce qui reste de ses cheveux est englué de liquide refroidissant.

—Lee, tout va bien, elle va s'en sortir…

C'est en entendant les gens me rassurer que je comprends que j'ai un peu perdu mon sang-froid.

—Lee, dit Goran calmement, vous devez monter jusqu'à la tribune du Palais, ils vous attendent…

—S'il vous plaît, je veux rester avec elle…

—Vous pourrez la retrouver dès que ce sera terminé. Pour l'heure, Callipolis réclame son Premier Dragonnier.

—Non… il faut remettre le combat…

—Ce n'est pas comme ça que ça marche, Lee.

—Je vous en prie… Non, pas comme ça!

La foule scande : « Lee sur Pallor, Premier Dragonnier ». Le titre dont je rêve depuis ma plus tendre enfance.

Pendant un instant, l'ironie du sort rend ma victoire si amère que j'en ai presque le goût désagréable sur la langue. Ce rêve qui devient réalité aujourd'hui, des années plus tard, dans un monde radicalement différent et contre toute attente. Pourtant, à cet instant, tout ce dont j'ai envie, c'est de tout faire annuler.

Goran m'agrippe l'épaule et le ton de sa voix se durcit.

— Au nom de Callipolis, ressaisissez-vous.

J'essuie mon visage et commence à gravir les marches qui mènent à la tribune du Palais.

* * *

Après la cérémonie, je ne fais qu'un seul détour avant de me précipiter à l'infirmerie du Palais. Je fonce au Lyceum pour glisser un message sous la porte du bureau de Tyndale. Les mots qui le composent sont sortis avec la facilité d'un texte mûrement réfléchi et je les ai rédigés avec la même certitude ardente qui est montée en moi au moment de sauter du dos de Pallor en plein vol.

On m'a dit que tu attendais ma lettre. La voici. Quand tu liras ceci, tu auras sans doute déjà appris que l'ignition de notre flotte a débuté et tu auras reçu la réponse de notre Protecteur. Callipolis ne cédera pas.

Un jour, tu m'as écrit que tu espérais que je sache ce que ça faisait d'avoir le monde à mes pieds. J'en ai fait l'expérience aujourd'hui. Tes choix t'appartiennent. Ma conscience n'est pas responsable de la tienne.

Déchaîne ta colère et je te répondrai avec la nôtre.

ANNIE

Plusieurs nuits et plusieurs jours s'écoulent entre conscience et inconscience dans une chambre qui ne m'est pas familière. Pendant tout ce temps, une seule silhouette, qui, elle, m'est familière, reste assise à mon chevet. On m'applique des baumes, on change mes pansements, j'émerge par intermittence à travers une brume de douleur, mais au cours de l'un de ces moments de lucidité, une phrase en langue draconique que j'avais à peine entendue se matérialise dans ma conscience assoupie, désormais tout à fait intelligible et complète.

Lee a répondu à Tyndale : « Je n'ai plus rien à leur dire. »

L'épuisement du soulagement total me replonge dans le sommeil.

Lorsque je reviens à moi enfin pour de bon, j'ai très mal.

Peu à peu, les contours se précisent ; en fait, je le connais cet endroit. Je me suis déjà retrouvée allongée dans cette chambre de l'infirmerie, mais jamais avec autant de bandages et de pansements sur le corps. La fenêtre ouverte laisse entrer l'air et la lumière estivale du soleil. Des vases débordant de fleurs couvrent ma table de chevet. À côté du lit, Lee est avachi dans un fauteuil qui n'a pas l'air très confortable. Le sommeil a aplani les plis d'inquiétude de son visage, mais les cernes sont toujours bien visibles sous ses yeux.

Depuis combien de temps suis-je ici ? Depuis combien de temps attend-il là ?

Des bribes du combat me reviennent : le coup de poing à la vue de la lettre du ministère, mon débordement en acier trempé avec Aela, le soulagement douloureux de pouvoir enfin à nouveau me mesurer à Lee sur Pallor. La montée d'anticipation, le triomphe à portée d'ailes. Et puis… le feu d'un dragon, tout droit sorti d'un vieux cauchemar. Et la douleur. Ensuite je me rappelle qu'Aela avait besoin de moi et que Lee me soutenait, toujours présent…

Attendez, il y a quelque chose qui cloche dans ce souvenir. Comment a-t-il… ?

Pourtant ces images et ces sensations impossibles sont bien là, gravées dans ma mémoire : Lee à califourchon derrière moi sur Aela, Lee en train de déclencher mes tubes refroidissants, Lee qui rassure Aela, une main sur son flanc, tandis qu'elle luttait pour s'ignitier. Et je ne suis pas la seule à le voir là dans mes souvenirs, il se trouve aussi dans ceux d'Aela. D'ailleurs, je me rappelle la peur et la colère qu'elle a ressenties devant son intrusion, puis la confiance et l'abandon lorsqu'il s'est mis à l'apaiser avec ses caresses et ses paroles.

Ma gorge s'assèche pendant que je me remémore tout ça.

Petit à petit, je devine comment il a dû s'y prendre. L'exaspération et la tendresse qu'il m'inspire se livrent bataille tandis que je l'observe.

Quelle tête brûlée. C'est sûr, il n'a pas froid aux yeux, ce crétin.

Tout à coup, Lee ouvre les yeux, se redresse brusquement et s'étire. Aussitôt, l'inquiétude plisse à nouveau son front et le contour de sa bouche. Puis il constate que je suis éveillée et c'est le soulagement qui se peint sur ses traits.

— Salut, dit-il, penaud.

Il est nerveux, on dirait qu'il a honte. Je ne comprends pas tout de suite pourquoi.

— Je vais bien, Lee.

— Je suis tellement désolé, coasse-t-il. Annie, je n'ai jamais…

J'éclate de rire, mais ça me fait mal, alors j'arrête. Il s'en aperçoit et écarquille les yeux, alarmé.

— Lee, ce n'est pas ta faute si l'ignition de Pallor est tombée pile à ce moment-là.

Il secoue la tête, comme si ça ne suffisait pas.

— J'ai insisté pour que le combat soit remis, marmonne-t-il en baissant la tête. Mais ils refusent…

Je souris et ça me fait toujours très mal, mais d'une autre façon.

— Pourquoi feraient-ils ça ?

Le visage de Lee est, lui aussi, empreint de douleur.

— Parce que tu méritais de gagner.

Ma gorge se serre en entendant ces mots. En les entendant de la bouche de Lee.

Je lutte pour exprimer les sentiments qui me submergent, pour ne pas les réduire à la déception. Je lutte pour expliquer cette victoire qui représentait tout pour moi, même si c'est idiot. J'essaie de me focaliser sur ce petit aspect qui n'avait rien à voir avec Lee, Callipolis ni quoi que ce soit, mais avec moi-même.

— Ça m'a fait du bien de… réellement vouloir cette victoire. Je ne savais pas que je pouvais… désirer quelque chose à ce point. Ni réussir à croire que j'aurais dû…

Gagner.

Voilà donc ce que ça fait, quand tu t'es autorisé à vouloir quelque chose, pleinement, et que tu échoues à l'obtenir. Je déglutis. Si seulement ma vision pouvait arrêter de se brouiller. Lee étudie ses genoux.

— Bref. C'est… sans doute mieux comme ça, dis-je. C'est toi qu'ils voulaient, de toute façon.

Lee tressaille, passe une main dans ses cheveux, puis sort quelque chose de sa poche. Une lettre. Chiffonnée, le sceau brisé, mais je la reconnais d'emblée.

— Je suis retourné la chercher… pendant que tu dormais. Ce n'est pas ce qu'on pensait.

Il me tend la note du ministère. Je l'ouvre et lis la seule phrase qu'elle contient.

Antigone,
Montrez-leur de quoi vous êtes capable.
Miranda

Ainsi, je découvre que la consolation a aussi le pouvoir de faire mal.

En fait, je ne pensais pas que ma déception puisse être plus amère encore jusqu'à ce que ça m'arrive. Voir ces mots écrits noir sur blanc, cette reconnaissance enfin attestée, celle que j'ai tellement cherché à obtenir et pour laquelle je me bats depuis aussi loin que je me souvienne et… c'est trop tard.

La seule chose dont j'ai envie, dont mon corps à envie, c'est de me rouler en boule et de pleurer, le visage enfoui dans mes genoux.

Lee scrute le sol, la mine défaite par la honte et la culpabilité. Il s'en irait tout de suite si je lui demandais, mais j'ai encore une chose à lui dire. Une chose qu'il a besoin d'entendre, que nous avons tous les deux besoin d'entendre. Alors j'écrase mes larmes avec mon pouce et je me ressaisis.

— Tu te débrouilleras à merveille, Lee.

Mon absolution, et elle vient de loin.

Il lève ses yeux rougis sur moi.

À merveille. C'est lui, la merveille, ce garçon devenu jeune homme qui s'apprête à devenir commandant, et qui, au-delà de ça, a toujours été mon meilleur ami, et la personne la plus courageuse que j'aie jamais connue.

Celle en qui j'aurai confiance jusqu'à la fin.

Ma voix tremble lorsque j'ajoute :

— Et ce sera un honneur de servir à tes côtés en tant qu'Alterna.

Le passé est derrière nous, la guerre devant nous, et notre flotte est ignitiée.

C'est tout ce qui compte.

Lee prend ma main bandée et je ne fais rien pour l'en empêcher. Nous restons comme ça pendant un long moment, dans le silence de l'infirmerie, le cœur palpitant dans nos paumes soudées.

Il reprend la parole en premier, la voix réduite à un murmure.

— Annie. J'ai besoin de ton aide. J'ai besoin que tu…

— Dénonce Tyndale. Déjà fait.

Il bat des paupières.

Mon cœur s'emballe, mais je m'efforce de conserver une voix posée et un regard ferme.

— Après vous avoir surpris tous les deux… je n'étais pas… sûre de ce que j'avais entendu, mais je savais…

Mes doigts se crispent dans sa main, mais je continue.

— Je savais que je ne voulais plus jamais que tu lui parles, que tu… leur… parles.

Voilà mon pari. Tyndale, pas Lee.

Et maintenant, je sais que je l'ai gagné. *« Je n'ai plus rien à leur dire. »*

Lee se frotte le front en expirant lentement par la bouche. Il doit se rendre compte du danger auquel il a échappé de peu, se dire que j'aurais pu le dénoncer, lui, tout aussi facilement.

— J'ai déposé la dénonciation en mon nom et je l'ai accusé d'avoir critiqué ouvertement l'interdiction du *Cycle Aurélien*, donc ça ne devrait pas… avoir de répercussion sur toi. Le Comité de rééducation devrait traiter le dossier dans la semaine.

Son soulagement saute aux yeux.

—Merci, dit-il d'une voix enrouée. J'avais besoin… je ne pouvais pas…

—Je sais.

—Ça va… mal tourner, Annie, affirme-t-il d'une voix étranglée. Très bientôt.

Pour Callipolis ou pour lui-même ? Pour les deux, m'aperçois-je en l'observant. Maintenant que plus rien ne se dresse entre Callipolis et le Nouveau-Pythos, si ce n'est le feu de dragon, les choix de Lee vont lui éclater au visage.

Et je ne vois pas comment le rassurer sans confirmer ses craintes.

—Alors c'est une bonne chose que notre flotte soit enfin ignitiée.

12

LE JOUR DU PALAIS

LEE

Annie est libérée de l'infirmerie quelques jours avant le Jour du Palais. Comme j'ai été promu commandant de toute la flotte, elle est nommée chef de l'escadron aurélien à ma place et c'est moi qui lui remets l'insigne pour son uniforme. J'ai déjà troqué le mien contre la médaille de commandant. Un clairon enchâssé dans un anneau torsadé d'or et d'argent pour le Premier Dragonnier ; un dragon aurélien aux ailes déployées pour le chef d'escadron. Elle accepte ce dernier avec un joli sourire qui dissimule mal sa déception et n'efface en rien ma culpabilité tenace.

Depuis la finale, trois autres dragons se sont ignitiés. Bien que ce ne soit pas assez pour envisager des mesures offensives – en particulier contre le Nouveau-Pythos qui bénéficie de fortifications naturelles redoutables – ça suffit à remonter le moral de la Cité. Callipolis a de nouveau les moyens de se défendre. Ce revirement coïncide avec l'arrivée du Jour du Palais dont la parade et les festivités prennent un tout nouveau tour pour le ministère de la Propagande qui y voit une occasion inespérée de cimenter l'unité du peuple et de le préparer à entrer en guerre.

La parade est aussi au centre des préoccupations du ministère de la Défense, plutôt pour l'aspect sécurité.

Après avoir été inculpé pour diffusion d'idées pouvant porter préjudice à la nation, Tyndale s'est évaporé dans les dédales de la prison que le Comité de rééducation partage avec le ministère de l'Information. Malgré l'ignition de notre flotte, la purge du *Cycle Aurélien* se poursuit. Partout à travers l'île, les copies du poème sont confisquées. La bibliothèque du père de Lotus fait partie des victimes du décret.

Celle des Gardiens est la seule, en dehors de la collection personnelle du Protecteur, à être préservée, mais nous sommes tenus d'assister au bûcher organisé pour détruire tous les autres exemplaires du *Cycle*. Tandis que je regarde les fragments brûlés des pages voleter telles des feuilles mortes emportées par le vent, quelques vers de l'épopée me reviennent en mémoire, aussi âcres que la fumée qui s'échappe du brasier :

Ô cendres et flammes ultimes, je suis le témoin de votre funeste entreprise
Moi qui n'ai échappé ni au péril ni à la souffrance de votre dévastation
Si la mort est notre destin, alors permettez-moi de tomber sous ma propre main.

Trois jours avant le Jour du Palais, je suis brutalement arraché au sommeil par Cor qui me secoue sans ménagement. Les rêves auxquels j'étais confronté sont tels que je bondis à moitié du lit, les jambes emmêlées dans les draps.

— Tout va bien, m'assure Cor en m'aidant à m'asseoir. C'est juste que tu étais en train de…

De réveiller tout le monde. Pourtant, ça ne m'arrive plus aussi souvent qu'avant, mais à l'approche du Jour du Palais, tout est remis en question. Un silence sans précédent règne dans le dortoir, les ronflements habituels se sont tus. Les cauchemars dont je viens de m'extirper sont assez frais pour que les cris résonnent encore dans mes oreilles. Mes draps sont trempés de sueur, mon visage aussi.

— Merci. Désolé. Est-ce que j'étais…

Je suis nerveux, c'est à peine si je sais ce que je raconte. Impossible de distinguer l'expression de Cor dans l'obscurité, mais sa réponse me fait l'effet d'une gifle.

— Tu… tu n'arrêtais pas de dire « non ! », murmure-t-il.

Sa main est toujours sur mon épaule. Je m'en libère.

— Merci.

Un peu plus tard, ce matin-là, pendant le cours réservé au Quatrième Ordre, Atreus nous distribue plusieurs petits carnets abîmés identiques dont la couverture porte le cachet rouge des ouvrages interdits. En lisant le titre, je suis pris d'une sueur froide.

Compte rendu exact des événements du Jour du Palais et du Mois sanglant, par R.T.

— Le Jour du Palais est l'occasion de renforcer le sentiment patriotique de notre nation, déclare Atreus. Un grand moment au cours duquel les gens se rassemblent autour du récit des événements qui symbolisent l'abolition du passé et l'avènement d'une nouvelle ère. Mais pour vous quatre, c'est aussi un moment idéal pour réfléchir aux lourdes tâches qui vous incomberont en tant que dirigeants. Car si nous encourageons le reste de la Cité à considérer le Jour du Palais comme une célébration, je voudrais que vous preniez connaissance des faits détaillés. Les carnets que vous avez devant vous ont été publiés peu après la Révolution, puis interdits afin de préserver notre stabilité politique. Vous y trouverez bien plus qu'un résumé décent. Veuillez prendre quelques instants pour vous familiariser avec leur contenu avant que nous entamions les discussions.

Il n'y a pas assez de copies pour tout le monde, alors Cor en partage une avec moi. Constatant que je ne bouge pas, Cor commence à feuilleter le carnet. Bien décidé à ne pas regarder Annie, Vigor et encore moins ce bouquin, je me focalise sur le visage de Cor, ses sourcils qui se froncent tandis que son regard voyage sur les pages. À un certain moment, il retient son souffle et poursuit sa lecture avec une main plaquée sur la bouche.

J'ai des années d'entraînement à mon actif pour ce qui est de rester assis pendant les leçons qui abordent la Révolution ou le Mois sanglant. J'ai appris à conserver une expression neutre et à compter les secondes. On peut survivre à tout pendant une heure.

Cependant, les professeurs s'attardaient en général très peu sur le Jour du Palais et s'ils le faisaient, ce n'était jamais pour nous présenter les faits de façon aussi explicite.

Lorsque Cor relève la tête, son teint a pris une nuance verdâtre. Il place le livre devant moi, au cas où je voudrais le parcourir à mon tour, mais je le referme aussitôt et le repousse vers lui.

Atreus brise le silence.

— Cor, pouvez-vous nous lire le début de la page quatorze, s'il vous plaît ?

Cor tourne les pages, imité par les autres, puis commence à lire d'une voix rauque le chapitre qui retrace le sort tragique du triarque Aurélien et de sa famille. Ma vision s'obscurcit un court instant et la salle s'estompe avant de réapparaître.

Lorsqu'il arrive au deuxième enfant, Cor s'interrompt et Atreus n'insiste pas pour qu'il continue.

— Vous le saviez ? Vous saviez que ça se passerait comme ça ? l'interroge Cor.

— On ne peut jamais « savoir » exactement, répond Atreus avec un sourire aussi dur que l'acier, mais les soulèvements populaires sont assez prévisibles. En tout cas, nous savions que nous aurions beaucoup de mal à maîtriser les gens une fois qu'ils auraient franchi les remparts du Palais.

Il marque une pause, le temps de nous laisser digérer cet aveu. Puis il reprend.

— C'est allé beaucoup plus loin que nous le souhaitions, je le reconnais. Malgré tout, je connaissais les risques dès le départ. La décision n'a pas été facile, mais il fallait la prendre. Il était préférable de causer quelques morts à titre exceptionnel…

Atreus pianote sur le carnet devant lui.

— … aussi brutales soient-elles, que de continuer à permettre un nombre incalculable de morts injustifiées à l'avenir. Vous n'êtes pas d'accord ?

Silence. Mon cœur bat dans mes oreilles. Dans la salle, personne ne moufte.

C'est Vigor qui finit par s'exprimer.

— Je ne pense pas que j'aurais eu du mal à prendre cette décision.

— Ah non ? fait Atreus d'un ton froid.

— Rien de tout ce qui se trouve là-dedans n'est pire que ce qu'ils nous infligeaient. Œil pour œil, dent pour dent.

Les paroles de Vigor résonnent étrangement chez moi. Je sens le regard de Cor se poser sur moi, et ce n'est qu'après un bref instant de paranoïa que je comprends pourquoi. En général, ce genre d'arguments me fait monter au créneau.

— Tu trouves qu'ils ont mérité ça ?

Ça, c'est Annie. Je la connais trop bien pour ne pas identifier sa colère.

— Tout à fait, rétorque Vigor. Après tout ce qu'ils nous ont fait subir, ils ne l'ont pas volé.

— Après ce qu'ils ont fait subir à qui ? Aux citoyens du Janiculum ? raille Annie avec une renâclement sarcastique.

Devant son incrédulité, Vigor plisse les yeux et se penche vers elle.

— Ma mère était originaire du Bas-Quartier, lui rappelle-t-il en baissant la voix. Je suis un enfant du Bas-Quartier. Les Hautes Terres ne sont pas le seul endroit de Callipolis qui a souffert, Annie. Alors, en ce qui concerne les habitants du Bas-Quartier, oui, les dragodescendants ont récolté ce qu'ils ont semé.

C'est la première fois que Vigor admet aussi ouvertement ne pas être un patricien, alors avouer qu'il est originaire du Bas-Quartier, c'est totalement inédit. L'air médusé, Cor étudie ses traits crispés.

— Ce n'est pas la justice qui a décidé de leur sort, argue Annie d'une voix tremblante. Ils ont été massacrés de façon barbare.

Je lève enfin les yeux de la table en chêne teinté pour la regarder. Elle a désormais les cheveux très courts ; elle a été obligée de couper les restes de sa tresse brûlée après le combat. Ses mèches irrégulières lui descendent jusqu'au menton, lui donnant une allure de garçonne. Elle commence à rougir tandis qu'elle dévisage Vigor avec un regard noir.

Et là, je m'entends prendre la parole.

— Pourtant, tu devrais, plus que quiconque, trouver leur sort justifié.

Le regard d'Annie se déplace sur le mien. Les autres remuent, mal à l'aise ; ils ont compris mon allusion aussi bien qu'elle.

— Pour qui me prends-tu, Lee ? demande-t-elle d'une voix chargée d'émotion.

Ma gorge se serre.

Atreus intervient avec impatience.

— Antigone fait preuve d'une – admirable – compassion envers son ennemi. Lee et Vigor feraient bien d'en prendre de la graine. Décider qui doit mourir ne devrait jamais être facile. Même si, dans ce cas précis, les condamnés avaient commis des crimes atroces.

Comme vous le savez peut-être, avant la Révolution, j'étais le conseiller principal d'Arcturus Aurélien. Le passage que vient de nous lire Cor décrit le sort qui a frappé sa famille.

Annie inspire profondément, sans doute en train de déduire ce que ça implique.

— D'aucuns se demandent, continue-t-il, l'air tout à fait serein, si, au vu de ce lien, j'avais des raisons personnelles d'autoriser un tel déchaînement de violence sur Arcturus et les siens. On pourrait s'imaginer qu'il m'avait causé un tort particulier ou que c'était un acte de vengeance de ma part. C'est vrai, les révolutionnaires étaient tellement remontés.

Atreus hoche la tête en direction de Vigor en prononçant ces derniers mots. Vigor tressaille, puis s'adosse à sa chaise.

— Eh bien ce n'est pas du tout le cas, révèle Atreus d'une voix distante. En réalité, j'avais plutôt toutes les raisons de soutenir Arcturus. Il était toujours bon avec moi quand j'avais besoin d'aide, il s'est occupé de mon instruction et ensuite il a veillé à ce que je trouve une bonne situation. Mais au bout du compte, sa bonté à mon égard ne suffisait pas à compenser tout le mal qu'il commettait en tant que dirigeant. C'est là-dessus que je me suis appuyé pour faire mon choix. Le bien de mon peuple l'emporte sur mes états d'âme.

Cor tambourine nerveusement sur la table, Annie a les yeux écarquillés, Vigor les lèvres retroussées et les bras croisés, mais tous ont en commun l'air horrifié avec lequel ils dévisagent Atreus. Comme si ce qu'il venait de décrire – un jugement froid dépourvu de toute émotion personnelle – était le plus troublant dans toute cette histoire.

Pour ma part, je suis surtout soulagé.

Je ne suis pas le seul à avoir emprunté ce genre de voie. Un jour, il y a longtemps, Atreus a fait la même chose.

— Je devrai continuer à vivre avec le poids de la mort d'Arcturus et de sa famille sur la conscience pour le restant de mes jours, dit-il encore.

Puis il lève les yeux et adopte un ton plus dur.

— Ce qui ne veut pas dire que je regrette.

Il nous accorde un court répit silencieux avant de conclure.

— En tant que Gardiens, votre tâche consistera essentiellement à peser le pour et le contre afin d'opter pour le moindre mal. Qui a le droit de vivre, qui doit mourir. Ce sera – ce devra être – un terrible fardeau. Il se peut que vous soyez confrontés à de grands moments de doute. En pareilles circonstances, rappelez-vous qu'il vaut toujours mieux que ce soit vous qui preniez ces décisions plutôt que quelqu'un d'autre. Si tout se déroule comme prévu, vous serez les esprits les plus rationnels, les plus entraînés, et les plus à même de diriger cette nation. Votre devoir sera d'assumer ces décisions et d'en porter le poids pour les autres.

* * *

C'est bizarre de continuer à chercher la compagnie de Crissa maintenant que la finale du tournoi est passée et que les entraînements ne peuvent plus me servir de prétexte ni de justification. Cependant, mon désir de poursuivre est plus fort que toutes les raisons d'arrêter.

— J'ai bien cru que tu ne viendrais pas, dit-elle lorsque je la retrouve enfin dans son dortoir.

La lumière de l'après-midi rend la pièce dorée. Crissa est assise à son bureau jonché de devoirs et de tasses volées au réfectoire ; elle est penchée sur sa lecture. Les autres filles sont toutes occupées ailleurs et nous avons tout le dortoir pour nous.

— Je devais… J'avais besoin de prendre l'air.

Je jette mon sac de livres sur le sol, à côté de son lit, avant de m'affaler sur ce dernier. Bien calé contre sa montagne d'oreillers, je ferme les yeux. Ses draps sentent la brise marine et une fragrance plus douce que j'associe désormais à Crissa.

— Est-ce que… tout va bien, Lee ?

Le ton est prévenant, le genre que j'emploie avec les autres, mais que, de mémoire, personne n'a jamais employé avec moi. Je suis donc pris au dépourvu et n'ai aucune idée de ce que je peux répondre.

— C'est juste que… continue-t-elle au bout d'un moment. J'ai d'abord cru que tu étais inquiet pour Annie après votre combat, mais maintenant qu'elle va mieux, tu es toujours…

Elle s'interrompt. J'ai rouvert les yeux, mais je reste allongé, immobile. Elle ne détache pas les yeux de son texte.

Je l'encourage avec douceur :

— Je suis toujours quoi ?

— Triste.

Elle relève enfin la tête.

— Je sais que… qu'il t'est peut-être arrivé des choses dont tu ne peux pas… qui sont trop difficile à exprimer, se risque-t-elle avec la plus grande prudence, comme si elle marchait sur un sol gelé. Et j'ignore tout – tout – de ce que tu as dû traverser. Mais s'il y a quoi que ce soit que je puisse faire pour t'aider, ou dont tu aies envie de me parler…

La version officielle, celle qu'elle connaît, donc, c'est que j'ai perdu ma famille au cours du Mois sanglant. Vers la fin de son triste règne, la triarchie a rempli les quartiers les plus défavorisés de tellement d'orphelins que personne n'a jamais remis cette histoire en cause.

Je m'imagine en train de lui avouer que le pire jour de ma vie est commémoré chaque année comme un jour de fête nationale et célébré par un grand défilé, et qu'au lieu de rejoindre le peu de famille qui me reste, j'ai décidé de remettre mon destin entre les mains de son usurpateur.

Comme je ne dis rien, elle se lève et me rejoint sur son lit. Je ne fais aucun mouvement vers elle – de toute façon mon corps à cet instant semble avoir fusionné avec le matelas, comme s'il ne faisait plus partie de moi – pourtant elle se blottit tout contre moi et pose la tête sur mon épaule. Je ne rêve pas, elle est en train de me serrer dans ses bras.

— Un jour, murmure-t-elle contre mon épaule, quand la paix sera revenue, j'aimerais qu'on prenne quelques jours de permission. Je t'emmènerai chez moi, à Villeport, voir les plages.

Elle ne l'a pas formulé comme une proposition et ne m'offre donc pas la possibilité de refuser. C'est si beau, là-bas, que je réponds avant même d'avoir réfléchi.

— J'y suis déjà allé, une fois.

— C'est vrai ?

Elle semble très étonnée. Il me faut quelques instants pour en comprendre la raison et j'ajoute :

— En excursion avec l'orphelinat.

Ce n'était pas une excursion. C'étaient des vacances en famille. Le sable dans nos cheveux, des crabes violonistes entre nos orteils, l'odeur du poisson frais grillé tandis que les serviteurs tournaient la broche. Mes sœurs m'avaient même enterré dans le sable un jour.

— Ça t'a plu ? s'enquiert Crissa.

— Oui. Beaucoup.

ANNIE

Le jour où je sors de l'infirmerie, j'assiste à une réunion de préparation du défilé. Miranda Hane, le général Holmes, Lee, Cor, Vigor et moi-même sommes présents afin de discuter des questions de sécurité. À la vue de Hane, mon ventre exécute une étrange pirouette au souvenir de son message. Je suis encore un peu raide à cause des nombreux bandages que je porte sous mon uniforme. Rester assise sans bouger est un calvaire et la disparition du poids de ma tresse dans mon dos se révèle très perturbante.

— Saviez-vous que grâce à vous le titre « d'Alterna » sera employé sous sa forme féminine pour la toute première fois de notre histoire ? me demande Hane avant le début de la réunion.

« Alterna » est un terme emprunté à la langue draconique qui, contrairement au callois, possède des genres grammaticaux. Même si je le savais, sa petite anecdote délivrée avec le sourire et beaucoup de délicatesse, me touche beaucoup. J'y vois une façon de sa part de me féliciter tout en me consolant.

— Merci, dis-je en espérant qu'elle comprenne que je fais aussi allusion à sa lettre.

Hane entame la réunion en réclamant la présence d'un maximum de dragons pour le cortège qui empruntera l'Avenue du Triomphe. Le général Holmes, qui a bien sûr décidé de maintenir des patrouilles aériennes pendant l'événement, y est plutôt favorable.

— Renforcer la sécurité de la ville sera ma priorité pendant tout l'événement. Je ne vois donc pas d'inconvénient à déployer la majorité de nos dragonniers armés dans le centre, ça ne pourra qu'être bénéfique.

Depuis le début, Lee observe la Gueule de Feu par la fenêtre d'un air songeur. Dehors, l'atmosphère est maussade. Une couche de nuages s'est installée assez bas sur la ville, ce qui inquiète les responsables de la défense aérienne. En effet, une purée de pois telle que celle-là est un vrai cauchemar pour les dragonniers. Même dans ses meilleurs jours, Lee n'a jamais la mine tout à fait reposée, mais à cette période de l'année, ses cernes sont toujours particulièrement sombres, les sillons autour de sa bouche plus profonds, comme si le sommeil était un concept qu'il avait tout à fait oublié.

— Et la côte ? demande-t-il à Holmes en se détournant de la baie vitrée.

Holmes adresse un hochement de tête appréciateur et un sourire à Hane.

— Prudent, notre Premier Dragonnier tout neuf. J'aime ça.

Lee lui répond avec un sourire crispé.

Hane et Holmes se mettent à débattre de la répartition des patrouilles côtières et Lee n'intervient plus. Ils finissent par convenir que deux patrouilles aériennes, l'une survolant la ville, l'autre la côte septentrionale, seront déployées en même temps pendant la parade. Chacune sera menée par un dragon ignitié.

— Je veux bien prendre le commandement de l'une des patrouilles, déclare Cor. Les défilés, ce n'est pas trop mon truc.

— J'aimerais me charger de l'autre, dans ce cas, annonce Lee.

Hane se tourne vers Holmes.

— Ce n'est pas nécessaire, si ? J'avais plutôt espéré que Lee se place en tête avec l'Alterna.

— En tête de quoi ? s'étonne Lee.

— Du cortège, évidemment, répond Holmes. Vous avez raison, Miranda. C'est là que doit se trouver le Premier Dragonnier. C'est entendu, Lee ?

Ce dernier est devenu blême.

— Oui, Général.

* * *

Le Jour du Palais, l'aube se lève avec un ciel immaculé. Le brouillard s'est dissipé et les Gardiens reçoivent l'autorisation de participer au défilé.

Depuis le dernier cours d'Atreus, je garde l'un des petits carnets relatant ces événements particuliers de la Révolution dans mon sac. J'ai réussi à ne pas y toucher jusqu'au matin du Jour du Palais, où je finis par céder. Au petit déjeuner, l'atmosphère est singulière. L'effervescence du reste du corps à la perspective de la parade et l'ambiance de fête qui flotte dans l'air contrastent avec le calme silencieux de Lee. Ensuite, il part se promener seul, comme il le fait toujours en ce jour. Et comme d'habitude, il n'y a que moi qui remarque ça.

J'en ai marre. Le moment est venu d'arrêter de faire semblant. La ville peut continuer à faire la fête dans le déni, moi, je suis prête à découvrir la vérité. Lee a sauté du dos d'un dragon et atterri sur un autre en plein ciel pour me sauver, il se prépare à affronter ces festivités qui lui retournent les tripes chaque année depuis notre enfance, et ensuite les choses risquent de se compliquer encore plus pour lui. Vraiment, je lui dois bien ça. La vérité.

Toute la vérité.

Je vais donc m'enfermer dans une classe vide et ouvre le carnet pour la première fois depuis la leçon d'Atreus. Je me rends au chapitre que j'ai délibérément évité la seule fois où je l'ai feuilleté. Au sommet de la page figure une illustration, une gravure représentant le Drakarque des Hautes Terres et de sa famille. Mes yeux sont aussitôt attirés par le père. C'est la première fois depuis le drame que je me retrouve face à lui. Même si la qualité de l'image n'est pas très bonne, je suis submergée par un mélange de terreur et de haine. Il se tient à côté de sa femme et au milieu de ses enfants. Ils sont resplendissants, beaux, fiers. À le voir comme ça, entouré des siens, avec cet air aimant et paternel, difficile d'imaginer qu'il ait pu commettre les atrocités dont j'ai été témoin.

Je m'intéresse ensuite à la légende de l'image pour trouver le nom du plus jeune enfant. Le voilà : un petit garçon appelé Léo, cinq ans à l'époque de ce portrait. Je reste focalisée sur les lettres de son prénom pendant un instant, en apnée.

Puis je recommence à respirer. J'examine l'illustration. Il est là, avec l'aspect granuleux et les contours un peu flous, mais reconnaissable. La légende a beau affirmer que ce petit garçon est mort, je sais, moi, qu'il est bien vivant.

Même si j'ai l'impression de l'avoir toujours su, le voir là, à quelques dizaines de centimètres de cet homme me fait l'effet d'un coup de poing. Pendant un instant, ma vue se brouille.

Je cligne des yeux et la page finit par redevenir nette. M'obligeant à lire le texte, je découvre ce qui est arrivé à sa mère, son frère, ses sœurs et enfin son père. J'associe chaque visage de la gravure aux descriptions. Peu à peu, je parviens à visualiser avec précision la scène telle qu'elle a dû se produire en ce jour, il y a dix ans.

Je me penche à nouveau sur l'illustration et ce petit garçon dont le visage n'est composé que de quelques traits d'encre. Malgré tout, il ne fait aucun doute qu'il est en train de sourire. Ce n'est pas le cas de tous les membres de sa famille ; les expressions sont pour la plupart solennelles, dignes, conformes à ce qu'on attend d'un portrait de famille officiel d'un seigneur dragon. Toutefois, il semble que l'artiste ait fait une exception pour le petit garçon ainsi que pour l'une de ses sœurs aînées, assise à côté de lui ; ils ont tous les deux l'air joyeux, comme s'ils étaient sur le point d'éclater de rire. C'est fou, mais depuis le temps que je le connais, je n'ai jamais vu Lee sourire comme ça.

Tout à coup, j'imagine ce que ça a dû être de vivre dans une famille pleine de rires en tant que petit dernier, de se retrouver au centre de leur joie et de leur attention. Il était tendre, car il a lui-même reçu beaucoup de tendresse, bavard parce que sans cela il n'aurait jamais réussi à se faire entendre et sûrement enclin à faire des bêtises, parce qu'il savait qu'il s'en tirerait impunément. Je n'ai aucun mal à l'imaginer comme ça, même si mes déductions se basent sur un simple portrait. Après tout, j'ai moi aussi été la cadette d'une grande famille.

Ensuite, j'imagine ce petit garçon souriant en train de perdre tous ceux qu'il aime en l'espace de quelques heures bouleversantes. Je n'ai aucun mal à imaginer la douleur qu'il a ressentie, car je ne me souviens que trop bien de la mienne. À cet instant, je me fiche de qui était son père ou de ce qu'il m'a fait subir. Tout ce que je veux, c'est retrouver le petit garçon que j'ai rencontré à Albans et le serrer dans mes bras.

— Annie ?

Je lève les yeux avec effroi parce que, l'espace d'un instant, je crois que c'est lui et il est trop tard pour refermer et planquer le carnet. Ouf, c'est Duck.

— Hane nous attend. La réunion prédéfilé, tu as oublié ?

— Ah oui, dis-je.

Il ne me pose pas de question, mais il jette un coup d'œil à ce que je suis en train de lire et un éclair de stupéfaction traverse son visage lorsqu'il reconnaît le carnet. Je le ferme et le range dans mon sac. Côte à côte, nous prenons la direction de la salle d'éloquence.

Hane attend sur l'estrade au centre de l'amphithéâtre. Nous devons être en retard, car tout le monde a déjà pris place dans les gradins en bois branlants disposés en demi-cercles concentriques. Du moins, presque tout le monde. Lee manque aussi à l'appel.

— Vous ne l'avez pas trouvé ? demande Hane à Duck.

Oh Lee, ne perds pas courage maintenant. Pas à cause de ce stupide défilé.

— Non, répond Duck. Vous voulez que j'aille…

Mais avant qu'il ait pu achever sa phrase, la porte s'ouvre et Lee entre.

Il me suffit d'un coup d'œil pour comprendre que mes craintes étaient inutiles. Car si je remarque son teint un peu trop pâle et ses lèvres plus pincées qu'à l'ordinaire, c'est uniquement parce que je suis à l'affût. Au contraire, je suis impressionnée par le sang-froid dont il fait preuve : il se tient bien droit et dégage une assurance sereine. On dirait qu'il est né avec cet uniforme d'apparat, cape et cuirasse incluses. Il porte les ailes du Quatrième Ordre sur l'épaule et le clairon du Premier Dragonnier dans le dos. Au lieu de prendre place parmi le reste d'entre nous, il rejoint Hane sur l'estrade. Au lieu de s'excuser de son retard, il adresse un signe de tête à la ministre, comme pour lui indiquer que la réunion peut commencer.

À le voir comme ça, calme, empreint de dignité, totalement maître de lui-même, je me rends compte que le petit garçon de mes souvenirs a disparu au même titre que le bambin souriant du carnet que je n'ai jamais connu. Aujourd'hui, Lee s'est affranchi de ces deux personnalités et n'a plus besoin du réconfort que j'aimais tant lui apporter. Cette pensée m'emplit d'une fierté farouche.

Hane le jauge. Comme moi, elle a remarqué la façon dont il s'est approprié le pouvoir en entrant, mais cela ne semble pas tout à fait lui déplaire. Elle s'éclaircit la voix et commence à décrire le parcours du cortège.

Tandis qu'elle parle, je ne quitte pas Lee des yeux et je m'autorise à observer cette ressemblance qui me hante, celle que j'ai toujours refusé d'admettre. Aujourd'hui, je mets un terme à mon ignorance passée et à mon déni.

Désormais, quand je regarde Lee, je vois le fils de Léon Fléaurage.

* * *

Installé sur un cheval de bataille à la robe gris ardoise, Atreus ouvre le cortège qui emprunte l'Avenue du Triomphe, suivi par la Garde rapprochée du Protecteur tout de rouge vêtue, à cheval aussi. Pallor et Aela viennent ensuite, à la tête du reste de la flotte aérienne amputée de deux patrouilles. Des fragments de ce que je viens de lire me traversent l'esprit et la liesse qui m'entoure me rend malade. Les drapeaux et les étendards callois qui flottent un peu partout, les clameurs de la foule, la musique… tout cela me paraît de plus en plus hypocrite.

Les gens se précipitent vers nous sur notre passage, se pressent contre les barrières de sécurité construites par les gardes de la ville qui les maintiennent comme ils peuvent. Nous avançons si lentement que j'ai tout le loisir d'étudier le visage de ces gens qui nous acclament. J'ai fait partie de cette foule autrefois, et voilà qu'aujourd'hui je me retrouve à l'observer avec la même aversion que m'inspiraient à l'époque les seigneurs dragons lorsque je les regardais passer. Ces citoyens crient à s'en déchirer la voix pour célébrer un massacre. Je les revois, il y a quelques années, en train de cracher des insultes à un dragon démuni, enchaîné, mutilé, pour le seul plaisir d'humilier cet animal qui n'avait fait que suivre les ordres de son maître. Je les revois aussi me hisser sur leurs épaules pour fêter ma victoire dans la taverne devant laquelle, un mois plus tard, ils se moquaient de mon engagement pour la Cité. Je me rappelle aussi très bien les crachats des villageois sur mon visage. Et les paroles d'Atreus après coup : *« La colère des gens est souvent cruelle et mal ciblée. »*

Ce peuple n'est pas le mien ; je ne suis plus l'une d'entre eux. C'est fini. Ces gens n'envisagent la justice que comme un outil de vengeance. Ils sont indignes, ignorants, cruels.

Le flot de pensées de ce genre semble intarissable dans mon esprit et ma colère ne cesse d'enfler jusqu'à ce qu'elle se cristallise en un sentiment qui prend l'ascendant sur tout le reste : un profond dégoût.

Est-ce que les seigneurs dragons pensaient la même chose de nous ?

À côté de moi, Lee mène Pallor avec une prudence et une lenteur désespérante, imposant son rythme à tout le cortège.

Régulièrement, je lui jette un coup d'œil. À chaque fois, il est toujours aussi calme, imperturbable, comme s'il avait enfilé un masque. Seul son maintien trahit quelques signes de crispation. Avec le temps, il se tient de plus en plus droit sur sa selle et se contracte un peu plus à chaque fois que la foule se met à scander son nom. À la fin de la parade, il est pratiquement rigide. Les autres le perçoivent peut-être comme un signe de fierté, mais moi, je ne suis pas dupe. C'est la posture de quelqu'un qui reçoit des coups et qui a décidé de rester debout envers et contre tout.

Le défilé se termine sur la Place du Peuple qui est séparée du Palais par le fleuve qu'on peut franchir sur un large pont en pierre. Le crépuscule s'amorce lorsque nous arrivons enfin sur la place. C'était prévu comme ça dans l'organisation afin de pouvoir enchaîner avec un petit spectacle autour du feu. Lee et moi montons sur la tribune où le dragon de Léon Fléaurage a été décapité.

Nos dragons crachent du feu en l'air, les flammes se détachant du ciel de plus en plus sombre, puis nous nous envolons, suivis par les autres dragonniers deux par deux. Nous exécutons quelques pirouettes et les dragons ignitiés se fendent d'une petite démonstration en vol tandis que les autres tournoient autour de nous. En contrebas, la foule s'amasse sur la place et dans les rues avoisinantes pour nous admirer et nous acclamer. Lorsque notre prestation s'achève enfin, nous sommes autorisés à rejoindre la grotte.

* * *

De retour au nid d'Aela, je prends le temps de bien la brosser et de la nourrir avec le seau de viande que les soigneurs ont prévu pour notre retour. Depuis son ignition, elle a développé un goût particulier pour la viande cuite, même si elle a encore tendance à la carboniser. C'est ainsi qu'après avoir réduit une patte de mouton en cendres et avoir failli s'étouffer avec, elle me jette un regard lourd de reproches.

Je m'insurge :

— Ce n'est quand pas ma faute si tu es incapable de gérer tes temps de cuisson.

Après cette parade interminable, ça me fait beaucoup de bien de retrouver la joie simple et familière d'un petit duel oculaire avec Aela.

— Annie ?

Duck. Sa voix provient du tunnel qui relie les nids. La patrouille partie inspecter la côte doit être rentrée.

— Comment ça s'est passé ?

Il hausse les épaules.

— Rien à signaler.

Il m'attend sur le seuil de la cavité qui renferme le nid d'Aela, silhouette noire qui se découpe dans la lueur des lanternes du tunnel.

— Certains vont en ville pour assister au reste des festivités, m'explique-t-il. Ça te dirait de les accompagner ?

Non. La dernière chose dont j'ai envie, c'est de plus de réjouissances.

— Ou alors on pourrait aller se promener, suggère-t-il, comme s'il avait senti ma réaction.

Oui, c'est beaucoup mieux : rien de tel qu'une promenade dans les jardins du Palais avec Duck pour que tout aille mieux.

— D'accord. Laisse-moi juste le temps de terminer ici.

— Bien sûr.

Je me tourne vers Aela en avisant le départ de Duck du coin de l'œil. Ce n'est qu'en rejouant la scène dans ma tête que je m'aperçois qu'il est parti non pas en direction de l'armurerie, mais des alcôves situées plus loin dans la grotte.

Je lâche le seau et me précipite derrière lui, sans même me demander ce qui me prend. Tout ce que je sais, c'est qu'il faut à tout prix que je rattrape Duck. Il a avancé plus vite que je le pensais, il est déjà presque à l'entrée du nid de Pallor lorsque je parviens à l'intercepter en trébuchant. Il s'apprête à jeter un coup d'œil à l'intérieur, mais je lui saisis l'épaule et l'oblige à pivoter vers moi.

Je secoue vivement la tête. Duck ouvre la bouche de surprise et l'espace d'un instant, j'ai peur qu'il dise un truc et trahisse notre présence, mais avant qu'il ait pu prononcer quoi que ce soit, un bruit nous parvient depuis le renfoncement. Un haut-le-cœur, puis un jet liquide sur la pierre. Lee est en train de vomir.

Comprenant ce qu'il entend, Duck referme brusquement la bouche. Pour ma part, je reste figée de honte. Je ne sais pas pourquoi entendre Lee dans cet état me paraît aussi intrusif. Duck me dévisage et je sens sa question muette : « Comment as-tu fait pour savoir ? »

Nous nous éloignons en silence du nid de Pallor.

LEE

Moi qui espérais trouver l'armurerie vide en remontant de la grotte, je tombe sur Crissa et Cor et le reste de la patrouille en train de se déshabiller, visages rouges et cheveux ébouriffés par le vent. Je parviens à rassembler l'énergie nécessaire pour émettre ces trois mots :

— Rien à signaler ?

Crissa et Cor secouent la tête.

Je devrais être soulagé, pourtant je suis presque déçu. Qu'ils viennent donc nous attaquer, qu'ils nous exterminent tous. Le Jour du Palais, je ne serais pas contre voir le monde entier partir en fumée, et je me fiche de savoir qui y mettrait le feu.

Bien sûr, je ne dis rien de tout ça.

— On devrait effectuer une rotation d'équipe et envoyer une autre patrouille.

— Je m'en occupe, déclare Cor. Je ne suis pas fatigué. Toi par contre, tu as vraiment une sale tête.

Crissa lui décoche un regard réprobateur et il hausse les épaules.

Je sais que c'est censé être le moment où je refuse et prends mes responsabilités, mais ce soir, après le défilé, je ne trouve pas le courage.

Après les avoir envoyés en mission, je me rends dans la bibliothèque du Cloître et je sors le *Cycle Aurélien* de son étagère. La couverture arbore désormais le cachet des ouvrages interdits.

Hormis les passages que nous avons étudiés en classe, je ne l'ai plus ouvert depuis des années. Ça me fait bizarre de lire ces vers ; dans mes souvenirs, c'est une œuvre qui se partageait essentiellement à l'oral. Qu'il partageait essentiellement à l'oral. Lorsqu'il nous en récitait les passages les plus captivants avant d'aller au lit, c'était toujours de mémoire. Il n'avait jamais besoin du support du livre. Encore maintenant, alors que je lis en silence dans la bibliothèque déserte, j'ai l'impression d'entendre sa voix. Ça fait longtemps que je ne m'étais plus autorisé à inviter celle-ci dans mes pensées.

Le temps passe sans que je m'en aperçoive. Je continue à lire en me rendant directement aux passages que je préfère, je feuillette, reviens en arrière et continue à voyager comme ça au gré de mes souvenirs. Petit à petit, je m'approche de la partie de l'épopée qui m'occupe le plus souvent l'esprit : celle où l'île perdue d'Aureos est assiégée, brûlée, et où les Aurélien finissent vaincus et contraints à l'exil. Quelque part vers une heure du matin, je parviens enfin à trouver le courage de le lire. J'associe la voix de mon père à la narration et celle de membres de ma famille pour les différents personnages, jusqu'à ce que tout devienne flou. Sans perdre cette espèce de bouclier que je me suis créé au fil du temps, je ressens vaguement cet ancien chagrin sans le ressentir tout à fait ; je suis coincé quelque part au milieu, entre le récit et la réalité. Soudain, ils sont là, autour de moi, mi-fiction, mi-réel. Ma famille. Nous avons quitté la partie de l'histoire où ils se font torturer, nous sommes revenus en arrière, dans les premières pages. Nous sommes en train de dîner et ma mère remplit la coupe de mon père…

— Lee, dit-elle.

Tiens, ce n'est pas mon vrai nom. Et cette voix, ce n'est pas celle de ma mère.

La table du dîner s'estompe, le rire de ma sœur s'évanouit. Et de nouveau, ce nom qui n'est pas tout à fait mien.

J'ouvre les yeux, redresse la tête. Pendant la fraction de seconde où la silhouette d'Annie n'apparaît pas encore tout à fait, ce moment où je la reconnais sans être tout à fait réveillé, une bouffée d'ancienne amertume m'envahit. *C'est toujours comme ça, il faut que tu viennes te mettre entre eux et moi.*

Très vite, elle perd sa vigueur et retrouve sa place, ensevelie dans les tréfonds de ma mémoire. À la lueur tamisée de la lanterne avec laquelle je lisais, je découvre son expression. Tendue, très tendue.

J'anticipe ce qu'elle va dire et referme le *Cycle Aurélien* sans lui accorder un regard.

— Il y a eu une attaque, m'annonce Annie. Dans le Sud, sur la côte médéenne. Ils ont profité du brouillard d'hier. On est convoqués au Palais Intérieur de toute urgence.

13

ATTAQUE EN MER MÉDÉE

LEE

Malgré l'heure tardive, les fenêtres du Palais Intérieur sont encore éclairées. À l'intérieur de la salle du Conseil, Lotus et Warren, deux dragonniers aquacélestes dont la patrouille vient sûrement de rentrer avec la mauvaise nouvelle attendent en compagnie d'Atreus, du général Holmes, de Miranda Hane, du Trésorier général et des ministres du Commerce et de l'Agriculture. La présence de ces derniers tend à confirmer mes craintes.

Les Pythéens n'ont pas attaqué nos forces militaires, navales ou aériennes. Ils n'ont même pas tenté de s'en prendre à la capitale.

Non, c'est sur notre flotte marchande qu'ils ont jeté leur dévolu.

D'un geste, Atreus nous invite à nous asseoir. Pas dans un coin de la salle, comme auparavant, mais à la grande table, avec eux.

Je vais droit au but :

— C'est grave ?

Holmes nous dresse un compte rendu de la situation avec l'aide de Lotus et Warren. Plusieurs attaques par les airs ont eu lieu hier soir, toutes dans un intervalle d'une heure environ, alors que le brouillard était encore bas. Celles-ci visaient les voies commerciales navigables de la mer Médée qui relient Villeport à Damos et à l'Empire bassiléen, dans le Sud, là où nos patrouilles s'aventurent rarement. D'après les témoignages des forces navales et étant donné le nombre d'attaques ainsi que la distance entre chacune, plus d'une demi-douzaine de dragons ignitiés seraient impliqués. Nous avons perdu presque toute notre flotte marchande et avec celle-ci, la majorité des exportations textiles de l'année.

Les civils callipolitains perdus en mer se comptent par centaines, et ce n'est que le début des ravages causés par ces attaques, nous met en garde le ministre de l'Agriculture. Au vu du nombre d'exploitations qui ont été encouragées à passer de l'agriculture de subsistance à une agriculture commerciale textile, Callipolis n'est plus en mesure de subvenir aux besoins en nourriture de sa population croissante, d'autant qu'avec la destruction des marchandises exportées, aucun profit ne nous permettra de compenser. Le ministre de l'Agriculture ne prononce pas le mot « famine » parce qu'il n'a pas besoin de le faire.

Alors c'est comme ça que ça va se passer. Ils vont semer la terreur non pas en mettant le pays à feu et à sang avec leurs dragons, mais en lui imposant une lente pression en l'affamant tout au long de l'hiver. Et nous, avec notre flotte à moitié ignitiée, on ne pourra rien faire si ce n'est subir.

Tu voulais que le monde parte en fumée ? Eh bien voilà, il brûle.

— Nous pouvons emprunter, non ? demande Atreus au Trésorier.

— Nous sommes en train d'analyser la situation. Mme Mithrides et d'autres mécènes pourront nous aider à leur mesure, mais ils sont nombreux à avoir perdu une énorme part de leurs investissements dans cette attaque.

— Et si nous centralisons toutes nos ressources pour l'hiver et les redistribuons nous-mêmes ? s'enquiert Atreus.

— Ça pourrait suffire, répond le ministre de l'Agriculture avec appréhension, mais nous n'avons aucun moyen de prédire de quelles quantités nous disposerons… Ce genre d'opération est très difficile et peut avoir des effets dévastateurs en cas de mauvaise gestion…

— Avons-nous d'autres solutions pour aider la population citadine à survivre à l'hiver ? demande Atreus.

Silence.

Le Protecteur ferme les yeux et son visage reflète le débat qui se joue en son for intérieur. Puis il les rouvre et se tourne vers Holmes.

— Commencez à collecter les ressources immédiatement. Je veux que chaque village, chaque ferme, soit fouillé de fond en comble afin de mettre la main sur toutes les récoltes de cette saison. Nous centraliserons toutes les ressources dans le centre-ville et les redistribuerons sous forme de rations.

Mon esprit bute sur un mot : collecter. Il ne veut quand même pas dire…

Atreus se tourne vers nous.

— Réservez les aquacélestes aux patrouilles côtières en veillant à ce qu'ils soient toujours accompagnés d'un dragon ignitié au minimum. Les escadrons aurélien et fléaurage seront affectés à l'accompagnement des collectes.

Alors c'est bien ce qu'il disait. *Les collectes.*

Une pratique tristement célèbre sous l'ancien régime qui a été abandonnée depuis la Révolution. À l'époque, les seigneurs dragons avaient recours au feu de dragon pour soumettre les gens. C'était leur technique préférée pour collecter l'impôt sur les récoltes, l'occupation principale de mon père en automne.

— Vous êtes en train de nous demander de…

— Employez les méthodes traditionnelles. La rapidité sera notre priorité.

Les méthodes traditionnelles.

Des mots qu'Areus prononce avec une aisance déroutante, presque avec dédain. Je n'en crois pas mes oreilles.

Bien sûr, pour lui, ce ne sont que des mots. Pour les autres dragonniers et pour moi, ils renferment une dure réalité. Voilà pourquoi Atreus parvient à conserver un tel flegme alors que pour ma part, j'en ai des vertiges. À côté de moi, Annie déglutit bruyamment, les mains agrippées à la table. Elle a écarquillé les yeux lorsque l'ordre s'est abattu sur nous.

« Tu verras comme cette belle vision volera en éclats. »

— Bien, monsieur, m'entends-je répondre.

— Quand pourrez-vous commencer à collecter ? demande Atreus à Holmes.

— À l'aube, affirme le général. Je dois d'abord m'entretenir avec le Premier Dragonnier et l'Alterna pour régler les questions pratiques.

Annie et moi sommes donc ensuite convoqués dans son bureau pour une brève réunion. Dans un premier temps, nous nous mettons d'accord pour renforcer les tours de garde sur la ville cette nuit. Demain matin, des troupes au sol commenceront à collecter les réserves dans les campagnes, chaque opération sera secondée par deux dragons.

— Je pense qu'il vaut mieux que vous vous chargiez en personne des premières collectes, Lee, déclare Holmes.

Pour la première fois depuis le début de la réunion, Annie prend la parole.

— Non. C'est moi qui devrais le faire.

Elle est livide et serre de toutes ses forces les bras du fauteuil sur lequel elle est assise. Holmes la dévisage, puis ses traits s'adoucissent.

—Antigone, ces collectes seront très difficiles à…

—Je sais très bien à quoi ressemble une collecte, l'interrompt Annie d'une voix faible, mais claire, en articulant bien chaque mot.

Holmes cligne des yeux, perplexe, puis, tout à coup, semble comprendre.

—Aux dernières nouvelles, insiste-t-elle en tressaillant, je suis la seule Gardienne qui sait ce qu'est une collecte. Lee n'a jamais…

Elle s'arrête. La raison de son hésitation soudaine me frappe avec la violence d'un coup de poing : elle se demande si j'ai déjà participé à des collectes par le passé. Je secoue la tête.

J'ai toujours été jugé trop jeune pour accompagner mon père.

Elle inspire et se redresse.

—Je sais ce que vous cherchez, je sais exactement de quoi vous aurez besoin.

Ça me glace le sang. Car ce qu'Annie connaît des collectes, elle n'a pu l'apprendre qu'auprès d'une seule personne.

Holmes pose les mains à plat sur son bureau, devant lui est étalée une carte géographique. Le bois craque sous son poids important lorsqu'il se penche.

—Savoir de quoi nous avons besoin, ce n'est pas la même chose qu'être capable de l'obtenir. Ce genre d'opération est souvent aussi efficace que dure. Les gens seront persuadés que nous leur mentons. Quand on leur promettra que tout sera redistribué, ils croiront qu'on compte tout garder pour nous, comme il était de coutume sous l'ancien régime. Nous allons devoir les réprimer sévèrement, surtout au début. J'ai besoin de dragonniers capables de faire le nécessaire.

Annie n'en démord pas.

—Je peux tout à fait « faire le nécessaire ».

Pendant un instant, ils se défient tous les deux du regard, cet homme immense et cette jeune fille qui mesure le tiers de sa taille. Holmes semble trouver ce qu'il cherche dans ses yeux flamboyants. Il se redresse et ôte ses mains du bureau.

— Très bien. Alors c'est vous qui vous chargerez des premières collectes, ensuite vous formerez vos camarades.

Une fois dehors, dans le couloir, Annie s'arrête et serre ses bras contre elle. Puis elle les relâche et se remet en marche. Le Palais est plongé dans le silence et l'obscurité, et il flotte une odeur d'humus typique du début de l'automne tandis que nous traversons tous les deux d'un bon pas les arcades de la cour intérieure.

— Qui veux-tu pour t'accompagner ?

— Rock, répond-elle sans la moindre hésitation.

Évidemment. Rock est un ancien serf, lui aussi.

— Tu iras le trouver dès que j'aurai informé le reste du corps. Il faudra que vous commenciez à former les autres après-demain.

— D'accord.

Une minute, il me reste une autre chose à faire et cette perspective me donne la boule au ventre.

— Avant qu'on aille réveiller les autres, il faut que j'aille parler à Crissa.

— Pourquoi… ?

— Son père est dans le commerce, il est souvent en mer.

Dans le Cloître, je suis Annie jusqu'au dortoir des filles qui est plongé dans le noir et je compte les lits jusqu'à celui de Crissa. Je l'appelle. Elle me suit dans le couloir en frottant ses yeux ensommeillés.

— Lee, qu'est-ce que… ? Tu es fou ? C'est un rendez-vous galant ?

Dans le couloir éclairé par des chandeliers muraux, je croise son sourire. Le sourire si simple et naturel de Crissa que j'ai appris à chérir et que je suis sur le point de supprimer. Toutefois, je ne peux pas faire ça ici, dans ce couloir qu'elle emprunte tous les jours lorsqu'elle rejoint ou quitte son lit. Je n'imagine pas non plus faire ça dans le réfectoire, le solarium ou la cour. Quel que soit l'endroit où nous aurons cette conversation, Crissa l'associera à jamais à ce triste moment.

Alors je la prends par la main et l'emmène dans une classe désaffectée de l'aile où se trouve la bibliothèque.

Lorsque je referme la porte derrière nous, elle est toujours en train de sourire.

— C'est... un peu interdit, ça, Lee. Mais je peux faire en sorte que...

— Tu veux bien qu'on s'asseye ?

Son sourire vacille. Le doute s'insinue enfin dans son expression. Elle s'assied et je m'installe à côté d'elle.

— Est-ce que le navire de ton père est déjà rentré au port ?

— Non... Il est en mer depuis une semaine à peu près, je crois. Pourquoi ?

Le temps que je trouve les mots, son visage se fige. Comme si tous les indices qui lui avaient fait penser à un rendez-vous amoureux étaient en train de lui indiquer une autre voie. Comme je l'avais prédit, son sourire s'envole.

— Non, dit-elle. Non, non, non...

Moi qui pensais être prêt pour ce genre de conversation avec mon expérience en la matière, je me suis trompé. En réalité, rien ne peut nous préparer à voir quelqu'un lutter pour assimiler un chagrin sans précédent.

— Rien n'est encore sûr. On vient à peine de recevoir la nouvelle...

— Quelle nouvelle ?

ANNIE

Une fois tous les Gardiens réunis, bien éveillés et intrigués, dans la salle d'éloquence éclairée par des chandeliers, je demande à Cor de partir avec moi à la recherche de Lee. Ce sont les pleurs de Crissa qui finissent par nous indiquer le chemin. Il est assis dans une ancienne classe, sur un vieux banc d'école, un bras enroulé autour d'elle, le visage caché dans l'autre main.

En nous apercevant, Crissa se lève.

— Annie, Cor.

— Salut, ça va ? s'inquiète Cor d'une voix rauque.

— Pas génial.

— Il est temps ? demande Lee qui s'est levé en même temps qu'elle.

Je hoche la tête.

— Il faut que j'aille parler aux autres, explique-t-il à Crissa. Cor peut rester ici avec toi pendant que…

Elle s'essuie les yeux.

— Non. Je viens aussi.

Visiblement, aucun de nous ne s'attendait à ça. Devant nos têtes, elle lève le menton.

— Mon escadron a besoin de moi. Qu'ai-je à cacher, après tout ? Je n'ai pas honte de montrer mon chagrin.

Dans la salle d'éloquence, elle s'assied entre Cor et moi. Elle ne se laisse pas décontenancer par les regards appuyés que lui jettent des dragonniers lorsqu'ils découvrent son visage rougi par les larmes. Lee prend place derrière le pupitre de l'estrade, au centre de l'hémicycle. Pendant le trajet qui nous ramenait à cette salle, il semble s'être chargé d'une énergie brûlante, comme un dragon emprisonné qui peut enfin quitter sa grotte. Et ça ne passe pas inaperçu. Le silence tombe dans la salle.

— Je serai bref, commence Lee.

C'est la première fois qu'il préside officiellement une réunion avec nous en tant que commandant de la flotte. Il explique ce qui s'est passé et de quoi seront faites nos prochaines semaines, puis il annonce ce dont il a besoin tout de suite. En dix minutes, c'est plié. Après ça, il sort pour effectuer une première patrouille en emmenant un tiers des dragonniers. Le reste d'entre nous est congédié avec pour ordre de prendre du repos.

J'entraîne Rock à l'écart pour m'entretenir avec lui de ce qui nous attend demain matin. Lorsqu'il comprend que je lui demande de m'assister pour les toutes premières collectes, il devient blanc comme un linge.

— Je me rappelle les collectes…

— Moi aussi. C'est pour ça qu'il faut que ce soit nous qui fassions les premières et ensuite on formera les autres.

Rock émet un long sifflement.

— Par le dragon d'Uriel.

Je lui répète ce que je ne cesse de me dire depuis la réunion avec le général Holmes.

— Ce ne sera pas comme avant. Ce qu'on va leur prendre, on le leur rendra.

Il secoue la tête.

— Même en faisant ça, il n'y aura pas assez.

Rock se tient toujours bien informé de l'état des cultures à Callipolis et sa certitude me rend bien plus nerveuse que les prédictions du ministre de l'Agriculture.

— Ça, on n'en sait encore rien pour l'instant, dis-je.

Rock grimace, comme s'il avait quelque chose de très amer dans la bouche.

—De toute façon, nous n'avons pas d'autre solution. Même s'il n'y a pas assez de réserve, ça... reste la plus juste.

En disant ça, je me sens gagnée par une terreur sourde à l'idée de ce qui nous attend demain. Rock se détourne en se triturant les lèvres comme s'il était en proie à une intense réflexion.

—Quand est-ce qu'on s'y met? finit-il par demander simplement.

—À 6 heures, demain matin. D'ailleurs, on ferait mieux d'aller dormir.

Rock lâche un rire creux devant ma suggestion.

14

LES COLLECTES

Après la cérémonie du Choix, on laissa aux enfants un quart d'heure pour faire leurs adieux à leurs parents. Le garçon et la fille observèrent la scène depuis un côté de la salle. Les parents des autres pleuraient, embrassaient leur petit, lui promettaient de lui écrire.

— On ne devrait peut-être pas le faire, déclara-t-il.

Elle le regarda comme s'il était devenu fou.

— Bien sûr que si ! C'est la meilleure chose qui nous soit jamais arrivée.

Ce qu'il dit ensuite, il le formula avec la plus grande prudence. Il avait pesé ses mots tout l'après-midi.

— Tu m'as déjà expliqué que pour toi les gens qui montaient les dragons avant étaient des méchants, mais… et si les nouveaux étaient des méchants aussi ?

Elle réfléchit.

— Lui, tu ne crois pas que c'est un méchant, si ? Le monsieur qu'on a rencontré ?

Elle faisait allusion au Premier Protecteur, qui s'était entretenu avec les enfants choisis après la cérémonie et leur avait expliqué l'avenir qui les attendait avec son nouveau programme. Et le jeune garçon devait bien admettre que, non, cet homme n'avait pas l'air malveillant. Après tout, il lui avait sauvé la vie.

— C'est vrai, je ne pense pas qu'il soit méchant, répondit-il.

Cependant, ça ne lui semblait pas suffisant, sans qu'il puisse expliquer pourquoi. La fille dut sentir qu'il était toujours tracassé, car elle ajouta :

— Tu n'as qu'à te dire que, même si ce sont des méchants, finalement c'est nous qui aurons les dragons. C'est nous qui ferons la loi. Et nous, on ne sera jamais des méchants, pas vrai ?

LEE

Je regagne la terre ferme tôt dans la matinée et rejoins immédiatement Cor sur les remparts extérieurs pour revoir les procédures en cas d'alerte. Au loin, nous repérons Annie et Rock qui se dirigent vers la Gueule de Feu. Ils rentrent de leur première collecte. Je fonce les attendre à l'armurerie. Annie entre la première, jette l'équipement d'Aela sur un banc et passe devant moi en courant pour se réfugier dans les toilettes. Elle claque la porte derrière elle et fond en sanglots.

Rock m'attrape par l'épaule.

— Non, Lee.

Je le regarde pour la première fois depuis qu'il est entré. Il est livide.

— Que s'est-il passé ?

Il émet un rire à la fois sinistre et horrifié que je ne lui connaissais pas.

— On s'est servi de quelqu'un pour l'exemple, répond-il.

Ce que ça sous-entend me tombe dessus comme un coup de massue.

— Vous l'avez tué ?

— Non, mais il n'était plus très vaillant après coup, c'est sûr.

— Et ensuite… ?

— Ça a porté ses fruits, répond-il d'un ton monocorde. Exactement comme autrefois.

Les sanglots d'Annie me transpercent le cœur. Ce son particulier, démuni, perdu, effrayé, a toujours eu un effet radical sur moi. Mon besoin de la rejoindre pour la consoler devient insupportable.

— Elle avait dit qu'elle pouvait gérer la situation.

— Elle a très bien géré, affirme Rock. C'est elle qui a tout fait.

Puis il se détourne et commence à se débarrasser de son armure. Ses mouvements épuisés sont ceux d'un vieil homme.

— Vous recommencez quand ?

Je m'attends à ce qu'il réponde « demain », mais il plisse les yeux comme s'il comptait les coups de cloche de la tour d'horloge.

— D'ici une heure et demie ? Ils veulent qu'on s'occupe d'un autre village avant la tombée de la nuit.

Alors Annie devra encore subir ça dans quelques heures à peine ? Ça paraissait si clair, si simple, hier soir, quand elle affirmait que c'était à elle de s'occuper de ça. Ça l'est beaucoup moins maintenant, alors que ses pleurs me parviennent des toilettes. *C'est elle qui a tenu à s'en charger. Elle l'a voulu.*

Assis sur le banc, Rock se penche, la tête entre les mains. Visiblement, Annie n'est pas la seule à être ébranlée.

— Rock. Vous avez bien fait. Vous avez fait ce qu'il fallait.

— Franchement, je n'ai pas du tout l'impression d'avoir « bien » fait.

ANNIE

Le soleil se lève à peine lorsque nous entamons notre première collecte.

Campés sur une petite place en terre battue entourée d'une poignée de bâtisses délabrées au toit de chaume, nous attendons que le crieur du Palais termine son annonce devant une bande de villageois hébétés. Bon nombre ont été tirés du lit par notre arrivée. Ensuite, nos soldats se mettent à frapper aux portes tandis que Rock et moi supervisons les opérations depuis le dos de nos dragons, à côté des charrettes prévues pour les denrées collectées.

Les villageois se montrent plutôt serviables, mais je suis quasi sûre qu'ils ne croient pas à notre histoire d'attaque en mer Médée. Si un crieur public avait débarqué pour lui servir ce prétexte et exiger le fruit de ses récoltes, mon père n'y aurait pas cru non plus. Tandis que les charrettes se remplissent, Rock et moi comparons les inventaires avec les cartes du village ; les cases ombrées représentent les champs et sur chacune figure une estimation du montant de la récolte. Assez vite, nous nous apercevons que les soldats – qui sont citadins et donc peu au fait de tout ça – ne reviennent pas avec tout ce qu'ils devraient recevoir. À en croire le résultat des perquisitions, ce village aurait produit beaucoup moins que d'habitude.

J'échange un regard avec Rock et je sais que nous pensons la même chose. Nous savons quoi faire pour remédier à ça, nous l'avons déjà vécu de l'autre côté de la barrière.

— Convoquez tous les habitants sur la place, dis-je à l'un des chefs du village.

Bien que je n'aie jamais rencontré une seule de ces personnes, à cet instant, elles me semblent toutes familières. Ces hommes modelés par des années de dur labeur, au visage buriné et dont les cheveux grisonnent précocement, ont les mêmes rides au coin des yeux que mon père. Les femmes portent le même genre de foulard que ma mère et des enfants dans leurs bras, quand ceux-ci ne sont pas cramponnés à leurs jambes comme je me rappelle l'avoir fait pendant certaines collectes, lorsque ma présence était requise par notre seigneur dragon. J'ai l'impression de revivre la scène à leur place plutôt que de les observer.

Je demande au crieur de répéter le message qu'il a délivré un peu plus tôt : Callipolis est en danger, il faut intervenir de toute urgence, les réserves seront redistribuées équitablement après la collecte. Ensuite, je l'incite à préciser qu'après avoir calculé le montant de la collecte, nous savons que nous avons été floués sur les quantités.

Le crieur s'exprime avec une voix claire, plus forte que la mienne ne l'aurait jamais été avec ce vent, pourtant ce n'est pas lui que les villageois regardent. C'est Rock, moi et les dragons.

Lorsqu'il a terminé, le silence retombe sur la place. La suite se déroule selon un scénario que nous connaissons tous par cœur, à cela près que j'ai changé de rôle.

Je sais déjà lesquels de ces citoyens nous ont lésés. Il me suffit d'en choisir un.

« Ce ne devrait jamais être facile. »

Ils ont tous une famille. Toutefois, l'un d'entre eux a déjà des enfants plus âgés, presque adultes. C'est lui que je demande à Rock d'escorter jusque chez lui avec quelques soldats.

Il leur faut un certain temps pour découvrir le cellier caché. Sur la place, les villageois attendent en silence, mais la peur bourdonne, palpable. Les poings serrés, je sens cette peur dirigée contre moi et Aela. Je descends de selle pour patienter à côté d'elle. Elle perçoit ma nervosité, son esprit cherche le mien, tente de se rapprocher, mais je la repousse mentalement avec une telle force qu'elle émet un gémissement.

Non. Je dois à ces gens toute ma concentration, je ne peux pas me permettre de me réfugier dans la brume réconfortante de l'esprit d'un dragon.

Néanmoins, je pose une main sur sa cuisse et me raccroche à elle pour ne pas perdre l'équilibre.

Lorsque Rock réapparaît, le père de famille est menotté. Il tremble, pleure, se confond en excuses. Sa femme fond en larmes.

J'ordonne à un soldat d'escorter le reste de la famille dans leur maison afin qu'ils n'assistent pas à la scène. Voilà une chose, au moins, qu'on n'est pas obligés de reproduire. Ensuite, je réclame à un autre soldat un seau d'eau et une couverture. Les chefs du village protestent et je les fais emmener ailleurs aussi.

Rock m'interroge du regard en silence. Je lui adresse un signe de tête pour lui indiquer que je me charge de tout. De toute façon, c'est à moi de le faire, j'imagine. Le dragon de Rock n'est pas encore ignitié. Il pourrait infliger des blessures, mais pour que cette démonstration soit pleinement efficace, il nous faut de vraies flammes.

— Après cela, nous vous laisserons une chance de vous rappeler s'il reste des réserves quelque part, dis-je à la foule frémissante. Si vos problèmes de mémoire persistent malgré tout et que nous mettons la main sur des vivres, vous subirez le même sort que cet homme. Amenez-le.

Les soldats poussent l'inculpé vers moi. Le monde cesse de tourner normalement et la suite se déroule en plusieurs séquences hachées, chaque battement de mon cœur correspondant à une image : l'homme est amené devant moi ; les soldats le forcent à se mettre à genoux ; Aela déploie ses ailes avec frénésie ; elle baisse les yeux sur lui.

« Ton père aurait honte de toi, ma fille. »

J'ordonne à Aela de faire feu.

Les flammes embrasent les vêtements de notre victime. La fumée s'échappe en même temps que les hurlements. Je compte les secondes. Un : le feu jaillit. Deux : le feu prend. Trois : le feu consume. À trois, je lève la main, les soldats jettent la couverture sur l'homme et lui jettent le seau d'eau. Le feu s'éteint. À partir de quatre ou cinq secondes et au-delà, les brûlures risqueraient d'handicaper ce père de famille voire de mettre sa vie en danger. Avec trois secondes, ses blessures guériront.

Recroquevillé sous la couverture fumante, l'homme tousse. Je sais ce qui se cache dessous : les vêtements calcinés, la peau rougie. L'odeur est la même que le jour où j'ai perdu ma famille. Plutôt que de céder à la vague de nausées et vomir, je porte le regard au-delà du villageois brûlé, sur le visage terrorisé de ses voisins.

— Reprenons depuis le début, dis-je.

Cette fois, lorsque nous nous présentons à nouveau devant chaque demeure, les gens nous remettent tout.

LEE

Le deuxième jour, lorsque Annie et Rock entament notre apprentissage, je décide de suivre Rock. Annie partira de son côté avec Cor. J'ai établi le calendrier des collectes avec deux conditions en tête : qu'Annie et moi n'en fassions aucune ensemble et que Vigor n'en fasse aucune tout court. Je ne devrais pas me soucier de ça, pourtant je suis soulagé que le village où Rock et moi nous rendions en premier se situe dans les Basses Terres, un territoire qui était sous la domination de la Maison Aquacéleste, pas Fléaurage. C'est une source de tracas en moins, même si ça ne m'empêche pas tout à fait de penser à mon père.

— On va devoir continuer comme ça pendant combien de temps ? m'interroge Rock tandis que nous enfilons nos tenues.

— Le temps que ça prendra. Quelques semaines ?

— Bon, fait-il en serrant ses lacets avec plus de rudesse.

Nous nous posons dans un petit village de l'est de Callipolis et c'est Rock qui se charge de l'annonce. Son élocution est adoucie par le petit accent rural que nous remarquons parfois avec Annie, jamais quand Lotus est dans les parages par contre. Si celui-ci a le mérite de rendre le propos moins agressif que les inflexions standardisées du Palais, il n'empêche pas l'effroi de se peindre sur les traits fatigués des villageois qui émergent petit à petit des habitations. C'est le premier jour où il fait vraiment froid, cet automne, et bon nombre des gens, pas encore lavés, se recroquevillent dans leurs vêtements trop fins pour les protéger du vent qui balaie sans relâche les vastes plaines ondoyantes des Basses Terres.

Pendant que la collecte démarre, Rock me montre la carte du village et m'explique quelles quantités de vivres nous sommes en droit d'attendre selon le type de cultures et la superficie des parcelles. Je revois mon père tenir le même genre de discours à mon frère, avec des cartes similaires, même si à l'époque, je n'y prêtais aucune attention. Tandis que les villageois acheminent leurs contributions vers les charrettes, Rock me donne quelques conseils supplémentaires à voix basse : comment repérer ceux qui ne nous croient pas, ceux qui nous cachent des choses et ceux avec lesquels nous devrons traiter ensuite.

« Traiter. » Ces termes ambigus qu'emploie Rock d'un ton si pragmatique me glacent d'effroi, pourtant ils font partie de cette tâche ingrate dont j'entends parler depuis des années et dont j'ai appris à reconnaître l'odeur sur mon père. Aujourd'hui, Pallor et moi sommes sur le point d'appliquer ces mêmes méthodes. De « traiter » avec ces gens.

— Ils sont un peu filous ici, grommelle Rock. Après les exemples d'hier, on espérait que le message serait passé, mais il faut croire que ce village est un peu trop éloigné de ceux qui ont reçu notre visite hier. Et puis, historiquement, ce sont des terres Aquacéleste.

Ça m'étonne que Rock soit au courant.

— Et donc ?

— Et donc les villages qui appartenaient à la Maison Fléaurage connaissent déjà la chanson. Les seigneurs Aquacéleste étaient plus indulgents avec l'impôt sur les récoltes. Allez, finissons-en.

Il me montre à nouveau la carte et m'invite à faire les calculs qui nous permettront de repérer les fermiers qui nous ont floués. Dans une autre vie, c'est mon père qui m'aurait fait faire ce genre d'exercices. Je remarque avec une sorte de fascination engourdie avec quel flegme Rock et moi sommes capables de discuter de tout ça, en usant de ces expressions équivoques telles que « traiter avec » ou « flouer », tellement en décalage avec la réalité et réputées pour la terreur qu'elles inspirent. Et dire que je suis sur le point de commettre l'impensable en leur nom…

— Bien, fait Rock après avoir écouté mes conclusions. Alors maintenant, on va désigner un coupable.

Il m'explique toute la procédure en amont afin que je puisse m'en acquitter sans devoir lui poser de question. Les lèvres ankylosées, je lui récite les différentes étapes avec l'assurance feinte pour laquelle j'ai des années de pratique. Pourtant, Rock ne semble pas dupe et sa voix grave s'adoucit un peu tandis qu'il passe en revue les points les plus importants une dernière fois.

— Deux à trois secondes, pas plus. Ensuite, tu ordonnes l'extinction du feu, me rappelle Rock avec son regard bienveillant et empathique.

Pendant un instant, je suis à deux doigts de craquer : *Je ne peux pas faire ça*. Mais qui pourrait bien m'entendre ? Rock, dont je suis le supérieur et à qui je suis censé montrer l'exemple ? Atreus, qui m'a lui-même ordonné cette mission ? Callipolis, dont les citoyens dépendront de cette nourriture pour survivre à l'hiver ?

Non. Personne ne peut accueillir mes états d'âme et personne ici ne fera le sale boulot à ma place. Je dois me faire une raison.

Nous escortons donc un des agriculteurs qui essaie de nous gruger jusque chez lui, et fouillons les hautes herbes de sa propriété jusqu'à ce que nous découvrions une petite cave cachée. Ensuite, nous ramenons le coupable sur la place du village en veillant à ce que tous ses voisins soient présents et je donne l'ordre fatidique à Pallor.

Un peu plus tard, nous regardons s'entasser sur les charrettes tout ce qui ne nous avait pas été remis au premier passage. Les cris d'agonie de cet homme continuent à se répercuter dans mon cœur qui n'a pas encore retrouvé son rythme normal. Le blessé a été emmené dans une maison voisine pour se faire soigner à l'aide – comble de l'ironie – d'onguents gracieusement offerts par l'État de Callipolis. Ça me révulse.

Comme si ça faisait de nous de meilleurs bourreaux que les seigneurs de l'ancien régime qui repartaient en laissant leurs serfs brûlés vifs livrés à leur sort.

Pallor me pousse le bras avec le nez, comme s'il avait compris que quelque chose n'allait pas, et je lui gratte le cou distraitement tout en réchauffant mon autre main sur son flanc. Il est bien loin de partager mes scrupules par rapport à ce qui vient de se passer, ce n'est pas dans sa nature de dragon. Je le sais très bien, pourtant je ne peux m'empêcher de le regretter.

À côté de moi, Rock finit par rompre le silence.

— Je n'arrête pas de me dire… que j'ai l'impression d'être un Fléaurage.

La façon dont Annie a craqué dans les toilettes hier me pousse à croire qu'elle a exactement le même sentiment.

C'est ce qu'on pense tous, en fait.

Je fais mine de ne pas savoir :

— C'est comme ça que ça se passait… avec eux ?

J'avais envie de dire « avec lui », mais Rock n'est pas originaire des territoires qui appartenaient à mon père ; sa famille devait être sous la domination d'un autre seigneur, même s'ils avaient tous plus ou moins les mêmes méthodes.

— Oui.

Quand j'y pense, même mort et après une révolution, mon père a laissé derrière lui une empreinte telle qu'aujourd'hui ses méthodes me sont enseignées, à un degré moins virulent, certes, par les gens qui en ont souffert.

Je ne fais qu'apprendre à reproduire ses pratiques.

« Tu crois que son régime est meilleur que le nôtre ? » Ce sont les mots de Julia. *« Réveille-toi. »*

Non, c'est forcément différent. On dirait qu'on répète les erreurs du passé, mais c'est faux. Cette crise et nos besoins le justifient certainement…

Rock m'arrache à mes pensées.

— Lee, c'est toi qui gères nos emplois du temps, pas vrai ?

J'acquiesce.

— Est-ce que tu crois que tu pourrais… t'arranger pour qu'on ne fasse pas de collecte dans notre propre village ? Je peux me charger de celui d'Annie. Elle s'occupera du mien. C'est juste que j'ai peur de ne pas réussir à…

Il laisse mourir sa phrase, comme s'il était effrayé par sa propre requête. Je reconnais cet air-là. C'est celui que prennent les gens quand ils ont une faveur à demander à Goran, qu'ils y tiennent tellement qu'ils seraient prêts à le supplier, mais n'ont pas envie qu'il s'en aperçoive.

— Bien sûr, dis-je.

— Merci.

Sa voix est empreinte de soulagement, mais aussi de honte.

* * *

Trois jours après l'attaque en mer Médée, mon emploi du temps coïncide avec celui de Crissa. Nous partageons un repas au réfectoire après nos services respectifs. Je baigne tellement dans l'horreur des collectes et des cauchemars qui s'ensuivent que je suis presque soulagé de pouvoir m'arracher à tout ça quelques instants et me consacrer à la peine de quelqu'un d'autre.

— Comment vas-tu ?

Elle a les yeux très creusés, cernés, et son sourire habituel a disparu. Elle n'en demeure pas moins belle avec son teint doré par le soleil Médéen. Elle hausse les épaules.

— J'ai été assez occupée, ça aide. Par contre… Je me fais beaucoup de soucis pour ma mère.

Les listes d'équipage et de passagers des navires disparus ont été communiquées. Hélas, le père de Crissa est tombé sous le feu des Fléaurage. Cependant, avec toutes ces collectes, nos effectifs sont trop réduits pour qu'on puisse se passer de Crissa, si bien qu'elle n'a pas encore pu rentrer chez elle depuis qu'elle a reçu la terrible nouvelle.

—Je suis désolé. Je vais tout faire pour que ta permission soit acceptée dès que possible…

—Je sais. Merci.

Elle lève les yeux sur moi. Sa voix est posée, mais on sent les émotions effleurer la surface.

—Toi qui as vécu ça, comment tu as fait, après… ?

Depuis que j'ai intégré le corps des Gardiens, je dois reconnaître qu'on m'a toujours épargné ce genre de question, alors je n'ai aucune réponse toute prête. Je réfléchis, puis me surprends à lui dire la vérité.

—J'ai arrêté de parler pendant des mois.

Crissa hausse les sourcils, comme si elle doutait que je sois sérieux. Elle semble décider que oui.

—Oh.

—Tu te débrouilles très bien, tu sais.

Lorsque la semaine touche à sa fin, l'organisation des emplois du temps commence à dépendre de la jauge mentale et physique de chaque dragonnier. Qui pourra enchaîner un service de plus sans dormir, qui tiendra le coup avec une dette de sommeil un peu plus importante, qui sera capable de conserver son sang-froid pour une collecte de plus ? Je répartis les tâches en priorité entre les dragonniers des escadrons aurélien et fléaurage dont les dragons sont ignitiés, puis je sollicite ceux qui ont le plus d'énergie à revendre.

En conséquence, j'ai commencé à imposer un rythme plus soutenu à Annie, Rock et moi-même. Aucun d'eux ne remet mes décisions en question et si la fatigue s'installe, ils ne s'en plaignent pas. Le premier signe de détresse ne vient pas d'Annie, mais de

Duck. Il vient me trouver dans la classe vide dont je me sers comme bureau et s'installe tout au bord de la chaise qui se trouve face à moi.

— Tu étais au courant qu'Annie a un jour tout à fait cessé de… dormir ? demande-t-il. On n'était encore que des gamins à l'époque. Elle faisait ses devoirs toute la nuit.

En effet, c'est une technique qu'elle employait pour éviter les cauchemars. Je le sais parce qu'un jour, alors que nous étions encore à Albans et trop jeunes pour être embarrassés par ce genre de conversation, elle m'avait conseillé d'essayer.

— Elle a… recommencé à le faire, je crois, poursuit Duck. À ne pas dormir, je veux dire. Personne ne l'a vue assoupie une seule fois depuis l'attaque.

J'en ai les tripes qui se tordent. Je confie à Annie deux, parfois trois collectes par jour, et souvent quelques patrouilles après ça ; les journées sont longues, exténuantes, on en ressort malades d'épuisement. C'est déjà à peine supportable avec le peu de temps que je lui accorde pour récupérer ici et là, mais si elle refuse même ça…

— Alors, je me demandais, continue Duck en étudiant le bureau, si tu pouvais la ménager… un peu ? Lui enlever quelques collectes ?

Je revois le regard d'Annie face au général qui tentait de la dissuader d'endosser cette responsabilité et sa façon de lui rétorquer, d'un ton dur, qu'elle « ferait le nécessaire ».

— C'est elle qui l'a choisi, Duck.

Sa mâchoire carrée tressaute.

— Oui, mais c'est toi qui décides.

Cette affirmation me pèse et voyant que je ne réagis pas, il ajoute :

— Elle ou un autre, je suis sûr qu'au fond, ça n'a pas tant d'importance…

Je secoue la tête pour m'éclaircir les idées.

— Si, ça en a.

— Ah bon ?

La voix de Duck est de plus en plus tendue.

— Rock et elle obtiennent les meilleurs résultats. Nous avons besoin d'elle sur le terrain.

Mais l'argument de la rentabilité ne semble pas l'impressionner le moins du monde.

— Lee, c'est horrible pour elle, m'assure-t-il, la voix de plus en plus tremblante. Allez, quoi. Tu es au courant de ce qui est arrivé à sa famille…

Ma patience a atteint sa limite.

— Oui, j'en suis tout à fait conscient.

Pendant une seconde, nous nous toisons tous les deux. Je tâche de rester inflexible, mais Duck semble furieux. Va-t-il tenter de m'en coller une ? Si oui, est-ce que je lui rendrai son coup ?

— Laisse-moi t'aider à comprendre, dis-je lentement. Callipolis a presque tout perdu dans cette attaque. Même si les collectes se déroulent parfaitement, on n'aura pas assez de vivres pour passer l'hiver. Des gens mourront de faim. Pour l'heure, la question, c'est de savoir combien. Chaque boisseau récolté par Annie, chaque charrette qu'elle nous envoie au dépôt, représente plus de ressources à répartir ensuite. On est en train de parler de vies humaines, Duck. Peut-être celle de ta mère, de ton frère, de tes sœurs. Alors, avec de tels enjeux, tu vois qu'on ne peut pas se permettre de s'attarder sur les émotions d'Annie.

Lorsque je me tais, je sais que j'ai gagné. Cependant, j'ai la boule au ventre en pensant à Annie – pas cette Annie-là, celle d'avant, la petite Annie qui me laissait veiller sur elle, celle qui s'est approchée de moi, un jour, pour me chuchoter : « *Parfois, quand les cauchemars sont vraiment trop laids, j'arrête de dormir. Ça ne pose aucun problème, je t'assure. Tu es juste un peu fatigué pendant la journée…* »

— Est-ce que tu pourrais au moins… m'accorder quelques heures de pause en même temps qu'elle, Lee ? m'implore Duck d'une voix enrouée. Je… je ne l'ai plus vue depuis que tout ça a commencé. Je réussirai peut-être à la convaincre…

Ma voix s'enroue aussi :

— Bien sûr.

ANNIE

Au moment où j'émerge de la salle de bains, des coups retentissent à la porte du dortoir.

— Qui c'est ?

— Moi. Je peux entrer ?

Duck. J'ai réussi à l'éviter toute la semaine sans même essayer, mais je ne vois pas sous quel prétexte je me défilerais maintenant. J'ouvre la porte, partagée entre l'envie de la lui claquer au nez ou de l'attirer dans mes bras.

— Qu'est-ce que tu veux ?

— On a tous les deux l'après-midi de libre.

Je lui tourne le dos, reprends ma serviette et continue à me frictionner les cheveux. Je suis restée dans le bain au moins une demi-heure, récurant chaque centimètre de peau jusqu'à en avoir mal. L'après-midi est déjà bien entamée et la pièce a accumulé pas mal de chaleur solaire.

— Qu'est-ce que tu attends de moi, que j'aille me promener avec toi ? Qu'on aille profiter du spectacle merveilleux des feuilles qui se parent des couleurs de l'automne ?

— Évidemment que non, répond Duck d'une voix posée.

Je m'arrête, la serviette dans les mains, et je scrute le contenu de mes étagères, incapable de me tourner vers lui, même si j'en meurs d'envie. Il fait un pas vers moi, prononce mon nom. Brusquement, je fais volte-face et me retrouve dans ses bras. La tension qui s'accumule dans ma gorge et mes yeux grimpe encore d'un cran, atteignant le point de rupture.

— Excuse-moi…

Il me serre contre lui sans rien dire. C'est si bon de me retrouver là, la tête contre son torse, sa main posée sur mes cheveux, comme s'il me tenait pour que je puisse m'effondrer sans crainte. Cette étreinte, c'est la première depuis le bal du Lyceum.

Je me mets à bafouiller.

— Duck, je suis désolée. Tellement désolée… Ce soir-là… Je n'ai jamais voulu te blesser…

Les bras de Duck se figent.

— Attends, tu parles du bal du Lyceum ?

J'acquiesce, mortifiée. Duck prend une grande inspiration, puis secoue la tête.

— Ça n'a aucune importance, là, maintenant, Annie. Et tu n'as pas à « être désolée » pour ça. Jamais.

Il parle avec une telle conviction, une telle assurance, qu'il parvient presque à dissimuler les petites tensions dans sa voix. Cela dit, je suis bien trop fatiguée pour me prendre la tête avec ça. Je me laisse bercer par ses bras et baisse les paupières. Si seulement le monde pouvait s'arrêter. Peu à peu, le dortoir, ses rangées de lits faits à la hâte, ses bureaux jonchés de travaux scolaires oubliés s'estompent avant de disparaître tout à fait derrière mes yeux fermés.

Mais ensuite, « l'odeur » refait surface.

Je l'interroge en chuchotant :

— Est-ce que tu sens ça ?

Duck se resserre son étreinte.

— Qu'est-ce que je suis censé sentir ?

— Le feu de dragon. Je n'arrive pas à m'en défaire. Même après le bain. Cette odeur ne me lâche pas, elle est là tout le temps, quand je mange, quand je dors, quand...

Les mots s'échappent sans mon accord, comme si ma bouche avait pris le commandement. Duck émet un petit son guttural pour me réconforter. La douleur que je perçois chez lui fait écho à la mienne. Puis il s'écarte, juste assez pour me dévisager, l'air soucieux.

— Annie, tu as vraiment besoin de dormir.

Lorsqu'il prend ma main et je le laisse m'entraîner vers mon lit.

Il jette ma combinaison abandonnée sur le sol, tire les draps le temps que je m'allonge, puis les ramène sur moi et me borde. Ensuite seulement il monte sur le lit à côté de moi et se couche au-dessus de la couverture afin de laisser une séparation entre nous. Le message est clair, à défaut d'être énoncé tout haut : « Je suis là en tant qu'ami et rien de plus. »

De toutes les attentions que Duck a déjà pu me témoigner, celle-ci est sans doute la plus gentille de toutes. Mes yeux s'emplissent à nouveau de larmes. Je me blottis tout contre lui, la tête posée sur son torse, et hume le parfum des embruns de sa dernière patrouille en mer qui est resté accroché à son uniforme. Des heures que le feu de dragon ne m'avait pas laissé de répit, ça fait un bien fou.

— Ce sera bientôt fini, Annie, murmure-t-il en enroulant son bras autour de mes épaules.

Ses paroles grondent à travers sa poitrine. Mes cheveux sont en train de mouiller son uniforme. Je me sens enfin apaisée, assez pour laisser échapper un petit rire blasé.

— Mais ça ne fait que commencer, Duck.

Ne le voit-il donc pas ?

— On ne peut plus rien y faire, dis-je encore. Nous sommes des monstres, même s'ils nous appellent autrement.

La respiration de Duck change d'intensité. Pendant un instant, je n'entends plus que son souffle saccadé. Le bras qu'il a glissé autour de moi disparaît un instant, pour s'essuyer les yeux, peut-être. Pourtant, lorsqu'il reprend la parole, sa voix est toujours régulière.

— Est-ce que je t'ai déjà raconté l'histoire que ma mère nous contait quand on était petit, celle du jour où le vieil Aron a réussi à duper le soleil et à le convaincre de lui prêter ses rayons ardents ?

Il a adopté le ton doux qu'il emploie avec son petit frère et sa petite sœur pour l'histoire du soir et je sens déjà mes épaules se décontracter, mon souffle s'allonger. Je secoue la tête.

— Bon, alors ouvre bien les oreilles.

15

LA DERNIÈRE LETTRE

LEE

Les collectes s'achèvent enfin et nous bénéficions de quelques jours de paix relative. Les inventaires sont finalisés dans les entrepôts et entre-temps, hormis la surveillance des côtes, tout ce que nous avons à faire, c'est attendre. Crissa obtient enfin l'autorisation de rentrer chez elle et on lui permet exceptionnellement d'utiliser son dragon pour usage personnel. Duck parvient à convaincre Annie de faire quelques patrouilles en mer avec lui pour se changer les idées et ça semble lui être très bénéfique. De mon côté, je rattrape ma dette de sommeil.

Et puis un jour, Annie et moi sommes convoqués au Palais Intérieur pour la deuxième fois, ce coup-ci en compagnie de Cor et Vigor. L'inventaire est terminé, l'État a emprunté tout ce qu'il pouvait, il est temps à présent de se pencher sur la meilleure façon de redistribuer les ressources. Autour de la table, les mêmes têtes que la dernière fois, avec un invité supplémentaire : le médecin chef de Callipolis. C'est d'ailleurs lui qui prend la parole en premier.

L'homme de science décrit le projet sur lequel il a planché toute la semaine et dont le but est de trouver l'équation qui garantira le meilleur taux de survie à la population de Callipolis et donc la taille des rations à distribuer. Tout cela paraît plutôt honnête, jusqu'à ce qu'il nous expose plus en détail les variables et le fonctionnement de sa formule.

Pour la première fois depuis le début de la réunion, il semble mal à l'aise.

— À la requête du Conseil, nous pourrons répartir les ressources selon différentes… catégories.

Il tourne la feuille du grand chevalet sur lequel il s'appuie pour son exposé et quatre chiffres apparaissent. Additionnés, ils pourraient correspondre à la population de Callipolis, mais le plus petit terme représente à peine un dixième de la somme et le plus grand quasiment la moitié à lui seul. Soudain, tout s'éclaire dans mon esprit, apparemment en même temps qu'Annie qui émet un petit hoquet de stupeur à côté de moi.

— Je vous présente la population de Callipolis répartie selon les classes de métal, annonce le médecin, cette fois d'un ton très hésitant.

Cor, qui jusque-là prenait des notes à côté de moi, se fige. Des gouttes d'encre se mettent à couler de sa plume en suspens au-dessus de son carnet. Vigor lui jette un coup d'œil, puis son regard poursuit son chemin jusqu'à moi, défiant.

Le médecin poursuit ses explications d'une voix de plus en plus éraillée.

— Nous avons donc la classe d'or, la plus petite, suivie des classes de bronze et d'argent qui représentent à peu près vingt-cinq pour cent de la population chacune, et enfin, la classe de fer qui tourne autour de quarante pour cent. Une chose est sûre, si nous donnons des rations complètes à tous les habitants de Callipolis, pendant tout l'hiver, nous n'y arriverons pas. Si les ressources sont distribuées équitablement, c'est certain, le taux de survie sera… très fâcheux. Toutefois, si nous modifions quelque peu les rations, alors ça change toute la donne.

— Vous voulez dire, l'interrompt sèchement Atreus, que certains citoyens recevraient plus de nourriture que les autres ?

— C'est exact. Nous pourrions ainsi sauver un plus grand nombre de personnes… et les plus lourdes pertes se cantonneraient à certaines populations.

Certaines populations.

Toute l'horreur de cette affirmation menace de me submerger et je suis obligé de tendre la tête au-dessus de cette vague ignoble pour continuer à respirer. Non. C'est impossible, j'ai dû mal comprendre…

Ils ne sont tout de même pas en train d'envisager d'établir le montant de la ration sur base de la classe de métal…

Nous ne venons tout de même pas de passer deux semaines à bouleverser la population des villages pour réquisitionner leurs récoltes dans le seul but d'alimenter cette abjecte machination…

Cependant, si les visages autour de la table sont moroses, ils ne montrent aucun signe de surprise. Seul Vigor, Cor, Annie et moi n'étions visiblement pas préparés à cela. Atreus, en particulier, fait preuve d'un flegme remarquable.

— Et à combien se chiffreraient ces lourdes pertes ?

La plume que Cor n'a pas lâchée commence à percer son carnet.

— Eh bien, répond le médecin en s'épongeant le front. Tout dépend de la manière dont vous ajustez les variables de l'équation.

Il tourne la page de son chevalet. Sur la suivante, sa formule est inscrite tout au-dessus, surmontant différents chiffres. Peu à peu, l'expression de Vigor se mue en une sorte de ravissement tandis que Cor reste paralysé, les yeux rivés sur la tache d'encre qui n'en finit plus de s'étaler sur son carnet. De son côté, Annie s'est mise à griffonner sur le sien à toute vitesse. Elle est en train de prendre note de la formule.

— Voici quelques-unes des solutions possibles.

La première prévoit des rations complètes pour les classes d'or, de bronze et d'argent et seulement un huitième à la classe de fer – autrement dit, un citoyen de fer ne se verrait attribuer qu'un huitième de la portion octroyée à un citoyen d'or. Avec une telle répartition, le taux de survie de la classe de fer est estimé autour de cinquante pour cent.

— Tout sauf idéal, fait remarquer Atreus sans se départir de son calme.

— C'est aussi mon avis, reconnaît le médecin, l'air soulagé. Conformément à vos... priorités susmentionnées... j'ai établi plusieurs autres scénarios...

L'une de ces propositions prévoit de réduire légèrement la ration des citoyens de bronze et d'argent, les citoyens d'or conserveraient une ration complète et les citoyens de fer bondiraient à un quart de ration complète. Atreus rejette celle-ci aussi. Le scientifique continue donc son exploration en diminuant à quatre-vingts, puis soixante-dix pour cent de la ration complète pour les classes de bronze et d'argent, mais même dans ces cas de figure, le taux de survie de la classe de fer stagne autour de soixante-dix pour cent.

De prime abord, ça pourrait paraître « préférable » jusqu'à ce que vous ajoutiez dans la balance le nombre de citoyens faibles et malades de la population ainsi que les plus jeunes et les plus âgés qui seraient incapables de survivre avec de si petites portions de nourriture.

Mais ensuite, la logique finit par prendre le dessus, même si ça me rend malade de m'entendre raisonner comme ça :

Puisque les pertes seront inévitables, où vaut-il mieux qu'elles surviennent ? Chez les travailleurs qualifiés, parmi lesquels se trouvent les agriculteurs et les artisans dont nous dépendons ? Dans les rangs de l'armée, dont nous avons besoin pour nous défendre en ces temps de crise ? Au sein de l'élite d'or qui gouverne notre pays ?

Les travailleurs non qualifiés – agents de maintenance, ouvriers des secteurs du textile, de la métallurgie, des carrières, mineurs – représentent une main-d'œuvre facilement remplaçable. Nous ne perdrions que les contributeurs les moins compétents de notre société…

Non, non et non… j'ai effectué tellement de rondes parmi les travailleurs de fer, je me suis souvent entretenu avec eux en privé pour m'assurer qu'ils étaient bien traités ; ça fait des années que je veille sur leur bien-être. Et puis, la sœur de Cor est une ouvrière de fer…

Je refuse de réfléchir comme ça. Je refuse d'envisager cette solution, cette logique absurde…

— Mes soldats ont besoin de manger, Atreus, intervient Holmes.

Le Premier Protecteur fronce les sourcils, comme s'il examinait cet argument, puis hoche la tête.

— Réaugmentez la ration des citoyens d'argent, ordonne-t-il au médecin.

Le taux de survie des citoyens de fer repart à la baisse.

Cor se racle la gorge, puis murmure :

— Excusez-moi.

Dans un premier temps, je crois qu'il va prendre la parole, au lieu de quoi il se lève et quitte la salle. Vigor le suit du regard avec un air amusé. Atreus observe son départ en restant impassible. Ensuite il continue à s'adresser au médecin chef comme s'il n'y avait pas eu d'interruption.

— Les citoyens de bronze devraient aussi rester opérationnels. On ne peut pas se permettre de descendre sous les deux tiers de ration.

Annie glisse discrètement son carnet vers moi. En dessous de la formule du spécialiste, elle a griffonné le mot : « or ? ». Nous échangeons un long regard. Suis-je aussi pâle qu'elle ?

J'acquiesce. Je pensais justement à la même chose. Elle m'adresse un autre regard, véhément, comme si elle me défiait d'oser prendre la parole. Je cède et me tourne vers le médecin chef.

— Pourquoi la classe d'or conserve-t-elle des rations complètes dans tous vos scénarios ?

L'homme jette un coup d'œil à Atreus et je remarque le bracelet en or qui scintille à son poignet. Dans la salle, les autres remuent, visiblement mal à l'aise. À l'exception de Holmes, il n'y a que des citoyens d'or autour de cette table.

— Le Premier Protecteur m'a demandé d'assurer un taux de survie maximal pour la classe d'or, m'explique le médecin d'un ton embarrassé, mais déterminé, comme s'il approuvait sans réserve cette décision. Après tout, ce sont les citoyens les plus précieux de la nation.

— Oui, mais ils n'ont sûrement pas tous besoin de rations complètes, plaide Annie d'une voix maîtrisée. Leur activité est rarement très physique, si ?

Le médecin la dévisage comme s'il n'en revenait pas qu'un deuxième mineur d'âge se permette d'intervenir avec une telle maladresse.

— Eh bien, cela dépend d'un individu à l'autre, mais…

— Lo Teiran, par exemple, n'a pas besoin d'avoir l'estomac plein pour écrire de la poésie, fais-je remarquer.

Cette fois, l'homme nous toise tous les deux d'un regard noir, à croire que nous sommes en train de faire les petits malins rien que pour le plaisir de l'agacer. Toutefois, il ne se risque pas à nous en accuser ouvertement. Il faut dire, et ce n'est un secret pour personne dans cette salle, qu'officiellement Annie et moi avons été pauvres et avons failli mourir durant la dernière famine, ce qui n'est pas leur cas. Un fait qui semble à lui seul donner un peu plus de légitimité à nos propos. Le médecin consulte Atreus du regard, comme pour lui demander de prendre la défense de la classe d'or, mais ce dernier n'en fait rien. Le Protecteur plonge les yeux dans les miens et nous nous jaugeons pendant un certain temps.

— De toute façon, argue le médecin, la classe d'or représente tellement peu de citoyens que ça ne fera pas une grande différence. Statistiquement.

Atreus lâche mon regard.

— Diminuez la ration des citoyens d'or à quatre-vingts pour cent et refaites tout votre calcul en prenant cette donnée comme référence de base.

Le médecin chef déglutit, puis hoche la tête.

Vers midi, Atreus annonce une pause sans en préciser la raison, comme si le mot « déjeuner » aurait été de la plus grande indécence dans ces circonstances. Au cours de l'heure qui vient de s'écouler, nous avons continué à manipuler les chiffres, marchandant la vie des gens comme sur l'étal d'un marché.

Nous ne nous sommes pas concertés sur l'endroit où nous voulions nous rendre en quittant la salle du Conseil, mais il est évident qu'Annie et moi avons la même idée : quitter le Palais Intérieur le plus vite possible. Une fois dehors, je relâche l'air que je retenais à moitié dans mes poumons. Annie plaque ses mains sur sa bouche et se met à hurler. Un son étouffé qui ne dure que quelques secondes, mais je remarque malgré tout que plusieurs fenêtres sont ouvertes autour de nous.

— Viens, dis-je en la prenant par le bras.

Je l'entraîne à travers la galerie qui débouche dans une autre petite cour, celle par laquelle on accède à la salle de l'Abondance. Le feuillage des chênes a commencé à jaunir, le petit jardin désert est une explosion de couleurs. Le ciel se charge de nuages et on sent dans l'air que la pluie est imminente.

Après avoir vérifié que nous étions seuls, elle tourne vivement la tête vers moi.

— Tu étais au courant ?

— Non, mais j'aurais dû m'en douter.

Maintenant que je sais, j'ai même l'impression que j'aurais dû comprendre depuis le début. L'épreuve des métaux n'était pas un simple ticket pour gravir l'échelle sociale. Au fond, après avoir été témoin des milliers d'actions du gouvernement à l'encontre des travailleurs de fer – que ce soit au niveau des salaires, du travail en lui-même, des droits, de l'information – suis-je vraiment surpris qu'on en arrive là ?

Les paroles de Julia à notre dernier rendez-vous me reviennent une fois de plus : « Tu crois que son régime est meilleur que le nôtre parce qu'il appelle les serfs autrement et qu'il leur apprend à lire ? »

— Moi aussi j'aurais dû, regrette Annie.

Tout ça pour ça. Deux semaines en enfer, à mettre notre énergie et le feu de nos dragons au service de l'État, deux semaines de « méthodes traditionnelles »... tout ça pour en arriver là. Trois-quarts de la ration de la classe d'or pour les citoyens d'argent, la moitié pour les citoyens de bronze et le quart pour les citoyens de fer.

Vigor nous rejoint, les mains enfoncées dans les poches de son uniforme, et sourit devant nos mines dépitées.

— Belle journée pour les citoyens d'or, n'est-ce pas ?

Le regard d'Annie dévie un peu plus loin et elle désigne quelque chose derrière moi, à l'autre bout de la cour.

— Cor.

Il est avachi dans les feuilles mortes, au pied d'un arbre. Il nous observe, mais ne semble pas disposé à se lever.

— Sa sœur fait partie de la classe de fer, si je ne m'abuse ? lâche Vigor, toujours avec ce même petit air amusé.

Annie le repousse et traverse la pelouse pour rejoindre Cor. Je n'hésite qu'une fraction de seconde avant de lui emboîter le pas. Je suis persuadé que Cor n'a aucune envie de nous parler, mais je ne tiens surtout pas à rester en compagnie de Vigor.

— Tout ira bien pour elle, Cor, déclare Annie sans préambule lorsqu'elle arrive à sa hauteur. On y veillera.

— Ne le prends pas mal, Annie, répond Cor d'un ton las, sans relever la tête, mais dégage.

On en reste cois pendant quelques instants.

Il lève alors les yeux sur nous.

— Aucun de vous n'a remis cette saleté de système en question.

Annie me jette un coup d'œil avec un mélange de désarroi et de honte.

— Ça doit être cool, de ne pas avoir de famille, continue-t-il en se levant. Je parie que ça rend le boulot beaucoup plus facile.

Il se frotte les mains pour ôter les brindilles et nous tourne le dos, mais Annie lui agrippe le bras.

— Ne fais pas ça, Cor. Tu sais à quel point ta famille compte pour moi. Elle est ce qui se rapproche le plus de…

Mais elle semble trop en colère, ou trop gênée, pour achever sa phrase. Elle déglutit et reste là, les lèvres tremblantes, sans lui lâcher le bras.

Cor baisse les yeux sur sa main et ricane.

— Ah oui ? Et c'est comme ça que tu traites les gens qui « comptent » pour toi ? Tu leur attribues un pourcentage de chance de survie en te basant sur leur bracelet…

— Ça n'a rien à voir, proteste Annie.

Cette fois elle commence à perdre le contrôle de sa voix.

— Ça n'a rien de personnel, c'est… purement objectif. On n'a pas le choix, ça n'a rien à voir avec le fait que tu connaisses les gens ou pas…

— Et donc, objectivement, les travailleurs non qualifiés ne méritent pas de vivre autant que les autres. C'est bon, j'ai pigé, Annie.

Cor recule jusqu'à ce que la main d'Annie tombe de son bras, puis s'éloigne en faisant craquer les feuilles mortes sous ses pas.

Annie se frotte rageusement les yeux.

— Et toi, tu l'as remis en question, ce fichu calcul ? me demande-t-elle sans me regarder.

Je secoue la tête. Non.

J'ai été outré, mais je n'ai pas, à proprement parler, remis le principe en question.

Cette nuance suffit à me donner envie d'aller me cacher sous terre. Quelle horreur.

— Moi non plus, murmure-t-elle. Qu'est-ce que ça fait de nous, Lee ?

— Des gens réalistes, m'entends-je répondre. C'est la meilleure solution, pour la Cité dans son ensemble. Les travailleurs non qualifiés sont plus faciles à remplacer, c'est un fait.

— C'est ce que je pense aussi, avoue-t-elle, même si elle a l'air tout aussi horrifiée que moi.

Je durcis un peu le ton pour balayer ses doutes :

— C'est la vérité. La plupart des gens seront peut-être trop… sensibles ou irrationnels… pour l'admettre, mais c'est un fait : on peut se permettre de perdre des travailleurs non qualifiés. En revanche, on ne peut pas se permettre de perdre des soldats ou des agriculteurs.

Elle ferme les yeux pour s'imprégner de ce que je viens de dire et, bien que son visage se crispe comme si ça lui faisait mal, je sais que j'ai visé juste. Et ça me laisse songeur, comme après mon entretien avec Duck : apparemment, j'ai la capacité de convaincre les autres de ce dont je suis incapable de me convaincre moi-même.

Cela dit, Annie doit avoir envie d'y croire dans une certaine mesure. Elle doit encore nourrir l'espoir que nous œuvrons pour le bien d'autrui, que nous valons mieux que l'ancien régime, qu'Atreus a toujours raison.

Pour ma part, je n'en suis plus si sûr.

La deuxième partie de la journée est consacrée aux dispositions à prendre pour que les classes de métal ne s'aperçoivent pas qu'elles reçoivent des rations différentes. Nous réfléchissons également à la manière d'annoncer les différentes mesures prises, quitte à recourir au mensonge afin que la vérité ne dépasse jamais le stade de la rumeur au sein de la population. Assis en silence, je laisse toutes ces discussions ruisseler autour de moi en ruminant les doutes dont j'ai libéré Annie avec tant d'aplomb.

Car même avec la plus grande rationalité, l'équation continue de me paraître « mauvaise ».

Je repense aux dernières semaines, au visage livide de Rock et à la crise de larmes d'Annie après leur première collecte, aux cris des fermiers immolés par le feu. Puis, j'observe la salle, le visage indifférent de ces gens qui se sont arrogé le droit de décider qui méritait de vivre ou mourir. La voix de Rock résonne dans ma tête : « *J'ai l'impression d'être un Fléaurage.* »

Je ne peux pas m'ôter de l'idée qu'il a raison. Nous avons confisqué les récoltes des agriculteurs en usant de la même menace ultime : le feu de dragon. Nous sommes sur le point d'affronter une nouvelle famine au cours de laquelle la partie de la population qui subira le plus de pertes humaines sera la plus pauvre. Nous avons l'intention de mentir sur la situation, exactement comme le faisaient les seigneurs dragons. Alors, où est la différence ? Ceux qui mourront de faim se ficheront bien de nos justifications.

Pendant des années, je n'ai cessé de me répéter que l'ancien régime incarnait le mal, là où Atreus incarnait le bien, que son système était juste et bon, que sa vision valait la peine. Car n'était-ce pas ça, le plus important, la grandeur d'âme ? Atreus, lui-même, nous l'a dit un jour : « Vous ne méritez ce rôle que si vous êtes plus raisonnables et plus vertueux que ceux qui vous ont précédés. »

Or, aujourd'hui, je ne suis plus certain que ce soit le cas.

La prédiction de Julia, en revanche, revient en boucle dans mon esprit : « *Tu verras comme cette belle vision volera en éclats. Ensuite on en reparlera et tu me diras si tu la trouves toujours aussi "noble". Et si tu as le courage d'assumer plus.* »

* * *

Dès mon retour au Cloître, ce soir-là, je me rends dans la salle de classe qui me sert de bureau. J'ai des notes ministérielles à étudier, les emplois du temps des dragonniers qui participeront aux distributions des rations à organiser. Pendant quelques heures, je ne suis presque pas dérangé. Mon seul visiteur est Vigor qui passe la tête dans l'embrasure à un certain moment pour réclamer son ordre de patrouille. Il ne frappe jamais à la porte.

— Je suis en train de plancher dessus, dis-je. Tu l'auras demain au plus tard.

Ensuite, c'est le calme plat pendant une bonne heure, jusqu'à ce que des coups très discrets effleurent la porte. Une domestique que je ne reconnais pas s'approche de mon bureau et me tend une lettre.

— Un message pour vous, Monseigneur.

— Merci.

Avant même que j'aie tiqué sur le titre qu'elle a employé, elle est déjà repartie.

Le temps que je me lève et atteigne le couloir, elle a déjà disparu.

Les doigts tremblants, je verrouille la porte et regagne mon bureau.

La lettre porte un sceau de cire anonyme. Sans surprise, elle est rédigée en langue draconique dans une écriture que je reconnais.

Es-tu toujours convaincu que le régime d'Atreus vaut la peine de se battre ?

Nous sommes Premiers Dragonniers de flottes ennemies. Si tu t'obstines sur la voie que tu as choisie, il ne sera plus question de pardon entre nous. Il n'y aura plus que le feu et la mort.

Je t'accorde une dernière chance : je t'attendrai à la source du fleuve Pher au lever du soleil, le premier jour du mois prochain.

Tu ne peux peut-être pas te résoudre à les trahir, mais il est encore temps de rejoindre les tiens.

ANNIE

Tard après le dîner, des coups retentissent à la porte du dortoir, puissants, frénétiques, portés avec le poing voire le bras tout entier. Crissa, qui est plus proche, va ouvrir. C'est Lee.

Il est trempé. La pluie ruisselle sur son visage et forme des flaques autour de ses bottes. Il porte encore sa combinaison coupe-feu, comme s'il venait de sauter de Pallor et s'était précipité ici sans prendre le temps de se changer. Toutefois, ce n'est pas ça qui m'indique que quelque chose ne va pas, mais son expression. Il est affolé, perdu, désespéré.

Crissa se mord la lèvre. Elle doit se dire que ce sont les réunions d'aujourd'hui, dont je viens à peine de lui parler, qui l'ont mis dans cet état, qu'il est bouleversé à cause de cette histoire de calculs au cynisme impitoyable. Mais Lee est plus solide que ça. Il doit y avoir autre chose.

— Lee, qu'est-ce qui ne va pas ? s'inquiète Crissa, la main toujours sur la poignée de la porte.

Il la regarde pendant un instant, comme s'il ne se rappelait même plus qui elle était, puis il s'adresse à moi :

— Annie, coasse-t-il. Annie, j'ai besoin de te parler.

Je me lève d'un bond. Crissa nous regarde tour à tour.

— Bien sûr, fait-elle, simple et digne.

Lee la regarde sortir d'un air vaguement consterné, comme s'il avait plutôt envisagé que ce soit moi qui le suive à l'extérieur. Il est trop distrait pour prendre la peine de rectifier, alors il pénètre dans le dortoir et laisse Crissa refermer derrière elle.

— Qu'est-ce qu'il y a, Lee ?

Je pose la question, mais au fond de moi, je sais déjà.

Il prend une grande inspiration. Son visage se crispe, comme s'il souffrait. Puis il enfreint la règle la plus importante.

LEE

Voilà des heures que je suis sur Pallor. Nous tournoyons au-dessus de la ville, survolons les champs qui se trouvent en périphérie, les villages dont nous avons prélevé les récoltes. Puis, je pousse Pallor vers le Sud, au-delà de Villeport, en direction de la mer. Les nuages sont bas et chargés au-dessus de la mer Médée, mais le soleil couchant perce la couverture cotonneuse à l'horizon et se reflète sur les flots. Tout à coup, la pluie se met à tomber.

Je regarde sans vraiment voir. Le barrage de ma mémoire a de nouveau cédé et les souvenirs affluent violemment et se déchaînent dans mon esprit telle une tempête fiévreuse, sans répit. Mes sœurs, le Jour du Palais ; la voix empreinte de panique de mon père qui s'exprime dans un mauvais callois ; les petites réflexions cinglantes de Tyndale. *« Je n'ai pas trahi Atreus. Je crois en lui. »* Les hurlements de ces hommes au moment où je mettais le feu à leurs vêtements. Tous ces chiffres sur le tableau du médecin chef, les pourcentages, le nombre de morts estimés.

« Mais il est encore temps de rejoindre les tiens. »

Au bout de plusieurs heures à tourner en rond comme ça, je décide d'aller voir Annie, même si ce n'est pas tant une décision qu'un aveu de faiblesse.

Au centre du dortoir désert, elle attend, calmement, sans arrogance, confiante. Sa nouvelle coupe au carré souligne la finesse de son cou, ses bras croisés resserrent sa chemise de nuit sur sa frêle silhouette. Ainsi vêtue pour aller au lit, elle ressemble plus à l'orpheline de mes souvenirs qu'à la dragonnière avec laquelle je m'entraîne. Un peu plus d'un mètre nous sépare.

— Ta famille, dis-je.

Elle retient son souffle. Nous n'avons plus parlé de sa famille depuis notre dispute à Albans, mais c'est trop tard pour revenir en arrière, alors je vais jusqu'au bout. Chaque mot me fait l'effet d'un pas de plus sur la planche du condamné.

— J'ai besoin de savoir comment ils sont morts.

— Tu le sais très bien, murmure-t-elle.

— Oui, mais j'ai besoin que ce soit toi qui me le racontes. Tout, depuis le début.

Il n'y a personne ici, les lits et les bureaux sont inoccupés, le silence est tel que j'entends très distinctement sa respiration.

— D'accord.

Aucune trace de surprise dans sa voix. Juste de la résignation. Comme si, d'une certaine manière, elle s'y attendait et qu'elle était prête.

J'ai l'impression de signer mon propre arrêt de mort en posant la question suivante.

— Tu veux bien me montrer ?

Ça, en revanche, ça la prend au dépourvu. Elle décroise les bras, les recroise, puis déglutit.

— Oui. Quand est-ce que tu veux que… ?

— Le plus tôt possible.

— Eh bien, c'est toi qui rédiges les emplois du temps.

— Demain matin ?

— D'accord, répond Annie d'une voix faible. Demain matin.

16

HOLBIN

LEE

Il fait encore nuit lorsque nous enfilons nos tenues. Annie a le teint très pâle et de profonds cernes sous les yeux qu'elle ne cesse de frotter. Visiblement, elle a aussi mal dormi que moi. On ne se parle pas. Une fois dans les airs, elle passe devant moi, cramponnée au dos d'Aela. Après la tempête de cette nuit, il fait calme et frais, mais elle a laissé dans son sillage le premier coup de froid de l'hiver et les températures ont plongé. Nous nous posons un peu plus au nord du village d'Annie, plus haut sur le versant de la montagne, près d'une caverne où Pallor et Aela pourront se dissimuler et se reposer sans être dérangés pendant notre excursion.

Une demi-heure de marche à travers des pâturages en pente escarpée nous sépare de la ferme d'Annie. Tandis que nous avançons, le ciel devient gris, puis rose à l'est, illuminant le relief montagneux de mes souvenirs d'enfance, à l'horizon, et plus particulièrement un pic qui surplombe la mer, dans le lointain, sur lequel est nichée la propriété qui appartenait à ma famille autrefois, avant la Révolution. Jolimont, domaine du Drakarque des Hautes Terres. Bien que Holbin se situe à plusieurs kilomètres de la demeure qui m'a vu naître, le vent mordant, le parfum des bruyères, les champs très pentus sont tels que dans mes souvenirs.

Et ceux d'Annie aussi, je n'en doute pas. Elle se fraie un chemin entre les rochers et parmi les hautes herbes avec une agilité impressionnante, presque sans ralentir et sans se soucier des bourrasques qui rabattent ses cheveux courts sur son visage. De mon côté, je la suis tant bien que mal. Elle finit par s'arrêter à côté d'un superbe chêne noueux et pose la main sur l'écorce. Ses doigts se logent dans ses anfractuosités avec la familiarité de quelqu'un qui retrouve une vieille connaissance.

Elle désigne du menton une clairière en contrebas.

— C'est là-bas.

On y accède par un petit sentier envahi par la végétation. Je scrute les lieux, mais je ne distingue que des buissons touffus, de vieux arbres tordus et des hautes herbes. Un peu plus loin, de la fumée s'échappe des cheminées des autres bâtisses d'Holbin. Annie étudie ce décor en prenant une lente inspiration.

— Je n'ai plus remis les pieds ici depuis que c'est arrivé, m'apprend-elle.

— On peut y aller en douceur. Tu veux qu'on s'asseye ici quelques minutes ?

Je n'ai jamais autant pesé mes mots.

Elle acquiesce. Je me prépare à m'asseoir là où je me trouve, mais elle m'effleure le bras. Un contact léger, hésitant.

— Il y a un endroit parfait pour ça, par là-bas, chuchote-t-elle en désignant le vieux chêne.

Elle me fait enjamber quelques racines jusqu'à ce qu'on en atteigne une plus ancienne et proéminente, plus lisse aussi, comme si elle avait déjà servi de banc à beaucoup de gens par le passé.

— C'est l'idéal pour s'asseoir, ajoute-t-elle. Je venais souvent ici avec ma sœur.

— Tu avais une sœur ?

Le regard d'Annie fuse sur moi avant de se perdre au milieu des champs pentus.

— Deux. Et… trois frères.

Je lui demande leur nom.

Elle s'agrippe à ses genoux, visiblement ébranlée par ma question. Je songe à ce que j'ai ressenti lorsque Tyndale et Julia ont exhumé tous ces noms de mon passé après tant d'années de silence. Le choc, la douleur.

— Lila, Hettie. Mes sœurs. Hettie et moi étions plus proches, on faisait toujours nos tâches ensemble.

— Quel âge av…

— Hettie avait huit ans. Lila, douze. Mes frères s'appelaient Rory et Garet. Rory était l'aîné, il avait quinze ans. Papa et lui se disputaient tout le temps. Garet avait dix ans. Et puis, le bébé… il est mort avant d'avoir reçu un nom.

Je m'empresse de passer à autre chose.

— Et tes parents ?

Annie plisse les yeux, puis se détourne.

— Silas, mon père, répond-elle, toujours avec la même hésitation. Et…

Soudain, un air affligé traverse ses traits.

Je n'y avais pas pensé, mais sa mère est peut-être morte avant qu'Annie ait l'âge de retenir son prénom. Vite, il faut que je la sorte de là. Mais elle ne m'en laisse pas le temps.

— Anthéa, s'écrie-t-elle avec un soulagement évident. J'ai hérité de ses cheveux, précise-t-elle avec aplomb, comme si elle récitait une formule bien rodée.

Sa voix retrouve un peu de vigueur.

— C'est bon, je suis prête à descendre.

Elle se lève, puis m'attend. Ensemble, nous empruntons le sentier envahi d'herbes sauvages qu'elle m'a indiqué un peu plus tôt. Annie plaque une main sur ses joues pour empêcher ses cheveux de lui tomber devant les yeux. Arrivée au bout du sentier, elle regarde autour d'elle, puis désigne toute la surface qui nous entoure d'un geste circulaire.

— Voilà, c'est ici.

À la lumière croissante du jour, je devine les fondations d'une construction au milieu de la végétation.

— Il ne reste pas grand-chose. La maison… a presque entièrement brûlé. Ça fait des années, la nature a repris ses droits…

Sa voix est de nouveau très faible. Elle s'approche des ruines avec précaution dans une sorte de torpeur. Elle enjambe une première rangée de pierres.

— Ici, c'était la pièce principale…

Je m'avance pour mieux voir l'ensemble et me rends compte à quel point cette maison devait être petite : l'entièreté de ce rez-de-chaussée aurait tenu dans le vestibule de ma maison familiale.

— Combien d'étages ?

— Un seul. Et la remise était là-bas.

Une seule cheminée, qui chauffait à la fois la cuisine et la chambre unique qu'ils partageaient tous. Elle me montre l'emplacement de la table de la cuisine et des lits, dont celui où elle dormait avec ses sœurs. Bien sûr, on ne reconnaît plus rien de tout ça. Le peu qui avait subsisté après l'incendie a dû pourrir ou être dévoré par les plantes grimpantes depuis longtemps. Toutefois, Annie fait ressurgir les meubles et les habitudes de ce foyer comme si elle voyait encore tout. Je suis frappé par le respect avec lequel elle me décrit cet univers qui paraissait si pauvre.

Après m'avoir emmené un peu partout sur les fondations, elle se place face à moi.

— Est-ce que tu veux que je te raconte l'attaque, maintenant ?

Je secoue la tête.

— Parle-moi d'abord de la famine.

Elle acquiesce et je sens qu'elle m'est reconnaissante de commencer par là.

— Viens.

À une vingtaine de mètres des vestiges de sa maison, elle me montre une bande de terre qui, à première vue, ressemble à n'importe quel terrain des alentours. Mais ensuite, je remarque deux stèles – en bois, pas en pierre comme celles du cimetière du Palais – côte à côte. L'une des deux est plus petite que l'autre.

— Ta mère et ton frère bébé.

— Tu as retenu ?

— Évidemment...

Alors elle me raconte les mauvaises récoltes, cet étrange mildiou que personne n'avait jamais vu auparavant, la façon dont son père avait tenté de cacher sa panique face au montant de l'impôt. Ensuite, l'hiver était arrivé et, cette année-là, elle avait appris ce que c'était qu'avoir faim. Ils s'étaient mis à manger des choses qui n'étaient pas censées servir de nourriture. Elle tente de résumer, mais j'insiste pour avoir tous les détails.

— Je crois qu'on a mangé notre chien. Papa nous a dit qu'il s'était échappé, mais je n'y ai jamais cru, parce qu'il y a eu de la viande à table toute la semaine suivante. Mes frères ont essayé de manger de la terre, mais ils ont été malades pendant plusieurs jours. Et moi, j'ai trouvé comment...

— Comment quoi ?

— Des vers, se contente-t-elle de répondre, énigmatique, le visage rouge d'humiliation.

Je n'ai qu'un vague souvenir de l'hiver auquel elle fait allusion, le premier hiver de la grande famine. Cette année-là, il y avait eu moins de festins que d'habitude, et les mauvaises récoltes étaient le prétexte que l'on servait à quiconque s'en plaignait.

— Bref, maman aurait sans doute pu s'en sortir si elle n'était pas de nouveau tombée enceinte. Elle avait tout le temps faim. Tout le temps. C'était horrible… vraiment affreux… surtout pour papa. Quand le bébé est enfin arrivé, il a fallu très, très longtemps pour qu'il sorte, et elle était trop faible. Ça a duré plus d'une journée, on a tout entendu. Ensuite elle s'est endormie et… ne s'est plus jamais réveillée. Le bébé n'a pas survécu longtemps.

Puis, le printemps était arrivé, les nouvelles cultures avaient été semées, et la famille s'était reprise en main, même si les choses avaient bien changé. Moins de rires, plus de colère. Son père s'est mis à faire une fixation sur tout ce que le seigneur dragon leur avait confisqué de leurs maigres récoltes. S'ils avaient pu conserver un peu plus de nourriture, sa femme aurait survécu, il en était convaincu. Avec l'été, le fameux mildiou avait de nouveau pointé le bout de son nez. Mais cette fois, sachant à quoi s'en tenir après l'hiver précédent, les fermiers d'Holbin s'étaient mis à anticiper la visite du seigneur dragon.

À ce stade, Annie avait développé un don improbable pour la lecture et sans l'influence raisonnable de sa mère pour l'en empêcher, le père d'Annie avait commencé à l'emmener aux réunions avec les autres chefs du village. Elle leur lisait les décrets du Palais, puis écoutait leurs plans pour contourner ceux-ci. C'est ainsi que lorsque Léon Fléaurage était venu fouiller leur maison à la fin de l'automne en accusant le père d'Annie de conspiration et de rétention illégale, elle n'avait aucun doute sur la culpabilité de son père concernant les deux chefs d'inculpation.

— Holbin a subi deux attaques, explique-t-elle. La première était un avertissement. Ils savaient que mon père faisait partie des agitateurs. La deuxième a eu lieu parce que les villageois n'avaient toujours pas atteint les quotas exigés. Ils ont incendié presque toutes les habitations d'Holbin. Ensuite ils ont tout confisqué, et pas juste de quoi couvrir l'impôt. À cette époque, j'avais déjà été recueillie par une autre famille, mais après la deuxième attaque, ils n'ont plus pu me nourrir, alors ils m'ont envoyée à Albans.

Nous nous tenons toujours à côté des tombes, mais Annie regarde à présent en direction du village en contrebas. À l'horizon, le soleil continue son ascension et commence à dorer les pics montagneux.

Je reviens à la charge :

— Et la première attaque ?

Annie hésite.

— Lee, dit-elle avec douceur, sans détacher le regard des champs. Tu es sûr que tu as envie d'entendre ça… ?

J'ignore si c'est moi ou elle qu'elle tente de préserver.

— J'ai besoin de savoir.

— D'accord, dit-elle d'une voix distante, lasse.

Elle me fait rebrousser chemin vers la maison, puis fait encore environ dix pas pour arriver dans ce qui devait être le petit jardin côté façade.

— C'est ici qu'il se tenait.

Elle m'arrête de façon à ce que je sois pile à cet endroit, puis désigne un point derrière moi.

— Son dragon l'attendait là-bas. Et il y avait des soldats là et là. Nous, on était près de la maison. Et mon père l'a rejoint pour lui parler. Juste ici.

Elle se place à environ un mètre et demi de moi, prenant la place de son père. Nous sommes face à face. Annie inspire un bon coup, puis tombe à genoux.

Enfant, j'ai vu un nombre incalculable de gens s'agenouiller devant mon père, mais c'est la première fois que je prends réellement conscience de ce que représentait cet acte. Une protestation monte dans ma bouche, mes joues s'enflamment. Annie redresse la tête et, comme si elle avait anticipé ma réaction, plante ses yeux dans les miens, m'intimant le silence. Je lui ai demandé de me montrer et c'est ça ce qu'elle veut que je voie.

Elle baisse la tête et reste à genoux pendant trois longues respirations maîtrisées. Je crois qu'elle les compte, comme moi. Elle pose les mains dans l'herbe pour se soutenir. J'observe sa tête, sa nuque, son dos raide. C'est long. J'ai tout le temps de songer que, dans une autre vie, c'est comme ça que nous nous serions rencontrés.

Enfin, elle se relève. Son visage est devenu aussi rouge que le mien. Elle reprend son récit comme s'il n'y avait pas eu d'interruption, le débit rapide, comme si maintenant qu'elle avait commencé, elle était bien décidée à aller jusqu'au bout et sans s'arrêter.

— Mon père a dû être intimidé ; il n'avait jamais parlé à un dragodescendant. Cet homme, il paraissait puissant et redoutable. Comme une sorte de dieu. Papa devait aussi avoir peur du dragon. Mais il a tenu bon. C'était un homme digne. Pourtant, ça n'a pas dû être facile de rester digne en étant prosterné devant quelqu'un.

Je n'ai pas pu entendre tout ce qu'ils se disaient, et puis c'était difficile à comprendre à cause de l'accent du Seigneur Léon. Mais ensuite, Léon nous a ordonné de rentrer dans la maison. Je savais que quelque chose n'allait pas, parce que papa pleurait. Léon lui a demandé lequel était son préféré. Ça, je n'ai pas compris tout de suite. Papa a affirmé qu'il n'en avait pas. Et puis… mon frère, qui lui devait avoir compris, m'a dit d'avancer vers le seigneur dragon, ce que j'ai fait. Le temps que je comprenne enfin, c'était trop tard…

Elle inspire comme si elle était à bout de souffle.

— Sinon, je n'y serais pas allée. Je ne pouvais pas me douter…

Ce doit être le refrain qu'elle se répète en boucle les mauvais jours, ou après un cauchemar. C'est son refrain, mais j'imagine que comme le mien, ça ne suffit pas.

— Annie.

Elle s'accroche à mon regard, s'en sert pour revenir à la réalité, je le sais. Lorsqu'elle reprend la parole, sa voix tremble.

— Ils ont ordonné à mon père de rejoindre mes frères et mes sœurs dans la maison, puis les soldats ont fermé la porte à clé et sont allés se poster devant les fenêtres. On n'entendait pas un bruit à l'intérieur ; papa a dû faire en sorte que tout le monde garde son calme. Je ne comprenais toujours pas. Puis, Léon s'est tourné vers son dragon et a dit quelque chose dans une langue inconnue. Et puis le dragon s'est mis à cracher du feu.

Elle trace le parcours du jet de flammes avec les doigts afin que je puisse l'imaginer.

— J'ai senti la chaleur sur mon visage et mes bras. Ma maison a pris feu et j'ai commencé… à le supplier… d'arrêter. Parce que les soldats me forçaient à rester là, debout à côté de lui.

Elle me rejoint et se tourne afin que nous soyons tous les deux face à la maison. Elle se tient à quelques centimètres de moi à peine, elle pourrait me toucher.

— On a commencé à entendre…

Sa phrase meurt sur ses lèvres, elle n'y arrive plus. Sur son visage, la panique a refait surface, comme si elle se retrouvait coincée dans la scène qu'elle est en train de me décrire. Je m'oblige à la regarder dans cet état, à imprimer l'image d'Annie qui se brise.

— … je pouvais sentir…

Son visage est secoué de spasmes, puis tout son corps se met à tressaillir et elle se détourne. Quand elle revient vers moi, elle semble s'être ressaisie.

— J'ai essayé de regarder ailleurs, mais il…

Elle prend ma main et me regarde droit dans les yeux.

— Il a posé sa main dans mes cheveux. Comme ça.

Elle place ma main sur sa tête et d'instinct mes doigts se referment sur ses cheveux, je les empoigne. Ils sont doux, duveteux, comme ceux d'un enfant. Elle perd de nouveau le contrôle de sa voix.

— Et il m'a tourné la tête et m'a obligée à regarder jusqu'à ce que les cris s'arrêtent.

Brusquement, je la lâche, comme si son crâne m'avait brûlé.

Cependant, cette image est à jamais gravée sur ma rétine, celle de ma main agrippant ses cheveux comme le pelage d'un animal, comme un chien forcé de renifler ses propres excréments par son maître. Elle était si petite, si faible, si démunie.

« Diriger m'est venu naturellement, Léo. »

— Quand il m'a enfin lâchée, j'étais… bouleversée. Et il, il…

Annie inspire, puis reprend, mais sa voix se brise.

— Il m'a consolée. Il m'a serrée dans ses bras et il m'a consolée.

Je m'écarte d'un pas. Annie se ressaisit, mais à peine.

— Voilà, tu sais tout, Lee, conclut-elle d'un ton affligé. Maintenant, j'aimerais… rester seule quelques minutes, si ça ne t'ennuie pas.

— Bien sûr.

Je rebrousse chemin jusqu'au sommet de la colline d'un bon pas qui pourtant ne me paraît pas encore assez rapide pour fuir cet endroit.

« Lequel est ton préféré ? » « Il m'a consolée. » « Le Seigneur Léon. »

Et la question qui ne me quitte pas depuis l'orphelinat, depuis le début, associée au sentiment d'avoir été trahi, celle à laquelle plus personne ne peut répondre, qui se heurte sans cesse au souvenir d'un homme doux et attentionné – mon père :

Comment avez-vous pu commettre une chose pareille, père ?

Je m'arrête au vieux chêne et m'accroche au tronc pour me plier en deux, mon estomac se soulève, je cherche de l'air.

Tout à coup, quelque chose de scintillant capte mon attention, dans l'un des nœuds de l'écorce, tout au fond. Je me démène pour l'extirper, avec cette concentration obstinée que l'on se découvre uniquement quand on cherche à se distraire à tout prix. Mon ventre s'apaise, mais mon souffle est toujours haletant. Je gratte avec les ongles, puis tente d'attraper cette chose avec une petite branche.

Lorsque je parviens enfin à dégager l'objet, je m'aperçois qu'il s'agit d'un collier de femme, bas de gamme, grossier et rouillé. La nausée afflue à nouveau. Il aurait tellement mieux valu que ce soit Annie qui le découvre. Je ne veux pas être celui qui le lui remettra.

Pour la première fois, je jette un coup d'œil en bas de la pente. Elle est agenouillée, la tête entre les mains.

Pour m'occuper en l'attendant, j'entreprends de nettoyer le collier comme je peux en évitant de regarder en direction des ruines. Lorsque Annie me rejoint, quinze minutes plus tard, elle a les yeux rouges, mais a séché ses larmes. J'éprouve pour elle une telle bouffée de tendresse à cet instant que c'en est douloureux. Mon Annie, qui ne pleure jamais devant les autres.

Elle s'assied à côté de moi, l'air épuisée, vidée. Sans un mot, je prends sa main et y dépose le collier.

Pendant un instant, elle l'étudie. Puis, son corps s'affaisse, comme si tous ses muscles lâchaient, comme si c'était la goutte d'eau qui faisait déborder le vase. Je devine à sa réaction que ce bijou a dû appartenir à sa mère.

Je me prépare pour ce qui va suivre, mais elle reste prostrée, tétanisée par un collier de si peu de valeur que les femmes de ma famille l'auraient jeté sans se poser de question. Sur une impulsion, sans même me demander si c'est opportun, je m'approche d'elle, lui reprends le collier, l'ouvre et soulève délicatement ses cheveux pour lui dégager la nuque. Elle reste penchée en avant, immobile, pendant que je lui attache le collier autour du cou. J'essaie de la toucher le moins possible, mais mes doigts ne peuvent faire autrement qu'effleurer sa peau, ses cheveux. Je ne peux m'empêcher de penser à lui qui s'est permis aussi de lui toucher le cou, les cheveux… ces magnifiques cheveux, cette nuque si délicate, cette frêle créature, pas comme les femmes peuvent l'être naturellement, mais frêle parce que ce n'était qu'une enfant affamée… Il a osé la toucher et au lieu d'admirer sa beauté, il l'a détruite.

Lorsqu'elle se rend compte que j'ai terminé, elle lève la tête ; ses joues sont mouillées.

—Quel enfoiré, dis-je.

Après toutes ces années à résister, à éviter le sujet, jamais je n'aurais pensé que je me sentirais aussi bien. Libéré.

Annie déglutit, essuie ses joues avec sa manche, puis saisit le pendentif au bout de la chaîne rouillée et le range sous sa blouse.

— Merci, dit-elle simplement, mais de façon à me faire comprendre qu'elle ne parle pas uniquement du bijou, avec un regard appuyé.

Je me contente de hocher la tête parce que je suis incapable de parler.

* * *

Après ça, nous nous murons dans le silence. Fouettés par le vent, nous contemplons Holbin et ce paysage, au loin, qui recèle quelque part en son sein la propriété d'un seigneur dragon que j'ai autrefois appelé « chez moi ». Nous aurions pu nous éloigner l'un de l'autre, mais non, nous sommes restés assis côte à côte.

Lorsqu'elle parle enfin, c'est pour me poser une question qu'elle retient, je le sais, depuis longtemps.

— Qu'est-ce qui se passe, Lee ?

— Ils me… laissent une dernière chance.

Annie digère cette information en silence.

— Comment ? finit-elle par demander.

Sous-entendu : comment ont-ils fait puisqu'elle a dénoncé Tyndale ?

— Une servante inconnue m'a apporté un message.

Je fouille ma poche, mais la lettre ne s'y trouve pas. C'est le premier message de Julia que je ne détruis pas immédiatement après l'avoir lu, tout simplement parce que c'est le premier que je comptais montrer à quelqu'un.

Pas grave. Il est resté dans le bureau et tu fermes toujours la porte à clé.

J'évacue donc cette inquiétude croissante de mon esprit.

— Le message disait que si je ne peux pas me résoudre à, tu sais, provoquer la chute de Callipolis de l'intérieur... je peux toujours les rejoindre.

Annie peine à avaler sa salive.

Je décide de lui expliquer.

— Ça fait déjà un bon moment que je leur dis non. Depuis...

— Depuis qu'on a commencé le cours de Tyndale, déduit Annie dans un murmure. Et tu les as rencontrés ?

Lui cacher la vérité n'a aucun intérêt.

— Un seul d'entre eux. On ne s'est vus que deux fois. Une fois avant l'attaque de Rochefamine. J'ai essayé de les dissuader. Et avant ça... le soir du solstice d'été. Je n'avais pas prévu d'y aller, c'est juste...

— Ils te manquaient.

Ma gorge se serre et je hoche la tête. Puis je m'efforce d'être plus clair.

— Je n'arrête pas de me répéter que ça n'a rien à voir avec une quelconque tentation. Je sais que ce n'est pas ça. C'est surtout que le solstice d'été, comme le Jour du Palais, est un moment particulièrement difficile...

Je m'interromps. Je ne trouve pas les mots pour décrire avec justesse ce que je ressens. Je tente encore :

— Mais j'avoue que j'ai un peu plus de mal ces dernières semaines.

— Je sais, chuchote Annie. Moi aussi, j'ai du mal.

Jusque-là, je suis resté concentré sur mes genoux, mais en l'entendant avouer ça, c'est plus fort que moi, je lui jette un coup d'œil. Son visage est immobile, son regard perdu dans le vide, quelque part au milieu des pentes luisantes des montagnes.

— Ce qui me frappe, maintenant que je suis presque adulte, dit-elle, c'est que ce qui est arrivé à ma famille… c'était la routine, à l'époque. Je suis loin d'être le seul enfant à avoir survécu à ce genre de massacre ; on portait même un nom. J'ai été un « témoin désigné ». Quand c'est arrivé, Léon n'a pas agi sur le coup de la colère. Non, au contraire, il était très calme. Après tout, il était dans son bon droit. C'était un jour comme un autre pour un seigneur dragon.

C'est vrai. Et quelle soirée banale ça a dû être ensuite, quand mon père est rentré à la maison après l'un de ses contrôles de routine sur nos terres, alors qu'il portait encore sur lui l'odeur du feu qui venait de faire d'Annie une orpheline.

— Alors, poursuit-elle d'un ton obstiné, autant j'ai détesté participer à ces collectes qui m'ont vraiment donné l'impression d'être une Fléaurage… autant je sais qu'en termes d'atrocité, ça n'arrive même pas à la cheville de tout ce qu'ils ont pu commettre. Et tant que ça restera comme ça, je n'imagine pas un instant changer de camp. Même si on est devenus un peu moins gentils, on reste bien meilleurs que les méchants d'autrefois.

Le moindre mal. On est bien loin de ce que j'espérais devenir. Et de ce qu'Annie espérait devenir.

— Tu te rappelles le jour où tu m'as dit… que même si les gens qui nous donnaient les dragons étaient des méchants, nous, on ne le deviendrait jamais ?

— Tout le temps, répond-elle avec un petit sourire triste. Mais… aujourd'hui, je me rends compte que c'est plus complexe que ça. La guerre n'est pas finie. Quand elle le sera, alors peut-être que… le moment sera venu de changer les règles.

Cette fois, le soleil est assez haut dans le ciel pour nous atteindre de ses rayons. Il fait luire les mèches les plus fines des cheveux d'Annie. Une rafale de vent les lui renvoie une fois de plus en plein visage. Le silence retombe. Comme si c'était un signal, elle plonge la main dans la poche de sa combinaison coupe-feu et en sort un bout de papier qu'elle déplie sur ses genoux. Il a été arraché du carnet interdit qui retrace les abominations du Jour du Palais. La page qu'elle est en train d'aplatir est celle qui contient un portrait de ma famille.

Elle plie la page en deux de façon à ce que seule la gravure en noir et blanc soit visible, pas la description insoutenable qui suit.

— C'est toi ? demande-t-elle en désignant le plus jeune enfant de l'illustration.

J'acquiesce.

— Depuis combien de temps tu le sais ?

Elle pince les lèvres.

— Je sais que tu es un dragodescendant depuis presque aussi loin que je me souvienne. Pour le reste… j'ai refusé de comprendre pendant longtemps.

Je lui prends la page des mains et la pose à plat sur mes genoux pour examiner ma famille. Nous sommes représentés tous les six. Mon père, majestueux, insouciant. À côté de lui, ma mère, très fière. Elle tient ma main sur ses genoux ; je suis debout à côté d'elle. Laertes et Larissa, de taille identique malgré les années qui les séparent. Pénélope qui affiche un large sourire, comme toujours.

— Tu étais avec eux, n'est-ce pas ? m'interroge Annie. Le Jour du Palais ?

Je hoche de nouveau la tête. Je frotte mes mains sur mes cuisses pour m'aider à expulser les mots. Je lutte de toutes mes forces contre ce silence qui m'a paralysé le jour où je me suis retrouvé dans cette taverne avec Julia. J'ai besoin qu'Annie comprenne que je la comprends.

— Ils m'ont obligé à regarder aussi.

Dès que j'ai prononcé ces mots, je recommence à avoir la nausée.

Annie effleure mon genou du bout des doigts.

— Je suis désolée, Lee.

Sa sincérité semble venir du plus profond de son être. Elle est réellement désolée pour ce qui nous est arrivé, peu importe ce que ma famille a infligé à la sienne. Je cherche quelque chose à dire et, à ma grande surprise, je continue à parler de ça.

— C'est grâce à Atreus que… Il est arrivé à la fin. Il m'a sauvé.

Annie écarquille les yeux.

— Alors, il est au courant… ?

Je secoue la tête.

— Non. Pendant un temps j'ai espéré qu'il se souvienne, mais il ne se doute de rien.

— Mais enfin, s'il t'a vu ce soir-là, comment pourrait-il ne pas te reconnaître… ?

— Je me suis posé la question aussi et, aujourd'hui, je crois que…

Je grimace.

— Ce soir-là, j'avais beaucoup de sang sur le visage.

Les doigts d'Annie pressent le cuir de ma combinaison. Je lui rends la page chiffonnée du carnet sans détacher les yeux de nos mains pour ne pas devoir affronter son expression. Elle la range dans sa poche.

— Et ce… membre de ta famille ? demande-t-elle, d'un ton désormais hésitant. Celui qui a pris contact avec toi ?

J'acquiesce.

— Julia. Julia Fléaurage. Ma cousine. C'est elle qui nous a lancé cet ultimatum après Rochefamine.

Un pli soucieux se creuse entre les sourcils d'Annie qu'elle aplanit avec son pouce.

— Je crois que je l'ai croisée. Après les quarts de finale. Elle m'a complimentée sur ma façon de voler…

Après tout ce qui s'est passé, ça ne me surprend guère.

— Elle peut être très tenace, dis-je en grommelant.

— Elle doit beaucoup tenir à toi.

— On s'entendait très bien quand on était petits.

Annie hausse les sourcils.

— Est-ce qu'elle est haut gradée ? Au sein de leur flotte ?

Elle a mis le doigt sur l'élément crucial avec une rapidité épatante, et même si elle a formulé sa question de manière détournée, le sous-entendu est clair : « Est-ce que tu devras l'affronter ? »

Un petit rire m'échappe, mais je suis incapable de dissimuler ma peine.

Annie émet un son entre le sifflement et le soupir.

— Oh, Lee.

Sa voix empreinte de tristesse ne m'aide pas, même si le fait qu'elle soit témoin de mon dilemme et que ça la désole m'apporte, d'une certaine manière, un peu de baume au cœur.

— On ferait mieux de rentrer, dit-elle dans un souffle.

Nous rejoignons nos dragons dans un silence exténué. Mais cet épuisement est de ceux qui donnent l'impression d'avoir été lavé, d'être plus léger. Toute la tension à laquelle j'avais fini par m'habituer en présence d'Annie s'est envolée. C'est comme si le bourdonnement d'un insecte, grave, continu, venait de s'arrêter et que je m'apercevais seulement à quel point il me tapait sur les nerfs. Maintenant que cette tension a disparu, je prends aussi conscience que j'ai vécu avec elle pendant des années.

Par contre, j'ai beau essayer de me rappeler de toutes mes forces, je ne me vois pas fermer la porte de mon bureau à clé.

17

RÉDEMPTION

ANNIE

De retour au Palais, nous ramenons Aela et Pallor à leur nid et les dessellons avant de remonter ensemble le tunnel de la section aurélienne de la grotte. Au loin, la lueur de l'entrée de la Gueule de Feu commence à apparaître, mais il nous reste à parcourir plusieurs méandres de ce boyau éclairé par des torches. Toujours à court de mots, je me surprends à prendre Lee par le bras et il exerce une légère pression sur le mien, comme pour approuver ce contact.

Au détour d'un virage, nous tombons nez à nez avec Vigor et Darius. Visiblement, nous étions attendus.

— Salut, « Monseigneur », lance Vigor à Lee avec un large sourire.

Ses yeux sont empreints d'une énergie cruelle et frénétique que j'associe en général à ses débordements avec Vorace.

Pendant un instant, plus personne ne bouge. Puis la scène s'anime. Lee et moi portons notre bracelet à nos lèvres pour appeler les dragons, mais Darius se jette sur Lee et frappe son poignet avant qu'il ait eu le temps de siffler. Vigor me plaque au sol. Deux fois plus grand et plus fort que moi, il n'a aucun mal à me maîtriser en me comprimant les bras dans le dos. Un petit cliquetis résonne. Il m'ôte mon bracelet.

Quelques mètres plus loin, Lee se débat contre Darius avec une férocité bestiale que je ne lui ai plus vue depuis Albans ; il le roue de coups avec son bras libre tandis que Darius perd prise sur celui qui permettrait d'appeler Pallor, centimètre par centimètre.

— Donne-lui ton bracelet ou je lui casse le bras, éructe Vigor.

Je n'étais pas prête pour l'éclair de douleur qui fuse dans mon bras au moment où il tord celui-ci et je laisse échapper un cri. Aussitôt, le regard de Lee se braque sur moi et, bien qu'il ait repris le dessus sur Darius, il se fige.

— Ne le prends pas mal, Annie, souffle Vigor à mon oreille. C'est pour le salut de Callipolis, tu comprends.

Puis il élève de nouveau la voix.

— C'est très simple, Lee.

Il me tord un peu plus le bras ; je retiens bruyamment mon souffle.

Lee lâche Darius, détache lui-même son bracelet et le tend à son adversaire qui le lui arrache violemment.

— Mains derrière le dos.

Darius s'empare d'une corde et s'en sert pour lier les poignets de Lee ensemble. Une fois son prisonnier ligoté, à genoux sur le sol de la grotte, il recule de quelques pas. Lee a les mâchoires contractées et le regard très dur.

— C'est beaucoup mieux, se réjouit Vigor. Allez, Darius, on échange.

Il me balance à son acolyte comme un vulgaire sac de grains, puis s'éloigne sans quitter Lee des yeux.

— Et dire que pendant toutes ces années, je trouvais que tu te la pétais un peu trop, espèce de petite merde arrogante… Si j'avais su que je mettais le doigt sur quelque chose… L'enfant prodige un peu trop prodigieux.

— Où est la lettre ? demande Lee en grinçant des dents.

— Oh, elle est en ma possession. Prête à être livrée aux autorités en même temps que toi, rétorque Vigor en souriant. Mais rien ne presse, Lee.

Sans relâcher la pression sur mes bras, Darius s'agite.

— Vigor, je ne sais pas si…

— Quoi ? Tu as peur de frapper un dragodescendant, Darius ?

Je sens la pomme d'Adam de ce dernier bondir contre l'arrière de mon crâne.

Le regard de Lee enchaîne les allers-retours entre nos deux agresseurs et moi, puis intervient d'une voix rauque.

— Vous voulez qu'on règle nos vieilles disputes de cour de récré ? Parfait, mais Antigone n'a rien à voir là-dedans. Laissez-la partir.

Vigor s'esclaffe sans retenue, ravi.

— Pour qu'elle aille vendre la mèche à Atreus et gâche notre petite fête ? Je ne crois pas, non. Et qui a parlé de vieilles disputes de cour de récré ? Qui te dit que, dans un élan patriotique, je n'ai pas juste envie de donner au dernier dragodescendant ce qu'il aurait dû recevoir le Jour du Palais… ?

Lee tressaille. Vigor s'en aperçoit et ricane.

— Tu es qui, toi, au fait ? demande-t-il comme s'il s'agissait d'une question sans intérêt.

La poitrine de Lee se lève et s'abaisse avec un soupir.

— Hum, un Fléaurage, je parie, continue Vigor en plissant les yeux pour examiner Lee plus attentivement. Avec ces yeux-là, ça ne peut être que ça.

Soudain, il braque son attention sur moi, comme un dragon reniflant une nouvelle proie, comme s'il avait senti tous mes nerfs se recroqueviller devant cette vérité exposée au grand jour.

— Et toi, tu le savais depuis le début, sale petite menteuse, traîtresse.

Lee sursaute. Darius resserre les bras autour des miens au point de me faire mal, comme s'il craignait que les insultes provoquent chez moi un regain d'agressivité.

— Alors, qui est-il ? m'interroge Vigor.

Devant mon silence obstiné, il adresse un signe de tête à Darius qui me comprime un peu plus encore. Soudain, la douleur fulgurante se mue en autre chose.

Je perçois la présence d'Aela.

Presque hors d'atteinte. Les nids des auréliens sont assez éloignés et les parois de la grotte sont épaisses, mais elle est là, je la sens, même si c'est très faible. Et elle est en train de prendre conscience de ma souffrance.

Aela, s'il te plaît. Entends mon appel. Viens.

— Qui est-ce ? répète Vigor.

Le visage de Lee se chiffonne, se préparant à recevoir le premier coup. Je lève le menton et me redresse, même si ça envoie un nouvel éclair de douleur dans mes bras malmenés. Car ce que je m'apprête à dire n'est pas destiné à Vigor, mais à Lee.

— C'est Lee sur Pallor, Premier Dragonnier de Callipolis.

Là tout de suite, c'est tout ce que j'ai à lui donner.

Lee ferme les yeux, son souffle s'allonge et un spasme secoue sa mâchoire contractée.

Pourtant, c'est moi, et non Lee, que Vigor observe. Son sourire prend une allure à la fois douce et cruelle.

— Rafraîchis-moi la mémoire, Annie. Comment s'appelait ton seigneur dragon ? demande-t-il en chuchotant.

Le temps semble s'arrêter dans le tunnel. Darius relâche mes bras.

— Léon, si je ne m'abuse, continue Vigor.

Lee a toujours les paupières closes, comme s'il voulait se couper de tout, mais le frisson qui secoue son corps se suffit à lui-même. Une joie malicieuse pétille dans les yeux de Vigor.

— Eh bien, eh bien, que voilà un rebondissement passionnant.

Aela, s'il te plaît...

Vigor se détourne de moi, empoigne Lee par les cheveux et lui renverse la tête en arrière.

— Dis-moi, Lee, est-ce qu'ils ont été punis ? Ceux qui étaient là, à la fin ?

Brusquement, Lee rouvre les yeux et les plante sur Vigor avec haine.

Le sourire de Vigor s'étire. Il se penche, place ses lèvres juste à côté de l'oreille de Lee et chuchote :

— Je ne pense pas.

À ces mots, il lui jette son poing dans le ventre.

Propulsé en arrière par la force de l'impact, Lee pousse un grognement, mais Vigor le rattrape avant qu'il tombe, le saisit par l'épaule et frappe à plusieurs reprises.

Et encore. Et encore. Lee commence à respirer bruyamment, à cracher, il n'a pas le temps de reprendre son souffle entre les coups qui pleuvent... Vigor se marre, lui aussi pantelant, mais à cause de l'effort. Lee est pris de haut-le-cœur.

Tout à coup, un éclat lumineux jaillit au-dessus de nous.

Aela.

Les flammes emplissent le tunnel, éclairant le plafond plus élevé à cet endroit. La source du jet brûlant est bel et bien Aela qui, ailes déployées, se précipite sur nous. Elle se pose à ma droite.

Vigor s'immobilise. Je me libère de la poigne ramollie de Darius qui ne tente rien pour me rattraper.

— Moi, Alterna de la flotte aérienne callipolitaine, je t'ordonne de relâcher Lee, dis-je à Vigor d'une voix tremblante, mais forte. Un seul geste pour appeler Vorace et Aela te rôtit sur place.

Vigor lâche Lee qui s'affaisse sur le sol, désorienté par la douleur.

— La lettre.

Vigor me la donne et je la range dans ma poche sans le quitter des yeux.

— Les bracelets.

Ils s'exécutent.

— Les vôtres, maintenant.

— Tu n'es quand même pas sérieuse, là ? s'insurge Vigor.

— Coups et blessures sur un camarade dragonnier et un supérieur, entrave à la justice, j'ai tout ce qu'il faut pour vous envoyer devant le conseil de guerre.

— On ne risque pas d'être condamnés pour avoir maltraité un dragodescendant, crache-t-il.

Aela montre les crocs et prend une grande inspiration qui dissuade Vigor de protester davantage.

Avec un cliquetis, ils ôtent leur bracelet, chacun à leur tour, puis me le remettent. Je me penche pour défaire les nœuds qui entravent Lee, puis enfile mon bracelet et lui rends le sien. Hélas, il n'a pas assez de force pour se lever et s'appuie contre moi, le souffle laborieux. Sa tête et ses épaules pèsent sur ma cuisse.

Troublée, j'observe ce jeune homme vulnérable, à ma merci, et songe : *je te protégerai jusqu'à la fin des temps.*

— Lee, dis-moi ce que tu veux que je fasse.

Dis-moi si tu veux prendre la fuite.

En passant la main dans ses cheveux, je m'aperçois qu'il tremble.

Pourtant, lorsqu'il répond enfin, sa voix est pleine d'assurance. Le ton est celui d'un chef qui donne l'ordre final.

— Conduis-moi jusqu'à Atreus.

* * *

Aela nous escorte tous les quatre jusqu'à l'entrée du Palais qui communique avec la grotte. Je soutiens Lee, un bras sous son aisselle. Darius et Vigor nous précèdent. Après avoir laissé Aela dans les souterrains, nous traversons le Cloître presque désert pour nous rendre au Palais Intérieur. Dans l'antichambre du bureau du Protecteur, je m'adresse aux deux hommes vêtus de l'uniforme écarlate de la Garde du Protecteur qui sont postés de part et d'autre de la porte.

— Tenez Vigor et Darius à l'œil, s'il vous plaît. Ils ne doivent pas quitter cette pièce.

Ensuite je dégage mon bras, aide Lee à se stabiliser et lui tends la lettre de Julia avant de pénétrer dans le bureau d'Atreus.

Installé à sa table de travail, ce dernier avise la tenue débraillée de Lee, puis nos visages en piteux état. Vigor et Darius ont pris soin de ne pas frapper de parties visibles de notre corps, mais le passage à tabac est assez évident. Les signes ne trompent pas. Atreus se redresse aussitôt.

Lee traverse la pièce calmement, bien que sa démarche soit un peu raide, et tend la lettre à Atreus, puis reste campé devant le bureau pendant qu'il lit. Lorsque notre dirigeant relève la tête, son visage trahit sa confusion. Lee prend alors la parole et s'exprime en langue draconique qu'il parle couramment. Si ma mémoire est bonne, c'est la première fois.

— Je suis le fils cadet de Léon. Il y a dix ans, vous m'avez laissé la vie sauve.

Les yeux d'Atreus s'arrondissent brièvement, mais il retrouve très vite une expression neutre. Si ce n'est l'ombre d'une émotion qui s'attarde sur ses traits. Et celle-ci est indubitablement la douleur.

Lee déglutit, puis se jette à l'eau.

— Au cours des derniers mois, je suis entré en contact avec ma cousine, Julia Fléaurage, Première Dragonnière de la flotte aérienne du Nouveau-Pythos. Depuis, elle n'a eu de cesse de réclamer mon ralliement à la cause pythéenne. À chaque fois, j'ai refusé sa proposition. Vous avez entre les mains notre dernière correspondance.

Atreus jette un coup d'œil au message, puis reporte son attention sur Lee.

— Pourquoi cette confession ?

— Pour pouvoir implorer votre indulgence et plaider ma cause.

* * *

Je patiente dans l'antichambre avec Vigor et Darius pendant que Lee s'entretient avec Atreus. Il ne ressort du bureau qu'en fin de matinée et s'adresse à moi sans accorder la moindre attention à Darius ou Vigor.

— Je lui ai tout raconté. Maintenant c'est toi qu'il veut interroger. On se retrouve après…

Lee s'interrompt et baisse les yeux : l'un des Gardes du Protecteur vient de poser la main sur son bras. Celui qui porte son bracelet avec le sifflet d'appel. Si l'homme n'exerce aucune pression, son geste est sans équivoque.

Lee se remet à trembler, cette fois violemment. Sans crier gare, un souvenir du cours d'histoire de Callipolis me revient et je revois notre professeur nous expliquer qu'à la fin du Mois sanglant, le moment où les révolutionnaires avaient confisqué le sifflet d'appel des seigneurs dragons avait marqué le début de la fin.

Ce moment nous a toujours été enseigné comme un glorieux tournant de notre passé, pourtant à cet instant, je comprends à quel point la perception de Lee doit être différente.

Il détache son bracelet et le remet au garde. Assis à l'autre bout de la pièce, Vigor et Darius n'en ratent pas une miette. Le garde fait disparaître le bracelet, mais ne lâche pas Lee pour autant.

— À présent, veuillez me suivre.

Puis il baisse la voix et, comme s'il était pris d'une compassion paternelle devant les tremblements qui secouent Lee, il ajoute :

— Tout va bien, fils. C'est juste la procédure.

Lee lève la tête vers moi.

Que leur a-t-on dit ce jour-là, il y a dix ans, pour qu'ils restent tranquilles ? Quelle que soit la formule réconfortante que je choisirais, elle ne serait qu'un sinistre écho à celle du passé.

— Je te retrouve dès que je peux, dis-je, faute de mieux.

Lee se laisse emmener.

À l'autre bout de l'antichambre, Vigor capte mon regard.

— Alors tu vois ?

Au lieu de répondre, je lève le poing et frappe à la porte d'Atreus.

* * *

Assis face à moi, Atreus m'écoute, calme et silencieux. Je commence par le commencement, c'est-à-dire par le jour où le père de Lee a assassiné ma famille, en précisant que je suis au courant depuis des années. Je lui parle d'Albans. Je raconte tout ce dont je me souviens, y compris les paroles de Lee le jour de notre dispute. Là, le Protecteur manifeste tout de même un soupçon de stupéfaction, un petit sursaut des sourcils tout au plus, puis un autre lorsque je lui décris notre réconciliation.

J'évoque les mois qui ont suivi, jusqu'à la cérémonie du Choix, la façon dont Lee veillait sur moi – me protégeait, me nourrissait et me tenait dans ses bras. Je m'exprime avec maladresse. Il faut dire que je n'ai jamais partagé ça avec personne.

Je passe ensuite au récit de nos années d'apprentissage en puisant un maximum de détails qui témoignent du caractère de Lee. Ses efforts inlassables pour aider les autres, pour que Vigor file droit, pour empêcher les enfants patriciens de harceler les dragonniers d'origines modestes, à une époque où c'était monnaie courante. Je vante l'application avec laquelle Lee poursuit ses études, l'attention qu'il accorde aux valeurs telles que la justice, la vertu et toutes ces choses dont Atreus nous parle pendant ses cours. Ce dernier hoche la tête avec une moue approbatrice, lui aussi a remarqué ces traits de sa personnalité.

Puis, je lui explique que ces derniers mois, Lee a été approché plusieurs fois par ses proches et qu'il les a systématiquement éconduits.

Enfin, je lui raconte que je suis retournée pour la première fois à Holbin ce matin, avec et à la demande de Lee, que c'est là qu'il m'a parlé de la dernière chance laissée par Julia, et qu'à notre retour, nous avons été agressés par surprise par Vigor dans la grotte. Bien sûr, je n'oublie pas de préciser qu'à aucun moment Lee n'a réclamé une chance de s'enfuir et que c'est lui qui a demandé expressément à être conduit devant Atreus afin de tout lui avouer.

Pour conclure, je lui montre le collier de ma mère qui était toujours sous mon uniforme et lui explique comment je l'ai retrouvé. Tout au long de ma déposition, j'ai vraiment le sentiment de me mettre à nu devant lui. Ses traits expriment un semblant d'étonnement, mais pas moyen de déterminer s'il est surpris par ce que je lui raconte ou par le fait que j'ai décidé de le raconter.

— Votre compte rendu est aussi remarquable que celui de Lee, déclare Atreus. Il m'a décrit des choses incroyables que vous venez de confirmer.

— Il est loyal envers vous, dis-je. Il croit en vous.

— Je ne suis pas certain que ce soit en moi qu'il croie. Quoi qu'il en soit, je vous remercie.

Nous nous levons.

— Pour l'heure, reprend-il en adoptant un ton très professionnel, je vous prierai de dire à ceux qui poseraient des questions que Lee a été appréhendé pour écart de conduite. Si vous décidiez malgré tout de révéler quoi que ce soit d'autre à vos camarades Gardiens, cela ne devra sortir de l'enceinte du Cloître sous aucun prétexte. Je vous nomme Première Dragonnière et commandante de la flotte par intérim, avec effet immédiat.

Il y a un mois, je rêvais de ce titre. Et un mois avant ça, je ne voulais pas du tout en entendre parler. Aujourd'hui, je suis sous le choc.

J'essaie de me rassurer :

Par intérim. Il a dit par intérim.

— Et pour Vigor et Darius ?

— Je vais m'entretenir avec eux dans un instant.

* * *

Le soir même, avant le dîner, je convoque une réunion dans la salle d'éloquence afin d'informer le corps des Gardiens de la situation. Mais avant cela, je recoupe les emplois du temps et réunis les dragonniers sur lesquels je suis sûre de pouvoir compter à l'heure où ils sont tous disponibles. Crissa, Rock, Cor, Lotus et Duck me rejoignent donc dans la classe qui est devenue le bureau du commandant de la flotte – que je refuse de considérer comme le mien. Je leur dresse un compte rendu détaillé des faits qui se sont déroulés en matinée, pas la version édulcorée que je livrerai un peu plus tard au corps. Je leur explique donc que Lee a été appréhendé, que Vigor et Darius ont tenté de rendre la justice à leur façon et qu'ils sont en ce moment même interrogés par Atreus. Ainsi, Lee se retrouve au cachot parce que…

— Parce que c'est le fils de Léon Fléaurage, répète Rock.

— Oui.

Ils ont tous des mines incrédules, mais je suis déterminée à en discuter avec eux. Ce sont les dragonniers en qui j'ai le plus confiance, pas uniquement pour leur loyauté envers Lee, mais pour tout ce qu'ils représentent au sein du corps. Je leur accorderai tout le temps dont ils auront besoin pour s'accoutumer à la vérité.

— Le seigneur dragon Léon Fléaurage ? insiste Rock.

— Oui.

Le bureau exigu paraît bondé avec tout ce petit monde à l'intérieur et les poutres du plafond paraissant encore plus basses. Debout derrière le bureau, à côté de la chaise vide de Lee, je considère le cercle imprécis qu'ils forment tous les cinq, certains appuyés contre le mur, d'autres assis. Rock se laisse tomber sur une chaise en poussant un juron avant de déclarer, à ma grande surprise :

— Ça explique tellement de choses.

— Qu'est-ce que tu veux dire ?

Rock hausse les épaules.

— Il était toujours si…

— Doué pour tout ? suggère Lotus, appuyé à la porte fermée, bras croisés.

— Ouais…

Avachi sur une autre chaise, coudes appuyés sur les genoux, Cor s'exprime pour la première fois depuis que je leur ai tout raconté.

— Maintenant, on sait pourquoi.

Je sens les prémices de la frustration qui me guette.

— Ne faites pas ça. Lee a mérité sa place comme chacun de nous.

— Oui, mais ça a tout de même dû être… plus facile pour lui, avance Rock, sceptique.

Même si je me suis moi-même arraché les cheveux sur cette épineuse question pendant des années, je n'ai pas la patience de me pencher là-dessus avec eux maintenant.

— Non, ça n'a pas été plus facile pour lui.

— Ah non ? T'es sûre ? Cite-moi une chose qui ne l'a pas été.

Crissa, qui jusque-là regardait la cour du Cloître par l'étroite fenêtre en nous tournant partiellement le dos, intervient.

— Le Jour du Palais, murmure-t-elle.

Les vitraux projettent de petits carrés de lumière sur son visage. Les autres mettent un certain temps à comprendre le sens de ses paroles, puis Cor relève vivement la tête.

— Il n'était quand même pas… ?

Elle hoche la tête.

— Si, il y était.

— Par tous les dragons, marmonne-t-il en se prenant le front entre le pouce et l'index. Alors, tous ses cauchemars… C'était à cause de…

Depuis notre arrivée dans le programme, Cor occupe le lit voisin de celui de Lee. Pour la première fois, je prends conscience de ce que ça a dû impliquer. Pourtant, Cor n'en a jamais parlé. Aucun des autres garçons non plus, du reste.

— Oui.

Le silence retombe pendant un moment.

— J'ai toujours trouvé qu'il parlait un peu trop bien la langue draconique… finit par lâcher Lotus qui, apparemment, ne pouvait pas garder cette réflexion pour lui.

Sans se détourner de la fenêtre, Crissa laisse poindre un petit sourire triste sur ses lèvres, comme si elle appréciait cet instant de légèreté. Rock, lui, renâcle.

— C'est tout ce que ça t'inspire ?

Puis il enfouit sa tête dans ses mains en geignant.

— Quand je pense que… que j'ai appris à un Fléaurage à faire des collectes. L'oncle de Lee a tué des gens que je connaissais.

Un petit soupir impatient m'échappe, mais je le regrette aussitôt. Il n'est pas passé inaperçu auprès de Rock qui relève la tête et me dévisage.

— Non, ne me dis pas que… Léon… Ce n'est quand même pas lui qui…

Je hoche la tête.

— Euh, vous pourriez m'expliquer, là ? demande Lotus dont le regard enchaîne les allers-retours entre Rock et moi.

Crissa aspire de l'air entre ses dents, comme si elle venait de comprendre et que ça lui faisait mal. Cor plisse les yeux ; lui aussi vient de comprendre on dirait. J'avise Duck, derrière eux. Assis par terre contre un mur, les genoux ramenés sur la poitrine, il est le seul à ne pas paraître surpris. Je me rappelle son expression, après la parade du Jour du Palais, pendant que Lee vomissait. Il n'avait pas posé de question.

— Tu étais au courant, Duck ? dis-je.

Il s'étire.

— Je... pas exactement. Mais lui et toi, vous avez toujours été un peu bizarres quand vous étiez ensemble.

Crissa lâche un petit reniflement à la fois sarcastique et approbateur.

— Tu parles d'un euphémisme, grommelle-t-elle.

Duck et elle échangent un regard entendu plutôt déstabilisant, puis Crissa se détourne de la fenêtre pour s'adresser à moi. La lumière forme un halo brillant autour de sa chevelure.

— Et toi, Annie, depuis combien de temps tu es au courant ?

Une bouffée de soulagement m'envahit. Je vais enfin pouvoir mettre ça au clair.

— Depuis presque aussi longtemps que je le connais. Il s'est passé certaines choses à l'orphelinat...

— C'est... lui qui te l'a dit ?

— Non, pas exactement. C'est juste des... trucs qui m'ont mis la puce à l'oreille, comme...

J'essaie de penser à autre chose que notre dispute ou cette évasion qu'il planifiait avec moi et qui, je le sais désormais, avait pour but de rejoindre le Nouveau-Pythos.

— Comme... par exemple, il ne parlait pas callois quand je l'ai rencontré.

Rock lâche un petit cri de surprise. Cor s'agrippe les cheveux.

— Et ça ne t'est jamais venu à l'idée de le dénoncer ? s'enquiert Lotus.

— Non, ça ne m'a jamais traversé l'esprit. Je n'étais qu'un enfant…

— Attends, que je comprenne bien, intervient Rock. Lee est le fils de Léon Fléaurage. Le FAMEUX Léon Fléaurage. Et toi, tu découvres ça et tu continues comme si de rien n'était ?

Je secoue la tête.

— Ce… n'était pas un problème. Pas à l'époque.

Ils ont besoin d'en savoir plus, j'en ai conscience. Alors, je prends mon courage à deux mains et je me lance.

— Il veillait sur moi. Les autres enfants me… Lee s'assurait qu'ils ne volent pas ma nourriture.

C'est humiliant d'avouer ce genre de choses à ces gens que je surpasse au quotidien dans les airs. Mes épaules se sont affaissées pendant ma confession, mais je me force à les redresser. Si ça peut les aider à rester dans le camp de Lee, alors qu'il en soit ainsi.

Crissa pince les lèvres comme si elle avait envie de pleurer. Lotus se racle la gorge, l'air mal à l'aise. Rock me scrute en étrécissant les yeux. Cor est toujours cramponné à ses cheveux, tête baissée.

— Alors tu n'y pensais jamais ? s'étonne Duck, qui n'a toujours pas bougé, avec douceur.

Je secoue la tête.

— J'avais trop besoin de lui.

— Rah merde, Lee ! explose Cor en s'arrachant presque les cheveux.

— Et plus tard ? m'interroge Rock. Tu ne t'es jamais dit que ce n'était pas une très bonne idée pour Callipolis qu'il devienne dragonnier ?

Cor relève la tête pour me dévisager, comme si ma réponse l'intéressait autant que Rock. Malgré toutes ces années d'amitié, de confiance mutuelle, Cor semble sur le point de rejeter Lee maintenant qu'il connaît la vérité sur ses origines. Cette prise de conscience me remplit de fureur.

— Non, dis-je sèchement. Jamais. Parce que je n'ai jamais eu aucune raison de douter de lui. Et entre-temps, au cas où vous l'auriez oublié, il a gagné votre confiance aussi. Il t'a toujours aidé, Rock, il te donnait même des leçons particulières après les heures de cours pour que tu ne te fasses pas punir en restant à la traîne. Et toi, Cor, il t'a défendu contre les dragonniers patriciens, au cas où tu aurais oublié toutes les horreurs sur lesquelles Goran fermait toujours les yeux. Quand Atreus a décidé de le nommer chef d'escadron, il veillait déjà sur chacun d'entre nous.

Je leur jette un regard noir. Malgré la faible luminosité qui émane de la fenêtre, je les vois chercher désespérément une objection.

— Écoute, Annie, ce n'est pas à moi qu'il faut expliquer que Lee est quelqu'un de bien, reconnaît enfin Cor. Mais ce… ça n'a rien à voir.

— Eh bien ça devrait, dis-je.

— Pourtant ça ne marche pas comme ça, insiste Rock avec douceur.

Je me tourne vivement vers lui.

— Même les gens bien peuvent rester avec un truc comme le Jour du Palais en travers de la gorge, m'explique-t-il. C'est comme ça, c'est tout.

— Parfaitement, abonde Cor, comme si Rock venait d'exprimer le fond de sa pensée.

— Si quelqu'un… si quelqu'un avait fait ça à ma famille…

Rock s'interrompt et lève les yeux au plafond en serrant les poings.

— … je ne pourrais jamais le pardonner. Jamais.

Cor hoche la tête, la mine sinistre.

Je repense au visage de Lee, ce matin, lorsque je lui ai montré l'illustration représentant sa famille. On aurait dit que de lourds rideaux se fermaient à l'arrière de ses yeux.

— Il n'a pas pardonné, dis-je, mais ça ne veut pas dire pour autant qu'il prépare sa vengeance.

Je vois bien à leur tête qu'ils n'y croient pas une seconde.

— Écoute, Annie, répond Rock, l'air désolé pour moi cette fois. Si ce n'est pas pour ça qu'il est ici… alors pourquoi ?

C'est une question rhétorique.

Même si je peux comprendre et que je sais désormais qu'aux yeux de Rock, le cas de Lee est classé… j'entrevois malgré tout une réponse. Je ne pense pas que Lee l'expliquerait comme ça, d'ailleurs jamais ça ne me serait venu à l'idée… jusqu'à cet instant. Parce que maintenant que cette raison m'apparaît, je sais avec une conviction inébranlable que c'est la vérité.

— Pour la rédemption.

Cor et Rock échangent un regard, puis me dévisagent.

— Lee sait très bien qui était son père et ce qu'il a commis. Il le sait depuis aussi longtemps que moi.

Mais Cor a déjà replongé la tête entre ses mains et Rock adopte un petit air navré qui ressemble furieusement à de la pitié.

— Annie, dit-il avec douceur, même si c'était le cas… comment le prouver ?

* * *

Les cachots bordent l'arène et se situent au tout dernier niveau de l'aile militaire du Palais Intérieur. Autrefois, c'est là que les prisonniers condamnés au feu de dragon attendaient leur exécution. Je ne suis descendue ici qu'une seule fois, avec Duck, quand nous étions jeunes et aventureux. L'endroit nous avait semblé très sombre et tombé dans l'oubli pour une bonne raison, si bien que nous n'y sommes jamais retournés.

— Lee ?

— Par ici.

Je place la lanterne contre les barreaux pour jeter un coup d'œil dans la cellule. Celle-ci est minuscule et l'air glacial de l'arène s'engouffre dans l'ouverture qui fait office de fenêtre. Allongé sur une paillasse dans un coin, Lee se redresse sur un bras et place l'autre main en visière pour me regarder.

— Qu'a dit Atreus ? demande-t-il.

— Rien de bien concluant. Je crois qu'il n'a pas encore fini de… délibérer.

Depuis que je l'ai quitté, Lee a été privé de son uniforme et porte une tunique et un pantalon simples. La dernière fois que je l'ai vu en civil, c'était à Albans. Et ma première idée, c'est que ça ne lui va pas du tout.

— Je t'ai apporté quelque chose.

— Ah ? Merci.

Il se lève et s'approche.

— De la glace, dis-je en commençant par ça. Et un médecin devrait bientôt arriver pour t'examiner.

— Ce n'est pas si grave, tu sais…

— Je veux qu'il puisse témoigner en cas de besoin.

— Ils s'en sortiront sans problème.

Cette affirmation fait écho aux provocations de Vigor, qui ne cessent de résonner dans ma tête ces dernières heures. *« Dis-moi, est-ce qu'ils ont été punis ? »* Je partage donc avec Lee ce que moi-même je n'arrête pas de me répéter.

— C'est faux, Vigor a menti. Les coupables du Jour du Palais ont été emprisonnés, puis exécutés. J'ai vérifié il y a longtemps…

D'abord désarçonné, Lee paraît ensuite sur ses gardes et précise son propos :

— Je voulais dire : à cause des menaces qui planent sur la Cité. Le gouvernement ne peut pas se permettre de perdre deux dragonniers dont les dragons sont ignitiés, encore moins un membre du Quatrième Ordre. Vigor est bien trop précieux.

Puis il toussote et ajoute avec douceur :

— Tout ça, j'y réfléchis déjà depuis des années, Annie. Ne t'en fais pas.

Il se retourne, soulève sa tunique et place la poche de glace contre son abdomen. J'observe les cicatrices qui sillonnent son dos, les plus récentes cachent tout un réseau de marques plus anciennes dont il ne m'a jamais parlé. Pas même à Albans.

Cette journée était un désastre sur toute la ligne. Tout à coup, je n'ai plus qu'une envie : revenir en arrière. Hier, ou même juste il y a quelques heures, avant que tout parte en vrille. Avant que je sois obligée de regarder Lee dans cet état.

— Je… J'ai parlé aux autres. Je me suis dit que ce serait mieux, au cas où Vigor… bref. Duck, Cor, Rock, Lotus. Et Crissa. Juste eux.

Même s'il me tourne le dos, je vois très bien sa pomme d'Adam remuer.

— Et… ?

— Certains vont avoir besoin d'un peu de temps.

Lee hoche la tête avec raideur.

— Je suis commandant de la flotte. Par intérim… C'est juste en attendant.

En attendant quoi ?

Mais Lee ne relève pas.

— Bien, se contente-t-il de répondre.

— Je… vais avoir besoin de toi. À un moment.

Ma voix vient de faire ce que je voulais à tout prix qu'elle évite, à savoir sauter d'une octave, devenir criarde. Lee se fige. Puis il retire la poche de glace et se tourne vers moi.

— Eh… fait-il avec douceur.

Il n'y a que lui pour réussir à m'apaiser d'un seul mot qui n'en est même pas vraiment un. Ce « eh » me fait l'effet d'une caresse.

— On peut s'occuper de ça tout de suite, si tu veux, propose-t-il.

J'acquiesce, mortifiée par ma gorge nouée, par le fait que, en dépit des circonstances, ce soit Lee qui se retrouve obligé de me réconforter. Mortifiée aussi de constater à quel point j'en ai besoin.

— Tu as de quoi écrire ?

Je hoche de nouveau la tête.

Nous nous asseyons tous les deux sur le sol en pierre de la prison, séparés par les barreaux. Lee garde la glace pressée contre son ventre tandis qu'il m'explique et que je prends des notes. Il me parle des tâches qui incombent au Premier Dragonnier et de tout ce qu'il assume en plus. Au fil des ans, il a accumulé les responsabilités au cours de ses missions pour le compte du gouvernement et de l'armée. Il me décrit les contacts qu'il aime entretenir, les particularités de chacune des tâches, les mesures supplémentaires qu'il aime prendre afin de s'assurer que le boulot soit bien fait.

Sa voix est maîtrisée, calme, régulière, alors que moi j'ai le souffle de plus en plus court.

Une fois qu'il pense m'avoir tout dit, il me rend la poche de glace presque entièrement fondue. Il tremble. Sa jambe est trempée à cause de l'eau qui ruisselait de la poche. Je sors de mon sac la couverture que je lui ai apportée et lui remet à travers les barreaux. Il s'enveloppe dedans en murmurant un « merci ». Je continue et lui donne le reste de ce que j'ai apporté : un oreiller, des allumettes, une lampe, l'édition du jour du *Journal du Peuple* et de la *Gazette d'Or*, ainsi que sa copie du *Cycle Aurélien* en langue draconique originale.

Il ferme les yeux en prenant ce dernier, comme s'il recevait une bénédiction. Nos doigts s'effleurent sur la couverture. Un contact éphémère. Ensuite, nous nous levons tous les deux.

— Je reviens dès que je peux…

— Tu en as fait assez. Tu as d'autres priorités, maintenant.

C'est incontestable.

— Est-ce que tu as besoin d'autre chose que je pourrais t'apporter ?

Lee commence à secouer la tête, puis s'interrompt.

— Je ne sais pas s'il aura envie de venir, mais… Cor ?

— Il n'est pas encore prêt, Lee.

Son visage se crispe sous l'effort qu'il déploie pour rester calme.

— Alors peut-être… Crissa ?

Il semble aussitôt regretter d'avoir prononcé ce nom et tressaille, comme s'il craignait ma colère. Mais ce n'est pas tant de la colère que de la tristesse qui s'empare de moi, et pas pour les raisons qu'il imagine, mais parce qu'il n'y a rien de plus triste que de me dire que, même pour ça, il est à ma merci.

Je le regarde, debout, seul, dans ce cachot sombre et froid, attendant de voir ce que le sort lui réserve. Si elle était ici, Crissa aurait le pouvoir de tout changer avec son rire, son humour léger, véritable lumière dans les ténèbres, et sa beauté qui éclipserait la laideur stérile de cet endroit. Qui suis-je pour juger les solutions qu'il choisit afin d'échapper à ses idées noires ? Ça fait des années que je fuis les miennes avec Duck.

Mon cœur se gonfle d'amour pour Lee.

— Je vais faire en sorte qu'elle obtienne un droit de visite.

Pour la première fois depuis que je suis arrivée, Lee semble à deux doigts de perdre son sang-froid.

— Merci.

* * *

Crissa me retrouve devant la salle d'éloquence où je suis sur le point de donner ma première réunion en tant que commandant de la flotte. Je suis surprise qu'elle ne me parle pas d'emblée de Lee.

— Alors tu es prête ? demande-t-elle en m'effleurant le bras.

Je hoche la tête, mais j'ai le ventre noué. Elle se tient si droite, avec ses belles ondulations dorées qui lui couvrent les épaules, que je suis obligée de lever la tête pour soutenir son regard.

— Quand Atreus m'a nommée cheffe d'escadron, me confie-t-elle, la chose la plus importante pour moi, c'était la confiance en soi. Même si je doutais beaucoup de moi, j'ai fait semblant. Je faisais tout le temps semblant. Et puis, à force, j'ai fini par me convaincre que j'assurais. Tu vas devoir faire la même chose, Annie.

À croire qu'elle a deviné les doutes qui me tordent l'estomac. Je n'ai pas encore eu le temps ne fût-ce que de songer à la remercier de partager ça avec moi qu'elle a déjà franchi le seuil de la salle et m'abandonne pour aller trouver une place.

Vigor m'attendait derrière la porte et m'adresse un salut grandiloquent.

— Félicitations pour ta promotion, Commandant.

Je m'arrête net.

— Tu es libre ?

Vigor hausse les épaules.

— Atreus nous a donné une petite tape sur la main et nous a suggéré de la boucler pour l'instant. Je vais faire de mon mieux.

Il me décoche un sourire qui me tape aussitôt sur les nerfs, puis désigne l'intérieur de la salle du menton.

— Tu ferais mieux de te dépêcher. On dirait que Goran est déjà en train de fomenter un coup d'État.

Debout sur l'estrade, Goran réclame le silence. À sa vue, un poids m'écrase l'estomac. Je m'approche sous le regard intrigué de mes trente camarades.

— C'est bon, je prends le relais, dis-je.

Goran me jette à peine un coup d'œil.

— Ça ira comme ça, Annie. C'est inutile.

Nous nous toisons. J'imagine comment il doit me voir : une petite gueuse de seize ans, même pas fichue de rester à sa place.

Même si tu doutes de toi, fais semblant.

Je lève le menton, redresse les épaules et pense à Aela.

À mon grand effarement, Goran fait un pas de côté avec un sourire en coin et un petit haussement d'épaules, comme pour dire : « Très bien comme tu voudras, pas la peine d'en faire toute une histoire. »

Je prends sa place sur l'estrade, puis me tourne vers lui.

— Merci. Vous pouvez disposer.

Le demi-sourire de Goran vacille, mais même lui est obligé de respecter les grades. Or, il est instructeur, et les instructeurs ont un rang inférieur aux commandants.

Il quitte donc la salle sans un mot.

Le reste du corps, qui a observé toute la scène, reste coi aussi.

C'est donc dans un grand silence que je leur annonce que Lee a été arrêté pour écart de conduite et relevé de ses fonctions le temps de l'enquête, et que jusqu'à nouvel ordre, c'est moi qui commanderai. Deirdre prendra provisoirement mon poste de cheffe d'escadron.

Je garde les épaules bien droites et parle en utilisant mon diaphragme, posément, comme je m'y suis entraînée à le faire avec Crissa. Pour conclure, je demande s'il y a des questions avec le même ton que Lee quand il veut faire comprendre qu'il n'en attend pas.

Vigor lève la main.

—Moi, j'en ai une. Si mon premier a l'air d'un Fléaurage, mon deuxième parle comme un Fléaurage et mon troisième se déplace comme un Fléaurage… est-ce que mon tout peut être un orphelin pauvre du Bas-Quartier ?

* * *

Après ça, je passe des heures à limiter les dégâts de la vicieuse petite charade de Vigor. Finalement, il faut que Cor élève la voix pour que les Gardiens qui m'inondent de questions me laissent un peu de répit. Ensuite, des groupes se forment un peu partout dans le Cloître et les conversations vont bon train. Cor et moi sommes obligés de nous enfermer dans le bureau de Lee pour faire le point.

—Je te soutiens à mille pour cent, et Crissa aussi, mais prépare-toi à essuyer des médisances, m'annonce Cor. Vigor est en train de raconter à tout le monde que tu couvres Lee depuis le début. Et… il ne se contente pas de ça.

Je subis les insultes et le mépris de classe de Vigor depuis sept longues années, alors je n'ai aucun mal à imaginer ce qu'il peut bien raconter d'autre.

—Il peut déblatérer tant qu'il veut, je m'en fiche.

—Pourtant tu devrais t'en inquiéter. Tu es commandante, maintenant. Et si tu veux que les autres écoutent ce que tu as à dire pour plaider la cause de Lee, tu vas d'abord devoir gagner leur respect.

Les jours suivants, les rumeurs vont bon train dans le Cloître. Les hypothèses sur ce qui me pousse à prendre la défense de Lee, en particulier, sont assez fantasques. Ça va de la remise en question de ma loyauté à la théorie de la collégienne amoureuse en passant par les insinuations douteuses sur le sang de serve qui coule dans mes veines et expliquerait que je me soumette instinctivement à un seigneur. La seule fois que cette allusion me tombe dans l'oreille, j'entends Crissa s'insurger avec fureur.

—Si je vous entends encore une fois sortir ces idioties de l'ancien régime, je vous dénonce.

Personne n'ose me prendre à partie frontalement. Entre-temps, je commence à prendre mes marques au poste de Lee. Régler les détails et tout le travail administratif me vient assez facilement ; pour le reste, je fais appel à ce que j'ai pu observer chez Lee ou Crissa pour dégager un maximum d'assurance. Bien consciente des quolibets qui circulent au sein du corps – m'attaquant sur ma qualité de dirigeante ou m'accusant d'être partisane d'un dragodescendant –, je mets un point d'honneur à être irréprochable et efficace dans mes fonctions. Dans mon intérêt, mais aussi dans celui de Lee. Pour l'instant, ceux qui doutent de moi suivent mes ordres sans poser de question comme ceux qui me font confiance, mais je sens que ce calme est temporaire. Tout semble en suspens, dans l'attente de la décision d'Atreus dont nous n'avons plus aucune nouvelle.

Lee dévore en moyenne deux livres par jour. C'est Crissa qui les lui apporte et, dans une moindre mesure, Lotus et Duck. Cor et Rock, en revanche, ne lui ont toujours pas rendu visite. Et je n'y suis plus retournée pour ma part. Lee a raison : j'ai d'autres priorités et il faut que je reste concentrée, ce qui est impossible quand je pense à lui.

Je consacre tout mon temps à l'organisation des distributions de rations qui prendront place dans des entrepôts répartis dans les zones les plus peuplées de toute l'île pendant tout l'hiver. La distribution se fera sur une base rotative en fonction des classes de métal, chaque classe étant invitée à récupérer ses cartes de rationnement à des jours différents. Le gouvernement espère minimiser le mécontentement de la population en limitant les occasions où les citoyens risquent de comparer leurs rations, même s'il a conscience que les gens ne sont pas aveugles et finiront par découvrir le pot aux roses. C'est là que les dragons interviendront, nous explique le général Holmes, pendant une réunion avec le corps des Gardiens, sans préciser en quoi consistera cette intervention.

Les premiers à recevoir leurs cartes de rationnement sont les citoyens de la classe de fer et la distribution a lieu dans le centre du Bas-Quartier. Cor et moi sommes de la partie. Le ministère de la Propagande, qui a choisi l'endroit et la classe de métal, fait en sorte que l'événement soit largement relayé dans le *Journal du*

Peuple le lendemain. Les cartes correspondent à de très maigres rations de pain et de pommes de terre, même pour les normes du Bas-Quartier, mais personne ne se plaint. Pour ces gens, c'est un déjà un miracle en soi de recevoir de la nourriture gratuitement. Le mécontentement viendra plus tard, quand ils commenceront à comprendre que leurs portions sont ridicules par rapport à celles des autres.

— Comment va-t-il ? demande Cor.

Nous nous tenons sur le bord de la place, à côté de la file qui s'est formée, non loin du poste de garde du Bas-Quartier. La queue se prolonge tout autour de la place ; des soldats crient aux gens de retrousser leur manche afin d'être prêts à montrer leur bracelet. Aela et Maurana tournoient au-dessus de la place.

— Pourquoi tu n'irais pas le voir ?

Cor détourne la tête et scrute le vieux perchoir à dragon du Bas-Quartier qui se détache dans la lumière automnale.

— Je ne peux pas. Je suis encore trop remonté.

— C'est toujours « lui », tu sais…

— Je ne sais plus ce que ça veut dire.

Une semaine plus tard, Atreus me convoque dans son bureau. Enfin, il semble prêt à discuter de la situation de Lee. Je déchante assez vite lorsqu'il me soumet sans préambule la solution qu'il envisage.

— Je ne suis pas resté insensible à votre histoire, Antigone, m'assure-t-il après m'avoir exposé son idée. Et je crois – je suis déterminé à croire – que vous connaissez bien le caractère de Lee. J'aimerais donc me fier à votre maîtrise du sujet pour prendre la bonne décision. Je ne veux pas prendre ce risque à la légère, sans avoir la quasi-certitude que cela peut servir notre cause. Alors je vous le demande : selon vous, quelle serait l'issue de cette mesure ? Réfléchissez bien avant de répondre, car vous détenez le destin de Callipolis entre vos mains.

Avec le recul, sa proposition ne paraît pas si surprenante que ça – en fait, elle a mis tellement de temps à éclore que j'aurais dû la voir venir –, pourtant, j'en ai le souffle coupé.

— Antigone ? me presse Atreus.

— Faites-le.

Pardon, Lee.

LEE

Lorsque Crissa me rend visite, on parle surtout des journaux ou des livres que je lis et des conditions de vol que je suis capable de déceler par la fenêtre. Parfois, je lui pose des questions sur le corps. Sur les autres. Sur Cor.

— Est-ce qu'il croit ce que raconte Vigor ?

Crissa est assise en tailleur de l'autre côté des barreaux avec nos mains enlacées sur les genoux. Les torches déposent des reflets dorés dans ses cheveux.

— Non. Bien sûr que non. Il tient avec Annie depuis le début. Rock aussi.

Alors pourquoi refusent-ils tous les deux de venir ici ?

— C'est difficile pour eux, Lee.

— Parce que, pour toi, ça ne l'est pas ?

Elle repousse quelques boucles rebelles de son visage et secoue la tête.

— Ça ? Non. Pour moi, pas du tout.

Ce qui l'est, en revanche, elle ne le précise pas.

Tout à coup, la Garde du Protecteur interrompt notre conversation pour m'annoncer que je suis convoqué dans le bureau d'Atreus. Elle m'encourage en m'embrassant sur la bouche devant eux.

— Va. Sois bon et courageux comme tu l'as toujours été.

Je suis escorté jusqu'au bureau d'Atreus. Tout ce qui a changé depuis la dernière fois que je suis venu ici me saute aux yeux : je ne porte plus l'uniforme et mon poignet est nu. Malgré tout, ça fait du bien de se dégourdir un peu les jambes après autant de jours enfermé dans un cachot.

— Lee, dit Atreus d'un ton grave en désignant l'une des chaises sculptées qui font face à son bureau. Asseyez-vous, je vous prie.

Il adresse un signe de tête à ses gardes afin qu'ils nous laissent et nous nous retrouvons seuls. La baie vitrée qui surplombe la Gueule de Feu déverse la lumière de l'après-midi dans la pièce.

— Savez-vous quel jour nous sommes ? demande Atreus.

J'ai tenu le compte, donc je suis à même de lui donner la date.

— Savez-vous ce qui a lieu demain ?

Je secoue la tête.

En guise de réponse, Atreus pousse vers moi un bout de papier : la lettre de Julia. Demain, c'est le jour où elle ira m'attendre là où le fleuve prend sa source.

— Comme vous le savez peut-être et comme vous le souhaitiez, j'ai parlé à Antigone. Elle confirme votre histoire. Vous semblez bel et bien avoir mené une vie de… d'allégeances pour le moins insolites.

J'attends la suite. Je sens un certain reproche, mais si c'était tout ce qu'il avait à me dire, nous aurions déjà eu cette conversation une semaine plus tôt, lors de notre première entrevue. Et comme de juste :

— Néanmoins, on ne peut s'empêcher de nourrir quelque réserve. Je pense que vous êtes attaché à Antigone et que c'est réciproque. Étant donné vos antécédents respectifs, c'est assez remarquable, quoique si l'on tient compte des circonstances qui vous ont réunis, c'est aussi compréhensible. Je vous crois aussi – et je suis très impressionné – lorsque vous me dites que vous avez établi un contact avec votre famille installée au Nouveau-Pythos, mais que vous avez continuellement refusé de collaborer.

» Hélas, je crains qu'un simple refus ne suffise pas. Je ne peux me permettre d'exposer Callipolis au danger. C'est bien joli de me remettre cette lettre et de m'affirmer que vous tenez à cette fille dont votre père a massacré la famille, mais nous sommes à la veille d'une guerre, Lee. Vos proches et leurs dragons passeront à l'offensive d'ici la fin de l'hiver. Et lorsqu'ils viendront, nous aurons bien besoin de tous nos dragons ignitiés pour nous défendre. J'ai besoin de soldats loyaux envers la Cité, de Gardiens fidèles à nos idéaux, et j'ai besoin qu'ils soient prêts à tuer pour défendre cette noble nation. En somme, outre le fait que vous ayez refusé de changer de camp, j'ai besoin de savoir si vous êtes capable d'affronter cet ennemi particulier. Vous comprenez ?

— Oui.

Nous y voilà enfin. La question que Tyndale avait mise sur la table. Plus moyen de l'esquiver. L'ultimatum de Julia est sur le point de connaître son dénouement.

— Bien, fait Atreus.

— Qu'attendez-vous de moi ?

Je suis quasi sûr de connaître la réponse, aussi, lorsque Atreus désigne la lettre de Julia du menton, je ne suis pas surpris. Sa façon de m'annoncer ça, en revanche, me fait tressaillir.

— Je veux que vous preniez votre dragon, que vous alliez à ce rendez-vous avec leur Première Dragonnière et que vous reveniez avec deux têtes dans un sac. Si vous en êtes incapables, alors ne revenez plus jamais.

18

LA SOURCE

— Mon fils, dit Léon Fléaurage en langue draconique. S'il te plaît, Atreus.

— On prendra soin de Léo.

Puis Atreus se tourna vers le soldat qui se trouvait à côté de lui et lui donna un ordre.

L'homme, qui était en train d'observer le garçon, n'entendit pas tout de suite. Ce petit ne devait guère avoir plus de huit ans, même si le regard que l'on apercevait derrière tout ce sang qui recouvrait son visage tel un masque n'était pas celui d'un enfant de huit ans.

Lui à qui on avait pourtant appris que les seigneurs dragons et leur progéniture appartenaient à une autre espèce, fut surpris de penser tout à coup qu'aucun enfant, pas même celui d'un seigneur dragon, ne devrait jamais arborer ce genre d'expression.

Puis, l'ordre d'Atreus parvint jusqu'à ses oreilles, prononcé si discrètement que le soldat pensa d'abord avoir mal entendu.

— Emmenez ce petit dans le couloir et tranchez-lui la gorge.

— Il ne fera jamais ça, affirme Cor.

— Si, il le fera, dis-je.

Nous nous sommes enfermés dans le bureau du commandant de la flotte. Les mains plaquées sur le bureau qui me sépare des autres, j'attends les réactions. Depuis que je suis commandante par intérim, j'ai trié tous les papiers de Lee et les ai rangés en piles bien nettes.

— Les gens ne tuent pas les membres de leur famille, argue Rock, comme si j'avais besoin qu'on m'explique le concept.

— Lee n'est pas « les gens ». Il le fera. Ils sont tous les deux Premiers Dragonniers ; il a toujours été au courant que ça risquait d'arriver.

Les bras croisés, Lee pousse un soupir sceptique.

— Annie, insiste Rock en haussant la voix. Tu es consciente de ce qui se passera s'il se débine, n'est-ce pas ? Tu sais qui devra l'affronter si jamais il change de camp ? Toi.

La colère enfle en moi.

— Oui, j'y ai pensé, figure-toi.

— Et tu seras capable d'assumer ça ?

Voilà des heures que je cogite là-dessus, alors l'affirmer à voix haute me fait l'effet d'une confession.

— Oui.

* * *

Ce soir-là, la nouvelle s'est répandue et tout le corps des Gardiens est au courant de ce qui est censé se passer le lendemain. Le dîner est plus calme qu'à l'accoutumée et, à l'extinction des feux dans le dortoir des filles, le silence est celui qui s'installe quand personne ne trouve le sommeil. De guerre lasse, je finis par rejeter mes draps.

—Crissa ? fais-je en chuchotant.

Son lit est à côté du mien.

Je n'ai aucune idée de ce que je vais lui demander, mais elle ne me laisse pas l'occasion de trouver par moi-même.

—Je lui ai déjà dit au revoir, répond-elle. Tu devrais y aller aussi.

Il ne m'en faut pas plus.

Le bureau de Goran n'est pas fermé à clé. J'y pénètre et subtilise son trousseau. Une fois dans la prison, les gardes me laissent franchir les grilles sans poser la moindre question. Arrivée devant sa cellule, je l'appelle et l'entends s'étirer.

—Annie ?

Il dit ça comme s'il croyait rêver.

Il est 2 heures du matin passé et l'obscurité est profonde ; je devine à peine sa silhouette lorsqu'il se lève. Je déverrouille et entre dans la cellule. Je n'ai pas le temps de m'approcher qu'il me serre déjà dans ses bras.

—Tu as froid, constate-t-il, tu trembles…

Je n'avais même pas remarqué. Il me fait asseoir sur son espèce de lit de camp, m'enveloppe dans la couverture que je lui ai apportée, puis me serre à nouveau contre lui.

—Je ne voulais pas te réveiller, dis-je.

Il lâche un petit rire abattu dans le noir.

—Je ne dormais pas.

Non. C'est bien ce que je pensais. Je rabats un pan de la couverture sur lui, si bien que nous nous retrouvons tous les deux dans ce cocon chaud, blottis l'un contre l'autre, comme à l'époque d'Albans, dans le placard du troisième étage.

— Laisse-moi veiller avec toi, dis-je dans un murmure.

En guise de réponse, il m'étreint un peu plus fort. Puis, il écarte mes cheveux et place sa tête dans mon cou. Ce moment semble si « juste » que j'en ai une boule dans la gorge et je pose une main sur sa joue pour qu'il reste là. Je repense à cette soirée étincelante, où nous nous sommes longuement tenus par la main après avoir dansé. Le moment m'avait semblé tout aussi juste, même si je m'étais éloignée ensuite, je ne sais plus pourquoi.

Il inspire lentement.

— Eh bien voilà, on y est, déclare-t-il, comme si c'était la fin de tout et qu'il avait vu venir depuis le début.

— Est-ce que tu… tu sais déjà ce que tu vas faire ?

De nouveau ce petit rire qui résonne un peu comme un sanglot.

— Je sais ce qu'il « faudrait » que je fasse.

Quant à y parvenir, c'est une autre paire de manches.

— Je n'arrête pas de me dire que je devrais monter sur Pallor et m'enfuir, avoue-t-il, le visage toujours enfoui dans mon cou.

Il est donc si proche du désespoir, au point d'envisager de tourner le dos à tout le monde.

Pourtant, je le connais, il vaut bien mieux que ça. Je sais aussi et surtout que Lee ne s'enfuit jamais, et c'est vrai depuis le début. Lee reste toujours, quoi qu'il arrive. Même quand il en souffre.

— Non, Lee.

Il ne répond pas, mais je sens ses doigts qui se plient et se déplient dans mes cheveux.

J'enfonce le clou :

— Tu sais très bien que tu ne peux pas faire ça.

— Pourquoi pas ? demande-t-il faiblement, comme s'il connaissait déjà la réponse, mais voulait l'entendre de ma bouche.

Alors, même si la seule chose dont j'ai envie, c'est de garder son visage enfoui dans mon cou comme ça pour toujours, je m'écarte pour l'obliger à se redresser et me regarder dans les yeux.

— Parce que ce pouvoir t'a été donné et que tu as le devoir de t'en servir. Abandonner… c'est aussi grave que céder un dragon à l'ennemi. Quoi que tu fasses, tu choisiras un camp.

Lee reste en arrêt. Comme s'il était frappé pas mes paroles. Puis il détourne la tête.

— Parlons d'autre chose, d'accord ? m'implore-t-il.

— D'accord.

Il nous reste trois heures avant que je sois obligée de partir.

Trois heures que nous passons lovés l'un contre l'autre sous cette couverture, presque comme deux amants, si ce n'est que ce qu'il y a entre nous est encore plus intime. Nous parlons de tout ce qui nous passe par l'esprit, pour peu que cela nous permette d'oublier ce qui nous attend demain. Et pendant un certain temps, ça fonctionne.

Tellement bien que ces trois heures s'écoulent à toute vitesse et nous paraissent cruellement courtes.

Le moment de m'en aller approche.

— Annie. Si je ne… si je ne réussis pas…

Ça n'en a pas l'intonation, mais c'est une question. Alors, même si ça me brise le cœur, je lui fais la promesse qu'il a besoin d'entendre.

— Oui. Je le ferai.

— Bien.

Il plonge le nez dans mes cheveux et inspire comme s'il s'en imprégnait une dernière fois.

Lorsque je me lève pour partir, il me rattrape et me ramène contre lui, hésitant. Pendant un instant, il me dévore du regard, les lèvres entrouvertes, et je lis du désir sur ses traits.

Du désir pour moi. Si intense qu'il est proche du désespoir.

Il laisse échapper un gémissement à peine audible, puis, avec une tendresse qui gonfle mes yeux de larmes, il se penche, incline ma tête vers le bas et dépose un baiser sur mon front. Ensuite il cite le *Cycle Aurélien* en langue draconique.

— « Car c'est à toi que je dois la vie. »

Le souvenir de ses lèvres sur mon front irradie comme s'il m'avait brûlée au fer-blanc. Et soudain, tout s'éclaire. Je l'étudie à la lueur de la lanterne que nous avons allumée : ses pommettes saillantes, ses cheveux noirs, son regard qui semble plus âgé que jamais en cette nuit, serti dans un visage pâle rongé par l'inquiétude.

Il n'a jamais autant ressemblé à son père, mais je m'en fiche.

J'enfonce mes doigts dans ses cheveux et l'attire vers moi pour combler la distance qui nous sépare. Le choc du premier contact avec ses lèvres froides se répercute en moi. Lee s'immobilise complètement. L'espace d'un instant, je me dis que je n'aurais peut-être pas dû faire ça.

Mais ensuite, après une respiration tremblante, ses lèvres s'entrouvrent et s'offrent à moi tandis que ses mains glissent sur ma taille. Au début, on dirait qu'il n'ose pas, qu'il a peur de me briser, puis il resserre progressivement son étreinte au fur et à mesure que nous nous embrassons. Au début, c'est très doux, prudent – je suis novice en la matière, pas lui –puis il émet un son guttural – cri de désir ou de désespoir ? – étouffé par nos bouches mêlées. Bientôt, l'inhibition s'envole : je me fiche de ne pas savoir ce que je fais, mon instinct a pris le dessus. Mes lèvres goûtent pour la première fois à la chaleur de sa langue, mes doigts parcourent avidement son torse, ses épaules, sa nuque, comme s'il fallait rattraper tout ce temps perdu, toutes ces années où nous sommes restés sans nous toucher. Je m'émerveille de ses mains, les mains de Lee, qui me serrent tellement fort qu'on a l'impression qu'il voudrait que nos deux corps ne fassent plus qu'un. Ces muscles toniques que j'ai si souvent contemplés m'enveloppent à présent de leur puissance aussi enivrante que le vin.

Je m'avance, l'obligeant à reculer, et lorsqu'il heurte le lit de camp, je le fais tomber à la renverse sans briser notre baiser. Je tente de rassembler mon courage, mais il est de toute façon trop tard pour hésiter, trop tard pour la gêne, alors je cède, j'en meurs d'envie. Je grimpe sur lui, enroule mes jambes autour de son buste et m'accroche à sa nuque pour continuer à l'embrasser entre deux inspirations hachées. Cette position est un lointain écho de celle que nous adoptions à Albans, lorsqu'il me réconfortait.

Sauf que cette fois, c'est moi qui le serre contre moi.

Quelque part au milieu de ce ballet de souffles courts, de salive, de sel, quelqu'un dit, je dis :

— Il faut que tu reviennes.

Je le répète à plusieurs reprises jusqu'à ce que ce mantra se mue en :

— Reviens-moi.

LEE

Lorsque Annie se résout à s'en aller, je n'en reviens toujours pas. Je n'ai pas rêvé ? C'est vraiment arrivé ?

Il n'empêche qu'au cours de l'espace-temps indéfinissable, qui doit correspondre à une demi-heure, qui sépare son départ de l'arrivée d'Atreus, les tempêtes qui faisaient rage dans mon esprit se sont apaisées et la seule chose qui occupe mes pensées, la seule chose qui compte, c'est sa chaleur qui s'attarde encore un peu sur moi.

« Reviens-moi. »

Atreus arrive au pied de l'escalier flanqué de deux de ses gardes. C'est lui, en personne, qui me tend mon uniforme. Le cuir de l'armure brille dans les premières lueurs de l'aube, le dragon aux ailes déployées entouré de ses quatre anneaux de feu se dresse sur le plastron en écailles recyclées. La lumière des lanternes que portent les gardes est déjà inutile par rapport à celle du jour.

Une fois équipé et armé, je demande à Atreus :

— Est-ce vous qui avez tué mon père ?

Il ne s'attendait visiblement pas à cette question et, pendant un moment, nous nous dévisageons tous les deux.

— Ça ne changera rien, mais j'ai besoin de savoir.

Ce détail fait partie des nombreuses choses auxquelles je me suis interdit de penser pendant toutes ces années. Cependant, le moment est venu de jouer cartes sur table.

La réponse d'Atreus est sèche, bien qu'il soutienne mon regard en la formulant.

— Oui. Mais je précise que j'ai toujours considéré cela comme un geste de miséricorde.

— Ça l'a sûrement été.

Une légère surprise se peint sur ses traits et il m'adresse un très subtil hochement de tête satisfait. Comme si c'était moi qui venais de me montrer miséricordieux.

— Prêt ?

— Oui.

— Je vous attendrai à votre retour sur la Tour de Pytho.

ANNIE

En rentrant au Cloître, je tombe sur Vigor assis dans le solarium, seul, tout à fait éveillé. Le ciel est toujours noir au-delà du plafond vitré et l'obscurité est presque totale. Mes cheveux sont en bataille, j'ai encore les joues humides et le goût de Lee sur les lèvres.

— Vous avez bien profité de vos adieux larmoyants ? lance Vigor.

C'est la première fois que nous nous retrouvons seuls dans la même pièce depuis le jour où il a agressé Lee dans la grotte. Les bleus que j'ai sur les bras aux endroits où Darius et lui m'ont maintenue commencent seulement à s'estomper. Je m'apprête à passer devant lui sans répondre.

— Un message du Palais, m'informe-t-il en me tendant une lettre. Il vient d'arriver. À l'attention du commandant de la flotte aérienne.

Le sceau n'a pas encore été brisé, ce que je m'empresse de faire. Je prends connaissance du message sous l'œil attentif de Vigor qui n'a pas bougé de son fauteuil.

Veuillez attendre les instructions dans le Cloître. La présence des Gardiens ne sera pas nécessaire sur la Tour.

— Alors ?

Je lève les yeux sur lui, perplexe.

— Alors, ils veulent qu'on soit là ou pas ? insiste-t-il. À son retour ?

— Quelle importance ?

Un sourire étire les lèvres de Vigor qui se penche en avant.

—Antigone, je t'admire, je l'avoue. J'admire la quantité de merde que tu es capable de te prendre en pleine figure pour parvenir à tes fins. Mais quand tu joues les idiotes comme ça, ça me fout hors de moi.

Je replie la lettre et la range dans son enveloppe.

—Qu'est-ce qui te fait dire que je joue les idiotes en ce moment, par exemple ?

LEE

Pallor et moi arrivons les premiers sur notre lieu de rendez-vous situé au cœur des Hautes Terres, dans une vaste clairière rocheuse perdue au fond d'une gorge. Au centre de celle-ci se trouve un petit lac assez profond dans lequel jaillissent des sources d'eau chaude. C'est là que le Pher prend sa source. La légende raconte que c'est là aussi qu'auraient été découverts les premiers nids de fléaurages. Les œufs volés auraient donné naissance aux premiers dragonneaux apprivoisés par mes ancêtres. Je n'y avais encore jamais mis les pieds, mais j'ai lu beaucoup de choses sur cet endroit. En observant les parois escarpées de ce ravin réputé inaccessible autrement qu'en dragon, l'intention de Julia derrière le choix de ce lieu me paraît tout à coup évidente.

On dirait qu'il a été conçu pour être le théâtre d'un duel privé.

Cette découverte provoque en moi une bouffée de soulagement, mais aussi de tristesse.

Julia sur Erinys surgit du versant nord, seule, et amorce sa descente. Elle ôte son casque au moment de se poser. Aujourd'hui, contrairement à nos deux rendez-vous précédents, elle a revêtu sa tenue de combat et arbore le blason des Fléaurage, la fleur de bruyère entourée des trois dragons de la triarchie.

La dernière fois que j'ai croisé une telle cuirasse, c'était sur mon père.

— Salut, Léo.

— Salut, Julia.

Ses cheveux, ses yeux, son visage sont caractéristiques des Fléaurage et je n'avais plus rien vu qui s'apparente à ce point à ma famille depuis le Jour du Palais. Tout à coup, mon père me manque comme si je venais à nouveau de le perdre. Je me rappelle la façon dont Julia m'a pris les mains, le soir du solstice d'été, tandis que nous partagions cette souffrance commune, celle d'avoir survécu aux mêmes atrocités et d'avoir tout perdu. Avant le deuil incommensurable, quelle belle enfance nous avons vécue ensemble, que de rires.

Mais en la dévisageant, à cet instant, je me rappelle aussi que ça ne suffit pas.

Car Annie a raison.

Nous sommes en guerre et je dois choisir mon camp. Le Jour du Palais et les liens du sang ne suffiront pas à me convaincre de passer à l'ennemi. Quelles que soient leurs revendications, il est avéré que les seigneurs dragons régnaient avec cruauté et tuaient sans discernement. Ils sont responsables de milliers de morts. Ils ne doivent revenir à Callipolis sous aucun prétexte.

Cette piqûre de rappel de ma conscience me met aussi en garde contre Julia. Elle a beau faire partie de ma famille, être la petite fille avec laquelle je jouais étant enfant, le dernier lien qui me rattache à cet ancien monde que j'ai perdu, obéir à mon instinct clanique ou chevaleresque serait, à ce stade, faire preuve d'égoïsme. La réalité, c'est qu'elle et moi sommes tous les deux des dragonniers, deux armes ambulantes à abattre.

Jusque-là, je n'étais pas sûr d'y arriver, mais maintenant que je suis là, face à elle, tous mes doutes se sont envolés. Je vais le faire. Ce ne sera pas facile, oh non, ce sera même horrible.

Mais ça ne veut pas dire que c'est impossible.

La seule chose qu'il me reste à déterminer, c'est combien de temps ça prendra.

— Julia, je ne sais pas trop comment te dire ça, mais…

— Tu ne comptes pas rentrer avec moi, c'est ça ?

— Oui.

— Je le savais, mais je voulais quand même te laisser une dernière chance, au cas où.

— Et j'apprécie le geste.

Même si j'ai fait taire mon instinct, je ne peux m'empêcher de demander :

— Est-ce que d'autres dragonniers pythéens vont arriver… ?

— Non. Je n'en ai parlé à personne. Je voulais avoir l'occasion de régler ça en privé. Sans spectateur. Dignement.

Parce que, tout comme moi, Julia a appris, par la manière forte, à valoriser une mort digne.

— Je suis venu seul aussi.

— Très bien, fait-elle d'un ton radouci.

Elle comprend la portée de mes mots aussi bien que je comprends la portée des siens. Elle sait très bien ce qui va suivre.

Elle se met à triturer son casque tandis que nous continuons à nous dévisager, puis cesse brusquement.

— Tu sais, on n'est pas obligés de se dépêcher, déclare-t-elle. Tu veux qu'on fasse quelques pas avant de commencer ?

Venant de n'importe qui d'autre, j'aurais pris cette proposition pour de la lâcheté ou de la réticence déguisée en amabilité. Avec Julia, je sais qu'il n'en est rien. Et même si j'ai conscience que chaque minute de plus en sa compagnie ne fera que rendre la tâche plus difficile, j'ai envie, au mépris de toute rationalité, d'avoir cette dernière conversation avec elle.

— J'en serais ravi.

Nous mettons pied à terre. Derrière moi, Pallor renâcle de consternation tandis qu'Erinys se cabre d'impatience. Ils sentent que le combat est imminent, ils ont hâte d'en découdre. Sans leur prêter attention, nous nous rejoignons dans ce décor aride.

— Viens, dit Julia en m'emmenant vers la berge.

Côte à côte, nous commençons à marcher en suivant le pourtour de la petite étendue d'eau.

J'ai l'intuition que nous n'en ferons qu'une seule fois le tour avant de retrouver nos dragons. Elle avance lentement, comme moi, à croire que nous suivons le même raisonnement.

— Est-ce que tu as trouvé le bonheur, cher cousin ?

Étrange, comme question. Je réfléchis. Peut-on dire que j'ai vécu dans le « bonheur » ces dernières années ? Ce n'est vraiment pas un mot que j'ai l'habitude d'associer à ma vie.

Je pense au sourire ironique de Cor, au rire ondoyant de Crissa, aux mains tremblantes d'Annie amenant mon visage vers le sien, à ses lèvres pressées sur les miennes.

— Il y a des personnes que j'aime et qui m'aiment en retour. Si c'est ce que tu veux savoir.

— Je suppose, oui. C'est à cause de ces personnes que tu renonces à nous ?

Je la sens dubitative et je m'aperçois qu'à ses yeux, les sentiments ne constituent pas un argument valable pour choisir son camp. Pour moi non plus, en réalité.

— Julia. Tu sais ce que nos pères ont commis, n'est-ce pas ?

Nous nous sommes arrêtés. La source émet de la vapeur à travers laquelle on distingue le contour flou de nos dragons qui attendent en face, leur reflet ondulant à la surface de l'eau.

— Oui. Je suis au courant.

À sa façon de répondre, je sais que je n'ai pas besoin de préciser que c'était mal. D'une certaine manière, même si elle a été contrainte de fuir son pays, même si elle est obligée de vivre en exil au milieu d'une bande de survivants pleins de rancœurs, même si elle n'a jamais rencontré ni veillé sur un enfant orphelin dont la famille a été décimée par le dragon de son père, Julia a très bien compris. Son visage est pâle, résigné, triste.

— Alors tu comprends pourquoi j'ai fait ce choix.

— On n'est pas obligés d'agir comme nos pères, argue-t-elle. Notre génération peut... être différente. Toi et moi, on n'est déjà plus comme eux.

Nous avons de nouveau fait une halte.

Je songe à Rochefamine, à ces civils blessés, à tous ces navires inoffensifs qui ont été détruits le Jour du Palais. La question m'échappe avec la brutalité de l'émotion.

— Es-tu bien sûr d'être si différente, toi, Julia ?

Son regard me lance des éclairs.

— Et toi ? lance-t-elle d'un ton accusateur, au lieu de répondre. Ton nouveau régime est déjà en train de s'effondrer. Athanatos n'a rien fait si ce n'est remplir la ville de manufactures crasseuses et détruire nos bibliothèques...

Plus Julia s'insurge, plus mon esprit s'éclaircit.

— Il essaie de bâtir un monde différent, plus juste, mais c'est difficile. Et qu'est-ce que la censure à côté de tes crimes ? Tu as attaqué nos pêcheurs, nos marchands. Des civils innocents. Ils n'étaient même pas armés.

— On fera ce qu'il faut pour reprendre ce qui nous appartient, rétorque Julia, les traits déformés par la colère.

J'inspire l'air chargé de vapeur qui s'élève du Pher et secoue la tête.

— Callipolis ne vous appartient plus. Le peuple a choisi. Il ne veut plus des seigneurs dragons.

Un sourire anime les lèvres de Julia, se communiquant à ses yeux. D'une main, elle me désigne, moi, puis indique Pallor qui attend sur l'autre rive de ce lac fumant, tache argentée sur la paroi rocheuse.

— En es-tu bien sûr ? demande-t-elle avec douceur. Regarde-toi, Léo. Regarde avec quelle facilité ils t'ont tout rendu. Dragon, pouvoir, respect. C'est vrai que tu es le candidat préféré d'Athanatos pour sa succession ?

Le sourire de Julia s'élargit devant mon silence.

— Tu vois ? Toi et moi, on est nés pour régner.

Nous y revoilà. Cette conviction, à elle seule, a déjà causé leur perte à tous. Les seigneurs dragons du *Cycle Aurélien*, mon père, et à présent Julia.

— Non.

J'avais l'intention de préciser le fond de ma pensée, de lui expliquer, mais en fait, c'est inutile. Elle n'est pas d'accord avec moi et ne le sera jamais. Nous avons atteint la limite de la raison et sommes sur le point de basculer dans la croyance. Et je ne lui ferai pas l'affront d'affirmer que ses croyances valent moins que les miennes.

Elle semble avoir la même prise de conscience et ne cherche ni à arguer ni à poser de question. Nous reprenons notre promenade au bord du lac, mais en silence. On dirait que j'ai dit tout ce que j'avais à dire et elle aussi. On dirait aussi que nous avons trouvé l'impasse que nous cherchions pour pouvoir nous résoudre à aller au bout de ce qui nous amène ici.

Une sorte de tristesse empreinte de détermination flotte entre nous.

— J'ai été ravie de discuter avec toi ces derniers mois, conclut-elle alors que nous approchons de notre point de départ où Pallor et Erinys nous attendent, nerveux, parés à déployer leurs ailes. Quels que soient nos différends, c'était agréable de se remémorer tous ces souvenirs avec toi. J'espère que si on se retrouve dans l'au-delà, on sera tels qu'on était avant.

Enfants.

Le chagrin enfle en moi. C'est déchirant.

— Je nourris le même espoir, dis-je.

Nous avons regagné notre point de départ.

Après avoir échangé un dernier regard, un dernier signe de tête, nous nous détournons l'un de l'autre. Elle rejoint son fléaurage et moi Pallor. Nous montons en selle, enfilons notre casque et abaissons notre visière, puis, sans la moindre hésitation, nous nous élançons dans le ciel.

ANNIE

— Tu pars du principe qu'Atreus est comme toi, m'explique Vigor, qu'il est disposé à suivre ses sentiments et pardonner les faits. Et si ce n'était pas le cas ?

L'aube est en train de poindre. Le vent froid qui s'engouffre par les fenêtres ouvertes du solarium me fait frissonner tandis que je me tiens devant Vigor, debout. Lui n'est plus avachi dans son fauteuil, mais penché en avant, et il en agrippe les bras. Au fur et à mesure que le ciel s'éclaircit au-dessus de nous, ses traits se précisent.

— Je suis le seul à écouter ce qu'il raconte pendant ses cours ? On parle d'un homme qui a participé au massacre de tous les membres des familles dragodescendantes, hommes, femmes, enfants, jusqu'au dernier, y compris ceux qui étaient ses amis. Il est en train de détruire toute une littérature qu'il vénère et dans laquelle il puise lui-même ses racines par peur que ces valeurs anciennes érodent sa belle Cité. Atreus ne suit pas son cœur. Il avance envers et contre lui.

Mon argument principal, le paradoxe sur lequel repose tout mon raisonnement, s'échappe de ma bouche :

— Mais il a sauvé la vie de Lee...

Vigor claque des doigts et se penche un peu plus.

— Selon la version de Lee qui avait quoi, huit ans, à l'époque des faits, qui parlait à peine le callois, et qui était sans doute en état de choc ?

Il hausse les épaules, dubitatif.

— Pose-toi cette question : est-ce qu'un homme dont le projet repose sur l'extermination totale d'une tranche de la population est vraiment susceptible de revoir ses plans pour sauver un de ces rats de dragodescendants sur lequel il tombe dix ans plus tard, tout ça parce que le rat en question affirme soutenir sa cause ? Possible. Ou alors, il va l'exploiter au maximum et quand il aura tiré tout ce qu'il pouvait de lui, il le supprimera comme les autres. Discrètement, en faisant le moins de remous possible. Loin de la vue de ceux qui pourraient être titillés par leur conscience.

Lorsque je retrouve enfin ma voix, elle tremble.

— Toute la philosophie d'Atreus repose sur le principe que tout le monde a de la valeur.

Le rire de Vigor résonne dans la grande salle aux parois de verre.

— Un jour, peut-être, mais pour l'instant, certains en ont plus que d'autres.

Du menton, il désigne la lettre que je tiens toujours.

— À vous de jouer, Commandant.

LEE

Julia mène son fléaurage comme les dragonniers des tournois de mon enfance. Comme les fléaurages sont faits pour être menés.

Est-ce que je peux vraiment y arriver ?

En avoir la détermination au sol est une chose, mais donner à son dragon l'ordre de faire feu en est une autre. Un dragon ignitié, incapable de doser sa puissance.

Je sais ce qu'il faut pour réussir. Je me rappelle ce que j'ai ressenti, il y a un mois, quand j'ai remporté la finale contre Annie : cette éruption de violence qui a accompagné l'ignition de Pallor, ce sentiment de domination qui m'a rendu malade par sa noirceur. J'ai l'impression d'avoir lutté contre ça toute ma vie et aujourd'hui, alors que je sais pertinemment que c'est nécessaire, je n'arrive pas à m'y résoudre.

Julia, en revanche, y parvient sans problème et c'est elle qui ouvre les hostilités.

La morsure du feu se répand dans tout mon bras gauche malgré mon armure et ma combinaison coupe-feu. Même si les règles ne sont pas les mêmes que dans un tournoi – pas d'arrêts de jeu, de temps morts, de cloche pour signaler la reprise du combat –, nous marquons tous les deux une pause en plein vol. La brûlure qui dévore ma peau est celle d'un feu de dragon ignitié projeté avec rage. Pris de vertiges à cause de la douleur, je me dépêche de déclencher mes tubes de fluide refroidissant. Puis je relève la tête. Derrière ce casque qui camoufle notre visage et m'empêche de voir l'expression de ma cousine, dans le silence qui s'est abattu dans ce ravin, je suis certain que nous prenons tous les deux la même résolution.

Pas de retour en arrière possible. Il faudra en finir, d'une manière ou d'une autre.

Je tire sur les rênes pour faire tourner Pallor et cette fois, lorsque je sens la vague de férocité enfler, je me laisse submerger sans résistance.

Ensuite, le monde se transforme en un tourbillon chaotique de feu de dragon, de fumée, de confusion, de douleur. Un vrai duel de dragonnier tel que nous l'imaginions dans nos jeux. Sauf qu'à l'époque, jamais nous n'aurions pensé que ça provoquerait en nous un sentiment d'horreur si puissant qu'il s'apparenterait à une douleur physique capable de rivaliser avec la plus atroce des brûlures.

Julia baisse la garde une fois, deux fois, trois fois, mais jamais assez pour que je puisse placer un coup fatal, et comme je suis déterminé à en finir en une fois, je laisse passer toutes ces occasions.

« Je veux être Première Dragonnière, c'est toujours toi qui fais le Premier Dragonnier, laisse-moi essayer pour changer… »

Nous ne nous adressons pas la parole, et le seul bruit qui résonne dans cette gorge des Hautes Terres est celui des jets de flammes, pourtant je m'aperçois que je l'entends, que je nous entends, au fur et à mesure que les souvenirs si longtemps oubliés affluent. Des souvenirs de nous deux dans les jardins du Palais, à l'époque où ceux-ci nous appartenaient.

« Et si moi j'étais Rada, le roi des Bassiléens ? Comme ça on serait tous les deux des Premiers Dragonniers et on pourrait se battre l'un contre l'autre. »

Julia perd l'équilibre, juste assez pour être exposée pendant un bref instant. Malgré ma vue brouillée, je remarque aussitôt l'ouverture avec Pallor.

Le voilà, mon coup fatal.

Mon cœur se brise.

« Se battre l'un contre l'autre ? »

Un son déchire l'air : mon propre cri, rauque de désespoir, tandis que Pallor déchaîne son feu. J'ai presque l'impression de projeter ces flammes en même temps que lui.

Il se déplace, inspire et crache à nouveau.

Ensuite, le silence s'abat à nouveau sur la gorge. Je reste aveuglé pendant un moment par le feu qui a empli mon champ de vision. Puis un cri inhumain s'élève, un gémissement de chagrin terrifiant, déroutant, insupportable. Un son que je reconnais aussitôt, même si je ne peux me référer qu'à ce que j'ai lu dans les livres. C'est celui d'un dragon qui a perdu le lien avec son dragonnier, ce qui ne peut se produire que dans un seul cas et ne peut signifier qu'une seule chose.

J'en ai le souffle coupé. L'air ne parvient plus du tout à mes poumons.

Pallor se ressaisit avant moi et se précipite sur son congénère pour terminer ce que nous avons commencé. Le fléurage éploré n'oppose aucune résistance. C'est comme s'il n'avait plus aucune raison de se battre ni de vivre.

« —Même heure demain ?

—Je vais essayer. Tu m'attendras, hein, Léo ? »

ANNIE

Après ma conversation avec Vigor, je réveille tous les autres. Une fois tout le monde en uniforme, nous nous rassemblons dans la salle d'éloquence. Il ne fait pas encore assez jour pour pouvoir se passer de la lumière des chandeliers. Toutefois, les oiseaux chantent déjà ; l'aube est proche.

— Si Lee a accompli la mission que lui a donnée Atreus à son retour, dis-je, il nous aura prouvé qu'il est digne de confiance en tant que Callipolitain et en tant que dirigeant, vous êtes d'accord ?

Dans la salle, les Gardiens échangent des regards alarmés. Tous, sauf Vigor qui se tient en retrait, bras croisés, un étrange sourire aux lèvres.

Un dragonnier commence à me répondre.

— Annie, en fait, on est plutôt convaincu qu'il ne…

Je lui coupe la parole :

— Admettons qu'il réussisse. Juste pour le débat.

— Dans ce cas, évidemment qu'on serait d'accord, répond Deirdre.

Les autres acquiescent.

— Bien. Alors vous pouvez aller vous mettre en tenue. Lee est attendu sur la Tour de Pytho d'ici une heure. Le Palais Intérieur exige notre présence là-bas comme témoins.

— Ah bon, et depuis quand ?

— Depuis maintenant.

Le ton de ma voix semble couper court à toute autre question ou commentaire. Pendant que tout le monde se lève et quitte la salle, j'entraîne Crissa, Cor et Lotus à l'écart.

— Je vais avoir besoin de votre aide pour un truc.

Je leur explique la gravité de l'enjeu. Puis, sans leur laisser le temps d'être horrifiés, je leur donne mes instructions. Cor ira chercher le général Holmes et Crissa se chargera de Miranda Hane.

— Allez-y en dragon. Dites-leur que vous êtes là sur ordre du Premier Protecteur et qu'il réclame leur présence.

Lorsqu'ils sont en route pour l'armurerie, je me tourne vers Lotus.

— Tu connais bien les villas du Janiculum ?

Il me considère avec stupéfaction.

— Ça dépend. C'est pour quoi ?

— Tu pourrais identifier la maison de Dora Mithrides depuis un dragon en plein vol ?

Mithrides : membre honoraire du Conseil du Janiculum et plus riche soutien d'Atreus. Elle avait été très impressionnée par Lee au bal du Lyceum et surprise qu'un garçon aussi brillant soit originaire des quartiers pauvres.

Le moment est venu de tirer parti de ses préjugés sur l'héritage du sang.

— Oui. Je crois que je pourrais, répond Lotus en souriant.

Il doit commencer à comprendre.

Vingt minutes plus tard, lui et moi sommes en train de tournoyer au-dessus des terrasses du Janiculum. La Tour de Pytho se dresse au-dessus de nous dans les premières lueurs du petit matin, abrupte et sombre. Lotus désigne une propriété au luxe particulièrement ostentatoire sur l'un des plus hauts promontoires de la colline.

— C'est celle-là.

Nous descendons et nous posons devant la villa de Dora Mithrides, au-delà des grilles et du poste de garde. C'est la première fois que je pose un pied sur le sol du Janiculum. Les dragons font crisser le gravier de l'allée dont le tracé arrondi a été conçu pour accueillir de longues files de voitures et leurs chevaux. Hormis ça, seuls les gargouillis de la fontaine qui trône au centre de l'allée et les cris d'une tourterelle troublent le silence. Je laisse Lotus avec les dragons et me dirige vers le grand escalier en pierre qui mène à la porte d'entrée surmontée d'une arcade couverte de lierre. J'actionne la cloche.

Au bout de quelques minutes, un valet m'ouvre en se frottant les yeux pour en chasser le sommeil. Je déglutis pour ravaler mon embarras et m'exprime comme j'ai déjà vu Lee le faire avec des serviteurs : l'air indifférent.

— Allez réveiller votre maîtresse.

Je suis prête à dégainer un mandat officiel, mais le valet obéit sans broncher. Je ne sais si c'est à cause de mon uniforme ou du ton de ma voix.

Quand Mithrides émerge peu après, elle est habillée, bien que ses cheveux grisonnants ne soient pas coiffés. Son visage ridé est alerte et intrigué.

— Nom d'un petit dragon, ma fille, dit-elle en langue draconique en m'apercevant.

Puis son regard poursuit son chemin derrière moi pour aller se poser sur Lotus qui attend dans l'allée avec Iustus, son aquacéleste, et mon Aela.

Je l'interroge en callois :

— Vous vous souvenez de moi ?

— Cela va de soi. Vous êtes la dragonnière des Hautes Terres.

— Et vous vous souvenez aussi de Lee sur Pallor ?

— Le Gardien originaire du Bas-Quartier, celui qui comprend la poésie draconique avec une finesse pour le moins inhabituelle et qui est devenu Premier Dragonnier ? Bien sûr. Ce que je ne comprends pas, c'est pourquoi vous me posez ces questions à une heure aussi indue…

— S'il vous plaît, venez avec moi. Il y a quelque chose que vous devriez voir.

— Cela fait bien longtemps que je ne suis plus allée me balader là-dessus, commente Mithrides en me suivant vers les dragons.

* * *

Au petit matin, la Tour de Pytho est la première partie de la ville à émerger du brouillard et à capter la lumière du soleil levant. Tandis que nous approchons, les bras tremblants de Mithrides cramponnés à moi, nous sommes rejoints par le reste de la flotte. Tous ceux qui étaient présents à ma réunion dans la salle d'éloquence sont là. Depuis le ciel, nous apercevons des silhouettes sur le socle de l'ancien Tribunal céleste : Atreus et toute la Garde du Protecteur, océan d'uniformes rouges. Ils ont dû gravir l'interminable escalier creusé dans le karst, fouettés par le vent. Debout sur le socle qui a été érigé sur cette vaste cour à ciel ouvert culminant dans l'immensité de l'aube, Atreus et ses soldats ressemblent à des jouets.

— Voilà Lee ! s'écrie Cor en pointant le doigt au nord-ouest.

En effet, un aurélien blanc approche à l'horizon, depuis les montagnes.

Aussitôt, le soulagement m'envahit à parts égales avec la terreur.

Il l'a fait.

Mon Lee, quel enfer as-tu donc traversé pour pouvoir revenir jusqu'à nous ?

— Descendons.

Toujours installée derrière moi, Mithrides se raccroche à mes flancs en poussant un petit cri de surprise au moment où je plonge. Autour de nous, tous les dragons replient leurs ailes pour descendre en piqué.

Nous nous posons sur les dalles balayées par le vent, devant la Garde du Protecteur. Crissa tend la main à Hane pour l'aider à retrouver le sol, Cor fait de même avec le général Holmes et Lotus avec Dora. Le reste de la flotte se place en demi-cercle autour de nous et de la Garde. Quelques nuages bas viennent se prendre dans le sommet de la Tour, formant une brume rose. Quelques arbres malmenés par des années d'exposition aux éléments bordent l'ancien tribunal, délimitant le plateau du pilier karstique. Trois arches en marbre se dressent sur le socle de la citadelle en pierre. C'est là que les triarques d'un autre temps prenaient place.

Assourdie par le vent incessant, je rassemble tout mon courage pour regarder Atreus qui est debout sur cette sorte de piédestal, encadré par les arches. Le vent rabat ses cheveux gris coupés court sur son front. Ici, au sommet de la Tour, la luminosité me permet de distinguer son visage avec netteté.

Pour l'instant, son regard voyage de l'un à l'autre, s'attardant sur Holmes, Hane et Mithrides, puis sur l'éventail de dragonniers toujours en selle, comme s'il cherchait quelqu'un. Mais ensuite, je m'oblige à parler et c'est sur moi que ses yeux finissent leur course.

— Vos témoins, Protecteur. Comme vous l'avez demandé, dis-je en haussant la voix pour couvrir le grondement perpétuel du vent.

À cet instant, soutenir le regard d'Atreus revient à être clouée au centre de cette cour. Je pense à mon uniforme, à ma cape de dragonnière qui flotte derrière moi, au dragon campé à ma droite qui n'obéit qu'à moi seule.

— Merci, Antigone.

— Que signifie ceci, Atreus ? l'interroge Dora Mithrides.

Le général Holmes étudie les vestiges du Tribunal céleste d'un air perplexe, puis son regard s'attarde sur la Garde du Protecteur, derrière Atreus, et il fronce les sourcils. Comme s'il venait de prendre conscience de la présence de toute une unité armée et de notre position isolée et qu'il commençait à se poser des questions. Hane se contente de nous observer, le Protecteur et moi, avec de longs regards ; elle devine les non-dits.

Atreus n'a pas l'occasion de répondre à la question de Dora, car un dernier dragon vient de se poser à l'extrémité de la plateforme. Les reflets blancs et argentés de Pallor ont disparu, ses écailles sont couvertes de suie. À chaque respiration, il produit un bruit à mi-chemin entre le hoquet et le râle. Lee se laisse glisser sur le sol avec raideur, l'amure noircie aussi, mais essentiellement par du sang de dragon. Il nous tourne le dos, les épaules affaissées, et s'agrippe à Pallor pour ne pas perdre l'équilibre.

— Mais qu'est-ce que… ? fait Dora dans un murmure derrière moi.

— Atreus. Pourquoi avez-vous fait monter toute votre Garde sur la Tour pour accueillir notre Premier Dragonnier ? lance Holmes avec une intensité croissante, mais en remuant à peine les lèvres, comme si ses paroles n'étaient destinées qu'aux oreilles du Protecteur.

Sans attendre la réponse de l'intéressé, je me précipite vers Lee. Je sens tous les regards braqués sur moi. Je le rejoins au bord de la plateforme, là où la structure karstique s'achève abruptement. Au-delà, c'est le vide, la brume scintillante, le Palais et le fleuve étant encore plongés dans l'ombre.

Pallor se met à pousser des gémissements d'agonie. Lee a débordé. Il ne remarque pas que je m'approche avant que j'aie prononcé son nom. Je le prends dans mes bras, l'attire contre moi, reconnais l'odeur de feu de dragon et de sang. Il pose la tête sur mon épaule et reste muré dans le silence pendant encore un moment, comme s'il cherchait encore à maîtriser sa détresse que Pallor trahit malgré lui. L'instant s'envole et un cri de chagrin lui échappe, étouffé, éraillé, comme si on le lui avait arraché contre son gré. En écho, une bouffée de tristesse surgit en moi, mais je m'oblige à la réprimer.

Ce n'est pas le moment de craquer.

— Ils attendent, Lee, dis-je en le lâchant.

Sans me demander de quoi je parle, il hoche la tête et se redresse. Il frotte ses yeux avec un bras, puis regarde enfin derrière moi et découvre notre public. Leur vue semble suffire à lui éclaircir les idées. À côté de lui, les halètements rauques de Pallor s'apaisent, ses gémissements se taisent peu à peu. Pris d'une détermination soudaine, Lee s'écarte de moi et ouvre une énorme sacoche attachée au flanc de Pallor ; on devine une forme humaine à l'intérieur. Il en extirpe un casque noirci sur lequel on distingue encore, mais à peine, la fleur de bruyère des Hautes Terres, emblème des Fléaurage.

Après une dernière caresse sur le flanc encore frémissant de Pallor, il m'adresse un signe de tête, puis se dirige vers le centre de la plateforme où Atreus, la Garde, Holmes, Hane et les autres Gardiens ainsi que leurs dragons l'attendent. S'ensuit un long silence que seul le vent assourdissant se permet de combler.

À deux mètres d'Atreus, Lee s'arrête, jette le casque à terre, entre eux, et prend la parole sans laisser au Protecteur le temps de dire quoi que ce soit.

— Moi, Léo, fils de Léon de la Maison Fléaurage, je déclare solennellement que je renonce à ce nom.

Hane pousse un petit cri. Holmes écarquille les yeux. La voix claire de Lee porte loin avec le vent. Il s'est exprimé en langue draconique selon la coutume des cours d'antan pour les grands serments.

— Au nom de Callipolis, j'ai renoncé à tous les liens du sang. Au nom de Callipolis, j'ai renoncé aux traditions de mon peuple et aux lois de leurs dieux depuis longtemps disparus. Au nom de Callipolis…

Lee inspire et sa voix se brise.

— … j'ai tué un membre de ma famille.

Il tombe à genoux sur les dalles en pierre, baisse la tête et tend les mains, paumes tournées vers le haut.

— Recevez le sang qui macule mes mains en offrande et le butin de mon combat en gage de ma loyauté.

Puis il pose ses paumes à plat sur le sol.

— Tout ce que j'ai, je le donne à Callipolis. Je m'en remets à vous, que vous acceptiez ou refusiez mon sacrifice. Qu'il soit fait selon votre volonté.

Tête baissée, Lee, ne remarque pas les regards silencieux qui fusent dans l'assistance : celui que Holmes adresse à Atreus, sourcils haussés, défiants ; celui de Hane qui, les mains plaquées sur les joues, sonde celui d'Atreus avec des yeux ronds, brillants, horrifiés ; celui que Dora Mithrides jette, elle aussi à Atreus avec une moue sévère, bras croisés. Hésitants, les membres de la Garde du Protecteur tiennent leur lance mollement en observant eux aussi Atreus, attendant ses instructions. Le principal intéressé, lui, ne regarde aucun d'entre eux, car c'est sur moi que se dirige toute son attention.

Soudain, à ma grande surprise, il sourit.

Un sourire qui ne renferme pas la moindre chaleur, cependant, la lèvre retroussée, un sourcil haussé, comme si, au lieu de se sentir piégé par mes manigances, il s'en moquait. À cet instant, sa malveillance est palpable.

Le sentiment de triomphe qui était en train d'enfler en moi vacille. Un éclair glacial me transperce l'estomac. Une pensée me donne le vertige tandis que je m'avance vers lui : *il va le faire quand même.*

Mais ensuite, il baisse les yeux sur Lee et prend la parole.

— Lève-toi, fils de Callipolis.

Je recommence à respirer.

Lee s'exécute lentement. Atreus descend du socle et pose une main sur le front de Lee qui redresse la tête et ferme ses yeux débordant de larmes.

— Jurez-vous d'honorer, de servir et de protéger la Cité jusqu'à votre dernier souffle ? demande Atreus d'une voix dépourvue d'émotion, presque lasse.

— Je le jure.

— Alors, qu'il en soit ainsi, vous n'êtes plus un Fléaurage. Vous serez désormais Lee, sans père et sans famille.

La main d'Atreus retombe. Lee rouvre les yeux en clignant des paupières, comme aveuglé par la lumière du jour naissant.

Cor s'avance et sort de la poche de son uniforme le bracelet d'or et d'argent de Lee. Il est allé le récupérer dans le bureau de Goran avant notre départ. Il le tend à Atreus, mais Holmes le devance et s'en empare.

— Réaffirmez d'abord votre serment, ordonne Holmes à Lee en callois, d'un ton bourru.

Lee prend une inspiration, puis récite, sans la moindre erreur, ces mots que nous avons prononcés il y a sept ans, alors que nous n'étions que des enfants.

— « Par ce serment, je m'engage à servir dans le corps des Gardiens à dater de ce jour et jusqu'à ce que la mort me libère. Je renonce aux biens matériels et à la prospérité afin de ne pas me laisser corrompre. Je renonce à fonder une famille et à vivre au sein d'un foyer afin de ne pas me laisser détourner de mon devoir. Tout ce que je suis appartient à Callipolis. Par les ailes de mon dragon, je jure de veiller sur la Cité. Ma volonté sera vouée à sa protection. Ma raison sera son guide vers la justice. »

Holmes glisse le bracelet sur le poignet tendu de Lee et le ferme. Par réflexe, l'autre main de Lee se précipite dessus, comme pour s'assurer de sa présence.

Ensuite, je détache la médaille de Premier Dragonnier et de commandant de la flotte de mon épaule, et la lui tends.

Lee me regarde droit dans les yeux, mais plutôt que de prendre la médaille, il referme ma main dessus.

— Garde-la.

Je reste interdite devant mon poing maculé par le sang et la suie que Lee y a déposés, sans comprendre.

Lee se détourne de moi et s'adresse à tous ceux qui nous regardent en élevant la voix pour couvrir le vent.

— J'ai juré fidélité à Callipolis. J'ai prouvé que j'étais prêt à faire la guerre pour notre Cité, mais cette guerre, ce n'est pas à moi de la diriger. Je renonce donc à mon titre.

La voix chargée d'une émotion nouvelle, il tend le bras pour me désigner.

— Et je m'en remets à celle qui prendra le commandement. En toute logique, c'est Antigone sur Aela qui doit prendre ma place. Elle a largement prouvé qu'elle était en tout point mon égale sur terre comme dans les airs. Je la suivrai sans hésitation.

La tension s'accumule au bord de mes yeux lorsque je comprends où Lee veut en venir. Pendant un instant, tout ce qui me vient à l'esprit, c'est : « non ».

Non, je ne veux pas de ce titre, je n'y arriverai pas…

Mais ensuite, je me rappelle que si, je l'ai voulu et j'en suis capable. Et puis, Lee en a besoin.

Lorsque je risque un regard en direction des autres pour voir s'ils partagent mes doutes, il s'avère que non. Pour la première fois depuis que Lee s'est posé sur la Tour, le visage d'Atreus exprime la stupéfaction. Il porte la main à la bouche, inconsciemment, semble-t-il, afin de dissimuler la sidération qui lui tord les lèvres tandis que Lee continue à acter sa démission.

— Antigone, acceptes-tu le titre de Première Dragonnière et Commandante de la flotte ?

Tous les regards, du corps, d'Atreus, de Miranda Hane, du général Holmes, tous sont braqués sur moi, mais moi, je n'ai d'yeux que pour Lee. Grand, couvert de sang et de suie, des flammes luisant dans ses yeux gris, ses cheveux noirs ondulant dans le vent qui s'acharne sur le Tribunal céleste, il n'a jamais autant ressemblé au fils d'un seigneur dragon.

Il attend ma réponse et mon hésitation doit lui coûter le peu de détermination qui lui reste.

La gorge serrée, je finis par acquiescer et me force à articuler une réponse en poussant la voix pour me faire entendre.

— Oui, j'accepte.

Lee s'avance et me prend la médaille des mains pour la fixer à mon épaule, à l'endroit où elle se trouvait. Tandis qu'il épingle l'insigne à mon uniforme, j'ai conscience de chaque souffle, de chaque détail, de ces quelques secondes qui signent le basculement définitif de notre hiérarchie.

Ensuite, Lee recule et incline tout le buste devant moi. J'ai droit à une vraie révérence. Sa voix est marquée, mais ne vacille pas.

— Je salue ta supériorité et je mets mon dragon à ton service en tant qu'Alternus.

19

LES ENFANTS DE LA RÉVOLUTION

Après la Révolution, le soldat mena une existence paisible, retiré de la vie militaire. Il se sentait peu de chose dans la Cité en pleine mutation.

Il ne raconterait jamais à personne la seule fois où il avait désobéi aux ordres d'un supérieur. Le jour où il avait emporté un garçon dans le couloir et avait continué à marcher sans s'arrêter. Quand il y repensait, il essayait de se convaincre que c'était une décision délibérée de sa part. Une décision qui, pour le meilleur ou pour le pire, le définissait.

La vérité, c'était qu'il n'avait pas du tout l'impression d'avoir eu le choix. Lorsqu'il avait posé les yeux sur ce petit bonhomme, il avait vu, non pas le fils d'un seigneur dragon, mais un enfant comme un autre.

Il avait soigné les blessures de l'enfant, puis l'avait emmené à l'orphelinat sous un nouveau nom : Lee.

ANNIE

De retour au sol, j'escorte Lee à l'infirmerie où je veille à ce qu'il soit placé dans une chambre privée. Il ne pose aucune question ni n'approuve ma décision. Pendant que nous redescendions de la Tour de Pytho, il semble avoir dépassé le stade où il était encore capable de parler. Il ne dit pas un mot tandis que l'infirmière le soigne et que je me lave les mains dans une bassine sur le côté pour éliminer le sang de dragon et la cendre. Ce n'est qu'après le départ de l'infirmière, une fois la porte refermée, une fois dans mes bras, qu'il retrouve enfin la parole.

—Atreus a demandé de le faire, mais je ne peux pas… il va falloir rendre le corps…

—Je m'en occupe.

Mais il m'entend à peine, parce qu'il vient de buter sur ce mot – le corps. Il craque. Je le berce dans mes bras, mais mon cœur souffre devant le son de sa détresse. Pourtant, une autre part de moi, celle qui a pris vie au moment où il attachait la médaille de commandant de la flotte à mon épaule, reste aussi calme que l'eau d'un lac et aussi ferme que l'acier. Ce nouveau pan de ma personnalité se contente de penser : *tu es sain et sauf*.

Lorsqu'il commence à s'apaiser, je l'aide à prendre le somnifère que nous a laissé l'infirmière.

—Dors, tu en as besoin. Je reviendrai dès que tu seras réveillé.

De retour au Cloître, je trouve Vigor en train de traîner dans la cour jonchée de feuilles mortes. Le vent glisse sur ses cheveux ras.

—Commandante, fait-il avec le ton sarcastique habituel, bien que j'y décèle une pointe de satisfaction.

Voilà au moins quelqu'un qui se réjouit de ma montée en grade.

Après m'avoir saluée avec sa grandiloquence moqueuse, il me laisse au milieu des feuilles.

Je rejoins le bureau du commandant de la flotte et reste plantée là un moment, à tenter de me faire à l'idée : mon bureau. Puis je m'assieds et passe en revue la liste des réunions qui se sont ajoutées à l'agenda. Je dois rencontrer Holmes afin de régler la question du corps de Julia Fléaurage ; Lee a demandé qu'il soit rendu au Nouveau-Pythos. Je dois aussi m'entretenir avec Miranda Hane afin de voir ce que la propagande peut faire pour réhabiliter Lee au sein du corps des Gardiens en toute sécurité. Mais avant tout cela, un petit carton d'invitation m'apprend que je suis attendue pour le thé chez Dora Mithrides.

Pour la deuxième fois de la journée, et de ma vie, je me rends donc au Janiculum, à pied cette fois.

Le trajet qui m'y emmène est très calme. Après avoir traversé les jardins du Palais, j'emprunte plusieurs rues en pente qui me conduisent à la villa de Dora dans une explosion de couleurs automnales et de bourrasque de feuilles mortes. Je croise des grilles ornementales derrière lesquelles on aperçoit des façades gigantesques couvertes de lierre, et de temps à autre une calèche. Le portier de Dora me laisse franchir la grille, puis le valet m'invite à entrer dans la maison. Je suis accueillie par des plafonds vertigineux, des lustres majestueux et un escalier en spirale monumental. C'est curieux, toutes ces choses qui d'ordinaire m'intimident beaucoup semblent avoir perdu leur pouvoir, aujourd'hui.

— Antigone, soyez la bienvenue. Venez, nous allons prendre le thé dans la véranda.

Toujours aussi bien habillée, Dora Mithrides a mis du rouge à lèvres et arrangé ses cheveux depuis ce matin. Des colliers de grosses perles alourdissent aussi son cou. Elle me guide à travers sa spacieuse demeure jusqu'à une véranda abritée du vent qui surplombe un superbe jardin privé et la ville. D'ici, la vue est imprenable sur les remparts concentriques du Palais Intérieur et du Palais Extérieur, l'arène et le fleuve Pher qui contourne les jardins du Palais et le bas du Janiculum. Sur l'autre rive, on aperçoit aussi le quartier des Halles, animé et lumineux, les toits peu élevés et sales du Bas-Quartier et du Quartier-Sud, et au loin, le Faubourg des Manufactures, sombre, noyé dans la fumée. Plus loin encore, les plaines des Basses Terres s'étirent à perte de vue jusqu'à se confondre avec le bleu du ciel et de la mer.

— Sucre, crème ?

Nous nous installons à une table en verre, devant un service à thé si fin que la lumière filtre à travers la porcelaine diaphane. Le fond de l'air est frais, Dora s'est enveloppée dans un châle, mais pour ma part, le cuir de mon uniforme suffit à conserver la chaleur de mon corps. Dora a parlé en langue draconique, et je sens que cette fois, la langue dans laquelle je répondrai a de l'importance. Alors je pèse mes mots et opte pour la même qu'elle.

— Ni l'un ni l'autre, merci.

Ces choses-là sont sûrement régies par des règles strictes que Lee doit connaître, mais il n'est pas là.

« Même si tu doutes de toi, fais semblant. »

Je souris à la servante qui me tend ma tasse et la remercie.

Lorsque nous sommes de nouveau seules dans la véranda, Dora boit une longue gorgée de thé, puis repose sa tasse sur sa soucoupe.

— Eh bien ma chère, c'est une fameuse opération que vous venez de nous offrir.

Je sirote un peu de thé à mon tour. Mon poignet ne tremble pas, c'est étonnant.

— Je suis curieuse de savoir ce qui vous a poussée à faire ça, continue-t-elle. Êtes-vous amoureuse de ce garçon ?

Je souris dans ma tasse. Voilà à quoi elle réduit mon exploit ? Je repose ma tasse et soutiens son regard.

—Je l'ai fait parce que je suis convaincue que Lee correspond à ce que l'épreuve d'Atreus a révélé.

Dora hoche la tête en fredonnant pour elle-même.

—Oui, je peux comprendre votre point de vue, m'assure-t-elle.

Puis elle s'adosse à sa chaise et me dévisage avec deux yeux ronds.

—Mais je peux aussi comprendre celui d'Atreus qui a vu en lui une menace pour la société qu'il s'évertue à bâtir.

J'ouvre la bouche pour lui certifier que Lee n'est pas une menace, mais rien ne sort.

Parce que c'est évident qu'il constitue une menace, elle a raison.

Cette pensée terrifiante de simplicité me tétanise… jusqu'à ce qu'un souvenir d'un autre temps la réfute. Celui d'un petit garçon gentil avec moi, qui m'a aidée sans savoir qui étaient mes parents et qui ne m'a pas abandonnée après avoir découvert l'horrible vérité qui blesse.

Alors, Lee incarne peut-être une menace pour Atreus. Peut-être qu'on peut l'associer à l'ombre des seigneurs dragons dont nous devons nous affranchir à tout prix. Mais à l'époque où nous étions enfants et que seuls nos choix importaient, nous avons choisi le nouveau régime, pas l'ancien.

Alors je prends sa défense.

—Même après ce qui s'est passé aujourd'hui ?

Dora sourit.

—Je crois qu'en dépit des apparences, il est possible d'ébranler Atreus. Et ce que vous avez fait aujourd'hui l'a sacrément secoué.

Elle croise les mains sur son ventre rebondi, puis se redresse sur son fauteuil en osier et s'étire.

—Vous avez aussi réussi à éveiller mon intérêt pour l'avenir de ce garçon, poursuit-elle en adoptant un ton professionnel, et le vôtre aussi. Et si ça m'intéresse, ça intéresse tout le Janiculum. Vous me suivez ?

Elle n'a pas besoin de prononcer les mots « Protectorat » et « succession » pour que je comprenne où elle veut en venir.

— Je crois, oui.

Dora sourit, puis m'indique le plateau de petits gâteaux sur la table. Un luxe qui, visiblement, ne semble pas affecté par le programme de rationnement que je suis chargée de faire respecter.

— Servez-vous, je vous en prie.

* * *

Plus tard dans la journée, je retourne à l'infirmerie du Palais. À cette heure, le somnifère doit avoir cessé de faire effet. Je longe le couloir réchauffé par les rayons du soleil jusqu'à la dernière chambre et m'arrête sur le seuil.

Lee est toujours couché, mais il est éveillé, bien calé contre les oreillers. Il a de la visite : Cor, assis au bout du lit, et Crissa, installée sur une chaise, près de lui. Ils se chargent de l'essentiel de la conversation et se passent la parole à tour de rôle avec prudence, épargnant à Lee la pression d'y contribuer. S'il ne partage pas leurs sourires, Lee n'arbore plus cette expression de souffrance atroce avec laquelle je l'ai quitté un peu plus tôt. Il est plus calme et, même s'il ne parle pas, il semble trouver du réconfort dans la présence de ses amis.

Avec une pointe de douleur engourdie, je remarque que Crissa lui tient la main. Le baiser enflammé que nous avons partagé dans cette cellule sombre appartient déjà à une ancienne vie, il a dû s'évaporer avec le feu, même si les marques qu'il a laissées sont encore à vif. Toutefois, je ne sais pas trop quelle place réclamer à ce jeune homme que j'ai moi-même envoyé faire un tour en enfer.

Mais ensuite, Lee pose le regard sur moi, tandis que la conversation se poursuit autour de lui. Aussitôt ses yeux gris s'adoucissent et la commissure de ses lèvres se creuse légèrement pour former quelque chose d'un tout petit peu plus triste qu'un sourire. Je devine les mots sans même qu'il ait besoin de les prononcer.

La place que nous réclamons à l'autre est la même que celle que nous avons toujours occupée. Le feu que nous avons traversé aujourd'hui est le même que celui que nous traversions étant enfants. À cela près que les choix que nous avons faits pendant notre enfance nous ont rendus assez forts pour défier deux régimes au nom de la Révolution.

Ensemble, nous continuerons à relever les défis et à traverser ce feu, un pas après l'autre, jusqu'au bout du chemin.

NOTE DE L'AUTRICE

Fireborne puise son inspiration dans de nombreuses sources parmi lesquelles l'*Énéide* de Virgile et *La République* de Platon. J'ai découvert Virgile au lycée, à l'époque où j'étudiais le latin, et je me rappelle avoir été frappée, comme Annie, par la tragédie émanant de ces vers que je ne comprenais qu'à moitié. Je me suis inspirée de mes traductions de l'époque, en particulier des extraits relatant la fuite d'Énée de Troie dévastée par les flammes, pour composer les citations du *Cycle Aurélien* dans *Fireborne*.

Mon amour pour les classiques est toujours resté amateur et je suis la première à admettre qu'il y a peu de ressemblances entre ma Callipolis et la Cité de Platon. Mais les lecteurs curieux de découvrir l'œuvre qui m'a inspiré le régime d'Atreus pourront retrouver la base de sa structure politique, sa propagande et sa pratique de la censure dans *La République*.

REMERCIEMENTS

Ce roman doit en grande partie son existence à deux femmes brillantes : mon agente, Danielle Burby, et mon éditrice Arianne Lewin.

Danielle a changé ma vie le jour où elle a exhumé mon manuscrit de sa pile de soumissions spontanées et, depuis lors, mon admiration pour elle n'a cessé de croître. Sa sagesse, sa gentillesse et son superbe professionnalisme font de chaque collaboration avec elle un vrai bonheur, et ses e-mails ont le pouvoir surnaturel de résoudre les problèmes les plus épineux – et d'illuminer les journées les plus maussades. Elle est ma championne, ma plus fervente supportrice, ma meilleure conseillère et amie.

Pendant l'année que nous avons passée à revoir le texte, Ari Lewin s'est tuée à la tâche avec moi jusqu'à atteindre un état de fatigue indescriptible. Elle n'a eu de cesse de me soutenir avec son redoutable sens de l'humour et m'a donné la force de continuer et remanier totalement ce manuscrit trois fois encore alors que je pensais avoir atteint un résultat satisfaisant. Ari a totalement redéfini le mot « satisfaisant » – et elle ne pouvait pas offrir plus beau cadeau à une autrice en début de carrière. Ari a su insuffler en moi une persévérance qui a métamorphosé mon livre, fait mûrir mon écriture et placé la barre au niveau de l'écrivaine que je voulais devenir.

Dans le monde de l'édition au sens plus large, je voudrais aussi remercier Kristin et Brian Nelson et toute l'équipe de la Nelson

Literary Agency; mes agents responsables des droits étrangers Jenny Meyer et Heidi Gall qui ont trouvé des foyers pour *Fireborne* à l'international; Alice Lawson, co-agent pour le cinéma et la télévision chez Gersh; toute l'équipe de chez Putnam et Penguin Teen qui m'a aidée à faire découvrir ce roman au monde entier, en particulier Elise LeMassena, Tessa Meischeid, Anuoluwapo Ohioma, Lindsey Andrews et Jennifer Klonsky, sans oublier Kristie Radwilowicz que je remercie tout spécialement pour sa couverture vraiment révolutionnaire.

J'estime aussi avoir beaucoup de chance d'avoir rencontré d'autres écrivains en cours de route et de bénéficier de leur soutien : Jennifer Gilmore, ma formatrice en écriture créative; Kristen Ciccarelli et Rachel Hartman, dont la sagesse éclaire mon chemin; mes camarades de Novel Nineteens, en particulier Bridget Tyler, Nicki Pau Preto, Joanna Hathaway, Malayna Evans, Mara Rutherford et Crystal Smith. Plus proche de chez moi, j'exprime toute ma gratitude à la communauté littéraire de Chicagoland, en particulier Lizzie Cooke, ma toute première voisine d'écriture et copine de café, Jeff Bishop qui a invité la fête dans la Team Lewin et Reese Eschmann grâce à qui *Fireborne* s'est encore amélioré.

La route qui m'a amenée à être publiée a été longue et escarpée, et je n'y serais jamais arrivée sans l'amour et l'intelligence des communautés qui m'ont soutenue tout au long du trajet. Je remercie mes parents et mes professeurs du CBECC, en particulier Jeremiah et Marcy Flanagan, la communauté Seton, entre autres Beth Norman et Linda Zehren qui m'ont aidée à franchir la ligne d'arrivée, mais aussi la Portsmouth Abbey School qui a été mon Poudlard. Je n'aurais pas pu rêver meilleure équipe de supportrices que Laureen et Michael Bonin, Kate Smith, Kale et Dimi Zelden, le formidable clan McDonough et Dom Paschal Scotti.

J'aimerais aussi remercier quelques mentors, amis et lecteurs qui ont fait la différence tout au long du parcours : Anna Stilz, Helen McCabe, Melissa Lane et Elizabeth Benestad, pour les cours qui m'ont inspiré *Fireborne* ; Maggie, ma toute première Voice of the Youth et Marina ma plus jeune lectrice ; Sandra Vazquez Ventimilla, Jackson Popkin, Lehman Garrison, Joseph Labatt, Paul Baker et Chelsea Mueller, pour leurs retours et les pouces levés ; Marie et Frederick Nesfield, qui sont mes bêta-lecteurs depuis qu'on a dix ans ; Alissa Spera, pour les réponses à toutes mes questions et les deux bouteilles de champagne ; et Phil Dershwitz qui m'a convaincue qu'il aimait vraiment ce que je faisais au moment où j'en avais le plus besoin.

J'éprouve une gratitude toute particulière pour mes deux lectrices et colocataires-pour-toujours que je remercie pour leur soutien et leur amitié : Katrina Hall, témoin avisé de mon parcours dans tous ses méandres et rebondissements dont je chéris comme un trésor la magnifique correspondance. Et Erin McDonough, peintre en poésie qui trouve les noms de dragon comme personne, en plus, elle adore les grandes histoires et comprend toujours pourquoi.

Enfin et avant tout, un immense merci à ma famille : Mamie, Pam, David et Mary Beth dont l'amour est mon pilier. La famille Stone, qui m'a accueillie comme une quatrième fille ou sœur. Lorenzo et Marie Laure, je vous aime pour toujours. Mon père, qui a osé partir à la conquête du rêve américain. Ma mère, qui n'a eu peur de rien et m'a tout donné.

Et Robert, mon premier confident, mon meilleur ami, mon point d'ancrage à la fin des grosses journées d'écriture et dans les mauvais jours : j'ai trouvé la trame de ce roman au fil de nos conversations et son cœur en t'aimant.

Achevé d'imprimer en mai 2025
par Normandie Roto Impression s.a.s.,
Numéro d'imprimeur : 2500448
Dépôt légal : juin 2025.
Imprimé en France
36231669-1